丛木传

CONGMU
BIOGRAPHY

刘辰希 著

重庆出版集团
重庆出版社

万从木
1899－1971

目录

序：文学的真实成全了历史的真实 ·· I

第 一 回 "孤星"小画痴 ·· 1
第 二 回 朱古力 ··· 3
第 三 回 王家院子 ·· 12
第 四 回 郑太岁驾到 ·· 18
第 五 回 新与旧 ··· 24
第 六 回 被绑架的正权 ··· 35
第 七 回 新世界，上海！ ·· 47
第 八 回 校长乃"艺术叛徒"是也 ···································· 54
第 九 回 失踪的学长 ·· 62
第 十 回 起航，目的地东京！ ······································· 71
第 十一 回 横山家的茶会 ·· 77
第 十二 回 二次东渡 ·· 89
第 十三 回 竹内小景 ·· 99
第 十四 回 霞中庵后院的一天 ······································· 108
第 十五 回 不速之客 ·· 116
第 十六 回 死去与重生 ··· 131
第 十七 回 两纸婚约 ·· 153
第 十八 回 宿命的别离 ··· 167
第 十九 回 前往"瓷都" ·· 176
第 二十 回 瓷业美术研究社 ·· 186

第二十一回	别号"竹山山人"	195
第二十二回	卢先生之建言	204
第二十三回	停云阁	217
第二十四回	任教"二女师"	236
第二十五回	为了新四川	249
第二十六回	西南美术专科学校，建立！	261
第二十七回	双喜临门	269
第二十八回	临危受命	280
第二十九回	这就是罗曼蒂克	298
第 三十 回	迁址上清寺	310
第三十一回	"女侠"教员	318
第三十二回	一切为了抗战	327
第三十三回	在硝烟中坚守	338
第三十四回	夫子庙里"陋室铭"	348
第三十五回	蓉城岁月	359
第三十六回	十八描法	371
第三十七回	敏人拜师	380
第三十八回	师徒联合画展	395
第三十九回	怒火危城	403
第 四十 回	黎明中的告别	418
第四十一回	风暴袭来	433
第四十二回	老校长的新工作	446
第四十三回	于爆裂处无声	457

后记：致万从木与矢志不渝者 ……………………… 466

序
文学的真实成全了历史的真实

凌承纬

去年8月,辰希的祖母万芬志先生打来电话说辰希写了一部关于万从木先生的小说,想让我为她孙子的这部小说作序。她说,她与辰希以及家人商量后,一致以为由我来写序更为合适。

其时,我正值一场大手术后的治疗和恢复期,出院时医生嘱咐至少一年内不工作。可是,我却在电话中几乎没有思考和犹豫就答应了万芬志先生。事后家人对我颇有责怪,我却不以为意,因为给关于万从木先生的书写序是不容推辞的事啊!

万从木先生不仅是一位为中国近现代美术教育事业发展作出杰出贡献的教育家,而且也曾是抗战时期大后方抗日救亡文艺战线上的一名勇敢战士。然而,新中国成立后出版的各种文本文字对于这位值得尊敬的艺术前辈及其历史作为却没有任何记载,以至于今人乃至业内都知之甚少,近乎淡忘。据此,作为不多的对万从木艺术人生有所研究和认知的学人，我应该多写些文字才是！

  我对万从木先生的研究和认知是缘于多年来致力于抗战时期大后方美术历史的研究。记得20世纪80年代末，我在重庆图书馆所藏大量尘封已久的抗战历史文献资料中，最初看到关于万从木等人创办西南美术专科学校的相关历史资料时，并没有太多注意。因为自1937年7月，抗日战争全面爆发以后，京津沪宁相继沦陷，中国主要高等美术院校、美术社团纷纷内迁，一大批中国著名的美术家、美术教育家相继来到重庆。国难之际，他们以画笔、教鞭为武器，投身于抗日救亡的洪流，书写出了中国近现代美术史上一段影响深远的恢宏历史。在战时首都重庆，相对于中央大学美术系、国立艺专、武昌艺专等一批在中国近现代史上影响大、资历深的高等美术院校来说，无论其规模和影响都不能与之相提并论的私立西南美术专科学校是不会引起太多注意的。在徐悲鸿、林风眠、张大千、傅抱石、陈之佛、黄君璧等一批中国画坛上名声显赫的大家之中，素来低调为人做事的万从木也不会让人关注。

  后来我决定对万从木先生以及西南美术专科学校做专门研究是出于以下缘由：其一，抗战时期活跃在大后方画坛，成就中国美术主流影响的高等美术院校，以及美术家、美术教育家，几乎全是抗战全面爆发后从外地迁到大后方的，那么，重庆以及大后方本土的美术院校以及本土的美术家、美术教育家的情况怎样呢？置身抗日救亡历史潮流中，他们的作为和贡献何在呢？这是抗战大后方美术史研究学人必须想到和顾及的方面。其二，追溯四川美术学院、西南大学美术学院创建和发展的历史，我发现这两所在当今中国美术史、美术教育史上不可小觑的高校，在历史上都曾与当年的西南美术专科学校有关。两所学校的一些教师曾在新中国成立前的西南美术专科学校念过书或任过教。其三，我在查阅历史文献时发现抗战时期重庆多家报纸不时会有关于万从木为给西南美术专科学校筹集办校经费举办画展的消息报道。如1945年12月6日《益世报》以《万从木画展为西南美专筹集基金》为题刊登记者专访，文中写道："本市著名画家万从木君，早年留日，精研笔画，学成归国，在川创办西南美专学校，英才乐育，桃李满门为蜀中夙负声望之艺术家，近因抗战结束，特将近年精心作品于本月八九两日假夫子池青运会公开展览，以得笔润充作该校设备基金……"其时的西南美专是私立学校，办学经费除了学生缴纳的有限学费外，大量经费需要自筹。万从木等人则以办画展卖画所得，组织学生上街搞募捐演出所得等多种办法筹集办学经费。显然，零敲碎打的收入是难以支撑一所学校的正常运转的，往往到学期结束之际，教师的薪资和学生的伙食结余都无法结付。面临窘困，万从木经常不得不靠变卖家什来应付高筑的债台。很难想象，一所民办的美术专门学校就这样艰难度日，坚持办学20多年。看到报纸上的相关消息、报道，真让人唏嘘不已！有鉴于此，我决定与我的研究生一起对其做专门研究。

随着相关史料的发现、收集、整理，以及研究工作深入，我们逐渐认识了有着与抗战时期外来大后方的高等美术院校完全不一样历史的西南美术专科学校，以及有着与外来大后方的美术家、美术教育家不同人生经历的万从木。我以为，创办于1925年的中国西南内地第一所实施新式美术教育的美术专科学校的坎坷历史，以及万从木等几位内地美术青年满怀教育救国的理想和热情，凭其一己之力艰难办学的经历，在中国抗日战争史和中国近现代美术史、教育史上有着独特的意义，不能被忽略和遗忘。

2013年，重庆市举办题为《回响——重庆美术六十年》大型艺术文献展，展览筹备工作长达一年多。其间，参与展览筹备工作的专家组多次开会列数为推动共和国美术事业发展作出贡献的重庆几代美术家、美术教育家。作为专家组成员，我在会上提出，回顾、梳理重庆现代美术发展的历史一定不能忽略万从木先生以及由他参与创办并主持工作多年的西南美术专科学校的历史性贡献。由是，万从木先生的作品第一次走进重庆美术馆，在由中共重庆市委宣传部、重庆市文化委员会和重庆市文联联合主办的新中国成立后重庆最大规模美术展览上与公众见面。其后不久，重庆市历史名人馆为编辑《万从木画集》，向我约稿。于是，我撰写了题为《一位不应被忽略的教育家和艺术家》的文章，并因为这篇文章结识了万从木先生的女儿、今年92岁的万芬志先生。

其后，在向万芬志先生请教的交往中，得知她的孙子刘辰希是一位非常优秀的青年作家，出版过几部小说。当我听说辰希以他曾外祖父万从木先生的人生经历为题材写了小说，一是高兴，二是感兴趣。高兴是情理中的事，兴趣之处在于想知道这是怎样一次以我所知道的历史上的真人真事为题材的文学创作！

去年暑天万芬志先生跟我通电话后不久，辰希亦打来电话跟我谈起他写作小说《从木传》的情况以及邀我作序的事，并把小说的电子文本发给了我。今年春节前夕，辰希从北京回渝即来我的工作室见面。过而立之年的小伙子聪慧，机敏，言谈中肯而礼数周到，活力不掩却持成稳重，给我留下很好的印象。

春节假期，小区宁静，我用3天时间一口气读完《从木传》书稿，心中豁然，跟辰希打了一个电话，谈了谈我读书稿的感受和一些看法。俟后，缘于这部书稿我想到两个方面的事：一是关于文学创作的，即以真人真事为题材写小说的事；二是关于立足抗战历史文化研究，推动文艺创作的事。

《从木传》再次把我带回到20世纪初至三四十年代战火连天硝烟弥漫的岁月，但这种历史的回归却与此前我和我的研究生做社科课题研究步入历史的情况大不一样。面对真实的、已成为历史有不小时空距离的人物和事件，我们的工作是把散落在历史长河中零散的、碎片式的，有可能被忽略或遗忘的历史文献资料收集起来，经过考据、整理，放到中国近现代史的大背景下和中国近现代美术史和美术教育史的场域中去研究，以期认识其历史的真实，揭示其所具有的历史和现实意义。我们对万从木先生和当年的西南美术专科学校的研究即是如此。

小说的情况则大不一样。《从木传》呈现给我们的是一部生动感人的历史故事。小说是要塑造人物的，塑造人物是须有故事情节的，关注人物的命运，展开跌宕起伏的故事情节，从而彰显人物所处时代的精神和面貌。我以为小说《从木传》很好地完成了上述文学使命。既然是写真人真事，就必须符合历史的真实；既然是写小说，就允许写作中有虚构。事实上，20世纪前半叶中国时局更迭频繁，社会动荡不安，历史上留下来可以说明万从木坎坷人生的文献资料并不多，可资考证他倾力于中国美术教育的经历和建树的依据也非常零散、有限，真是有些乏善可陈。对于这个情况，我在做关于他的个案研究时就有体会，想辰希在创作《从木传》时也会有同感。但我在读完小说后却感到一种由衷的释然。这是在于小说很好地处理了真实与虚构的问题，妥善而智慧地把握住了历史真实与艺术真实的关系。大事须实，小事且虚，主线须实，副线且虚。立足历史的基本史实和脉络，充分展开和抒发作家的想象和情感，讲述在国难深重的年代里，一位爱国爱家、深明大义的教育家的成长经历，以及他为实践教育救国的人生理想，克服各种艰难困苦，把毕生精力投入到中国美术教育事业，践行光明磊落的人生故事。小说主线紧扣时代的脉搏，故事情节贴合历史前行的节点，历史上一些真实的重要事件和人物在小说中均有呈现。足见其小说写作背后关乎历史人文的大量阅读和认知。小说主人公多舛命运的文字描述朴实无华、细腻感人，折射出作者深沉的人文情怀和真诚的人生修为。故事中的万从木，以及黄伯廉、何聘九、杨公庹、卢作孚、初芸、碧城、慧瑾、鸿志、继珩，乃至异国他乡的竹内小景等人物形象鲜活而饱满，可信似可及。年轻的作家不仅凭借其零散的、割裂的、没有严密逻辑关系的史料写出了一部感人的小说，更以其笔下的文学真实成全且丰富了研究者案几前的历史真实。无疑，比较历史研究中的人和事，我会更感动并乐于谈论小说中的万从木和他身边的人和事。这就是文学的意义！

于是，《从木传》的写作和出版让我想到的另一件事，就是基于历史研究之上的文艺创作，换句话说就是把历史学范畴的社科研究成果转化成文艺作品的事。就我置身其间30余年的中国抗战时期美术历史而言，深以为是一部古今中外战争史和文艺史上未曾有过的历史。其独特的形态、丰富的内涵以及深远的影响，使其成为中国近现代美术史上最辉煌的篇章和中国抗日战争史中不可或缺的重要部分。进而，深以为在这部特殊的历史中有许多生动感人、可歌可泣的人物和事件。这些人物和事件是很好的文学艺术创作题材。而我们所做的研究是学术性的，内容和成果是史学领域的，小众的。如果我们研究的内容和成果能够经过文学艺术家之手转换成为面向人民大众的文艺作品就太好了！我想，立足于历史真实创作的文艺作品一定会受到人民大众的欢迎。这是那些闭门造车弄出来"神剧""闹剧",以及翻来覆去"炒冷饭"的改编作品不能相比的。从这个角度来说,刘辰希的写作和《从木传》一书的出版是具有启示意义的。

原本是说《从木传》,无意间却说了一些题外的话,就此打住!

2022 年 2 月于重庆渝北

凌承纬
四川美术学院中国抗战美术研究中心主任、教授
重庆市政府文史研究馆馆员

第一回 "孤星"小画痴

1910年末,不是个太平的光景,一场鼠疫席卷东北,带走数万人的生命,相隔千里之外,川东道永川县城旁的大安场万家坝子,在初雪降下时,年仅十一岁的万从木眼睁睁看着病榻上的母亲咽了气,他成了孤儿。族中亲友无不哀叹,却也不乏有爱嚼舌根的,对这位痛丧双亲的可怜少年指指点点。

光绪二十五年,从木之父万德轩会试中举,其妻陈氏诞下从木,金榜题名又喜得贵子,双喜临门的万家一时风光无二,哪知好景不长,一年之后,在永川县刚刚就任公职的万德轩身染重疾,数日便一命呜呼,陈氏只好带着年仅一岁的从木回到大安场万家坝子,那时便传些荒谬无比的闲话,说从木是在戊戌年中怀上的,维新党的冤魂入了命,生了反骨,克死了他正统忠孝的父亲。全赖万德轩生前仁孝,陈氏也安分守理,这些闲话倒也没传多久便平息了。在万家亲友的帮助下,虽然清苦些,孤儿寡母的日子倒也算是过得安稳,只是里外各有的缘由,从木从小便性格内敛,寡言少语,也没个玩闹的伙伴,只爱一人待着涂涂画画。长到八岁时,入了乡里的私塾,也无人亲近,放学后便回家帮母亲干些家务,无事便去坝子后面箕山上的竹林里画画,手边有什么,他便用什么作画,眼前看到什么,他便画什么,孜孜不倦,旁若无人,久而久之,坝上乡里的人都称呼他"小画痴"。

直至十年后，陈氏撒手人寰，"小画痴"从木是孤星入命、天生反骨克父克母的流言蜚语又传了起来，幸而陈氏守寡十年，在万家也算是有德行、贞节牌坊上留得了名的妇人，万家族长亲自主持办了陈氏的后事，大家也不好在明面儿上议论是非，可从木尚未成年，到底由谁家收养，族中亲戚却是互相推诿，有人说道："倒不是多张嘴吃饭的事情，从木也是乖巧的，不惹事，就是这克死父母的事摆在眼前，带到家里，总是犯个忌讳。"议来议去，最后商量出一个办法，从木虽还年少，但能够独立生活，族中几家富裕些的，摊了贴补一点，族上有威望的，多照看些也就是了。从木自小不喜与人亲近，自然也没有异议。

母亲入土为安，眼瞅着就是小年了，从木想画些年画送给帮忙打点丧事的亲戚四邻，聊表谢意，家中上下翻找，却是连买红纸与墨锭的钱也不够，忽而想到自此孤苦一人苟活于天地之间，心底无限悲凉，默默淌泪……此时，屋外传来敲门声，从木把泪抹了一把，应了声门，起身去开，门开了，但见一老汉立在面前，发辫盘在头顶，络腮胡子，叼一杆烟枪，这人从木见过，是大安场有名的泥瓦画匠董三先生。

"董先生……"

董三瞅一眼这家徒四壁的屋子，除了满墙贴画，没个像样的物事，再瞅一眼面前万家孤儿，棉衣打着补丁，棉鞋破着洞，棉帽豁着口子，脸蛋儿通红，泪痕未干，鼻涕倒是吸溜干净了，一时间，多了一分心疼。

"墙上贴的画，是你画的？"

董三问，从木回头看了一眼，点了下头。

"我是哪个你晓得吗？"

董三又问。

"晓得，你是大安场的画匠董先生。"

"我收徒弟的要求，一是有心学，二是守规矩，三是能吃苦，做得到，就跟我走。"

董三说完，从木也没说话，只扑通跪了，连磕了三个响头，起身回到屋里，对父母牌位又磕三个响头，收拾两件衣物，便跟着董三离了万家坝子，去了大安场镇上。

第二回 朱古力

拜师董三之后的两年时光，是从木自幼以来最充实的一段岁月，董三作为启蒙老师，他虽不精通文人画，却在色彩、构图，乃至陶瓷器、建筑绘画上，都给予从木悉心教导，而从木的刻苦好学也让他的画技迅速成长，在大安场乃至永川县城也渐渐小有名气。此外，董三还让从木有空便去县城的教书先生那里读书认字，书本文具一应费用，由董三与万家族亲筹付。

1911年夏,四川保路运动爆发,随后武昌枪响,革命之火成燎原之势,年末四川全境独立,次年2月,清帝退位,随后袁世凯就任中华民国临时大总统,两千多年的帝制宣告终结,新的时代来临了。这年夏天,十三岁的从木也迎来他人生的第一个转折。

这日,从木随董三外出做工回到家里时,万家派来的伙计已经等了快一个时辰,见了董三,便上前招呼。

"董先生,万家族老派我来请你带万从木去坝子上吃席。"

"吃啥子席?"

"从重庆府上来了省亲的亲戚,是万从木的表姑妈嘛一家人,说想见一哈从木。"

"那万从木跟到你去就行了撒,我就不去了,我还有活路儿(工作)要做。"

董三拍拍从木,就准备回屋。

"师父你不去,我也就不去了。"

从木看董三不想去,他也就不想去了,他认生,与坝子上的亲戚也来往不多。

"董先生,万老说一定把你请起去,有鱼有肉有酒,当打牙祭嘛。"

从木听到有鱼有肉,不禁咽了口唾沫,望向董三的眼神多了分期许。

"去换身衣服,不要脏兮兮的。"

董三说罢，从木高兴地应了一声"欸"便一溜烟儿跑进房里，待二人换了身干净衣服，洗了脸，便随伙计一起前往万家坝子。

傍晚斜阳夕照之时便到了坝子上，这是堪比过年般的热闹，远远就能听到鼎沸的人声，闻到扑鼻的蒸肉香味，宗祠外的空地上，摆了近二十桌酒席，坝子上的人几乎都来了。从木与董三被安排入了座，同桌叔叔姑子的也不熟悉，只是见过，具体怎么称呼也不清楚，从木作个揖，算行了礼，此时已经开席，大家也都吃喝起来，一路过来从木早已饥肠辘辘，见董三点了头，便端了碗筷大快朵颐，荤腥油水可不是天天能吃到的，何况这正儿八经的八大碗子。

酒足饭饱，万家的某位姑母过来招呼从木。

"从木，你表姑妈和你表姐、表姐夫想见见你，跟你摆哈龙门阵，你过来堂屋里坐。"

从木不置可否，扭头望向董三。

"你看我干啥子，你去撒，你个人屋头的人你有啥子不好意思。"

董三点上烟，吧了一口。

"董先生，族老请你去他那边坐一哈。"

那姑母又对董三说，董三点了点头，便自顾去了，从木只好随姑母走。进了堂屋，里面三姑六婶的坐了好多人，万家姑祖母坐在上座，旁边坐了一位妇人，身着雍容，仪态端庄，从木还未来得及行礼，便有二人迎了上来，一位身着长衫马褂、戴着金丝眼镜，油头锃亮的斯文公子，旁边一位眉清目秀的小姐，刺绣的袄衣配袄裙，外披一件齐腰毛呢斗篷。

"这就是从木表弟吧？"

那小姐起身还比从木略高些，笑盈盈地望着从木，眼神中既无虚假的怜悯，也没有居高临下的审视，只有真诚的亲近。除了母亲，没有人用这样的眼神看过他，这种温柔的、友善的，不掺杂一丝怀疑的眼神，反而令从木羞怯地低下头，不敢四目相接。

"从木，这是你表姐慧瑾，表姐夫初山，快，先来给你表姑作揖。"

"对对，从木，快好好让你表姑瞧瞧你这小画痴，小画仙，哈哈。"

几位姑母也都齐声附和，也不知这重庆府表姑是何方神圣，一来让万家这么大阵仗开席迎接，二来连平时对自己弃之如敝屣的姑母们，唤着自己也是格外亲热。从木虽满腹狐疑，但还是上前向表姑行了礼，姑母叫从木在表姐、表姐夫旁坐下，姑祖母和表姑、姑母们说起了闲话家常，这时表姐和表姐夫则挨着从木坐了，与他说起话来。

"从木，我是你表姐，我叫张慧瑾，其实我小时候见过你一次，不过你那时候太小了，肯定也记不得我了……这是你表姐夫，他叫王初山，不是大王出山，是初一的初。"

表姐慧瑾的声音似乎有让人放下戒备的魔力，刚才十分紧张的从木竟然笑了出来。

"哈哈，笑了就好，其实呢，我们这次来，就是专门来看你的。"

从木没有说话，他觉得这是不可能的事情，没有人会专门为他做任何事的，但是表姐却又不像在说谎。这时，表姐夫从怀里掏出一个牛皮本子，打开之后，从里面小心翼翼取出一张小画拿给从木看，从木一眼便认了出来，这是自己画的兔子生肖年画，因他将兔子耳朵画得一只竖起，一只耷拉，又有他做的小记号，所以很好辨认。

"从木，这是你画的对吧？"初山问道，从木点点头。

"画得真好啊，从木。"

初山伸手摸了摸从木的头，慧瑾也眯着眼竖起拇指。

"对了，对了，别忘了给从木的礼物。"

慧瑾轻拍初山，初山恍然大悟，猛拍一下额头。

"就是，光顾着说话，差点忘记了！"

初山起身去椅子下的手提箱里取出一个包裹，递到从木手中。

"赶紧打开看看。"

慧瑾用期待的眼神看向从木，初山似乎比收到礼物的从木还要兴奋，而从未收过礼物的从木却很迟疑。

"从木，这是专门为你准备的，你快看看。"

初山的声音也十分温柔。

"我不能要的。"

从木低声说，他看向姑祖母，似乎收礼物是犯错一般，可这时姑祖母正与表姑聊得起劲，根本没有注意到他这里。

"从木，快看看，你会喜欢的。"

慧瑾的声音的确是有魔力的，是让人确信与安心的声音，从木打开包裹，还未及细看，初山便兴高采烈地一件件解说起来。

"这个叫朱古力，是哥哥在上海买的，洋人的糖果，好吃得不得了……这个，叫速写本，是外国人画画用的，带着画画特别方便，这个铁盒里面你猜是什么？你肯定猜又是糖对不对，哈哈哈……小孩子就是爱吃糖，但是你肯定猜不到！请看，这是笔盒，里面有铅笔、上好的毛笔，还有一支钢笔！"

"好了，你别吓着从木。"

"对了从木，还有这本画册，这也是哥哥在上海买的，这可是非常少见的哟，这是一本西洋画的画册！"

从木看着手中的礼物，他感觉自己像是在做梦一般，这些东西除了铅笔和毛笔，他都没见过，当然铅笔和毛笔也从未见过这么高级的，他只是低着头，看着手里的东西，那种不可能属于他的不真实的感觉，让他脑子一片空白。

这时，三姑八婶的都离开了，万家族老在一位叔叔搀扶下走了进来，却不见董三先生。从木觉得自己该走了，便起身，把手中礼物放下，准备告辞。

"从木，你先坐起。"

"族老，我师父等着急了……"

"他在偏房抽烟，你莫慌，你坐到起。"

族老一边说，一边在主座坐下。

"族老，辛苦您了。"

表姑起身，向族老道了万福，族老抬抬手，示意她坐。
"你们摆（聊）得如何？"
族老问道。
"和姑祖母都说得很好了，孩子那边我还未及说起，久了没见，孩子怕生，不急这一时。"
"没啥子，从木这个娃儿懂事，他是个可怜的，你的这个想法是好事情，世道变了，道理没变，窝在大安场莫得好大出息，他老汉儿（父亲）当年也去了永川县嘛，本来是出人头地，哎，可惜了……"
"族老你说得对，我这次带慧瑾和初山回来，一个是他们小两口成亲后，应该回老家拜望下老辈子，二个嘛，自从晓得陈氏走了，我就很挂念从木这个小娃，他父亲走的时候，慧瑾也小，我们也没啥子能耐，帮不了啥子，现在慧瑾嫁人了，王家老爷在重庆府是出了名的仁义，知道从木的事情之后，就想把这个娃接去重庆，好好培养。"
表姑言辞温和恳切，虽说是对万家族老在说，实则这话也是讲给从木在听，从木感觉到大家的目光，面红耳赤，赶紧低下头。
"王家老爷的信我看了，和各家叔伯也有了一个商议，虽说大家都很心疼、很照顾从木这娃，但是天高海阔嘛，还是希望这娃去大地方，有个好前程，所以这个事情我们都赞同了……这一年多呢，从木在大安场泥瓦画匠董先生那里学徒，董先生也很照顾，这个事情我和他说了，他理解，想到嘛师徒一场，现在要领走了，礼数要周全。"

"族老，这个我们懂，我们有准备的。"

表姑正点头答应，从木却忽然站起身来。

"族老，师父不晓得这个事情，我也不得离开他，今天晚了我们还要回去，就先请个辞！"

从木聪慧而敏感，万家这些叔伯亲戚虽说不是对他弃之如敝屣，也是待如瘟神一般避之不及，族老这话听来，明面是礼数，暗里更像买卖一般，表姑一家是好心的，而万家这些亲戚却感觉要从这事里捞些好处，师父待自己不薄，银钱了事岂不让人寒心。从木匆匆作个揖，便往屋外走了寻董三去，族老唤他，他也权当没听见。

出门找了一圈却不见董三，只听正收拾打扫的伙计说董先生刚刚抽完一袋烟，便回去了，从木一听这话便怔怔蒙在那里，眼泪夺眶而出，他也顾不得许多，冲出门去追，此时天已黑了，从木一路往村口去，渐渐没了灯火，脚下一滑摔在地上，从身后远远传来几声犬吠，从木一时起不了身，只觉天地渐远，又只孤零零一人了。

"你跑啥子？"

也不知过了多久，煤油灯的微光照亮了从木的脸，是董三的声音。

"我去追你。"

"你追我干啥子，我又没走，我去茅房了。"

"我以为你回去了，不管我了。"

董三把满脸泪痕的从木拉起来，帮他拍了拍身上的灰尘。

"今天就住坝子上，住你家里，族老吩咐人收拾了的。"

董三牵着从木的手往回走，印象中这是董三头一回牵他的手，满是老茧的宽厚的手掌硌得他微微生疼，但他却觉得温暖与安心。

回到房里，从木一眼就看到桌上放着先前慧瑾表姐与初山表姐夫送给他的礼物。

"这些洋气东西，你都扔下不要咯？"

董三在靠窗的椅子上坐下。

"我不得去。"

从木小声嘟哝，也不知董三是否有听到，但没有答话，他从桌上拿起一包烟，不是旱烟烟丝，而是盒装的香烟，董三抽出一支，借烛火点上，深吸一口。

"是这个味道哦，"董三又吸了一口，指指桌上的朱古力，"你整（吃）一块呀。"

从木摇摇头。

"你怕啥子，又不是鸦片烟又闹（毒）不死你，喊你吃就吃嘛。"

从木怯生生地打开盒子，掰了一块放在嘴里，那是他从未吃到过的甜，从小到大没怎么吃过糖的他，更从未品尝过这般滋味，这糖不像冰糖那么硬，而是一嚼就融了，又甜又香。

"好吃不？"

董三问从木，他用力点点头，还挂着泪痕的脸扬起了笑容。

"师父,外头再好我也不去,我就在大安场待起跟你学。"

"娃儿,辫子都绞了,现在是民国,我这个旧时代的人已经莫得东西教你咯。"

第三回 王家院子

在慧瑾与初山送给从木的礼物中,那本来自法兰西的风景水彩画画册让从木爱不释手,那是他看到的第一本西洋画集,里面的洋文虽不认识,但每一幅作品都深深触动着他的心,无疑让他更加向往外面的世界。

一个月后,从木离开了生活十三年之久的永川县大安场,随表姐张慧瑾与表姐夫王初山来到了他新世界的第一站,两江交汇的山城重庆。

在陕西路附近的一条深巷之中,掩映在两棵高大的黄葛树后,坐落着一处并不显眼的三进院落,院子的主人正是初山的父亲、赫赫有名的大买办王鼎荣。王鼎荣的轮船公司经营着重庆至上海长江航线上多艘客运货运船只,以及朝天门码头集散的部分生意。在英日争霸长江航域的时代,他就跟随有实力的华商买办英资轮船公司旗下的货船,后又在招商局下属的公司，包船经营起重庆至武汉航线的客运、货运，做大之后，联合几位有实力的同行，成立了独立的公司与招商局合作，逐渐运营延伸到重庆至上海的全段航线。之前的保路运动，王鼎荣作为重庆哥老会总会坤字分舵的副舵把子也积极参与其中，运用其在航运与码头上的影响力策应同盟会与哥老会的对抗行动，四川宣布独立后，更应邀出任重庆商会河运总会的副会长，风光一时。当然，王鼎荣在保路运动中积极响应，一方面是因为作为商人，为维护自身利益而抗争无可厚非，另一方面，也是受到其子王初山的影响。早些年，王鼎荣送初山去日本留学，初山在日本加入了同盟会，回国后初山被派回四川协助罗纶等革命党人，保路运动爆发后，他被派往重庆负责联络工作。儿子跑去闹革命，老子自然没办法独善其身，王鼎荣站了出来，倒也算顺应了时代的洪流，乘上了革命的东风。

初山与慧瑾成亲前，王鼎荣就安排在正院旁的空地修起一座二层高带花园的小洋楼，以作儿子儿媳婚房之用。初山将这别院取名为"辉园"，取"阳春布德泽，万物生光辉"之意。从木来到王家后，初山将辉园一楼靠近小竹林的卧房安排给了他，初山告诉从木，之所以让他住这个房间，正是因为这间房窗外就是一小片翠竹，望之可解乡愁。房间虽算不上十分宽敞，但家具摆件、起居用品一应俱全，作为从木起居之用绰绰有余，初山知道从木爱画如命，专门挑选了许多画卷、书籍准备在房间里。

从木这一来可是刘姥姥进了大观园看花了眼，屋里自不必说，这灰砖青瓦罗马柱的小洋楼便是头一次见，屋外园子西侧正是小竹林，东边是一壁假山小景，连着一方池水，池中金鱼畅游，园中还建了一座凉亭，凉亭四周种了月季、桂花、芭蕉，石板步道过去连接着通往正院西南小花园的游廊。正院从木去的时候不多，其间奢华按下不表，只说院内伺候的女使丫头、厨子、杂役上下竟有十几人之多，便可知一二。

安顿好的第二天，王鼎荣设下家宴欢迎从木的到来，也将家中的成员介绍给他认识。王鼎荣正室夫人杜太太，是初山的生母，二姨太文氏，生下王家第二子，名曰初海，今年十八，比初山正好小四岁，月前去了上海读书，故而不在家中，三姨太李氏本来身子单薄，生下一个女儿后几个月便离世了，小女儿取名初芸，今年七岁，养在大夫人杜太太房中。初山纤瘦白皙，可王家老爷却是精壮黝黑，个子不高，却不怒自威，家教规矩也十分严格，家里用饭时，必是他最后一个入座，最先一个动筷，他停了筷大家都得立马停了，他起了身大家方可继续用餐，他不离席，其他人也是离不得的，这些规矩表姐慧瑾都教了从木。相较王鼎荣的严肃，杜太太倒是和蔼可亲，对从木也多有关心，初芸年幼，都破例坐在她身边，由她亲自照顾着。而二姨太则寡言少语，脸上也总没个表情，礼数是周全的，也没有轻慢从木的意思，兴许是儿子初海头次出远门，心里挂念的缘由吧。

又过数日，一个爽朗午后，从木正在自己房里画画，初山敲门唤他，从木应了，打开门，只见初山身边还站着一位陌生的小哥，与自己一般高，穿一身崭新的呢子西装，笑嘻嘻地盯着从木看。

"表姐夫午安。"

从木先给表姐夫作了个揖，再瞅一眼那男孩儿，还盯着自己看呢，不觉害羞起来。

"从木，我给你介绍个朋友，以后也是你的同学……"

没等初山说完，那男孩儿便伸出手来："我姓黄名硕，字伯廉，你就叫我伯廉吧，幸会！"

"你好伯廉，我叫万从木。"

从木一脸羞涩，与黄伯廉握握手。

"从木，我记得你是光绪二十五年生的，伯廉比你小一岁，你们年龄相仿，我和家父商量了你读书的事情，手续已经托人去办了，过几天你就和伯廉一起去学堂读书吧。"初山在窗边的太师椅上坐了，接着对从木说，"表姐夫过几日便要与你慧瑾表姐去上海了，可能要到年底才回来，你在这边好好照顾自己，就当自己家，大太太是顶和善的人，有什么需要尽管向她开口，学业上的事情，伯廉虽比你小些，但熟悉情况，他会帮你。"

"对，以后有啥子不懂的尽管问我……"伯廉一边答应着，一边走到书桌旁，端详起从木的画来，"这是你画的？"

"润笔小画，不堪赏阅，见笑了。"

从木不好意思地回答。

"画得真好，神形俱佳，来之前就听初山哥哥说你画画了得，见了真章，果然名不虚传。"

伯廉摇着脑袋，说得头头是道。

"小伯廉，士别三日当刮目相待啊，现在也能品评画作啦？"

初山看向一脸认真的伯廉，伯廉不禁噗嗤笑出声来。

"略懂，略懂，毕竟有家学渊源嘛。"

初山一听，哈哈大笑，从木一脸不知所以，初山对从木解释道，"伯廉家经营瓷器文玩，城中正阳街上'数墨斋'就是他家字号，在景德镇也办有窑厂，黄申裕伯父乃一代儒商，遍交天下文人雅士，我们这跑船行头的能攀上交情，实在幸甚。"

"初山哥哥如此谬赞真叫我无地自容了，从木既爱书画，今日天气晴好，不如去我家铺子上转转，顺便添些笔墨纸砚，权当见面礼。"

伯廉提议道。

"嗯，几位太太这长城估计得砌上一整日，现在时候尚早，那我们这就出发。"

初山应了，伯廉拍手叫好，听说有许多字画文玩，从木也想去数墨斋开开眼界，自然没有拒绝，于是三人便说走就走，刚要到宅门口，忽见游廊柱子后有一双黑溜溜的圆眼睛盯着他们，仔细看了，原来是小妹初芸，后面表姐慧瑾跟了出来。

"你们这是去哪里？"

慧瑾问道。

"我看今日晴好，就带从木去伯廉家铺子上转转，买些纸笔，以备上学之用。"

"你看，小妹也想去玩儿。"

慧瑾指指初芸。

"我这粗枝大叶的，带他两个都费力，带小妹出去大太太可非杀了我不可。"

初山摊手，一脸无奈。

"那倒也是，要不我与你们同去？"

"哎哟姑奶奶，你帮太太看着小芸吧，我给你们带采莲居的桂花酥回来……走了走了。"

初山拉着从木与伯廉大步跨出宅门，一溜烟儿跑没了影，从木扭头去看，表姐慧瑾牵着小妹初芸的手站在大宅的门口，阳光倾斜，树影婆娑，他恍惚间觉得这里仿佛就是自己的家，门口的表姐与小妹正目送他们离开，也在等着他们回来，这种温暖的感觉包裹住从木的心，而这一幕场景也深深印刻在了他的脑海。

第四回 郑太岁驾到

　　一周之后，初山偕慧瑾前往上海，从木在王家的安排下，通过了广益中学的入学测考，与黄伯廉同分入一班。广益中学之前名为广益学堂，本在都邮街，四川都督府成立后响应南京临时政府颁布的《中学令》，改"学堂"为"中学"，并迁址于巴县崇文里，由于新校舍离家较远，故而从木与伯廉都选择住校，一个月只回家一次。

　　民国初建，学校新迁，社会还在动荡之中，招生尚不顺利，能住十二人的宿舍也就住了一半学生。这日下课，从木与伯廉前往食堂用饭，远远就听得一人高喊"黄伯廉"，闻声望去，见一男生正朝这边挥手。

　　"大事不妙。"

　　伯廉低叫一声，从木十分诧异，于是问伯廉来者何人。

　　"认错人了，切莫搭理。"

　　伯廉就像见了瘟神一般，扭头就想溜走。

　　"伯廉，那个人叫你呢，不会是认错了吧？"

　　正当从木不解之时，那男生已经走到了二人跟前，只见那男生穿一件满是油污泥土的灰色马褂，头上系一条赤红方巾，蓬头垢面，犹如刚从泥泞之中打滚上来一般，两眼炯炯有神，嘴里叼根麦秆。

　　"黄伯廉，老子喊你你是不是要装莽（糊涂）？"

　　来人没好气地把手搭在黄伯廉的肩膀上。

"哎呀，这不是郑太岁嘛，哦，错了，哈哈，郑碧城，刚才确实没听清楚，你是在喊我吗，你啷个跑这里来了？"

伯廉尴尬假笑，感觉挺畏惧这叫郑碧城的少年。

"我啷个跑这里来，好问题，我想想，现在是民国了，难道就允许你黄伯廉来上学，不允许我郑碧城来上学么，你要行事（厉害）些么？"

"没得那个意思，我就是看这都开学几天了，报到的时候也没见到你人。"

伯廉怯生生地答道。

"老子想好久来就好久来，我们袍哥人家，江湖上这么多事情，公口头这么多弟兄，我忙得过来吗？"

"那你这么忙，还来上啥子学……"

伯廉一句话，顶得郑碧城满脸通红，他狠狠瞪着伯廉，"嘿，黄伯廉，婆婆妈妈，你就是这么欢迎你兄弟的吗？"

"兄弟？"

从木疑惑地看着面前一黑一白两位少年，黄伯廉瘪起嘴，眨巴着眼，微微摇头以示否定，那样子十分滑稽，惹得从木笑出了声。

"嗯……"郑碧城转头上下打量从木，"瘦不拉几、斯斯文文，你就是万从木了吧？"

"你知道我名字？"

从木大为惊讶，没想到这太岁小爷竟然知道自己名字。

"听说了，王初山给我说的。"

"你认识表姐夫？"

从木更加惊讶了。

"哎呀，待会儿再说可以不，黄伯廉，赶快请我吃两个肉包子，我饿死了。"

郑碧城嚷嚷着去掏伯廉的衣服口袋。

"为啥子是我请你吃？"

"因为你最有钱。"

最后"小白"伯廉还是经不住"小黑"碧城的骚扰，自掏腰包请他吃包子，当然一并也请了从木。三人一边啃着肉包子，伯廉也向从木介绍了这位不请自来的"郑太岁"。

郑碧城的父亲郑啸坤是重庆府九门八码头人数最多的一家脚行的会首，更是袍帮分舵的舵把子，人送外号"郑龙王"，朝天门码头上提装、揽货皆由他的脚行管着。就在保路运动之中，为人豪爽重义、广结八方英雄的郑龙王更是一马当先，率领会众支持起义军对抗清军，一时威望极盛。既然管着码头脚行，自然与轮船买办王鼎荣、瓷器商人黄申裕都有交道。郑碧城生在码头，长在码头，从小便在行会与袍帮之中耳濡目染，整日里拉帮结派、上蹿下跳、打架斗殴，所到之处无不是鸡飞狗跳，人送诨号"郑太岁"，之前他的龙王老子看不下去托关系把他送进私塾，不出一月，老先生便登门求饶，可见郑小太岁顽劣如斯。后来，郑龙王想到恐怕是郑碧城多与行会里的崽儿们来往，身边没个斯文的同伴，思来想去，王鼎荣之子王初山是出了名的懂事明理，若有这样的兄长作为榜样，兴许能约束这孙猴儿一般的郑碧城。说来也巧了，自从郑碧城与王初山来往后，虽说不是性情大变，但惹是生非的事情的确少了许多，也愿意去学堂上课，因此在王家结识了黄伯廉，也就有了今日相遇。

"初山是我最敬重的大哥，你既算是他的兄弟，也就是我郑碧城的兄弟，以后重庆上下城、九门八码头，我罩你，袍哥人家绝不拉稀摆带（拖泥带水）。"

郑碧城信誓旦旦对从木说道。

"从木乖得很，你不要在学校连累他就阿弥陀佛了。"

伯廉在旁嘟哝着，毕竟无缘无故请了一顿午饭，无奈这郑太岁又是饿鬼投胎，光白菜肉包子就吃了五个。

"黄伯廉，你莫再胡说八道，我既然愿意来，那就要好生学习的，你莫在从木面前抹黑我的形象。"

"你的形象还需要我抹黑呀？你个人照哈镜子嘛，一张脸黢麻锭子黑。"

伯廉话音刚落，已起身做好逃跑准备。

"黄伯廉，你找死！"

郑碧城一个箭步追了出去，留下从木在那儿看他二人耍宝。

郑碧城的到来，让原本冷清的宿舍变得热闹许多，而碧城与伯廉这对欢喜冤家，也成为了从木形影不离的同伴。

一个惠风和畅的周末，在碧城的提议下，三人决定去磁器口镇赶庙会。

位于嘉陵江畔的磁器口镇是彼时重庆最繁华的地方之一，这一江两溪三山四街之地素有"白日里千人拱手，入夜后万盏明灯"的美誉。商铺鳞次栉比，游人摩肩接踵，遇上庙会，更是水泄不通，各种好吃的、好看的、好玩的，让人眼花缭乱、目不暇接，此等盛景，从木还是头回体验。

"你们肯定饿了吧，今天轮到我做东，带你们品尝地道袍哥人家吃的美味。"

碧城吸溜一口口水，一脸神秘兮兮地说道，三人沿吊脚楼往江边而去，逐级而下，便是磁器口码头了，到了码头，碧城领着从木与伯廉沿着缓坡前行，忽然鼻息里闻到一股浓郁的辣椒与牛油的香气。

"嘿嘿，到啦。"

碧城笑言，只见河滩边的空地上支起一口大锅，正热滚滚煮沸着，那令人口水直流的香气就源自此处。

"今天我请你们吃牛油杂碎火锅。"

碧城走过去，与那里的四五个少年打了招呼，招手让从木与伯廉过来坐了，介绍一番，那些少年都是脚行的小兄弟。

"什么是杂碎火锅？"

从木见红彤彤的一锅，问碧城。

"这杂碎火锅，算是咱们脚夫兄弟最爱的美食，堪称重庆府的四大发明之一，就是把猪杂碎洗干净，切块儿、切片，在满是辣椒、花椒等香料与牛油熬煮的锅中，煮熟，就可以吃啦，这美味，哎，不说了，吃吃吃！"

话不多说，脚行的小兄弟给从木三人一人递上一副碗筷，与众人在锅旁围坐，美滋滋地吃起来，这时一位少年拿出一缸瓦缸装的酒水，倒在碗里，分给众人。

"这是醪糟酒，香甜可口！"碧城说完，直接干下一碗，"真是与火锅绝配！"

酒足饭饱，已是黄昏，远处江上传来几声汽笛，众人不免抬头去看，只见落日余晖，波光粼粼，正是"一道残阳铺水中，半江瑟瑟半江红"。从木赶紧取出随身携带的画板，勾勒起来，码头少年们熄灭土灶里的火，与碧城拱手告别，各自散去。碧城与伯廉则陪在从木身旁，迎着江风美景，聊起少年心事，从校园生活聊到城中轶事，接着又聊起各自童年的事情，天色渐暗，从木也收起画笔，聊起自己的"孤星宿命"，这本是从木心中隐秘的凄凉往事，如今借着酒劲也是不吐不快，听完从木的故事，碧城与伯廉也沉默良久。

"从木，命由天定而事在人为，老天夺走你的，兴许会用别的方式补偿，世上哪有啥子天煞孤星，只是你没遇到知己挚友而已，今日你若不嫌弃，我们就干脆结为异姓兄弟！"

碧城率先打破沉默，跳起来，对从木信誓旦旦说道。

"对啊从木，你表姐与初山哥哥不是也待你十分亲近嘛，现在你又有了我和碧城，你怎么会是孤星呢，你抬头仰望星空，哪有孤星，无非就是暂时被云雾遮住，乌云散去，那不是满天群星吗？"

伯廉第一次附和碧城，赞成他结拜兄弟的提议，从木感动莫名，眼中饱含泪水，望着碧城与伯廉，开心地用力点头。

"既然是在码头结拜,那我们就按袍帮的规矩来,今日我们三人结为异姓兄弟。"

碧城煞有介事,从木与伯廉也依样画葫芦,跟着碧城去学,三人背靠嘉陵江,面朝关圣庙,秸秆代之立香,口念誓词,叩拜天地,有模有样行完结拜之礼。

"古有刘关张桃园结义,今有郑万黄江边结义,等我们功成名就,也说不定被写进说书的唱词里哟!"

碧城兴奋说道,三人都开怀大笑起来。大哥郑碧城,二弟万从木,三弟黄伯廉,他们的故事没有被写进唱词里,但他们的情谊却伴随彼此一生。

第五回 新与旧

中华民国年满一周岁的春天,当人们在这万物复苏的季节对新的生活充满期许之时,迎来的却是一场由谋杀案引发的惊天巨变,以及随之而来的动荡不安的岁月。1913年3月20日,国民党代理理事长宋教仁在上海火车站遇刺身亡,史称"宋教仁遇刺事件"。

宋案之后,袁世凯的北洋政府与孙中山领导的南方革命党人已成水火之势，同年7月，孙中山仓促发动二次革命，王初山作为重庆革命党联络人，由沪返渝协助重庆革命党领导人杨庶堪谋划反袁事宜。8月，川军第五师师长熊克武被推举为四川讨袁总司令，杨庶堪出任四川民政总厅长，王初山以幕僚长身份辅佐，讨袁军成立后宣布重庆独立，并向西兵发两路，一路进攻隆昌，一路协攻泸州。然而由于革命党人中意见不一，全国缺乏统一领导与指挥，北洋政府应战准备充分，各地的讨袁军相继告败，最晚起事的四川自然更是孤掌难鸣，在熊克武的老相识、川督胡景伊的镇压下，不到一个月便兵败垂成，熊克武随即宣布卸任下野，取消独立，亲袁的四川都督府下令清算重庆的革命党人。

王初山在与杨庶堪等人商议后，决定分头伪装出川。

在离开重庆之前，王初山在亲友掩护下，回家与家人告别。

初山收拾包袱时，从木忧心忡忡地走进他的房间，初山见从木站在门口，便挥手招呼他进来。

"从木，从上海回来这些日子都没能与你说上话，真是抱歉，这次又不知道要走多久。"

初山微笑着对从木说，他气定神闲，没有一丝慌张与害怕。

"我知道表姐夫在做大事，从木帮不上忙，万望您多保重。"

"从木，表姐夫很抱歉，我做的事业给家里人，当然包括你带来了风险,让大家担忧,不过面前的困难只是暂时的,你要照顾好自己,在学校里好好念书,你现在就读的广益中学是教会学校,受英国人保护,很安全,这段时间你就住在学校里不要出来,明白吗?"

"我明白,可表姐夫,你这么能干,在政府里肯定可以当大官,为啥子要去干如此危险的事业?"

从木不解地望着初山。

"这个嘛……表姐夫干事业不是为了当大官,我和我的同志们,是要建立一个富强的中国,要有民主的政府来领导,国家富强,民族才能真正独立,才不用让外国人来指手画脚,中国人自己就可以保护自己……可现在袁世凯当了临时大总统,却迫害我们革命党人,意图破坏共和,破坏民主,走倒行逆施之路,我们就要与他斗争,把他打倒。"

"他已经是大总统了,为什么要谋害革命党?"

"为了权力,他在新世界却做着旧世界的梦,那终究是南柯一梦,明白吗?"

"我明白,我们是新世界的人,绝对不能再回到旧世界去。"

"是的!"初山听从木如此说,开心地笑了,他摸摸从木的头,背上收拾好的包袱,"我还要向父亲、母亲告别,从木,好好照顾自己,我们在新世界相见!"

从木看着初山并不宽厚却挺拔的背影,心中充满了敬重,他暗暗立志,虽然他还没有找到愿意付出生命去守护的东西，但他一定要成为表姐夫那样顶天立地的男子汉。

在王鼎荣与碧城父亲郑啸坤的安排下，王初山随杨庶堪先逃往上海，后由上海去往日本。初山走后，王鼎荣又斥重金多方打点，上上下下疏通关系，设法让四川都督胡景伊在对革命党的通缉名录上将王初山的名字划去。一来王初山一直在上海公干，并非重庆革命党核心成员，二来碍于王鼎荣轮船买办的财力与袍帮大爷的影响力，三来王初山已经出川也难以缉拿归案，胡景伊便做个顺水人情，收人钱财替人消灾，去除王初山反叛逃犯之名，也不再为难王家。

二次革命失败后的两年时间，无论大到国家，还是小到个人，都如同身处在江上的浓雾中一般，看不见前路与曙光。袁世凯接连解散国会、废弃《中华民国宪法草案》、颁布让大总统权力如同皇帝一般的《大总统选举法》，在谋求专制独裁的同时，为复辟帝制一步步做着准备。思想文化领域，袁世凯通令全国尊孔祭孔，康有为等人更是鼓吹孔学博大精深，乃中国之根本，要定"孔教"为"国教"，宣扬孔儒学说乃"放之四海而皆准"的道理，一时间大大小小的"尊孔会""孔教会""孔道会"纷纷成立，四川封建豪族、乡绅势力本就根深蒂固，民主共和思想远未深入人心，尊孔复古之势一时成为川中主流。

幸而从木与伯廉、碧城就读的广益中学是基督教会学校，并不受民政厅辖制，故而受复古思潮影响不大，学校还引入艺术通识科目，涉及西方绘画、音乐、舞蹈与建筑等各个方面,对醉心于绘画的从木来说,这无疑是一段宝贵的启蒙经验,也让从木对西方艺术充满好奇。可在那时,只有表姐夫初山赠予的西洋画册和学校自制教材上的几张模糊不清的图画,可供学习的途径太少,对于从木来说,打磨国画技艺,更在当务。无论酷暑严寒,从木无一日不拿画笔,无论山水或是工笔,凡可师之者皆师之,凡可见之物皆画之,两年光阴,也是进步神速。初山走后,从木自觉不能处处依赖王家,便与伯廉商量看能否在他家的店铺寄售一些画作,他也临摹一些四王、八怪的山水作品,不时卖出几幅,也有些收入贴补生活支用。

民国四年大雪那日,山城阴雨绵绵,寒气袭人,从木停下手中画笔,向火盆里添了一小块炭,随后推开窗户,望向窗外若有所思,跨过年后,也行将结业,未来如何,他不得不有所打算。正当他发呆时,一双黑不溜秋的大眼睛从窗下探过来。

"从木哥哥,从木哥哥……"

从木回过神来,才看见站在窗外的是初芸妹妹。

"抱歉。"

从木赶紧起身去开门,将初芸让进屋子。

"我是来给你送信的。"

初芸一脸兴奋地将信递给从木。

"信?这个时候怎么还有人给我寄信……"

"是大哥的信,郑伯伯刚刚送过来的。"

看着初芸欣喜若狂的样子,从木才反应过来,这是表姐夫初山的来信，整整两年后寄来的信，可想现在王家上下一定都处在"烽火连三月，家书抵万金"的喜悦之中。
"伯父伯母已经看过了吗？"
从木激动地问初芸。
"给家里的信，家父家母都已看过了，这封信是专门给你的。"
初芸答道，从木低头看，的确信封上写着"万从木亲启"的字样。
"初芸，多谢了。"
"别客气，从木哥哥，对了，明天你要回老家吗？"
"嗯。"
"你之前跟我说，你家后面有一山的翠竹，我也想去看看。"
"哈哈，好呀，等你再长大些，我带你去看。"
"那你说话算数，我们拉钩。"
初芸伸出她的小手。
"好，答应你，我过完年就回来了，给你带好吃的。"
"嗯嗯，拉钩上吊一百年不许变，变了是小狗！"
"哈哈，好的。"
从木微笑着摸摸初芸的头。
"从木哥哥，那明天一早我起来送你，你先看信吧。"
初芸说完就开心地离开了，从木迫不及待地划开信封，取出信来。

从木舍弟：

展信如晤。

时别近两年方与弟去信，实属无奈万般，反袁事败，愚兄以逃犯之身遁走他乡，为不累及家人只得隐姓埋名，自古忠孝难两全，父母日渐老迈，时常挂怀夜不能寐，羞愧难挨。两年之间，愚兄先走上海，后随杨沧白等革命同志远赴日本，于东京加入中山先生之中华革命党，以图积蓄力量，挽救民主于危亡，扶共和之将倾。袁贼逆行倒施，以尊孔敬儒之名，行专制独裁之实，据民国总统之位，做皇帝之春秋大梦，天怒人怨，其心可诛，吾辈孰能忍之容之。然袁贼复辟之心愈急，则灭亡之日愈近，世界潮流之所向，岂容他螳臂当车。

袁贼之所尊孔道，实乃封建之囹圄，禁锢吾国青年之思想，今拜读陈独秀先生发于《青年杂志》一文，名《敬告青年》，其言振聋发聩，读之如醍醐灌顶，愚兄抄录一份，与弟共勉之。弟醉心于绘画，不可不知天地之广阔，世界之妙奇，日新月异之时代，唯焕然一新者，方可立足之。

临书仓促，不尽欲言，为保万全，阅后即焚，望弟珍重！

兄 初山
民国四年 立冬

读完初山的来信，从木激动不已，他稍稍平复心情，认真拜读初山抄录的陈独秀的《敬告青年》一文："予所欲涕泣陈词者，惟属望于新鲜活泼之青年，有以自觉而奋斗耳……等一人也，各有自主之权，绝无奴隶他人之权利，亦绝无以奴自处之义务……吾宁忍过去国粹之消亡，而不忍现在及将来之民族，不适世界之生存而归削灭也……投一国于世界潮流之中，笃旧者固速其危亡，善变者反因以竞进……若事之无利于个人或社会现实生活者，皆虚文也，诳人之事也。诳人之事，虽祖宗之所遗留，圣贤之所垂教，政府之所提倡，社会之所崇尚，皆一文不值也……凡此无常识之思惟，无理由之信仰，欲根治之，厥为科学。夫以科学说明真理，事事求诸证实，较之想象武断之所为，其步度诚缓，然其步步皆踏实地，不若幻想突飞者之终无寸进也……"

自二次革命失败，表姐夫初山出逃以来，从木的内心与思绪就像被裹上了厚厚的石膏一般，让他透不过气，初山的信与陈独秀的文章就像一把铁锤，将封闭心灵的石膏敲得粉碎。从木真想仰天长啸以疏解心中块垒，他迫不及待想将此文分享给他的好兄弟伯廉与碧城，欣喜若狂的他将文章叠好放进怀里，几乎是夺门而出，走到院中忽而想起初山信中叮嘱，方又折回将信投入火盆付之一炬，然后直奔数墨斋而去。

从木刚刚走进数墨斋，便听得二层阁楼传来一阵豪迈爽朗的笑声。

"从木来了，是来找伯廉少爷吧，他正在二楼会客，你上去便是。"

掌柜见从木进来，指指楼上，微笑着招呼道。

"不打扰吧？"

"伯廉正说你一个时辰不来就派人去叫，正巧你就到了，赶紧上楼吧。"

"那就叨扰了。"

从木给掌柜作个揖，便顺着楼梯上了阁楼会客厅，平日里若有客人叙谈，一般在此。

"嘿，说曹操曹操到！"

从木刚露出脑袋，伯廉拍手叫道，从木闻声望去，伯廉已起身迎来，他身边站着一位男子，穿着长衫大袄，留着络腮胡子，精气神十足。

"从木，我掐指一算，你今日就要过来，你说我算不算是'半仙'，我已托店里伙计去买烧鸡卤味，然后把碧城叫过来，今日有新朋友，我们把酒言欢。"

伯廉迫不及待说道。

"我本想先来找你，然后与你一同去找碧城，若如你所说，我们倒是心心相印……对了，这位长辈是……"

从木礼貌地望向伯廉身边的络腮胡子兄，拱手施礼。

"长辈？"伯廉转头与胡子兄对视一眼，两人霎时捧腹大笑起来，久久不能自已，"失礼了，失礼了，是我忘了介绍了，从木，这位是张正权，之前在求精读书，后转去江津中学了，应是与你我同级，他可做不了你我长辈……这位是万从木，之前与正权说起过，说来你们都是醉心绘画之人，想必定能一见如故。"

"正权兄，在下唐突了。"

从木听了，赶紧向张正权作揖赔不是，尴尬得抬不起头。

"哈哈，无妨无妨，从木兄不必如此，鄙人自小就须发旺盛茂密，倒是占人便宜了。"

正权笑言，连忙伸手扶住从木。

"甚好，正权兄一看就颇有男儿气概。"

从木是无话找话，尴尬地夸奖一句。

"之前就听伯廉常常提起从木兄亦爱吟诗作画，今日有幸相识，还望将来不吝赐教。"

"正权兄客气了，赐教万不敢当，在下才华疏漏，还要多向正权兄讨教才是。"

二人寒暄几句，伯廉添了茶，三人方入座叙谈。

络腮胡子张正权乃内江人士，生于书香门第，实与从木同岁，自小也是念诗读书，喜舞文弄墨，绘画颇有天赋，与从木相谈片刻，甚是投缘，三人谈论近一个时辰，郑碧城才姗姗来迟。

"从木，王初山大哥托我父亲带的信你可看了？"

与正权招呼了，碧城忽而向从木问起。

"刚收到信，我这不就赶紧来找你们了吗，说话间都忘记了……"从木一拍脑袋，从怀中掏出信笺，递与碧城，"这是初山哥哥抄录的一份陈独秀先生的《敬告青年》，月余前发表于《青年杂志》之上，读之如沐春风，令人心潮澎湃，故而迫不及待想与二位兄弟共享之。"

碧城读后，又与伯廉、正权二人传阅。

"辛亥之役始于川中保路运动，方得国体变更，成就共和，然而袁项城之北洋政府掌权以来，尊孔复古，气氛颓靡，人心怠惰，青年迷惘，此文阅之，实乃振奋人心。"

待大家传阅完后，沉吟良久，伯廉方才开口说道。

"我最讨厌文言文，这篇文章读来就十分亲切，别的不谈，我就觉得现在已然共和，我晓得孙先生说的，天下大势，浩浩汤汤，顺之者昌，逆之者亡……大势所趋，不破不立，那些臭八股读来何用，害我国家羸弱，我辈青年就当锐意进取，打破所有陈规陋习，不可让臭八股再禁锢我们的思想。"

碧城接过伯廉的话头说道。

"大哥所言有理。"

听碧城这番话是慷慨激昂，从木也颇为赞许。

"没想到大哥上了几天中学，谈话都有见识起来咯。"

伯廉又来拆台，拿碧城打趣，惹得碧城红了脸，用壮实的手臂夹住伯廉的脖子，让这不听话的三弟连连求饶。

"新也好，旧也罢，这厢说如是这般，那厢说这般如是，青年何去何从，还需青年自己判断。"

张正权啜了口茶，搓搓他茂密的胡须说道。

"可又当如何判断？"

从木追问。

"看尽大千世界，方可通晓立于天地之道。"

正权目光深邃。

"看尽大千世界，世界之大，岂可轻易办到……"

从木感叹。

"哈哈，这大千世界嘛，可始于遍游巴蜀嘛，我看就在来年结业后即可成行，如何，诸兄可有意同往啊？"

张正权摩挲着他浓密的络腮胡须，笑嘻嘻望着大家。

第六回 被绑架的正权

1915年12月12日，正是在从木收到初山书来信四日之后，袁世凯在北京宣布接受帝位，推翻共和，复辟帝制，改"中华民国"为"中华帝国"，定国号"洪宪"，拟元旦登基。12月25日，蔡锷、唐继尧与李烈钧在云南宣布独立并发布讨袁檄文通电全国，护国战争随即爆发。战争伊始，云南以边陲一隅对抗北洋政府强兵压境，看似强弱悬殊，然而北洋军失道寡助，讨袁军凭借地利人和，战事到五月之时，四川、贵州、陕西与湖南各省相继宣布独立。1916年6月6日，众叛亲离的一代枭雄袁世凯在忧愤悔痛中死去，黎元洪就任大总统，宣布恢复国会与《临时约法》，历时半年的护国运动宣告胜利。时任中华革命党政治部副部长、四川主盟人的杨庶堪当选国会议员，他将得力副手王初山派回重庆，负责革命党四川党部的建设工作，七月，王初山在重庆镇守使熊克武的安排下，由广东辗转北上入川，终于回到了阔别近三年的家乡。初山回家后却没能与从木打上照面，从家人口中得知，此时从木正与黄伯廉、张正权在川中游历的旅途之中。

在数墨斋与张正权相识时，从木就欣然答应了正权结业后同游巴蜀、寻幽访古的邀约。从木十七岁前从永川上重庆，从未远游过，川中遍布名山大川，从木早就心驰神往。

正权是内江人士，与表姐有婚约在身，家中安排他结业后就要与表姐成亲，于是他便向从木建议，待结业后，从木先往江津与他会合，游历四面山后，借道永川前往大足、安岳一带寻访石刻佛窟，之后返回内江与表姐成亲，婚事妥帖后，再西游乐山、峨眉，最后北上成都、游历青城。

六月末，从木与黄伯廉、郑碧城一起顺利从广益中学结业，从木自是邀约二位结拜兄弟同往川中旅行，素来行事洒脱的黄伯廉毫不犹豫一口答应，他家数墨斋总号本就设在成都，伯廉一直想着邀从木去蓉城走走。郑碧城本也想同去，可他家郑老爷子给他安排了一个在邮汽轮船上实习的差事，好不容易求人得来的机会，不去不行。

七月初，从木与伯廉去朝天门码头送碧城上船，碧城对二人说："从木、伯廉，战事虽然已经结束，但我听父亲说局势尚不稳定，川滇各军还在争夺地盘，川中更是棒客众多，学生虽不是他们的主要目标，也还是要多加提防，如遇危险来不及报官，可用'海底'盘一下，虽然各是各的公口坝子，但在巴渝地界，还是多少会给白沙码头龙王庙一点面子，那些黑话手语的平日里教你们不少，要用的时候莫搞忘了。"

"大哥你放心，不管是棒客还是丘八，对学生都还是客气，你江上行船多加小心，我们到了成都给你去信。"

从木对碧城说道，三人又寒暄一番，汽笛声响起，碧城上船后站在船舷旁挥手道别，余晖江影，兄弟各自踏上新的旅程，不禁心潮澎湃，慨叹万分。

翌日，从木与伯廉二人收拾妥当，随即前往江津，与已等候在那里的张正权会合。四面山地处川黔交界的大娄山余脉，而笋溪河畔的码头小镇三合场正是四面山的北大门，往来川东黔西的货物在此集散，马帮与漕帮的人皆在镇上交易与休整，依山傍水的老街上客栈、茶楼、戏院、商铺鳞次栉比，一整日皆是熙来攘往之景象。

从木与伯廉找到正权信中约定的客栈，询问伙计可有学生住店。

"学生样儿的莫得，先生样儿的倒是有一个，姓张是不是？"

二人听伙计这么一说不由哈哈大笑起来，便知找对了地方，正此时，从楼梯上探个毛茸茸的脑袋出来，手里还握着一把蒲扇。

"我刚还在困觉，一听这个笑声我晓得是你们到了。"

正权移步下来，三人也快半年没见，此时已近黄昏，点了些简单饭食，三人在吊脚楼窗户旁的位置落了座。

"二位学友，半年没见，整点酒啊，这镇上石板烤糍粑、烟熏豆腐、切片蒸腊肉再配上青梅小酒,嗨呀,简直一绝!"

正权说得绘声绘色,从木与伯廉早已饥肠辘辘,听得直咽唾沫,赶紧招呼伙计上酒菜。

"正权,这顿餐食可是该你做东啊。"

三人推杯换盏,伯廉对正权说道。

"自然自然,给二位接风洗尘嘛,本来你们在永川等我也行,你们愿意绕道先南下来与我会合,权不胜感激。"

"哈哈,不是这层意思,而是正权兄人逢喜事,得先讨一杯酒喝啊。"

"伯廉说我的婚事啊,然也然也,我对表姐也是十分思念,但大足是无论如何得先去看看,我对石窟壁画兴趣甚厚,而且婚期已定,时间充裕,所以也不必太急。"

"正权兄,我儿时曾师从一位泥瓦画匠,他曾在大足、安岳一带寺庙做过工,我们途经永川时,可去拜访他。"

从木见正权对佛像石刻兴趣浓厚,忽而想到了董三师傅。

"知我者从木啊,太好了,那我们游赏完四面山,就北上吧。"

"来,我们共饮一杯,预祝旅途顺利!"

三人把酒言欢,一直聊到二更方才回房休息。

在四面山游览数日后,三人即启程前往永川,途中并无波澜,顺利抵达大安场拜望了董三师傅。此时董三腿疾日重,已不能做工,养在家中,见从木来探望,自是十分欣喜,相谈一阵,精力却是大不如前,片刻便困乏了,从木如今也还不宽裕，在镇上采买了些董三爱吃的卤味糕点，聊表孝心。

大安场并不大，从木在镇上也碰上了万家坝的远亲，知是他学成回来，非得告诉族长，从木虽不情愿，但也不好坏了礼数，还是决定去给族长问好。族里知道中学生万从木回来了，竟设宴为他洗尘，族长更是亲自主持，好不热闹，从木虽是千万个不好意思，但伯廉与正权都劝他既来之则安之，就过这一把瘾了，又有何妨。酒席之上，也叫不出名字的叔伯姑婶个个皆成了看着从木长大的贴心长辈，从木能成为中学生有了出息，第一是祖上先人庇佑，第二是族长规教有方，第三便是他们的关爱备至。"邀功大会"结束后，又成了叔伯问天下事大会，个个都来问重庆府怎么样，这仗又打得怎么样，从木疲于应付，便回答在学校用心读书，不知外面情形，搞得叔伯们意兴阑珊，此时又轮到姑婶们登场，上演最后一场说媒大会了，本已焦头烂额的从木如临大敌。

"婚姻之事，父母之命，媒妁之言，各位姑婶，此事今日就不便谈了吧。"

"从木啊，你父母走得早，你表姑我可是视你如己出，这事你千万得听表姑我的。"

"表姑家中繁忙，侄儿这等小事，就不劳表姑费心。"

从木几乎落荒而逃，这一旁看戏的伯廉与正权是又好气又好笑，也不知如何安慰从木。

"饭菜尚可。"

伯廉拍拍从木肩膀,憋着笑说道。

"你看我有吃上一口?"

从木摊手反问,三人笑作一团。

在从木为父母坟茔祭扫后,三人接着上路前往大足。

大足摩崖造像自唐开凿以来,已历经一千两百年,涵盖儒释道三家之精美造像星罗棋布于宝顶山、北山、南山、石门山、石篆山之"五山"及其他十余处地方,乃世界石窟艺术之瑰宝。正权近日醉心于人物工笔,对佛教绘画亦有浓厚兴趣,精美的石刻壁画更是令他十分着迷。刚到宝顶山,他便难掩其兴奋,在下榻客栈中,更是侃侃而谈,誓要将天下石窟看尽,并要一一临摹。

"从木,伯廉,不瞒二位,正权这个俗名我不大喜欢,最近翻阅佛家经典,深有体悟,我虽不愿割舍凡尘,但若有佛缘,我愿做个居士,届时法号就叫大千,大千世界之大千。"

正权言道。

"大千好啊,那我们以后可就叫你张大千了哟。"

伯廉赞同道。

"现在不好这样喊,庙里住持说,我尚未历劫,佛缘未至,不能用法号的,他说佛缘到了之后,我才可用。"

正权摸摸胡须,一副讳莫如深的样子。

"那你啷个晓得佛缘好久到?"

从木问道。

"天机不可泄露撒,时候到了自然就晓得了。"

三人正闲谈之际，忽有一人走到他们面前，作揖打招呼，那人生得黝黑精瘦，微驼着背，面似猢狲，自称大足本地倒卖药材的，姓杜，家中排行老四，人唤杜老四。寒暄几句后，知道从木一行是学生过来游玩，便提出这几日无事，对这一片熟悉，愿做向导带他们游玩。

"最近不是刚打完仗嘛，五山地界也不太平，常有绿林棒客出没，虽说学生不是肥肉，但你们在山里乱转总是不妥，我看这位正权兄谈吐非凡，也还想听哈你的高谈阔论，如果你们不嫌弃，明日可结伴同行，我给你们做个向导。"

见杜老四如此热情，正权毫无怀疑便一口答应，从木与伯廉虽有些顾虑，但毕竟杜老四也只一人，而且有个向导总是好的，于是也没反对。之后几日，杜老四带从木三人先后游览了宝顶山与北山，其间并无半点异样，也未遇上流寇山匪，杜老四自是自然亲切，对山上形势也的确十分熟悉，与正权更是就摩崖雕刻相谈甚欢，从木与伯廉也对他逐渐放下戒心。

前日众人本商量妥了翌日去石门山游玩，可不巧一夜风雨，气温陡降，从木身子弱些，感了风寒，精力不济便只能在客栈休息，杜老四见状便提议说，自己有些药材要上石门山去探探，伯廉可留下照顾从木，正权若有兴趣，可随他同去。正权这几日看了宝顶山与北山的石刻，正是兴趣盎然，从木与伯廉自然也不愿扫他兴致，便同意了杜老四的提议。

"二位小友放心，石门山我熟得很，哪还能出啥子岔子。"

正权与杜老四用过早饭,便向石门山去了。

可正权这一走,整整三日过去,从木与伯廉也未等到他与杜老四归来,察觉事有蹊跷的他们到镇上一问,根本未曾听说有采药的杜老四这么一号人,正当二人心急火燎之时,忽然收到一封正权的亲笔信,信中说杜老四是石门山的棒客头目,说他有才,非要绑他入伙做师爷,若二人不报官,他则无性命之忧,若带兵来救,则立马杀之,所以让他们不必纠缠,离去便是。

从木与伯廉二人面面相觑,一时也不知如何是好,人生地不熟的,也不知去找何人求助,此时从木想到大哥碧城的嘱咐。

"既然是山中棒客,说不定也是哥老会的人,就算不是,或都与袍帮相识,我们去茶馆问问,兴许有袍帮兄弟愿意仗义相助。"

从木建议道。

"现在也只能死马当活马医了。"

于是二人立马来到镇上茶馆,从木与伯廉一看里面喝茶抽烟的架势,便知这一定是个公口,两人对视一眼,点了下头,算是壮壮胆色,硬着头皮迈步走了进去。

他二人身着长衫,一脸书生气,一看便不是袍帮中人,站在屋内,更是格格不入,伙计打量他二人一番后,上前来询问。

"二位喝茶还是抽烟?"

"我们……想找人。"

"阁下由哪里来？"

伙计问道，伯廉一听，这是袍帮的切口。

"由昆仑而来。"

伯廉如是答了，那伙计脸上一惊，又问道。

"往哪里而去？"

"木阳城而去。"

"木阳城有多少街巷？"

"有三十六条大街，七十二条小巷。"

"有啥子景色？"

"东门三灶十八锅，西门三锅十八灶。"

对答问，伙计回到柜台上，与掌柜耳语几句，此时掌柜走了出来，迎到从木与伯廉二人面前。

"二位公子，敢问是哪山哪路的兄弟，来此有何贵干呀？"

伯廉见掌柜如此问了，便双手叉腰，扎个马步，也算学得有模有样。

"在下重庆府上九城门下白沙码头龙王庙郑龙王的干侄儿，姓黄名伯廉，给掌柜有礼了，这位也是我结拜兄弟，姓万名从木。"

"有礼，在下与黄兄弟同姓，是这里管事，你们有啥子事，可以给我摆。"

黄掌柜喊了两碗茶，请从木与伯廉坐了，从木将正权的手书递给黄掌柜，把他被绑票的事情来龙去脉都与黄掌柜细细讲了。

"杜老四肯定是个化名，你们遇到这个人应该是石门山的二当家吴猴腮儿，你们只怕是早就被盯了梢了，但是他们不要赎金，信里面说请你们兄弟去当师爷，应当也不假，他们大当家姓康，也是浑水袍哥，做事虽是狠辣，但也算讲道义守规矩，你们这位兄弟应当暂无性命之忧。"

"黄掌柜大仁大义，能否出手相救？"

伯廉问道。

"唉，我们与石门山向来井水不犯河水，现在兵荒马乱，有枪就是爷，这个事情我们公口管不了，而且这信里头说得很明白，叫你们二人不管闲事但行离开他就安全，你们要是在镇上把事情闹大，反倒可能害了你兄弟性命。"

黄掌柜摆摆手答道。

"那我们现在该怎么办，能不能报官？"

从木不死心，又追问道。

"县里面管不了这个事情，既然你们是龙王庙的人，天下袍哥共一家，我就送你们个人情消息，县城边驻扎了一个混成旅，他们参谋长姓甘，也是袍帮中人，最近在传，他们旅有意收编石门山康家的人马，我给你们写封手信，你们去找他，看他有啥子法子。"

黄掌柜如是说了，从木与伯廉自是万分感激，二人取了介绍信，赶紧前往兵营拜访甘参谋长。

寻到兵营，从木与伯廉向执勤士兵递上介绍信并说明来意后，便被领到接待室等候，二人在接待室一直等到傍晚，结束操练的甘参谋长才姗姗而来。见传令官先行进屋立于一侧，正垂头丧气的从木与伯廉二人立马站了起来，但见一位个头不高却气宇轩昂的青年军官走了进来，他打量一眼眼前矗立着的两位年轻人，先不发一言，将军帽放在桌上，坐下后，传令官上前为他点上烟。

"两个白面书生，跑去茶馆装袍哥，有点意思。"

甘参谋长悠悠地说。

"甘参谋长，我们朋友被绑票，确实也是万般无奈，虽然我们不是袍帮中人，但我们的确是重庆府上九门下白沙码头龙王庙郑龙王的干侄儿，在下黄伯廉，是数墨斋黄申裕之子，这位是万从木，他是重庆府坤字分舵副舵把子王鼎荣的表侄，我们的确是学生，毕业了去参加这位朋友婚礼，顺便游历下川中，没想到他会遭棒客绑票。"

伯廉一边解释，一边将正权的信递与甘参谋长，"如果甘参谋长愿出手相救，张正权家人必有重谢。"

甘参谋长一边看信，一边瞄了几眼从木，"这个叫万从木的学生，你是王鼎荣的表侄儿？"

"是的。"

从木答道。

"嗯……那你和王初山是表兄弟？"

甘参谋长又问。

"其实准确说，王初山是我表姐夫。"

"你是不是会画画，初山跟我提过他有个小表弟，在绘画上颇有才华。"

从木与伯廉一听，喜出望外，原来甘参谋长与表姐夫王初山相识。

"在下惶恐,是表姐夫谬赞了。"

"二位同学,你们也别太着急,鄙人甘绩镛,字典夔,是川军第七混成旅的参谋长,与你们初山哥都是革命党人,老相识了……现在你们这个同学张正权若确定是被石门山康家绑的,按信上说法,他暂无性命之忧,说是绑他去当师爷,恐怕也是你们这个朋友有些才学,被康家人看上了,我们旅想收编康家也是不假,只是还在等上峰的命令,我会给康家去封信,知会他一声,不要伤了你们同学……你们看这样行不行,现在兵荒马乱,你们也别到处乱跑,我派个人送你们去内江,通知张正权的家人,万一要赎金这些,还是得有个准备。"

甘绩镛长如此筹划,从木与伯廉也很赞同。

"甘参谋长大仁大义,我们感激不尽,旅行途中没得准备,等回到重庆,必备厚礼重谢。"

"需不着这般客气,不过莫看我是行伍中人,但也喜文弄墨,到时候求两张从木同学的小画就行。"

甘绩镛饶有兴致地对从木说道。

"承蒙甘参谋长不嫌弃,在下与正权一定奉上小作,请甘参谋长赐教。"

"正权同学也精通绘画?"甘绩镛问道,从木与伯廉都点头称是,"那好,那好,你们明日就动身吧,放心,我一定保他安然无恙。"

从木与伯再三谢过甘绩镛,又在军营里用了晚饭,翌日清晨便出发前往内江。

　　张家在内江是颇有名望的书香门第，所以稍作打听便找到了，家中人得知此事后亦是焦急万分，正权二哥张善孖、四哥张文修立马动身前往大足，料想正权必定安然无恙，从木与伯廉商议后，决定完成旅程，于是前往乐山、峨眉，最后到达成都。

　　三个月后，当了近百日棒客"黑笔师爷"的张正权终于虎口脱险，返回内江与表姐定亲，随后前往日本留学。正权再与从木、伯廉二人重逢，已是时隔二十年之后，彼时张正权已是名满天下的张大千，回首这段少年奇遇，众人亦是唏嘘不已，感慨良多。

第七回 新世界，上海！

　　1917年中旬，在成都旅居半年后，与从木一同来到成都的伯廉以预科生身份考入成都高等师范学校，专修英文科。游历川中大半年，开拓了视野，也在画技上有所进步的从木，却仍对下一步打算感到茫然，就在此时，他收到了表姐夫王初山的来信，随即返回重庆。

　　回到山城的从木，在初山的书房里见到了那位改变他整个人生轨迹的人——杨公庹。

杨公庹与王初山年龄相仿，比从木年长五岁，长寿人氏，祖上也有在前清做过官，家中有些田产，还算富足，他本人亦是酷爱绘画，之前求学于北京、上海两地，性情洒脱，喜好广交朋友，在上海时，与初山结识，之后颇受新文化运动之影响，深感国家青年人才之匮乏，此次回渝，正是受上海友人之托，为新艺术学校招生一事奔走。当杨公庹找到初山，并看过从木的习作之后，便催促初山赶紧写信给还在成都的从木，想与之见面一晤。

身穿洋装、梳着油头的海派青年杨公庹一见从木，便是大加赞赏，又问其创作之思路想法，当得知从木渴望了解学习西画之时，杨公庹欣喜不已，连拍三下桌案。

"从木，我友人在上海创办的上海图画美术学校便有开设西画课程，中西兼修，博取众家之长，听闻下月还会举办人体写生成绩展览会，可谓耳目一新，乃颠覆传统艺术之盛事……既然从木你有学习西画的愿景，岂能在川中偏隅闭门造车，如今上海乃亚洲之中心，万国齐集，无奇不有，正是开拓眼界、锐意创新之青年向往之处，现如今就有推荐入学的机会，看你作何考虑？"

杨公庹如连珠炮般说完后，又从怀里取出一张皱巴巴的宣传单递到从木手中。

"上海图画美术学校？"

从木读出宣传单上的字样。

"正是上海图画美术学校，乃举国上下最进取创新之专门艺术学校也。"

"可学习西画？"

"专开西画科目，思维之新，让人惊叹。"

杨公庾看从木兴趣盎然，不由双眼放光。

"可这是私立学校吧？"从木又问。

"是也，"杨公庾看出从木眼中的犹豫与无奈，"私立学校有何不妥吗，现如今公立学校开艺术专门科的全国几乎没有啊。"

"抱歉啊杨先生，私立学校收费高昂，又何况在寸土寸金的大上海，我在表姐夫支助下才刚刚中学毕业，实在无力负担这费用。"

从木虽心向往之，也知道现实情况不容他去上海。

"从木，这事我已与你表姐夫商量过了，你的情况他最是清楚，若我们这都没想到，怎会叫你回渝，其一，你在绘画上极具天赋，乃可塑之才，是该校最想招收的学生，学费上必然会有减免，其二嘛，生活费杂费等，你表姐夫家愿意资助你，你安心上学即可。"

杨公庾说完，从木望向初山，初山微笑着点头肯定。

"从木，我不是在信中跟你讲过，天地广阔，世界奇妙，你该去体验一番，成为能立足于新时代的新青年。"

从木听初山如此说，内心激动不已，眼泪更是夺眶而出，连连点头，他对初山的感激不知如何表达，只能在心中暗暗立誓，一定要学成而归，报答初山哥与王家对他的恩情与期许。

"请问杨先生,我们何日前往上海呢?"

三人叙谈片刻后,从木问杨公庹。

"对了对了,忘记告诉你,船票你表姐夫都帮你订好了,三日后就出发,错过这班船又得再等一周,那就会错过展览。"

"船票都买好了?"

从木目瞪口呆,这根本就是已经把自己安排得妥妥当当了嘛,算准他一定会答应啊。

"公庹,忘了问你,招生顺利吗?"

初山忽而问起。

"顺利呀,圆满完成任务,所以得赶紧回上海了,为了等从木,也是多待了近半月之久。"

杨公庹回答道。

"那请问杨先生,这次有几位学友同行呢?"

从木一时好奇。

"还有一位,这几日你就好好收拾行装,三日后你就能见到你的同学了!"

"啊,这叫圆满完成任务?"

初山与从木都惊讶不已。

"哈哈,我以为一位都招不到呢,没想到招到两名颇有资质的学生,这还不算圆满?"

杨公庹一摊手笑着反问,从木与初山二人对望一眼,随即也跟着笑起来。

因为川中接连战乱，各国间在长江航运上的势力也更扑朔迷离，王家的买办业务也受到不小影响。此外，王鼎荣年事日高，身体也大不如前，故而希望作为长子的王初山留在重庆继承家业。

初山这边，虽说他是不折不扣的进步青年，可也是受儒家文化熏陶长大的，性格本就是外柔内刚，又善良谦恭的他，仁孝是刻在骨子里的，早年在外求学而后又参加革命，风里来雨里去干的是把脑袋系在裤腰带上的买卖，自是让家人担惊受怕，他内心深处也对父母与妻子充满愧疚之情。加之自辛亥革命推翻满清王朝以来，又经历二次革命、护法运动，南北不和，北洋专政，各地军阀拥兵自重互相攻伐，手握权柄之人装模作样、假公济私、追名逐利，政坛暗无天日，身在其中，初山身心俱疲，心中的那团火在颠沛流离、四海漂泊的岁月中渐渐熄灭。于是他选择遵从父亲的意愿，决定携妻子慧瑾留在重庆，侍奉双亲，看守家业。

潜移默化间，初山把曾经的少年志向，寄托在了年少的从木身上，他尤为欣赏从木略显瘦弱的身躯下蕴藏的那份执着与从容，总在依稀间看到自己年少时的影子，所以初山希望从木能学有所成，将来成就一番自己的事业，这也是他愿意倾尽全力支持从木的缘由。时间紧迫，初山与妻子慧瑾忙前忙后为从木准备行囊，吃穿用度一应都考虑详全了，这份用心，让从木感激不已。

临行前日，小初芸跑来辉园找从木，从成都回来这几日从木一直忙着为去上海做准备，二人竟也没碰上面，这一算来，也快大半年未见着了，从木请初芸在窗前的书桌前坐下，然后从抽屉里取出从成都带回的一盒糖糕果子与一个小巧的雕花珐琅首饰盒，递到初芸面前。

"初芸妹妹，这本是给你带的礼物，回来这一忙就忘记了，实在抱歉。"

从木有些抱歉，憨笑着赔不是。

"谢谢哥哥惦记着，可听说你又马上要去上海了？"

初芸手里捧着从木给的礼物，却开心不起来，锁着眉头，嘟哝着问道。

"是啊，表姐夫安排我去上海学习绘画。"

"本想你回来了教我画画，这一走又要多少日子？"

"一年两年总得要去的，到时候再回来教你。"

初芸微微点头，从衣兜里掏出一支钢笔，递到从木手上，"这是去年大哥送我的生日礼物，平日里都用毛笔写字多，放我这里暂且也只是个玩物，我就借花献佛送给从木哥哥，愿你早日学成归来。"

"这是初山哥送给你的生日礼物，我哪里能要。"

"你就收下吧，上海是时髦地方，听说写字都用钢笔了，你读书用得着的，就是怕哥哥你见识了花花世界，再也不想回重庆了。"初芸瘪瘪嘴，站起身来准备要走，"那不打扰从木哥哥了。"

"等一哈。"

从木想起去年初芸生日自己不在，但生日礼物还是备了的，一直忘记给她了，他从书架上取出一卷画轴，递给初芸。

　　"初芸妹妹，竹山之约我可没忘，我画了一卷《竹山散居图》送你，等我读完书回来，我带你去看箕山的竹海。"

　　初芸接过画轴，心中是悲喜交加，去看从木，发现从木正笑盈盈地望着自己，一时竟羞红了脸，道一声夫人还叫她过去，便离开了。

　　从木心里还奇怪初芸妹妹怎么也不打开画轴看看，就这般一股脑地跑开了，他也不作他想，将钢笔小心收好，便去向王家老爷请安告辞。

　　翌日，初山与慧瑾送从木到朝天门码头，杨公庼已在驳船边等候，身旁还有一位个头不高、但看上去文质彬彬的年轻人，见杨公庼向走来的从木，初山与慧瑾挥手致意，便知道了是同学，也跟着挥了挥手，露出爽朗的笑容。

　　"这就到齐了，我来介绍一下，从木，这是何聘九，聘九，这就是我跟你提到的万从木，你们可就是同乡的学友了，将来可要相互扶持。"

　　公庼介绍完后，聘九和从木握手致意，后来在船上各自做了介绍，原来聘九是四川绵竹人氏，比从木年长两岁，其父办过私塾，是教书先生，后在战乱中不幸病逝，他辗转来到重庆求学，写得一手好字，也爱画画，立志学成后继承父亲衣钵，为人师表，所以报读刚刚开科的师范专业。

　　"记住我跟你讲的话，去新世界吧！"

　　初山送从木到船边，他与从木拥抱，深情嘱咐，从木念及初山的情深义重，深深向他鞠了一躬，二人都热泪盈眶，依依惜别，随着汽笛轰鸣，轮船驶离朝天门码头。

从木怀着激动的心情踏上了前往崭新世界的旅程，可谁也未想到，这一别，竟是从木与初山的永别，从此"云帆望远不相见，日暮长江空自流"。

第八回 校长乃"艺术叛徒"是也

1917 年 7 月，上海图画美术学校成绩展览会在张园安垲第举办，从木于沪上的求学生涯便由这引起不小风波的展览会开启。

从木与聘九初抵上海时，新学期尚未开学，故而杨公庹只能先将二人安顿在学校附近租住的一间民房内。三人稍事休整，随后在街口一间面铺吃上一碗地道的阳春面、一笼热腾腾的小笼包，总算是一扫多日在船舱里的憋闷与疲惫。吃饱喝足，杨公庹便迫不及待地领着二人前往张园安垲第看成绩展了。

在路上公庹介绍说，这次展览展出学校师生创作的优秀作品，包含中国画与西洋画，西洋画中展出数幅人体素描，算是开国内书画展之先河。从木与聘九两位年轻人自是充满期待，一路上，洋楼林立、车水马龙的繁华景象更是让从木目不暇接。

盛夏光景，午后微风习习，梧桐树影婆娑，颇为安逸，安屺第前时有观展之人进进出出。走到门口，公庚便碰上了两位熟人，满面笑容地上前招呼，年长者身着中式长衫马褂，蓄着长须，手握一根木柄文明棍，颇有威严，另外一位青年则穿着西装，梳着油头，戴一副圆框眼镜，斯文俊俏。

"杨先生、丁先生二位别来无恙啊。"

"嗨呀，这不是公庚吗，你从四川回来了？"青年迎上来与他握手，"校长可是对你翘首以盼，你这是空手而回还是满载而归啊？"

"那自然是满载而归，虽说只寻得两位学生，可都是可塑之才。"杨公庚招呼从木与聘九过来拜见二位师长，"这位是教授中国画的杨柳桥先生，乃沪上颇有名望的工笔大家。"

"杨先生好。"

从木与聘九向杨柳桥鞠躬，杨柳桥则拱手还礼。

"这位……"

未及杨公庚开口，丁先生抢先一步自我介绍："在下姓丁，我的名字嘛，打个字谜你们猜猜？"

公庚一摊手看向杨柳桥先生，二人笑着摇摇头，看来这是丁先生一贯的把戏。

"好玩儿而已，无妨，听好，菜根抿口自舒心，猜一个字。"

"字谜我最不擅长，靠你了。"

聘九对从木说道，从木苦笑，只得绞尽脑汁去想。

"我还带他们去看展，看完再告诉你。"

公庹是个急性子，可不耐烦与他在这儿打字谜。

"先生之名，莫不是个'悚'字？"

可只一会儿，从木开口说道。

"不错不错，颇有灵气，在下丁悚，教授中国画与漫画，最是喜爱猜谜，有兴趣以后多交流。"

丁悚很是高兴。

"好了好了，每次都玩这一招，你也不腻，对了，展览怎么样，我看观展之人还不少？"

杨公庹问道。

"别的还好，就人体素描颇具非议。"

丁悚无奈叹气，这人体素描在彼时可从未公开展出，引来非议自是可想而知。

"校长不在？"

公庹问丁悚。

"之前在的，这一时又不知跑哪里去了，近几日没少与人争论，幸而展览过不了两日就结束了，被指指点点都罢了，就怕惹出什么大麻烦。"

丁悚答道。

"我当初就不同意展出什么人体素描，西学东渐，当取精华而去糟粕，不该一概而用，不过我教授国画，西画的事情我就不便议论太多，只要别惹出事端便好。"

杨柳桥颇为不屑地说道。

"校长年轻，也是锐意进取，好与不好，还得听听多方意见，兼听则明嘛。"公庚打个圆场，"二位先生何不一同进去？"

"你带学生先去吧，一会儿城东女学的杨校长一家过来看展，我二人迎一下。"

丁悚回答道，杨公庚应了，便领着从木与何聘九进去观展了。

安坻第分两层，一楼展出中国画作品，二楼则展出西洋画作品，三人先细细看了一楼作品，正要往二楼去时，忽见一老一少两位面红耳赤、恼羞成怒的女子急匆匆从楼上下来，险些撞个满怀，正在这时，楼上传来一阵吵闹声，三人面面相觑，不知楼上发生了何事，随即沿着楼梯上了二楼。

"我以为他是年少无知，现在看来简直是不知羞耻，这等粗鄙低俗之绘画也能登堂入室供人观摩，太有辱斯文、伤风败俗，我看刘生堪比艺术界之叛徒，教育界之蟊贼……"

三人凑拢了看去，只见一位身着洋装的中年男子在几幅习作前怒不可遏，杨柳桥与丁悚二位先生正在一旁劝解。

"杨校长言重了，这裸体素描乃西方百年之经验，不足为奇，您也是去过东洋研学的，区区几张小作，也不足以让您如此震怒吧。"

丁悚劝慰道。

"丁先生你还是太年轻，我不想与你计较，柳桥先生也算我沪上名家，怎么也受那刘生蒙骗，任由此人败坏教育界的名声。"

那杨校长见丁悚并不赞同他的意见，便与杨柳桥先生去掰扯。

"杨校长，我只管中国画，西画我也不懂，这人体素描参展一事，老夫本也甚觉不妥，然中西之艺术毕竟各有其法，老朽只一教员，也不便妄加评论。"

"柳桥先生，我等皆是爱画之人，这丹青笔墨传承千年，怎可让洋人这些不堪入目的下流画作玷污门楣……这刘生若是不撤掉这伤风败俗的画作，我必撰文批他，我还要到省教育厅告他！"

杨校长说完，甩手气鼓鼓地离开了。

从木上前去看那几幅习作，是男性与女性的裸体素描，从木大概知道素描乃西画之基础，但得知这画作乃画真人模特儿所得，心中也是感到极为震撼。

逛得差不多了，从木下楼到后园茅房去小解，出来正洗手时，走过来一人，轻声问他道："那杨白民走了？"

从木闻声侧目，只见一位神气风流的青年倚靠着洗手台看着他，国字脸，双眼皮，梳着大背油头，穿咖色三件套西服，皮鞋油光锃亮。

"谁，先生您是在跟我讲话？"

从木见四下无人，狐疑地指指自己。

"哦，四川口音，你不是我们学校的学生？"

从木看那青年与自个儿年龄相仿，便以为是位学长。

"学长好，我是今日刚到的新生，从重庆过来，是杨公庑先生招收的我。"

"公庑兄回来了，嗯嗯，我过会儿再找他吧……我看你从楼里出来，那杨白民走了吗？就刚才看人体素描时吵闹的那家人。"

"哦，已经走了。"

从木反应过来，方才回答。

"走了就好，不然我真忍不住要上去理论，还是留学过东洋的，怎么就一副井底之蛙的模样，见识这般短浅，说裸体素描伤风败俗，那我看就该多伤这古板沉郁之风，败这故步守旧之俗。"

那青年愤愤然说道。

"说来惭愧，我初次观看这裸体素描，也颇觉震撼，甚至……有些害羞。"

"你也觉得伤风败俗？"

"那倒不是，只是觉得新奇，让我更想知道西画里的许多方法，的确与国画大相径庭。"

"这就对了，对凡事都要充满好奇，切莫一无所知之时便去判个好坏高低。"

"学长说得有道理。"

从木觉得这位"学长"的高论颇有道理，于是点头称许。

"学长？哈哈，也是也是，我需要学习的东西也还有很多，也可谓是学长……对了，同学怎么称呼？"

那青年又问从木。

"鄙人姓万名从木，今日得遇学长，实感幸甚，今后还望多多指教，还未请教学长尊姓大名？"

"幸会，万同学，我叫刘海粟，这离开学还有时日，你刚到上海，可多走走看看，遇着什么事你去问公庹，他人老好咯，我这里还要想想怎么应付那些作妖的老古板，你先去吧。"

刘海粟拍拍从木肩膀。

"好的，多谢刘学长。"

从木心想这刘学长虽颇有见识，却有些不懂礼数，怎么就直呼杨公庹先生名讳，虽听说这学校崇尚自由开放，可总不至于一点规矩也不要了。从木满腹疑惑地回到会场里，正巧碰上杨公庹来寻他，此时安岊第已近闭馆，三人随即离开。

这初来沪上，必去十里洋场外滩看看，一路上闲来无事，从木就向杨公庹问起这刘学长来。

"公庹先生，今日我在安岊第遇上一位学长，见识谈吐让人耳目一新，他说与你相识，还说回头会来找你。"

"哦，这学长姓名你可知道？"

"说了，他叫刘海粟。"

从木言罢，杨公庹噗嗤笑出声来。

"这人不是刘学长，他是刘校长。"

"啊？"

从木听公庹一言，目瞪口呆。

两日后，杨校长对刘校长发起檄文，一篇名曰《丧心病狂崇拜生殖器之展览》刊登于《时报》上，并扬言要去江苏省教育厅申请模特写生禁令而以敦风化。这边，刘校长却处之泰然，干脆以"艺术叛徒"自居，并撰《艺术叛徒之艺术论》予以回击，其中写道："……他们的自己已经丧葬于阴郁污浊之中，哪里配谈艺术，哪里配谈思想！伟大的艺人，他是不想成功的，他所必要者就是伟大。他那伟大，不是俗人的虚荣，不是军阀的战胜，是一切时间上的破坏，而含有殉教的精神，奇苦异辱，不能桎梏他的生涯，他实在是在创造时代之英雄，绝不是传统习惯的牺牲者，更不是社会的奴隶，供人揄扬玩耍。伟大的艺人只有不断地奋斗，接续地创造，革传统艺术的命，实在是一个艺术叛徒！"

延续十年之久的裸体模特之争自此开始，刘海粟"艺术叛徒"的名号也因此被叫响，身边友人也多以此称呼来做声援，数年后，郭沫若先生为刘海粟的画作《九溪十八涧》题诗曰："艺术叛徒胆量大，别开蹊径作奇画。落笔如翻扬子江，兴来往往欺造化。"刘校长不破不立的艺术精神也深深感染着在上海图画美术学校研修的学子们，当然，从木也成为其中一员。

九月，从木顺利入学，主修中国画，兼修西洋画，何聘九修师范科，此外，杨公庚进入震旦大学学习法语，为留学欧洲做准备。

第九回 失踪的学长

　　模特风波让万从木入读的上海美术图画学校在沪上学界一时间陷入四面楚歌的境地，抨击挞伐之声此起彼伏，而学校招生困难、经费短缺等问题也纷至沓来，内外交困的局面犹如一片阴霾笼罩在全校师生的头顶。

　　对于外界的种种揣测与学校举步维艰的状况，作为新生的从木却全然没有放在心上，他正沉浸在获得全新绘画知识的快乐之中，只要学校一日没有停课关门，他就"两耳不闻窗外事，一心只读圣贤书"。他从杨柳桥先生那里学习许多工笔绘画的技法，也从丁悚先生那里了解漫画的创作思路与构图方式，哪怕设备简陋些，绘具缺少些，生活艰苦些，这些困难都不足以影响先生们言传身教带来的体验。而从木的乐观与淡定，也影响到了身边的同学，当大家被疑虑与纠结的情绪左右时，从木却按部就班地学习生活，这让大家也都感到安心，相信困难只是一时，外面的闲言碎语也会随着时间风平浪静，毕竟上海滩最不缺的就是新闻，不出几日这新鲜劲儿一过，谁还关心裸体模特这芝麻绿豆般的小事。

　　冬去春来，学校熬过漫漫严冬总算迎来了转机，而带来这一转机的贵人，正是鼎鼎大名、时任北京大学校长的蔡元培先生。

　　蔡元培早在任中华民国教育总长之时，便提出"军国民教育、实利主义教育、公民道德教育、世界观教育与美育教育"五育并举的教育理念，于 1912 年乌始光、汪亚尘初创"上海图画美术院"之时就认为该校办学宗旨与其制定的国民教育方针契合，故而十分关注，如今六载过去，学校山穷水尽之时，他自问伸出援手责无旁贷。

　　1918 年初春，蔡元培先生题写"闳约深美"四字赠予学校，刘海粟校长诠释这四字之意："'闳'意味知识要广阔，'约'就是于博采众家之长的基础上要审慎地选择，要学有所专、学有所长，'深'是要有不入虎穴焉得虎子的探索钻研精神，'美'便是达到完美之境。"这四个字也成为了上海美术图画学校的校训，激励着师生不畏万难、潜心研学。蔡元培先生又为学校校歌填写歌词，还为学校刊物题字，更号召沪上各界对学校的办学予以支持，他的积极奔走极大地鼓舞了师生士气，解除了外界的猜疑，模特风波也暂时平息。

　　正值春暖花开之际，一吐胸中块垒的刘校长决定带学生走出教室、回归自然，到杭州西湖去写生，同学们得知这一消息，无不欣喜万分。

　　从木早对素有人间天堂的苏杭心驰神往，自然想要报名参加，这日休息，他与聘九、公庑聚餐，便说起此事。

　　"你们这刘校长也真是想起一出是一出，这模特风波才刚刚平息，又要弄新奇把式。"

　　杨公庑抓一把茴香豆在手里，摇头笑言。

　　"刘校长说艺术之创作，本该回到自然，拥抱自然，不眼见真实风景，在画室里闭门造车，是成不了器的。"

从木回答道。

"你倒挺把他讲的话当回事嘛，他说的对，可他怕是忘了之前学生失踪的事情，他反正不怕惹事，你就跟他去吧。"

公庼言道。

"学生失踪是怎么回事？"

言者无心听者有意，聘九和从木不禁都好奇起来。

"也不是什么大不了的事情，前几年有个学生来学校上了几天课，忽然就不见了，怎么找都找不到，报了巡捕房，好像还登报上了寻人启事。"

"那后来学生找到了吗？"

"没有，再没见着，你说奇怪不，一个大活人就人间蒸发了，后来还传了各种谣言，有说什么借了钱还不上被帮会做特（杀害）了的，有说是画里的女鬼缠身投黄浦江了的，反正各种各样说法，比较靠谱的，就是那学生不想念下去了，不辞而别回老家了。"

"竟还有这等事，难不成公庼先生认识那学生？"

聘九就爱听些奇闻八卦，于是饶有兴致追问公庼。

"我不认识，海粟那时还未当校长，估计也没跟那学生打过几次照面，他倒跟我提起过名字，好像是叫徐寿康，江苏宜兴人吧……"杨公庼刚好吃完手中茴香豆，于是拍拍手，"好了好了，聊斋也摆得差不多了，从木你想去就跟着你们刘校长去，'若把西湖比西子，淡妆浓抹总相宜'，这西湖还是值得去的，出门在外你自己多小心便是。"

四月下旬，从木与十几位同学一起，在刘校长的带队下前往杭州西湖写生，同学多是西画班的，从木本主修国画，但也想体验下野外写生的乐趣，于是也报名参加。

四月的西湖风和日丽，游人如织，同学们从未在室外当着路人作过画，都十分害羞，刘校长身先士卒，在一棵垂柳下支起画架，取出排笔与颜料盘，潇洒挥笔，同学们先围拢观摩，见校长神情自若、处之泰然，男同学们也放开胆子，三三两两在周围找了合适的地方开始写生。在那时，写生画实属稀奇，许多游人便驻足观看，一时间聚集了不少人，有的只是默默欣赏，有的也与师生们攀谈几句，问从哪里来的，也问些关于西画的问题，同学们见有人关切，便多了几分自信，也不像开始那般羞怯，真摆开了架势作起画来。一连数日，有人戏称这一队在西湖边作画的师生成了这西子湖畔第十一景，甚至还有当地报社的记者来采访，当做新闻登了报纸。近半个月的写生，师生们总共创作了近三百幅习作，回到学校的汇报展览也是大获好评，学校终于在模特风波之后收获到社会的赞誉。

日月流转，一年时间很快过去，转眼又到了初春时节，一日，公庾忽然找到从木与聘九。

"我这个月末就去法国了，二位不如请我去正兴饭馆撮（吃）一顿，为我饯行可好？"

公庾春风得意，从木与聘九其实早知道公庾有赴法留学的打算，但没想到临走了才来知会他们，也是一阵惊愕。

"正兴太贵了吧，公庾先生太为难我们这两个穷学生了，咱们还是去德兴馆吃面的好。"

聘九囊中羞涩，也不硬撑脸面，惹得公庾大笑。

"逗你们耍的，今晚我做东，请你们吃西餐，有个同行的同学，正巧介绍你们认识一下。"

"哪个哟？"

看着神秘兮兮的公庾，从木也十分好奇。

"见到你们就晓得咯。"

傍晚，公庾带从木与聘九来到淮海路上的一家西餐厅，服务生将三人领到预订好的餐桌前，只见一对青年夫妇起身相迎，那男青年斯斯文文的，穿一身棕色西装，梳着背头，神情腼腆，身旁的女子留着波波头，穿浅色苏锦绣花旗袍，披一条黑色针织坎肩，举止十分优雅。

"我来介绍，这位是徐悲鸿先生，这是他的夫人蒋碧薇女士，徐兄，这二位是我跟你提起过的同乡小老弟，万从木、何聘九，他们都是上海美术图画学校的学生。"

一听到上海美术图画学校，徐悲鸿脸忽而阴沉了一下，但还是彬彬有礼地与从木、聘九打了招呼。

"徐兄大名如雷贯耳，您的大作《中国画改良之方法》在下已拜读，其中所述之道理在下佩服至极，今日得见，荣幸之至。"

从木早就听公庾与柳桥先生多次提到徐悲鸿的大名，知道他留日归国后便受蔡元培先生邀请成为北京大学"画法研究会"导师，是中国画界崛起的新星。

"从木兄言重了。"

徐悲鸿见从木如此敬重自己,之前脸上的一丝阴郁也随即消散。

"公庚兄,你这瞒我太不应该,若我知是见徐先生,总得收拾得干净些。"

从木埋怨公庚道,公庚拍拍从木肩膀,示意他坐下。

"你二人皆有'画痴'之名,我是料定你们意气相投,所以临行前攒了此局,你们多多交流,来日方长。"

公庚言罢,先叫众人看看菜单,先点了菜肴,再边吃边聊。

"从木,你学中国画?"

席间,徐悲鸿问从木道。

"主修中国画,也兼修西洋画。"

从木如实相告。

"中国画,你的老师杨柳桥技法功底十分扎实,不过老人迟暮,欠缺新意些,这西洋画嘛……"徐悲鸿脸色一沉,"恕我直言,你在那所学校里是学不了什么东西的,其一,无精通西画之导师,其二无正儿八经之设备,其三,无专业教学之系统,所谓西画专业,简直东施效颦、不伦不类……从木兄,若你真心想学西洋画,还得是走出国门,去欧洲或东洋一探究竟。"

徐悲鸿是语不惊人死不休,公庚顿觉尴尬无比。

"悲鸿兄,这上海美术图画学校成立不久,的确西画方面尚待发展,不过嘛,刘校长海粟还是年轻有为,颇具胆识与闯劲，学术上虽还需磨砺，但革新之精神仍应当褒奖，将来美术教育还仰仗二位青年才俊呢。"

公庾连忙打圆场。

"哼，创作也好，教育也罢，可不能只靠精神，刘海粟校长他接受过系统的西方美术教育吗，他有何学术理论公之于世，他又有何不凡作品拿得出手……自以为通些西画之皮毛，就敢自命不凡、夸夸其谈，实则外强中干、哗众取宠，他能担此校长一职，我敢笑上海滩无人。"

徐悲鸿轻蔑一笑，此话一出，聘九是冷汗直冒，生怕从木与聘九一怒之下与悲鸿争执起来或拂袖而去。公庾侧目去看那二人，从木只是一笑置之，并未有与悲鸿争论之意，而聘九更是只管研究牛排的切法，似乎没太专心去听，又见蒋碧薇拉了拉她先生的衣袖，公庾方才松下一口气。

饭后，几人点了茶与咖啡，又聊些画坛轶事，从木又多向徐悲鸿请些教绘画创作之心得与东洋所见所闻，悲鸿见从木虚心请教，便也爽快对答。

饭后，蒋碧薇女士不胜酒力，要回去休息了，于是公庾、从木和聘九三人与徐悲鸿夫妇在餐厅门前挥手话别，相约有缘再聚。

徐悲鸿夫妇离开后，公庾与聘九只觉饮食未能尽兴，决定再找个街边酒肆小酌一番，于是三人沿淮海路漫步。

"对了，我看悲鸿先生对我们学校颇有成见啊。"

路上，聘九忽然问公庾，原来悲鸿的话他一字一句都听见了，只是碍于是公庾兄留欧同学，也不好多做争辩。

"哎，说来这里面是有缘由的，你们猜猜，徐悲鸿原名叫什么啊？"

公庶故意卖个关子。

"我们哪里晓得，哎，公庶兄，你就别卖关子了。"

聘九连声催促道。

"他原名叫徐寿康。"

"徐寿康，嗯，是挺耳熟，貌似在哪里听过……"

聘九苦思冥想，可就是想不起来。

"熟悉吧，那就对了，之前我不是跟你们讲起过学校有个学生失踪了，学校还报了巡捕房找人嘛，此人不是别人，就是他徐寿康，徐寿康正是你们今日见到的画坛新星徐悲鸿。"

公庶揭晓答案，聘九与从木都大吃一惊，顿时明白为何徐悲鸿一听到"上海美术图画学校"这名字就板起面孔来。

"真好奇当年究竟发生了什么，初次见面，我也不好意思问，回头你们一起旅游，你可得问问其中缘由啊公庶兄。"

聘九笑着对公庶说。

"我又不是长舌妇，管来闲事干吗，不过看悲鸿耿耿于怀的样子，将来恐怕还得因此事惹出许多幺蛾子来。"

公庶摇头叹道，不承想他竟一语成谶，徐悲鸿与刘海粟近半个世纪的对立就因这"学生身份"之误会而起，并且直至徐悲鸿去世，二人恩怨也未得化解。

三月末，杨公庶与徐悲鸿夫妇一同赴法留学，那晚徐悲鸿或有心或无心劝从木出国求学的话语，在从木心中埋下了种子。

不想短短一个月之后风云突变，巴黎和会上北洋政府外交失败的消息传回国内，犹如惊雷炸响的"五四运动"在北京爆发，不日便以燎原之势扩展向全国，压抑已久的反抗情绪在此刻爆发，义愤填膺的学生们走出校门、涌向街头，胸怀"苟利国家生死以，岂因祸福避趋之"的气魄，发出"外争主权，内除国贼，宁肯玉碎，勿为瓦全"的呐喊。

身在上海的从木既是这场运动的见证者亦是参与者，在学校会堂的罢课动员会上，他聆听了刚刚获选上海学生联合会会长的何葆仁慷慨激昂的演讲，在随后的三罢运动中，他与同学们一道，挥舞着旗帜，呼喊着口号，跟随浩浩荡荡的人流沿街向前。那时的从木并不会知道这场运动在历史长河中有着怎样举足轻重的地位和意义，但他却隐隐感到青年们的命运会因此而改变，有的就此一跃成名登上历史舞台，有的许下宏志发愤图强，有的弃商从文，有的弃文从武，有的留守国门励精图治，有的远渡重洋以求新知。

五四结束之后，紧张的中日关系却没有影响到两国的民间交流，尤其是在文教领域，越是内心感到屈辱的青年，越能认清彼强我弱的形势，越是迫切渴望东渡日本一探其强大的缘由，学习在东西文化碰撞中求得发展并走向强大的方法。

1919年10月，刘海粟受江苏省教育会美术研究会的推荐赴日考察。本是前去为考察队送行的丛木却阴错阳差登上了前往东京的汽轮"长州号",开启了他堪称奇妙的首次东洋之旅。

第十回 起航,目的地东京!

1919年4月,刘海粟校长通过前任校长张聿光的介绍,结识了赴欧访问后途经上海的日本画家石井柏亭,并借江苏省教育会美术研究会的名义邀请石井先生到学校做演讲。石井柏亭投桃报李,邀请刘海粟访问日本,促进中日民间美术交流。由于"五四运动"爆发,赴日考察的计划一度搁置,直到9月,日本文部省宣布成立帝国美术院并举办帝国美术院展览会,在就读于东京美术学校的汪亚尘与就读于东京高等师范学校的俞寄凡的积极联络与沟通下,刘海粟方才以江苏省教育会美术研究会副会长之名义于10月初赴日考察。考察队除了刘海粟、汪亚尘和俞寄凡三人外,还有两个名额分配给了丁悚与留法学雕塑的陈晓江。

汪亚尘与俞寄凡已身在东京,刘海粟与陈晓江、丁悚一早买好了船票,临行前,丁悚对刘海粟建议道,这次受日本帝展之邀,得此出国考察良机于学校也是大事,可请几位学生代表去码头送行以示郑重，刘海粟见平日里嘻嘻哈哈的丁悚忽然一本正经，虽觉得古里古怪，但也点头赞同了。丁悚从校长办公室出来，正巧看见在画室作画的从木，便对从木说起送行的事情，并嘱咐他一定得去，从木自然一口答应。

出发当日，从木与另外几位同学来到码头为考察队送行，五四刚过，国人仇日情绪尚未平复，所以同学们也不好拉什么横幅，只得站在一旁挥手。刘海粟、陈晓江与丁悚都与学生打了招呼，便准备登船，这时丁悚却说手臂酸痛，没办法提行李，执意要从木帮他拎上船，刘海粟和陈晓江只笑丁悚事多，随即同意从木上船送行。从木拎着箱子随三人登上"长州号"，在二等舱找到铺位，安顿好后，从木便要准备下船，这时丁悚却将从木一把拉住。

"从木，我忽然肚子疼得厉害，你在这儿把行李帮我看着，我去去就回。"

"丁先生，刘校长他们都在，我再不下船，船开了怎办？"

着急着下船的从木一脸不解。

"船上人多眼杂的，我行李里带了采购教学设备的款子，片刻不能松懈，你帮我看着，我去去就回，很快很快。"

丁悚也不管从木，捂着肚子撒腿就跑开了。

刚刚坐下的刘海粟转头见丁悚冲出舱门，疑惑地问陈晓江，"这船马上开了，丁慕琴这是要干吗？"

"哼，他脑子又瓦特了呗。"

陈晓江似乎一点不担心，只耸肩笑笑，翘着二郎腿靠床边坐下。

"什么脑子瓦特了，他不是肚子疼吗？"

刘海粟忽觉不妙，怕是丁悚要打什么歪主意，故而转头对从木说道，"从木，你赶紧去把丁先生找回来。"

"别去啦，"见从木正要走，陈晓江起身将他一把拉住，又对刘海粟说，"校长，已经有一个下船了，从木再下去，我们就成不了三人行了。"

"你这是什么意思？"

刘海粟又惊又恼，正在这时，起航的汽笛声响了起来。

"什么意思，他丁老怪就是想涮一下日本人，故而让从木代替他去。"

陈晓江一摊手，回答道。

"这丁老怪，这也太能恶作剧了！"

刘海粟跺脚叹道，可这时已经开船，丁悚早就跑下船去了，只留下瞠目结舌、不知所措的从木。

"从木，你也别怕，既来之则安之，丁老怪选了你与咱们同行，必然有他的道理，想必是十分器重你，把这个难得的机会留给你……你看，行李箱里有盥洗用具与新的衣物，一应俱全，算是丁先生对你恶作剧的赔礼。"

陈晓江打开丁悚的行李箱，对从木说道，从木对丁悚又是敬佩又是感动，可此时更多的是惊喜与期待，他伸手掐了一下自己的胳膊，确保自己不是在白日做梦，他就在去往东京的轮船上，他能闻到海风咸咸的味道，一望无际的大海的那头,就是明治维新后跻身列强,东西方艺术碰撞融合并蓬勃发展的日本。

"这丁老怪,我回去可跟他没完!"

刘海粟仍是吹胡子瞪眼,他从餐盒里取出一块面包,掰出一大块递给有些坐立不安的从木。

数日航程,"长州号"顺利到达横滨港,汪亚尘与俞寄凡已在码头等候迎接,简短寒暄,一行人便前往旅馆下榻。当晚,亚尘与寄凡在旅馆附近的居酒屋为刘海粟一行三人接风洗尘,谈到丁悚玩这一出狸猫换太子,亚尘与寄凡也是惊叹不已。

"丁先生有趣得很,但从木毕竟是学生,让他一直冒充丁悚对邀请方实不礼貌,就以丁先生临时患病不能前来为由,告知邀请方更换了一名随行人员即可,本不是官方的访问,想必无大碍。"

亚尘建议道,众人皆点头称是。酒足饭饱,回到旅馆,亚尘带众人去泡热水澡,洗去一路疲乏。

亚尘与寄凡懂日语,便到前台与老板交代几句,从木随刘海粟、陈晓江带好换洗衣物在前厅转了半天,也没找到在哪里泡澡,这时亚尘赶过来,指了指挂着印有"汤"字的门帘说,"日本泡澡叫泡汤,洗澡的地方叫汤屋,你们从那里进去即可,下汤池前先冲洗干净,泡完再冲洗一遍即可"。

"有趣,这同是汉字,用法却有不同,多谢亚尘兄指教了。"

刘海粟笑言，说完便领着陈晓江与从木掀开帘子进去了。

洗漱好了，熄了灯，从木躺在榻榻米上，这在异国他乡的头一晚，心中自是澎湃，一切宛若梦一般不真实，下意识地掐自己胳膊一下，疼得倒吸一口凉气，却随即咧嘴笑出声来，刘海粟听到，便问从木笑什么。

"校长，就是觉得这一趟如梦一般太不真实，所以掐了自己一下。"

从木回答。

"从木，你也别想太多，就像晓江说的，既来之则安之，丁先生把这次机会给你，一来是他那样天真洒脱的性格，二来也必是看重你与众不同之处，我相信他选你的道理，这次你就用心看，用心感受，这是习画之人最紧要的……明日还要早起前往东京观看帝展，赶紧休息吧。"

"谢谢校长，晚安。"

"晚安。"

二人不再多言，一觉醒来，便已天亮。

在前一年，延续十二届的文部省展览会画上句号，取而代之的是首届帝国美术院展览会，刘海粟与从木一行五人参观的正是这场展览会。石井柏亭作为日方招待，陪同刘海粟参观，并知无不详地解答刘海粟等人关于帝展、帝国美术院及现代美术教育的一系列问题。从木默默跟在后边，他当然也与其他人一样，被展览中的作品所震撼，东西方文化的交融碰撞，也在日本艺术家的画笔下栩栩如生地展现。

观看完帝展后的几日，刘海粟一行又马不停蹄参观了汪亚尘就读的东京美术学校和俞寄凡入读的东京高等师范学校，日本美术现代教育之完善，绘画派别竞争之激烈，无一不深深刺激着刘海粟等人。

结束完紧锣密鼓的访问考察，一行人也偷闲游历了皇居、浅草寺、御苑等几处东京旅客必到之地，正当几人总结心得并商量下一步行程时，刘海粟收到了来自石井先生的邀约，邀请他们参加东京画坛的中心人物横山大观在其私宅举办的一场小型交流茶话会，据传横山大观本被内定为帝国美术院的初代会员，但作为日本美术院的创建者，为维护日本美术院的独立精神与在野精神，他婉拒了帝国美术院的会员资格，这次交流会，也是他想听听青年画家们对帝展的看法，当得知有来自中国的美校创办者观看帝展，心下十分好奇，便拜托石井柏亭邀请。刘海粟自是欣然答应，可俞寄凡因学校有事无法前往，陈晓江又因贪吃生食闹肚子，故而刘海粟只得携亚尘、从木二人赴会。

第十一回 横山家的茶会

横山大观先生的居所位于上野池之端町，此处虽距离汪亚尘就读的东京美术学校很近，但亚尘也从未去过横山先生的居所，于是便与石井柏亭先生相约，在上野公园西乡隆盛的雕像下会合，再一道前往。亚尘先去旅馆接上海粟与从木，三人走到西乡隆盛雕像时，石井先生与几位友人已经到达。

石井先生介绍了与他同行的三人，其中一位是他的族弟雕刻家石井鹤三，另外两位都是一同留法的画家，也同为二科会成员，年长些留着八字胡穿呢子西装的名叫津田青枫，年少一些刚过而立之年的名叫安井曾太郎，简短寒暄后，一行人穿过上野公园，来到不忍池西侧的横山先生的宅邸。

秋意正浓，横山宅邸门前落了一地的红枫叶，像是为几位年轻的客人铺了一层迎宾地毯，石井柏亭上前叩门后，不多一会儿，一位穿浅茶色和服、身形纤瘦的小个子年轻人来开了门，礼貌地将客人迎进门内，石井先生热情地称呼他"小严"，是横山先生家的学徒。

进得门来，眼前一下开阔许多，庭中植物枝繁叶茂，一条青石小路向主殿延伸过去，正厅的缘廊下，盘腿坐着一位身着棕色和服的中年男人，见青年画友们鱼贯进入花园，他开心地直起身子，高举右手，嘴里高喊一声"哟"，与众人招呼，石井见了，连忙也挥手致意，众人纷纷上前鞠躬行礼。这位热情开朗的中年大叔正是日本画坛的超重量级人物，横山大观。从木不由得有一丝紧张，从这段旅程开始，关于这位大师的事迹便不绝于耳，他的旷世才华，他的人格魅力，他对艺术的锐意开拓与创立画坛新气象的卓越功勋，反复被身边人提及。不过此时此刻，当这位活着的画坛传奇就坐在从木面前，光秃秃的头顶与耳鬓几缕横七竖八的乱发，搭配硕大的鹰钩鼻和稀疏的山羊胡须，这狂放不羁的形象，亲切里甚至有三分滑稽，让从木的紧张感消减大半。

他的身旁跪坐着一位与石井先生年龄相仿的青年男子，穿着连从木这样的门外汉也能看出十分精致昂贵的黑色和服，中分油头则梳理得一丝不苟，板着一张棱角分明的瓜子脸，冷峻肃穆。

石井先生与这位年轻人也是相识的，虽眼神中闪过一丝惊讶，不过也只是须臾之间，他走上前去，先毕恭毕敬地向横山先生鞠躬，然后也与那青年男子相互招呼。

"桥本先生，没想到您也在。"

原来那青年男子正是日本画部任命的审查委员之一，在青年画家中人望极高、有着"中国通"之称的关东画派领袖桥本关雪。

石井向横山大观介绍了刘海粟、汪亚尘与万从木一行三人，寒暄问好之后，众人去到客室入座。

"横山先生的宅邸可要比帝展更有人气，不承想还能与远道而来的中国朋友交流一二。"

桥本关雪径直用流利的中文与刘海粟等人说话,这不禁让他们三人都大吃一惊,石井解释说桥本先生热爱中国文化,曾多次前往中国探访旅行,与吴昌硕等中国文人雅士相交甚笃,刘海粟听后,十分喜悦,连声称赞桥本先生的中文说得极好。

相谈之间,刘海粟向横山大观与桥本关雪请教诸多关于西画发展与现代美术教育的问题,横山与桥本二人也是知无不言,一一解答,而桥本作为帝展的审查委员,也向刘海粟、汪亚尘问起对东京帝展的观后感,刘海粟侃侃而谈,感慨日本画坛的蓬勃气象极为震撼。

"这看似繁盛的情形之下,实则不免暗流涌动、派系纷争不断,画家们都必须选边而立,艺术搅和着政治,毫无纯粹可言。"

石井听完刘海粟的一番称赞之后,幽幽叹道。

刘海粟虽对日本新旧画派之争以及文展、帝展的由来有些许听闻,但毕竟只知其皮毛,但刘海粟却表达了不同看法,他表示正是因为有纷争、有矛盾,才能形成百家争鸣之势,在激烈的竞争中反而更能激发出艺术家的创作欲望和创新精神,从而创作出更优秀的作品……

"刘先生年纪虽轻却有独到见解,真是后生可畏。"

刘海粟的一番论述,可谓言惊四座,当横山得知刘海粟年仅二十三岁已是上海私立美术院校的一校之长,更是啧啧称奇。

正当众人聊得兴起之时，小严来到门外报告，"先生，夫人让我来通报一声，竹内家的小景来了。"

"是吗，真是赶巧啊，快请她进来吧。"

横山大观笑着回答，片刻后，小严将滑门拉开一些，缘廊下跪坐着一位花样年纪的少女，她低着头，将一个精美的食盒与两大瓶装饰典雅的清酒奉上。

"实在抱歉打扰到诸位叙谈，小景代我家竹内先生向横山先生问好，这是老师特别为您挑选的京都果子和清酒，还请笑纳。"

叫小景的女孩毕恭毕敬地说完这番话。

"多谢多谢，你家先生一向可好啊？"

横山先生温柔而亲切地招呼着小景。

"有劳横山先生挂念，老师他身体康泰。"

小景一丝不苟地回答。

"那就好，他还在东京停留吗，怎么也不来家里坐坐？"

横山又问道。

"因霞中庵有些急事，老师已于前日先行赶回京都了，待下次来东京时，老师一定前来拜会横山先生。"

"哈哈，他现在可是大忙人……小景，你看你师兄也在，快进来喝杯茶吧。"

横山招呼道，小景这才微微抬起头，看见了坐在屋内的桥本关雪。

"横山先生切莫取笑，我万无资格与桥本先生相提并论的……桥本先生，多日未见，别来无恙？"

小景向桥本礼貌问候。

"我很好，这次师父行程匆忙，我也未及拜见，深感惭愧……稍过时日，我一定回京都登门向他谢罪。"

"桥本先生言重了，老师知您案牍劳形不忍相扰，等您有闲暇之时，欢迎回霞中庵喝茶……横山先生今日高朋满座，小景就不逗留叨扰了。"

小景说完，便准备起身离开。

"小景，你被栖凤君教得越发一板一眼了，这样可不行啊，这里是东京，不是京都，没必要如此拘礼，赶紧进来坐下与我们一同喝茶吧，哈哈。"

横山爽朗的笑声似乎有种让人放松的魔力，他伸手招呼小景进屋，桥本也点点头示意赞同，看这情形，小景倒不好再推辞，于是谢过后，起身往屋内挪步，在从木对面的位子坐下，抬头见，正巧与从木四目相接，"水是眼波横，山是眉峰聚"，双眸如秋水盈盈，两弯黛眉惹人怜，只那一眼，从木是三魂丢了七魄，整个人僵在那里，一时竟移不开眼，直到小景害羞地移开了目光，他方才察觉刚刚的失态，面红耳赤、手足无措，不知如何自处。

不多一会儿，小严将横山夫人准备的水果茶点与小景带来的点心分成几份，摆放在众人的茶案上，交谈许久，众人也都有些乏了，便一边品茶，一边吃些点心，小严正要离开，却被横山叫住。

"与各位相谈甚欢，不禁令我起了兴致。"

横山忽然开口说道。

"莫不是横山先生要现场作画？"

石井兴奋地问道，众人也拭目以待。

"哈哈，今天起的不是作画的兴致，我呀，是起了评审的兴致……大家也知道，这次我拒绝了帝院内定的会员资格，虽是自己的决定，但也有遗憾之处……"

横山拍手笑道，在座诸位青年都互看一眼，也不知他葫芦里究竟卖的什么药，他接着说："刚刚桥本先生说我这里人气不比帝展差，我看也的确是人才济济，刘君说得好，竞争方才有趣嘛，不如咱们就来个以画会友，如何？"

"客随主便，能得横山先生指点一二，当然荣幸之至。"

安井曾太郎一副跃跃欲试的样子，刘海粟与汪亚尘对视一眼，不知是该参与还是旁观。

"既然如此，那比赛的主题和规则就由老夫来定了……"横山摩挲着光溜溜的头顶思索片刻，一拍脑门开口说，"有了，既然是以画会友，不妨就以'岁寒三友'为题，画松、竹、梅三物如何？"

"题目应景，不知可有彩头？"

石井柏亭也被横山的热情带动，饶有兴致起来。

"彩头嘛……就是京都大画家竹内栖凤亲赠清酒一樽！"

横山指向刚刚小景送来的清酒，大家被他逗得哈哈大笑起来，众人见横山先生兴味盎然，也都点头赞同。

"我这陋室狭小，容不下诸位一同作画，不如就以在座三位年纪最轻者来参赛，三人各画一'友'，其余人都来做评审，大家觉得可好？"

横山望向众人，大家也都点头赞同，一合计，在场年龄最小的，正是从木，竹内家的小景和横山家的小严。

"我竟然……不能参赛……"

安井曾太郎哭丧着脸，遗憾无比。

"来日方长嘛，而且你又是画油画的，'岁寒三友'这个主题不太适合你。"

石井拍拍安井的肩膀，笑着安慰道。

"很好很好，既然各位无异议，我横山家就由藤田严代表，竹内家自然是小景了，中国朋友没问题吧？"

横山话音刚落，刘海粟与汪亚尘都有些许尴尬地望向年龄最小的从木。

"这位少年怎么称呼，刚才一直也未见你说话？"

横山微笑着问从木，亚尘在一旁帮忙翻译。

"我叫万从木，我只是一介学生，不敢在众位前辈面前班门弄斧。"

从木有些声怯。

"你会画画吗？"

"会的。"

从木点点头。

"学的国画还是西画？"

"国画，也学了几日西画。"

"很好很好，很有趣，那你当然可以参赛了。"

横山上前笑着拍拍从木肩膀,"那咱们去书房,开始吧。"

"稍等一下……"小景不好意思地打断了横山,"小景并未拜师,万不能代表竹内家的,还是请桥本先生代表吧。"

"小景,你这可为难关雪君了,他现在好歹已经是帝国美术院的审查委员,关东画派赫赫有名的人物,如果输给我家那小厮,他会哭着鼻子跑回家的!"

横山将双拳放在脸颊旁做出一副哭泣的表情,逗得严肃的小景也忍不住捂嘴笑了。

"小景,游戏而已,不必如此计较,客随主便,既来之则安之吧,更何况,你叫竹内小景,你当然可以代表竹内家。"

桥本对小景说道,这位京都小姑娘正是竹内栖凤的养女,虽说未曾正式拜师,但她跟随竹内栖凤的时间可比栖凤任何一个徒弟都要长。

"若只是游戏而已,那我恭敬不如从命。"

小景点点头。

"很好很好,那我们就开始吧!"横山兴高采烈地拍起手来,"先让选手们抓阄决定所画之物吧。"

横山在小纸片上分别写下"松""竹""梅"三字,叠好后,让从木、小严与小景三人分别抽取,三人选好后便于众人面前打开,小严抽中了"梅",从木最擅长画的"竹"被小景抽到,而从木自己则抽到了"松"。

"请小严带二位选手去我的书房作画，诸位就与我在此稍候片刻吧。"

横山说完后，亚尘见从木有些紧张，于是上前安慰："从木，就只当游戏，不用紧张。"

从木点点头，与小景一同起身，跟随小严去到隔壁书房。

小严预备好纸笔，书案很大，刚好能容下三人同时作画，从木有些紧张，因为他不曾画过松树，正当他反复思酌不知如何下笔之时，无意间望向窗外，正巧看到窗边一株黑松盆景，他欣然一笑，就画这棵黑松吧。

一盏茶的工夫，三人先后完成小作，小严将画取过，放在木托盘上，领着二人回到客厅。众人见三人回来，便放下手中茶杯，凑上前去观看。

小严的"梅"一看便知是师承横山先生，苍放有力又不失格局，人虽是低调沉稳，但画却不乏热烈张扬之感。小景的"竹"则重在用笔简单勾勒出线条，没有多余的修饰，正有"依依似君子，无地不相宜"的意境，粗细不匀的线条又颇有几分孩童涂鸦的趣味。二人画作展开，众人也都是纷纷赞叹，小小年纪能得良师点拨，果然不同凡响。

最后呈现的，正是从木所作之"松"，横山先生一看，扑哧一声笑出来，众人一脸错愕，疑惑不解。

"从木君，你可真是会讨巧，这不是我书房外的黑松盆栽嘛。"

亚尘听完略显尴尬，便将横山的话翻译给从木。

"横山先生，十分抱歉，我画松树不多，就只能借您窗外黑松临摹一下了。"

从木不好意思地答道。

"别误会，我没有觉得哪里不好，反而觉得十分有趣，我也常常画这棵黑松润笔，而你笔下的这一株，虽然我一眼就看出是我窗外的盆栽，画风却与我迥然不同，小友笔下的松颇有宋人工笔遗风，你的小作，倒是更让我想到那位先生的风格。"

横山说完看了一眼桥本关雪。

"横山先生说得没错，的确有两分的神似。"

桥本点头赞同，亚尘和从木都一头雾水，不知横山先生所指。

"我看三位小友的画作各有千秋，难分伯仲，今日且算个平手……这天色已晚，我家夫人备了些粗茶淡饭，还请各位不要嫌弃，至于今日这彩头，我看不妨共饮，以为如何？"

横山提议，大家自然附和。

"横山先生若欣赏三位小友的作品，不妨为他们留个题跋，权作今日纪念。"

石井提议道，横山一口答应，津田青枫与安井曾太郎二人则是一脸羡慕。等待晚餐时，小严便取来笔墨，横山卧倒在榻榻米上，提笔挥毫，分别为三幅作品留了题跋并盖上印章，小严、小景与从木三人齐声谢过横山。

从木打开画来看，见横山在画作上写下了"寒舍有少年，松木在吾家"一句，从木满心欢喜，又连声致谢。

"见你如此欢喜,以后啊,我看就叫你'万松木'好了。"

刘海粟打趣道,亚尘点头称好,并将此话翻译给在场众人,众人也都觉得"松木"作个雅号,颇有意趣。

用过晚餐,刘海粟与横山先生讨论起书法来,这个间隙,桥本关雪准备先行离开,道别前,他特意走到从木身边。

"如果你有意来日本学习绘画,我可以为你写推荐信,我的师父竹内栖凤在京都的西京美术专门学校做客座教授,那里有留学生的函授课程,你得他指点一二,必会受益匪浅,当然如果你想来东京学习,我也可以为你做其他推荐。"

"多谢桥本先生,如果将来有机会,我很愿意去京都学习。"

从木受宠若惊,虽心中万分渴望,但他知道留学开销甚巨,而且他也没有日语基础,这不是他现在能决定的事情。

这时,竹内小景也要随桥本关雪一齐离开。

"万君,你画得很好,后会有期。"

小景礼貌地与从木告别,从木看到温柔可爱的小景,又觉耳根发烫,他不敢去看小景的眼睛,赶忙鞠躬回礼。

桥本关雪与竹内小景离开后不久,这边关于书法的谈论也结束了,青年们拜别横山先生,从他的宅邸离开。与石井柏亭兄弟、津田青枫与安井曾太郎道别后,从木与海粟、亚尘三人沿不忍池往旅馆步行,秋夜渐凉,微风习习,三人却是热血沸腾,感慨万千。

"不愧是当今日本画坛东西双雄之一的横山大观,今日得见,实在幸甚,可惜未能与桥本关雪先生有太多交流,有些可惜,他的师父便是人称画坛'西雄'的竹内栖凤,若有机会去京都拜访,那可就圆满了。"

刘海粟一路走来一路感叹,又对从木说道:"从木,亚尘刚才告诉我桥本先生推荐你去西京美术学校学习,这是难能可贵的机会,我们学校相比日本的美术专业学府,不得不承认所差甚巨,无论是杨柳桥先生还是丁悚先生,都对你赞誉有加,今天又得横山先生与桥本先生肯定,看来你的画技确有不凡之处,希望你能认真考虑留日之事,回国后积极准备。"

从木点点头,却没有正面回答,他知道此事非同小可,还需回到上海之后从长计议。

月底,刘海粟一行人完成了在东京的考察,乘船返回上海。回国后,刘海粟即刻发表多篇关于日本帝展的文章,并筹建校董会与创建艺术团体"天马会",并在两年后出版《日本新美术的新印象》一书,可谓收获颇丰。汪亚尘在学成归国后便接受刘海粟邀请,任教于上海美术学校(上海美术图画学校于1920年改名为"上海美术学校")。

仍是上海美术学校在校生的万从木从东京回到上海后,他对留学东洋的渴望也日趋强烈,但哪怕勤工俭学,所需费用亦难筹得,只能一边通过朋友找到学习日语的门路,一边想办法筹措所需费用。他也想到求助于表姐夫王初山,但来上海便拜其资助,如今学未有成,若又提留学日本之要求,实在无颜开口。正当从木束手无策之际,大哥郑碧城与三弟黄伯廉来到了上海。

第十二回 二次东渡

1919年末,上海初雪落下,上海美术学校教学楼二层的画室里,只剩下从木一人还在作画。这时,全神贯注的他并未注意到,有三人已站在教室门口看他有一小会儿了,直到其中一人唤他名字,"从木!"听到这一声呼唤,从木方才抬起头来,大哥碧城已走到他的面前,身后是正向他挥手的伯廉与一位学生打扮、梳着两条麻花辫的少女。

从木喜出望外,也忘了自己一身油彩,站起身与碧城、伯廉拥抱。

"伯廉的信上说你们要来上海,我高兴得一宿没睡着,可他没讲个具体的时日,我也不知何时去接你们。"

从木颇感惭愧,不好意思地说。

"兄弟间这么见外干吗,就是要给你来个出其不意。"

碧城拍拍从木肩膀,开心地答道。

"二哥,还有更让你意想不到的,我来同你介绍,这位是我未婚妻,叫韩令慈,令慈,这就是我常给你提到的'画痴'二哥,万从木。"

这的确出乎从木的意料,没想到成都一别,伯廉连未婚妻都有了,他连忙与令慈致意问候:"弟妹一路辛苦。"

"二哥客气了,我常常听伯廉提起你,说你从小就痴迷绘画,天赋卓绝,方才一见,佐证他所言非虚。"

韩令慈说话落落大方,声音更是甜美动人,从木不免心想这伯廉平时看起来吊儿郎当的，追起姑娘来倒挺雷厉风行。

后面伯廉对从木谈起与令慈的来龙去脉，原来令慈是他在成都高等师范学校的小师妹，五四学运时二人参加学生会组织的抗议示威活动时相识。令慈人漂亮，学习过声乐，唱歌特别好听，会弹风琴，又热心学运，拥护科学民主新思想，在学校也算是风云人物。伯廉自称是凭借儒雅的气质与锲而不舍的追求精神，方才打动令慈的芳心，两人日久生情，可伯廉父亲黄申裕一早为伯廉定过一门娃娃亲，不愿失信于人，所以两父子为婚事起了些争执。五四之后，学生风采为之一新，伯廉自是不肯听从包办婚姻这一套，于是闹了两三次后，便以学习经营家业为由，与黄老爷子说要去数墨轩在老家景德镇的窑厂实习，便带着令慈离开成都，到武汉与大哥碧城会合后，一起顺江而下来到上海。

三兄弟久别重逢，必要一醉方休，因一路舟车劳顿，令慈身体有些不适，便先回旅店休息了。于是兄弟三人在旅店附近找了个小饭馆，点下三壶绍兴黄酒，几道佐酒小菜，边喝边聊。

从木与伯廉各自读书这两年，大哥碧城则一直在扬子江上跑船，长江之上列强买办与军阀豪强沆瀣一气，干的尽是鱼肉百姓、中饱私囊的勾当，袍帮亦不能独善其身，有权有势的袍帮大哥大多都满口忠义仁孝之言，却行为非作歹之举，碧城看在眼里，怒在心头，可他一个少年，却是敢怒不敢言，那时，他就在心中暗暗发誓，一定要改变这耻辱的格局与落后的面貌，让中国人做回长江的主人。

"首先，我们得有自己的船与列强的买办们竞争，这样才能从外国人手里夺回航权，一是不让外国人再私运鸦片进来，二是万一将来战祸再起，不至于江运受制于人……"碧城几杯热酒下肚，与从木、伯廉侃侃而谈，"我这两年去了沿江许多地方，结识了不少四川、荆湘的有识之士，其中初山大哥引荐的合川卢魁先生与汉阳萧树烈先生，我印象最是深刻，相谈片刻让我万分钦佩，等你们回重庆了，一定找机会见上一见，必会大受启发……这次来上海一是看望二弟，另外，卢先生跟我讲，有成大事者，必须得有过硬的本领，要学习先进的知识，仅凭一腔热血和一股子蛮力是远远不够的。所以，我打算在上海好好生生把船舶运输这一块东西弄明白、学清楚，肚子里有了真才实学，才能去谈实现理想！"

"士别三日当刮目相待，见大哥踌躇满志，兄弟们为你高兴，来，伯廉，咱们敬大哥一杯！"

碧城一席话让从木十分感动，不禁和伯廉举杯，与大哥满饮。

"听大哥这么一说，我还真想见见这卢先生和萧先生，这二位先生是西天的如来，让大闹天宫的孙猴儿走上了正道啊，哈哈。"

伯廉还是忍不住揶揄碧城，惹得碧城伸手打他，二人又一顿闹腾。

酒过三巡，三人聊到从木留学日本的打算，碧城与伯廉对望一眼，伯廉从怀中取出一封信件，从木接过，展信一看，是表姐夫王初山的来信，随信还有一张银行的兑票。

"二哥，学校举荐你去日本留学的事情，初山哥已经晓得，能获得日本绘画大师的认可与举荐可是万分难得，所以初山哥对你去日本留学十分支持……现在川中局势不稳，王老爷子身子也抱恙，所以初山哥脱不开身来上海看你，他托我将这封信与赞助你留日的一些费用带给你，希望你勿有顾虑，早日成行。"

握着手中初山哥的来信，从木是又惊又喜，他双目含泪，手足因激动微微颤抖。

"二哥，留学开销不小，费用还有缺口的话，可继续将日常创作之画品寄卖于数墨斋，我和店里预支了两百银元给你，你慢慢画，不必着急。"

"承蒙兄弟们如此关照，我真……真是受之有愧……"

从木感动，莫名，哽咽得说不出话。

"二哥何言受之有愧，彼时你学成归国，作品又岂止这区区两百银元！"

伯廉一把抱住从木肩膀，以示安慰。

"从木，伯廉说得没错，卢先生常跟我讲，少年强则中国强，若得万一之机会，且不可瞻前顾后、彷徨无措，定要义无反顾、砥砺奋进。"

碧城握住从木的手说道。

"二哥，你可是不知道，现在大哥就是卢先生长卢先生短，我这一路过来听他讲卢先生的道理，耳朵都起茧子了。"

伯廉玩笑道。

"瞧你那不学无术的样子，我现在每日读书半个时辰，肚子里的墨水比你这个假模假式的学生多。"

见碧城义正辞严的样子，从木和伯廉忍不住开怀大笑。三兄弟畅谈整夜，仿佛有说不完的话，直到天空泛白，方才同榻而眠，毕竟翌日一别，下次重聚又不知得等多少时日。

次日上午，碧城即出发前往苏州，开启他的江南航运考察之旅。伯廉与令慈在上海逗留几日后，亦与从木告别，前往江西景德镇老家。三兄弟短暂相聚后，又各自踏上崭新的旅程。

基本筹得留日费用的从木于次年三月考取了京都西京美术学校西画专业，并于同年四月第二次登上了前往日本的轮船。

若把东京比作精力旺盛、锐意进取的摩登少年，大正九年的京都，就像是不问世事，墨守成规的耄耋老人。

京都，这座充满唐风宋韵的千年古都，从建筑到人文，几乎完整地保留着江户时代的风格与气息，那份恰到好处的、若即若离的冷淡感，反而令独在异乡为异客的从木，感觉舒适。

十里洋场的上海令人浮躁，万千信息在此汇聚，太多事件每日发生，身在其中很难全然不受搅扰，这样的环境并不利于静心习画。刚刚入学时，从木语言沟通也尚不顺畅，身边亦无熟识之人，但这却对他融入其中并没太大影响。一来同学不会因他是中国人而对他另眼相看，除了保持基本礼仪，大家没有太多的交流需求，这让性格本就内敛的从木无需为社交而焦头烂额，二来课程并不密集，时间安排甚为自由，除了必修之课程，剩余时间从木要么待在画室里练画，要么自学日语，要么便独自一人在学校附近的街道上散步。

在京都街头漫无目的地悠然闲逛，成为了从木最喜欢做的事情之一。行走在京都的街头巷尾，他时常有一种穿越到了古代的错觉，仿佛一砖一瓦、一草一木都停留在一个时间流动异常缓慢的维度里，路上没有几辆汽车，穿洋装的人也极少，相较繁华的东京与上海，京都的古朴与沉静，令他心安神定。

当然，从木能很快地适应留日生活，还得感谢他的学长兼室友覃涟登。

涟登学长是四川自贡人，与从木算是老乡了，他比从木早一年多来京都，修美术师范专业。在学校登出的留学生通告里看到从木的名字后，便主动取得联系，并提出合租宿舍的请求，合租的价格非常便宜，这也为本来拮据的从木提供了帮助。在从木对留学生活一无所知，语言也不通顺时，涟登学长毫无保留地提供着帮助，在从木的印象中，涟登学长是乐于助人的大好人，对他关照颇多，但只一次，涟登学长对他发了无名之火，令从木印象极为深刻。

那日，从木从学校回到宿舍，涟登学长似乎已经等候他多时，笑眯眯地在他身前坐下。

"从木，我们是老乡撒？"

见涟登神神秘秘，从木是一头雾水，只能点头答是。

"从木，你觉得我待你咋个样？"

涟登又问从木。

"学长待我极好，从木感激不尽。"

"从木，我就不拐弯抹角了，我不是一个锱铢必较的人，帮助学弟，理所应当，但是……"

涟登欲言又止，从木只能自作猜想。

"学长，我大概明白你的意思，我现在手头尚不宽裕，等我缴清学费和房租，我请你吃饭，哪家馆子，你说了算。"

"吃饭莫得这么要紧，但是确实我求你这个东西，和吃饭有着密切的关系，因为没得这个东西，我吃不下去饭。"

涟登可怜兮兮地望着从木。

"啥子东西，涟登学长你说，只要我有，一定送给你。"

从木斩钉截铁地答道。

"你肯定有。"

涟登学长一脸笃定。

"我肯定有，那我肯定给。"

从木自然答得也毫不含糊。

"辣椒酱，你有没得？"

涟登学长眼巴巴望着从木，并咽下一大口唾沫。

"辣椒酱，我没得。"

从木无奈地摇摇头。

"不可能哟，豆瓣酱总有撒？"

涟登学长直起身子，一副难以置信的模样。

"豆瓣酱，也没得。"

"鲊海椒，鲊海椒你总带了的吧？"

涟登的语气，仿佛是要抓住最后一根救命稻草。

"涟登学长，鲊海椒我也没得，我不吃辣。"

从木抱歉地苦笑着回答。

"你不吃辣？"

涟登一下跳了起来。

"我真不吃辣。"

从木一脸无辜。

"你四川人不吃辣？"

"我确实吃不得辣，所以没得辣椒酱一类的调料。"

"你……你……"

涟登希望变绝望，倒吸一口凉气，几近晕厥。

"学长，我没骗你，你不信我带你去我房间看，我是真没有，如果你想要，我去帮你买。"

"京都能买到，我还问你要，你晓不晓得你来这里，当我听说你是四川人，我对你寄予了好殷切的希望，你……太让我失望了……"

说完，涟登拂袖而去。

这件事过去没多久，涟登就来找从木告别了，他没有完成学业，他要回四川去了，从木不知涟登回国最重要的理由是什么，但京都吃不到辣椒，一定是涟登学长半途而废的其中一个缘由。

涟登学长知道从木嗜画如命，临别之前，为从木推荐了学校附近一家名为"三笠书画"的二手书店，这里成为了从木在日留学期间最喜欢去的地方，之后，更成为从木关于这座城市所有回忆的羁绊之处。

"三笠书画"是一间看起来毫不起眼的小店，但店内却别有洞天，对于像从木这样的爱画之人，是宛如"桃花源"一般的存在。虽是旧书，但却有阅之不尽的丰富库存，无论是传统日本画、浮世绘还是中国山水画与人物画都种类繁多，西洋画册也不在少数，从古典艺术到宗教绘画，从风景油画到雕塑作品，应有尽有，让从木大开眼界。

老板是位个子矮小却有着圆圆肚皮的精干老头，就姓三笠。起先，从木只看不买也觉得十分不好意思，总是回避老板的眼神，要离开时也是觉得十分抱歉，总是鞠躬后落荒而逃。有一次，从木便被老板叫住了，从木以为老板是要责怪他，但没想到老板却笑着对他说，"我这里都是二手书，能被喜欢它们的人翻看，它们的价值才得以体现，以后不用这么拘谨，随意看就是，看到打烊都可以。"

从木听明白了老板的意思，开心地向他致谢，只要有空，他几乎每日都来三笠书画，并每周选购一本最喜欢的旧画册，这样的习惯从木一直坚持到他离开日本回国。

来京都月余，从木回想入读西京美术专门学校的初衷，正是当时桥本关雪先生的推荐，此外，还有一个不曾与人言的隐因埋藏在从木心中——竹内小景，那位只有一面之缘的、有着美丽双眸的女孩对他说起过，也期待他能来京都。他深知那多半只是小景的一句客套话，但她若知道自己真的因此来到京都求学，想必一定会十分意外吧。从木曾无数次设想过与小景再会时的场景，兴许是在竹内栖凤先生的课堂上，小景会来到教室旁听，他也曾盘算是否要去竹内栖凤先生的画馆拜访，但一来仅有一面之缘，贸然前去未免唐突，二来自己日语疏漏，怕交流不畅徒增烦恼，于是也都作罢。

后来才从同学那里得知，竹内栖凤先生去中国游历写生了，不知何时才回京都，从木心想那能遇到小景的机会，恐怕只剩下在街头的邂逅了，若真有缘相遇，小景应该早已忘记自己了吧，这样想着，从木不免有些怅然。

可念念不忘，必有回响，时间转眼过去两月有余，京都也由春入夏，竹内栖凤结束了中国的写生之旅，辗转回到京都。从木与小景的重逢，便在他期待渐减、失落渐增之时，不期而至。

第十三回 竹内小景

　　与小景重逢的地点，正是从木几乎每日必去的三笠书画。

　　午后的一场阵雨带走了令人烦闷的暑气，天空清透无云，从木如往常一样阅览完画册，坐在书店门口右侧屋檐下的木条凳上休息。空无一人的小街上，远远走来一位身着艾绿色和服的少女，起初从木并未在意，他只当欣赏街景，脑袋里还在勾勒着线条、描绘着颜色，直到少女走到他的面前，要转身进入三笠书画的那一刻，他看到了少女的眼睛，正是那对令他无法忘怀、朝思暮想的迷人眼眸，他下意识地缩回头，将脸躲在立板后面，他双手抓着裤腿，一时间连呼吸都忘了，更别提曾经在脑海里演绎过千万遍重逢的画面、方式，为此而准备的说词，统统忘得一干二净，就连小景的名字，虽是在心中默念过千万次，此刻临到嘴边偏就叫不出来，他就人如其名般像一块木头一样，钉在了木条凳上，哪怕屋檐上的雨滴打在脚面也浑然不觉。

　　小景走入店内的一刹那，从木仿佛停止的呼吸才得以恢复，一片空白的大脑才算恢复了运转。

　　"小景小姐看到我了吗，是没有认出我吗……那也难怪，毕竟只有一面之缘又过了这么久，现在上去和她打招呼吧，可她不记得我了该如何是好，刚才可能早已看到我不是没认得出来吗，这般贸然上前，是不是太失礼了……

可那又怎么样呢，与其在这里优柔寡断不如上前爽快地打个招呼，若是不记得了，介绍下自己或许能想起来，若是还是想不起来甚至透露出猜疑与厌恶，那便道歉离开就是，对，就这么办……"

在激烈的思想斗争与心理建设之后，从木总算深吸一口气站起身来，他捋了捋头发，松了松肩膀，拍拍校服上的灰尘，清了清干涩的嗓子，正要掀开门帘走入屋内，却与小景迎面撞了个满怀。

"抱歉！"

晕头转向的从木赶忙道歉。

"万君，真的是你？"小景捂着额头，确认面前穿着藏青色校服的冒失男生就是从木，她不仅没有生气，反而露出了惊喜的笑容，兴奋地问道，"你真的来京都了？"

"小景小姐记得我，她竟然真的记得我！"

从木内心狂喜，不禁心中欢呼雀跃，却又为刚才的冒失惭愧得不知所措。

"好久不见，小景小姐，实在抱歉，冲撞到你了。"

从木用刚刚学会的、带着京都口音与四川乡音的蹩脚日语向小景道歉，这奇怪的发音逗得小景忍俊不禁。

"没事没事，我就是觉得十分眼熟，所以才想出门再确认一下……好久不见啊，你还好吗，万君。"

小景欠身鞠躬，"好久不见，你还好吗"是用中文说的，小景的发音虽谈不上标准，但那温柔的语调让从木既惊喜又感动。小景是从木来到京都后第一位对自己说中文的日本人，更是他在京都唯一认识的当地人，那份亲切是不言而喻的，他害羞地点点头，却因为过于兴奋与紧张，一时不知如何回答。

"万君，没想到你真的来京都了，日语说得也不错，在东京时，你还不会说日语吧？"

小景见从木呆在那里，再次发问打破尴尬。

"是，我在西京美术学校学习西画，因为没有小景小姐的联系方式，所以未能拜见。"

从木一字一顿地答道。

"那看来，我们还是有缘的呀……对了，你常来三笠老爷子这里吗？"

小景说回日语，但她有意放慢语速，虽说从木没有系统地学习日语，但基本的对话已没有太大的障碍。

"是的，几乎每日都来。"

"不瞒你说，这里我也常来，'三笠'是我最喜欢的书店。"

小景微笑着说，在从木的印象中，在东京时的小景不苟言笑且寡言少语，今日却颇为轻松活泼，从木虽觉意外，但这样的小景小姐当然更加可爱。

"小景小姐，刚才在下冒犯了您，若您有时间，可以请您喝杯茶吗？"

从木也不知哪里来的勇气，仿佛有个人在替他说话一般，不由自主便脱口而出了。

"哈，没关系的，不用这么客气。"

小景摆摆手答道。

"恕在下冒昧,其实……其实也是有些问题想向您请教。"

从木的脸憋得通红,他有从涟登那里听说,京都人特别害怕麻烦,也不会轻易给别人添麻烦,自己唐突提出的邀请,无疑会打乱小景原本的出行计划,那被拒绝也是理所应当的。

"这样啊……其实,竹内先生从中国回来后,和我提起许多他在中国的见闻,如果万君有空的话,倒不妨一起坐坐。"

小景爽快地答应了从木。

"太好了,可我的日语还不好,还请小景小姐见谅。"从木抱歉地说道。

"这没关系,你书包里有中日文对照的词典吗?"

"有的。"

从木赶忙从书包里掏出一本已翻阅得很旧的日文词典。

"这就没问题了,若要喝一杯的话,我知道一个不错的地方,请随我来。"

小景说完,进到屋内向三笠老爷子问好后,便与从木一同离开。

蝉鸣悠悠,溪水潺潺,小景领着从木来到鸭川西岸边一间小店门口,只见木刻招牌上写着"松尾"二字。

"好像还未营业,看着也不太像喝茶的地方。"

从木心中好奇，可也没好意思多问。

"就是这里了，我们进去吧。"

推门进入店内，小景与上前迎接的老板娘热情寒暄，之后，老板娘将二人引领到二楼的川床上入座。川床是用木架与竹竿支起的高台，向鸭川边延伸过去，这里是京都最有名的纳凉之处，鸭川风光尽收眼底。

"别看现在人不多，傍晚之后，这里可是一席难求呢。"小景对从木说道。

"这里不是茶屋吧？"

虽说到京都的时日也不短了，可囊中羞涩的从木从未进入过装修精致的店铺。

"这是间居酒屋，不过煎茶和麦茶都是有的，白天老板娘也会卖自己制作的应季的果子。"

小景答道。

"原来如此。"

从木尴尬地挠挠头。

"不过万君，炎热的夏日午后来一杯冰凉的清酒，才是最解暑的。"小景向老板点了清酒，为从木点了煎茶和点心之后，接着对从木说，"先生从前作完画总爱到鸭川边走走，这家店是他常常光顾的。"

"先生是指竹内栖凤先生吗？"

从木问道。

"对呀，万君不正是听从了桥本关雪先生的建议，为了能拜会竹内先生，才来到京都的吗？"

小景这样说当然没错，虽然只有一面之缘，而在帝展上见识了桥本关雪与竹内栖凤的作品后，从木就向往着京都，渴望能拜会传说中的画坛"西雄"，然而小景不知道的是，她只说对了一半，若说是想见之人，小景才是从木朝思暮想的那个。

从木当然不敢把心里的秘密说出口，他也不知如何去表达，只得憨笑着点头。

"我猜得果然没错……不过先生刚回京都，事务颇为繁忙，画室的师兄弟也在之前为祇园祭忙得不可开交，所以这几日都闭门谢客呢，待日后时机合适，我来为你引见。"

小景爽快说道。

"那就拜托了小景小姐了，不过我并没有这么着急的，看竹内先生何时方便再提不迟。"

从木连忙道谢，正在此刻，店家送来了清酒、煎茶与点心。

"虽然已经过了吃水无月的季节，但'松尾'会一直做到八月末，他们家的水无月是独一无二的，你尝尝。"

从木看着眼前名为"水无月"的三角状点心，心想自己来到京都后还从未吃过日式果子，他平日里十分节俭，一日也只吃两餐，能填饱肚子即可，能省则省。他取了一块咬了一口，年糕的软糯与红豆的香甜一下扩散在嘴里，太久没吃过甜食的他味蕾充满了欢愉。而坐在对面的小景，微风轻轻撩动着她耳鬓的发丝，纤长的手指优雅地端着酒杯，一颦一笑，皆是一幅活生生的美人图，从木太想将此情此景刻印在脑海中，不觉便看得目不转睛了。

"万君，我的脸上有什么脏东西吗？"

直到小景询问，从木方觉失态，连忙低头移开目光。

"实在太失礼了，抱歉抱歉，刚才小景小姐喝酒的样子，比我在三笠书画翻阅到的任何一张美人图都要好看，但我不是轻浮的意思，只是由衷欣赏……"

从木是越解释越慌乱，尴尬得无地自容，小景并不生气，看着从木手足无措的样子，捂嘴笑了起来。

"万君太夸张了吧，要说活着的美人画，那应该是祇园花见小路的艺伎们呀。"

"我可真没去过那边，我只是个穷学生而已……"

"这样啊，原来只是因为没有钱吗？"

"当然不是……"

从木吃惊于小景竟如此爱说笑，比起之前在横山家时，小景少了许多拘谨，愈发显得俏皮活泼。而小景则觉得从木像一只惊慌失措的小鹿，既滑稽又可爱，比起竹内家的师兄弟，与从木相处反而更显轻松，兴许是面对一个仅有过一面之缘的外国少年，没有所谓"身份"的束缚吧。

二人笑过，一时无言，坐在川床上，欣赏起流淌的鸭川江水与远处的山景。

"其实我的家乡，也有类似川床的建筑，许多房屋也是依山临江而建，用长长的竹竿支撑起来，层层叠叠，人们就住在里面。"

从木翻看了字典，经过一番语言组织，方才开口说道。

"真的吗，万君的家乡在哪里？"

"在四川，你知道吗？"

"我知道，我听先生提起过，在中国的西部，那里有许多名山大川，珍禽异兽，有一种黑白相间的猫熊，圆滚滚的特别可爱，先生说只有中国才有。"

"是呀，虽然我是四川人，说来惭愧，你说的猫熊其实我也未曾见过，有机会，小景小姐一定来中国看看，中国之大，我想恐怕一生都游历不完。"

"中国吗，除了京都，我只去过东京呢。"

"其实选择来京都，并不仅仅是为了学习绘画，或是见到竹内先生……比起繁华热闹的东京，京都悠长的历史与保护完好的建筑，那古朴的气质更加吸引我。"

虽是连比带画，从木总算断断续续表达清楚自己的意思。

"那倒没错，京都三千社寺，皆含悠久历史与许多故事。"

"可惜我这门外汉，虽然充满兴趣，却是一无所知，如若有幸能有一位京都人做向导，那可就太好了。"

从木虽是情不自禁，但说完也意识到此话略显唐突，怕小景感到压力而不悦。

"嗯，京都人都按部就班做着自己的事情，要找一位悠闲的向导并不容易呢。"

小景抿一口清酒，轻叹说道，从木虽有些失望，但也是意料之中的结果。

"若万君觉得我还可以，若有空闲了，带你四处逛逛也未尝不可。"

"真的可以吗，那实在太好啦！"

听小景这么说，从木喜上眉梢。

"当然是真的，不过万君可要多给我讲讲中国的故事呀，中国有句古话，来而不往非礼也嘛。"

"这是自然，可中国地大物博，我却寡闻少见，还望小景小姐见谅，还有我的日语，只能尽力而为了。"

"万君初学不久，说得已经很不错了，下次再见时，相信万君的日语一定会更上一层楼。"

小景莞尔一笑，这春风细雨般的鼓励话语沁润着从木的内心，那一瞬间，独在异乡的孤独与陌生感消散而去，取而代之填满从木内心的，是与心仪女孩重逢的紧张与喜悦。

黄昏时分，落霞成绮，来鸭川边纳凉的人络绎不绝，二人起身离开"松尾"，沿鸭川边漫步，行至踏脚石处。

"万君，今日我们就在此告别吧，等竹内先生能安排出空闲的时间，我便帮你引见，彼时我去三笠书画找你。"

"那就拜托了，十分感谢，小景小姐。"

"别客气，万君，那再会了。"

"再会……"

小景颔首欠身，然后转身沿着踏脚石向东岸而去，她悠然而轻快的身姿倒映在波光粼粼的鸭川上，渐行渐远的身影如同一幅流动的水彩画。

这动人一幕深深印刻在从木的脑海中，内心的悸动虽无人可以倾诉，却有手中的画笔能够恣意描绘。与小景重逢的每一帧细节，从木都在脑海中如走马灯般反复回放，闭上眼便是小景的倩影，睁开眼便想描绘她的美丽，他尚且不知自己已经喜欢上了这位优雅亲切的京都少女，而心中憧憬着能尽快相见，并在见面时能流畅愉快地交谈，这念想刺激着从木如着魔一般，废寝忘食地学习日语。

第十四回 霞中庵后院的一天

数日过去，小景却迟迟没有出现在三笠书画。是如约坚持等待，还是主动前去竹内家拜访，从木为此纠结不已。正当从木犹疑不定、寝食难安之时，三笠老板将小景留下的请柬交与从木手中。

"真好呀，可以去拜会那位先生。"

三笠老板对从木笑言。

"承蒙老板关照，十分感谢，我一定会努力的！"

从木难掩喜悦，向三笠老板鞠躬致谢。

"万君说话越来越像京都人了呢。"

"那也是多亏了老板。"

寒暄几句，从木便离开了，三笠老板停下手中的事情，走到门口目送着这位异国少年远去的身影，他发自内心地欣赏他对绘画如痴如醉的状态，在他翻阅画册时那闪闪发光的眼神不会说谎，那看到优秀作品时惊喜的眼神，与那位功成名就的人物在这里寻找到松村吴春的《雪中松鸭图》拓印版时的神情如出一辙。

"他和那个人一样，是嗜画如命之人。"

老板在那时便在心中暗自认定，此刻不禁去想象从木与竹内栖凤见面的场景，便不由会心一笑。

翌日清晨，兴奋得一夜未眠的从木穿戴整齐，带上自己最满意的画作，等候在竹内栖凤的居所兼画室、位于御池的"霞中庵"大门玄关前。

早课结束后，小景终于露面，她仍然身穿着那件艾绿色和服，木槿花的暗纹十分别致，发髻则盘得一丝不苟。

"早安啊万君，让你久等了。"

小景对从木行个礼，她整个人似乎又回到了最初在横山家初见时的状态，包裹在谨慎的礼仪里。

"早安，小景小姐，好久不见，近来可安好？"

从木回礼说道。

"安好，多谢挂念，我这就带你去见先生。"

"有劳。"

走进院落，从木也不禁拘谨起来，他跟随小景穿过前庭，庭院一侧的房间可以见到正在作画的学徒们。

穿过回廊,静雅别致的小花园后就是竹内先生的书房,小景在玄关处停下。

"万君,请把你带来的画作交给我吧。"

小景对从木小声说道,从木立即取下背在身后的画筒,交到小景手中,小景郑重地接过,脱鞋后走到门旁。

"先生,我进来了。"

她说完,听里面应了一声,就见小景弯腰步入了书房。片刻后,小景从屋内出来,招呼从木过去。

"请进吧,万君。"

从木脱鞋时险些一个趔趄,他才发觉自己心跳加速,手心冒汗,从木早前观赏过竹内栖凤的作品,内心是极为震撼与钦佩的,如今终于要独面本尊,紧张也是在所难免,而这份紧张在见横山大观时是完全没有的,一来那时有刘海粟、汪亚尘在,他只当自己是无关紧要的一员,方可安然自处,二来那时他并不在乎小景的眼光,此情此景却大不相同,他生怕自己弄巧成拙。

"万君,你没事吧?"

小景关心道。

"没事,只是有点紧张。"

从木尴尬地笑笑,总算站稳脚跟。

"别紧张,先生又不吃人。"

小景悄声安慰,从木笑着点点头,深吸一口气,随小景进入房内。

绕过一道精致的山水屏风,榻榻米上堆满了书籍与画稿，隔扇打开，阳光倾泻而入，竹内栖凤正盘腿端坐在房屋的中央，他穿一套黑色和服，留着精神的短发，戴一副黑色圆框眼镜，面庞如斧削刀刻般棱角分明，从木的画作正摊开在他面前。

"请坐。"

竹内栖凤的声音温和而充满磁性，这让从木的紧张情绪得以缓解，他在竹内栖凤对面坐下，并自报家门。

"竹内先生您好，在下万从木，来自中国，现就读于西京美术专门学校，冒昧叨扰，还请多多指教。"

"你在学校学的哪个方向？"

竹内用手摩挲着下巴问道。

"在下学习西画。"

"西画吗，你带来的作品，我看是以中国画为主呢，西画有几幅素描，没有油画或水彩画……"

"实不相瞒，在下学习西画不久，对西画知之甚少，所学尚浅，其次……油彩太昂贵……"

"哈哈，油彩太贵吗？"

正当从木汗颜之时，竹内栖凤却爽朗地笑出声来。

"当然，学习西画，并不是一定要做西画之创作，不流于形式，取长补短，使东西方绘画之技法融会贯通，从而将西画技法中的优点运用于自身擅长的绘画方式之中，才更有意义，不是吗？"

竹内说完，从木受语言之限，尚不能完全理解。

"实在抱歉，竹内先生，您的话我尚且不能完全听懂，但您的意思我大概理解，下来后我会再向小景小姐请教。"

"无妨，这次你来意为何，不妨赐教。"

竹内栖凤开门见山。

"在下观赏过先生您的大作，钦佩不已，特望能拜入先生门下，请先生指导一二。"

从木恭敬地向竹内栖凤鞠了一躬。

"这很为难呀，虽然我与许多中国画家是朋友，但我门下没收过中国弟子，亦无此打算。"

竹内栖凤食指摩挲起上唇，面有难色，目光却毫无转移地紧紧盯着从木的脸。

"先生若不便收在下为徒，那可否给在下一个旁听的机会？"

"旁听……我偶尔会去贵校讲课，你可以来听啊。"

"竹内先生的课我是一定会去的，若能得到在霞中庵学习之机会，我将无比珍惜，拜托了！"

从木再次郑重表明心意。

"如果你这么坚持的话……这样吧，让小景带你去后院画画吧，我看过之后，再做决定，可以吗？"

"当然，万分感谢！"

从木欣喜不已，鞠躬致谢。

"小景，你带万君去后院吧，他没有带纸笔，你帮他准备一下吧。"

竹内栖凤探出头，对跪坐在屏风后的小景说道。

"后院……吗？"

小景确认道,仿佛害怕自己听错一般。

"对,就是后院呀,带万君过去吧。"

"好的,我这就带他过去……"小景回答完,又对从木说,"万君,请随我来。"

从书房出来,小景领着从木往后院走去,沿着回廊绕过书房,后面有一片小竹林,沿青石板路推开扎着篱笆的柴扉,便是霞中庵的后院——伙房之所在,屋檐下,三五妇人正一边准备着中午的饭食,一边开心地说笑,成群的鸡鸭在院落一处使劲扑腾,躺在水井边晒太阳的狸花猫伸着懒腰望了二人一眼,起身舔了舔爪子,一条可爱的柴犬见小景来了,摇着尾巴跑过来迎接。

"这里就是后院了。"

小景有些尴尬地对从木介绍道。

"是让我在此处作画吗?"

从木向小景确认。

"恐怕先生是这个意思。"

小景吐了下舌头,表情有些尴尬。

"之前你们也会来这里作画吗?"

"先生偶尔会过来看看,师兄弟几乎不来后院的,更别说在这里作画了。"

小景无奈地摊手说道。

"这样啊,真有趣。"

从木不再多问,径直向伙房走去,妇人与伙夫一脸疑惑地望向这个陌生的少年。

"小景,这位是?"

其中一位妇人向小景询问。

"这位是万君,竹内先生让他过来在这边画画,打扰大家了。"

小景如是回答。

"大家好,在下万从木,打扰各位了。"

从木向大家问了好。

"你是中国人?"

另一位妇人惊奇地问。

"是的。"

大家一下子来了兴趣,都好奇地盯着从木看。

"万君,请在此稍等,我去帮你取纸笔。"

"谢谢,劳烦小景小姐了。"

小景离开后,从木在回廊上寻了个角落坐下,劳作的妇人们不时看向他,他便礼貌地微笑,妇人也报以微笑,然后继续去做手里的事情。

小景返回后,将纸笔递给从木。

"万君,在这里画画可以吗?"

小景略微有些担心。

"穿过那片小竹林让我回想起小时候画画的情景,这里实在太棒了!"

从木笑着答道。

"真的吗,我还有些事情,暂且离开了,稍晚再来看你。"

"小景小姐,给您添麻烦了,多谢!"

小景走后,从木便将画纸放在回廊的地板上,开始作画,这略显凌乱与嘈杂的环境却充满着日常生活的趣味与勃勃生机,这让置身其中的从木思如泉涌,全身心地投入到创作之中。其间烧饭的妇人为他准备了简单的饭食,糙米饭、酱菜与大根味增汤的味道清淡可口,从木不禁吃得津津有味、赞不绝口。他画那片小竹林、画鸡鸭、猫咪与柴犬,也画劳作的妇人,他几乎停不下笔来,创作一直从上午持续到傍晚,直到已看不清纸上的线条,他方才意识到一天已经过去。

其间小景来过两次,见从木正匍匐在地板上聚精会神地创作,便没有打扰。

小景第三次过来时,天已完全黑了,从木将画稿整理好,双手交与小景手中。

"实在万分感谢,小景小姐。"

"你太客气了万君。"

"在霞中庵后院的一天,是我来到京都后,感到最充实舒心的一天。"

画了一天,从木却毫无疲倦之感,反而觉得神清气爽。

"真的吗,从木还真是'画痴'呢。"

"哈哈,就算无法在霞中庵学习了,有今日之体验,也算无憾了。"

从木向小景再三道谢后,准备离开。

"万君……"小景叫住从木,"先生说,请你在金曜日和土曜日来霞中庵作画。"

"真的吗，可竹内先生还未看到我今天的画作呀。"

从木虽觉惊喜，但更是十分疑惑。

"他说他想看到的，都已经看过了。"

小景微笑着回答。

"这样啊。"

从木若有所思。

"那就金曜日见了，万君。"

"好啊，如果小景小姐不介意的话……请就叫我从木吧。"

"好呀，从木君，晚安了。"

"晚安，小景小姐。"

从那日后，从木即开始了每周两日在霞中庵的绘画学习，能获得"西雄"竹内栖凤的指点自然让从木兴奋不已，而更让从木开心的，是能获得更多见到小景的机会。

第十五回 不速之客

对于忽然出现在金曜日与土曜日讲习课上旁听的从木，霞中庵的学生们虽不意外，却也十分好奇。不意外是因为竹内栖凤作为日本数一数二的汉画家，从数年之前便与诸多中国文人画家来往，加之刚刚前往中国游历归来，自是对中国有着浓厚兴趣，可霞中庵内虽偶有中国画家或学生拜访，却从未有过上课旁听的中国人，是什么因由能让竹内先生开此先河，这个看起来普通至极的中国少年又有何特别之处，这都使学徒们好奇不已。

"那小子看起来呆呆的，也不知什么来头。"

"我听说老师让他去后院的灶台旁画了一整天的画，老师便同意他每周两日旁听。"

"不会是没画画，给老师做了两道中国菜吧。"

"别瞎说，我听说这小子来头不小，是桥本关雪先生拜托小景推荐给老师的，是西京美术的学生。"

"西画吗，将东西绘画融合创新，本就是我们老师孜孜追求的方向，看来这小子是有备而来。"

见师兄弟们正议论着，平日里最爱出风头的银桥桂太郎不乐意了，他一屁股坐到师兄们中间，大声说道："什么有备而来，不过是个厚脸皮的不速之客，等老师新鲜劲儿过了，他也就知道自己几斤几两，霞中庵怎么会有他的立足之地。"

"桂太郎，小声点，别中国小子没走，你先被逐出师门了。"

一位师弟逗桂太郎，这话惹得在场一阵哄笑，此时正巧小景从旁路过。

"小景，听说那个中国人是你引荐给老师的？"

桂太郎叫住小景。

"先生下午要看你们的画作，各位还是抓紧时间吧。"

小景也不正眼看桂太郎，说完后便转身离去了，桂太郎自讨没趣，惹得同学们又是一顿嘲讽。

"桂太郎，小心小景小姐去老师那里告你的状，你才知道什么叫祸从口出。"

"没事，他的大阪话，小景小姐还不一定能听明白呢。"

"哈哈哈……"

师兄弟对桂太郎揶揄一番后各自散去作画了。

"哼，我倒想看看那小子有什么本事。"

桂太郎兀自嘟哝一句，心里盘算着怎么给从木来个下马威。

一日晨课结束后，从木正收拾画具准备离开，桂太郎大摇大摆走过来，一屁股坐到从木面前，本要散去的学徒们见桂太郎要挑事儿，也都停下脚步，准备看看热闹。

"从木君，我说日语听得懂吧？"

桂太郎歪着头，操着一口浓郁的大阪口音，毫不客气地对从木问道。

"您说慢一点，大致可以。"

从木不明所以，只得礼貌回答。

"我说啊，霞中庵可不是什么阿猫阿狗都可以来的地方，能来到竹内家做学徒的人，那可都是百里挑一的角色，你知道这几方榻榻米出过多少响当当的画家嘛，有没有资格和我们坐在这里，你可得拿出实力来证明才行吧！"

"不好意思,你的话我实在有些听不明白。"

从木听得云里雾里,只能挠挠头,看向周遭的师兄弟求助。

"从木君,这不怪你,桂太郎的大阪口音有时候我们也听不懂。"

一位师兄口吻戏谑地说,惹得大家一阵发笑。

"喂,你们到底站哪边啊……反正,我的意思很简单,和我较量一场,赢了你好好上课,输了就自己离开霞中庵,听明白了吗?"

桂太郎挑起他浓密的眉毛,傲慢地盯着从木。

"大概算明白吧,就是你想和我比赛是吧,请问这是竹内老师的意思吗?"

"当然不是,是我个人的主意,毕竟霞中庵不是光靠脸皮厚就能坐进来的地方,若你没有此等觉悟,那就趁早滚蛋吧。"

"喂,桂太郎,适可而止吧。"

看见回廊上向这边走来的小景,师兄向咄咄逼人的桂太郎提醒道。

"哼,'支那'来的小子,你是不是根本就是来沽名钓誉的,有多大本事,就拿出来看看!"

桂太郎越说越起劲儿,完全没有理会师兄的提醒,他说的话一字一句都被小景听得真真切切。

"住嘴桂太郎,这可不是你大吼大叫的地方。"

小景在回廊站定,对桂太郎厉声说道。

"小景……小景小姐,我可没有大吼大叫,我只是想和这小子切磋一下画技而已。"

见小景突然出现,桂太郎的嚣张气焰一下被浇灭半截,身子也从从木面前缩了回去。

"画技切磋就留在讲习课上吧,不要私下在霞中庵胡来。"

小景声音不大,却语气坚定。

"小景小姐你干吗偏袒这中国小子,切磋画技不是很正常吗?"

桂太郎一脸不忿。

"我接受。"

从木忽然开口,大家都无不惊讶地望向了他。

"你说什么?"

桂太郎本来只想羞辱从木一番,他料想平日里看起来寡言少语的从木一定胆小怕事,不敢冒任何风险,可惜他猜错了。

"桂太郎对吧,我说我接受和你切磋。"

从木眼神笃定,嘴角扬起一丝笑意。

"从木君,你不用勉强……"

小景本还想劝从木不要搭理桂太郎。

"小景小姐,只是同学间切磋画技而已,无妨。"

见从木胸有成竹,小景也不再多说什么,毕竟面前这个异邦的少年是获得"东西双雄"横山大观与竹内栖凤二人认可的人,自己的担心未免太多余了。

"好,既然如此,不妨我们就请小景小姐出个题目,你我今天各作一幅画,不落款,请小景小姐明早呈于案前请师兄弟投票来决出胜负,如何?"

桂太郎说完,从木点头同意。

"桂太郎,如果只是画技切磋,我愿意出题目,但如果你想借此赶走从木,他的去留只有竹内先生能做主。"

小景对桂太郎说道。

"我当然没权力逼走任何人,但输了切磋,我不知道从木君还有没有颜面继续留在这里,你说呢,从木君?"

桂太郎轻松地耸耸肩,似乎已稳操胜券。

"输了我自然会向竹内先生请辞,不过明早再揭晓胜负未免太久,一个时辰,小景出题后,我们一个时辰分出胜负吧。"

"什么?"桂太郎完全不敢相信自己的耳朵,心想这一定是从木在虚张声势,但既然事情是自己挑起的,现在也没有退缩的余地了,"少在这里大言不惭,我会怕你吗?"

"好,那就请小景小姐出题吧。"

"哎,好吧,那么……"小景叹口气,在四周寻找着题目的灵感,最后目光停留在了挂在壁龛的一幅书法上:

秋夜之长

空有其名,

我们只不过,

相看一眼,

即已天明

"二位就以小野小町的这首和歌为题作画吧。"

"从木君恐怕连这什么意思也未必能读懂吧,小景这不是让我欺负他吗?"

桂太郎态度轻蔑。

"无妨,我会给他解释的。"

小景转身走到从木身旁,轻声在从木耳边解释了一番。

"有劳你了,小景小姐。"

从木听完点点头,微笑着对小景说。

"那么,就不打扰二位作画了。"

二人在桌案旁坐好,取出纸笔开始作画。

"那么,我们就先行离开,一个时辰后再见了。"

师兄弟们对这场比试充满期待,随小景去别处等候二人完成画作。

一个时辰后,两张画作摆在了同一桌案上,二人则跪坐在房内的两侧。小景取来一盒围棋黑子,在场的师兄弟们各取一枚,将黑子落在认为更出色的作品上,师兄弟们依次落子,最后小景也将手中的棋子落在了更喜欢的一幅作品上。

"胜负已分,左侧的画作胜出。"

随着小景的话音落下,桂太郎一拳砸在榻榻米上。

"可恶,是我输了。"

桂太郎颓然坐在那儿。

"银桥君,在下只是侥幸,银桥君如若能有更长时间着色,输的就是在下了。"从木向桂太郎与众师兄弟说道,

"这几日能在霞中庵与各位一同听课,实感幸甚,断无冒犯之意,还请大家多多包涵。"

"从木君,我桂太郎认可你了,可你画中女子与小景小姐神似,这可就是在占便宜了,你也算胜之不武,这局姑且算我让你的。"

听到这话,小景虽表情镇定,脸上却不禁泛起一阵红晕。

"先生那边还有事情,我告辞了。"

小景说完便赶忙走开,师兄弟们都捂着嘴笑起来。

"从木君,你的画技的确不俗,你放心,我桂太郎认赌服输,之后不会再找你麻烦了。"

小景走后,桂太郎起身走到从木面前,向从木伸出手。

"承让了,银桥君。"

从木与桂太郎握握手,二人相视一笑。

从霞中庵出来刚没走几步,忽然听到背后有人呼唤,从木转身,来人正是小景。

"从木君,这是给你的。"

小景将一个包裹递到从木手中。

"小景小姐,这是什么?"

从木好奇地问道。

"这是竹内先生让我送给你的,一些画具与颜料,师兄弟们都有的,也算了你一份。"

小景答道。

"哇,请代我谢谢竹内先生,承蒙他照顾,感激不尽。"

从木开心地咧嘴大笑。

"那个……从木君,今日你和桂太郎的切磋,你的画中人……真的是我吗?"

小景忽然开口问道。

"小景小姐,我没想到桂太郎会那样说,是在下冒昧了,实在太抱歉了。"

从木慌张地连忙道歉。

"光道歉可没用呀,从木君。"

小景轻声说道。

"如果小景小姐不嫌弃的话,我请你去'松尾'吃饭可以吗,或者你有想吃哪家果子,我明日给你买去。"

"嗯,既然从木君这么有诚意,大文字五山送神火的日子就要到了,从木君能陪我去看吗?"

小景低头看向地面,羞怯地问道。

"当然好呀!"

从木一口答应,别提有多开心了,虽然从木并不太明白"大文字五山送神火"是什么,但对小景的邀约,他是绝不会有丝毫犹豫的。

叶月过半的第一日,便是大文字五山送神火的日子了。

从木与小景相约傍晚在鸭川边的松尾居酒屋见面,从木早早便到了,手中握着准备送给小景的礼物,站在松尾的门口,在熙来攘往的人流中,等待着他心中的"洛神"出现。

"从木君。"

小景身穿一套樱粉色浴衣，踩着木屐翩翩而来，她左手握一把描金小团扇，右手提着一个团状手袋，比平日里更多了几分少女的俏皮可爱。

"等很久了吗？"

小景问从木。

"没有，就一会儿而已……对了，小景小姐，一直承蒙你关照，选了个小礼物送你。"

从木将准备好的礼物递给小景。

"呀，谢谢，没想到从木君还准备了礼物！"

小景接过礼物，笑得更开心了。

"我不会给女孩子挑礼物，还希望小景小姐不要嫌弃。"

"怎么会，我一定会喜欢的……"小景解开布袋的系带，从里面取出一支刻着木槿花纹饰的球形簪，"哇，好漂亮！"

"真的吗，小景小姐喜欢吗？"

"当然……可以的话，麻烦从木君帮我戴上吧。"

"欸……我不太会。"

从木一下子羞得脸通红。

"没关系，只要插在我的发髻上就好了。"

小景转过身，背对着从木。

"那恕在下冒犯了。"

从木接过发簪，小景转身背对着他，他举起发簪，靠近小景，小景雪白的后颈一览无余，淡淡的发香传入鼻息，此时此刻时间仿佛静止，从木仿佛能听到自己心跳的声音，他屏住呼吸，强作镇定，稳住右手，将发簪缓缓插进小景的发髻里。

"插好了吗？"

小景问道。

"嗯嗯。"

"好看吗？"

小景用手轻轻扶一下簪子，转身侧头问从木，巧笑倩兮，让从木不能自持，只得红着脸傻傻点头。

"我一直很喜欢木槿花的纹饰，谢谢你，从木君。"

两人相视一笑，正当二人都有些害羞无措时，人群中忽然传来"开始啦！"的欢呼声，随着人声望去，净土寺大文字山的方向，火光在山间由点成线，一个"大"字在黑夜中熊熊燃烧起来，壮观至极。

几分钟后，西山与东山的"妙""法"二字也相继点燃，随后，西贺茂船山的"船"与嵯峨山鸟居本山的"鸟居"也相继点燃，五山火光相映成辉，蔚为壮观。

"从木君，你知道五山大文字送火的缘由吗？"

在松木找到位子坐下后，小景问从木，从木摇摇头。

"这其实是盂兰盆节为逝去的先祖祈福的活动，五山的火光在盂兰盆节后照亮他们返回阴间的道路，不至于迷失在荒郊野地，成了孤魂野鬼。"

"原来如此。"

"还有传说，只要将火光映入盛有清酒或清水的杯中，喝下后，便会得到先祖的庇佑。"

"那小景小姐不喝一杯吗？"

"我的话，喝了也没什么用吧，每次看五山大文字送神火，我总会怅然若失，因为是被遗弃的孤儿，我并不知道我的先祖是谁，我的父母是谁，长什么样子，我也毫无印象，当我为这壮观的景象感到震撼时，心中却是充满怨怼，是不是格外讽刺。"

小景的眼神里流露着哀伤。

"抱歉，其实小景小姐的心情，我感同身受，我的父亲在我一岁时就离世了，十年后我的母亲也因病撒手人寰，作为孤儿的心情，我是全然能够体会的。"

"原来从木君的身世也如此坎坷。"

"同是天涯沦落人，相逢何必曾相识……白居易《琵琶行》里的一句，正是形容我们。"

"我知道，竹内先生非常喜欢白乐天！"

"有个问题有些冒昧，小景小姐不愿说，可以不回答。"

"从木君，但问无妨。"

"竹内先生是小景小姐养父吗？"

"嗯……虽然大家都这么认为，但竹内先生从未公开提及过此事，因为我从小在霞中庵长大，所以大家都觉得理所当然吧，其实我并不是竹内先生带回来的，而是被一位叫阿菊的妇人在先斗町附近发现的，她本是在祇园附近的酒馆做工，后来经人介绍来到了竹内先生这里做佣人，她偷偷把我带了过来……可在我六岁的时候，她不幸患病离世了，竹内先生看我可怜继续收留了我，大概就是这样。"

"小景小姐，令你谈起这些伤心的往事，实在抱歉。"

"没关系的，从木君，谢谢你陪我来看五山送神火，之前我总是一个人来看祭，今夜有你陪伴，实在太好了。"

小景微笑着对从木说道，摇曳火光中的面庞更是惹人怜爱，对小景的满心爱慕令此刻的从木竟想将藏在心中的那句话脱口而出。

"小景小姐，我……"

"给我滚开，混蛋！"

身后忽然出来的一声大喝与瓷器碎裂的声音打断了从木的话语，在场所有人闻声望去，发生骚动的地方躺着一位身着黑色浴衣、身材瘦削、面容邋遢的青年男子，他身前另一位身材颇为魁梧的男客怒气冲冲，他身旁的女伴亦是吓得花容失色，看来倒在地上的青年多半是他推倒的。

"梦二……是梦二先生！"

小景惊呼出声，赶忙过去查看，从木先是一愣，见状也立即跟了上去。此时，老板也过来了，立马上前安抚那位愤怒的客人。

"喂，松尾什么时候允许这样的醉汉到处乱窜啊，他在骚扰我们啊。"

男客对老板大声喊道。

"不好意思，他是我们的朋友，我们立即将他带走，实在抱歉。"

老板还未回答，小景却先向那男客道歉了，她想去搀扶倒在地上的醉汉，可是那人早已喝得酩酊大醉，从木赶紧上前搭手，使出全身力气，才将满身酒气的醉汉从地上拖起来，扛在肩上。

"我说老板，怎么学生、小女孩儿和醉汉都混到居酒屋里了，这么做可不行啊。"

那男客骂骂咧咧，老板也连声道歉，好说歹说，那人才不情愿地搂着女伴坐了回去。

从木与小景半扛半搀地将醉汉弄到"松尾"居酒屋外，没走两步，那男子"哇"的一声吐在地上。

"小景小姐，这是谁啊，你怎么会认识这样的醉鬼？"

从木艰难地搀扶着呕吐不止的男子，皱着眉头询问小景。

"他叫竹久梦二，是蛮有名气的画家和诗人……你先扶着他，我去找老板讨碗清水来。"

小景说完又跑回店里，从木觉得这个名字挺熟悉，但却想不起来，他又去看眼前这个叫做"梦二"的醉汉，乱糟糟的长发下满面胡楂，面容憔悴，神情悲伤。

小景将清水端来，与从木一起协助梦二喝下。

"彦乃……是你吗……彦乃……"

他看到小景，嘴里念叨起来。

"梦二先生，我不是彦乃，我是竹内家的小景，你喝多了，你住在哪里？我们送你回去吧。"

"彦乃……"

梦二只顾喃喃自语，忽然又瘫倒在地，呜咽起来。

"这可怎么办，也不能把他带到霞中庵，先生会生气的。"

小景有些无可奈何。

"要不，我把他弄到我宿舍凑合一晚再说吧。"

从木见小景为难，于是提议道。

"这样可以吗？"

"没问题的，小景小姐，你放心，只是我没办送你回霞中庵了，你路上千万小心。"

约会时间被这突如其来的意外打断，从木心里难免怅然若失，不过也不能放着小景小姐关心的友人不管不顾。

"别担心我，从木君一个人可以应付得来吗？"

"我想……"从木瞅一眼身旁东倒西歪的梦二，苦笑着回答，"问题不大。"

"从木君，那梦二先生就拜托你了，我们明日再见。"

小景向从木不好意思地鞠了一躬。

"晚安，小景小姐。"

"晚安，从木君。"

与小景道别后，从木搀扶着烂醉如泥的梦二往自己的住处走去，一路上梦二又呕吐了两三次，从木耗费九牛二虎之力，总算把梦二弄了回去，自己也是筋疲力尽，在梦二一遍遍"彦乃"的呼唤中，从木也进入了梦乡，在半梦半醒之间，他的嘴里，也像身旁那个为情所困的男人一样，呢喃着"小景小姐"。

第十六回 死去与重生

清晨，当从木醒来时，梦二正靠在窗户边，呆呆地望着窗外。

"醒了，昨天是你把我弄回来了？"

梦二问从木。

"对啊，你昨晚喝醉了，在'松尾'撒酒疯，幸好竹内家的小景小姐说你是她的故友，我就把你弄到我的宿舍凑合一宿。"

"这样啊，昨天给你添麻烦了，万分感谢，在下竹久梦二，请多指教。"

梦二跪坐端正，向从木鞠躬致谢。

"别客气，我叫万从木，是小景小姐的朋友。"

从木回礼道。

"你是中国人吗？"

"是的，我是西京美术学校的留学生。"

"不好意思，昨晚实在喝太多了，我只记得昨天我去鸭川边看五山大文字送神火，然后喝了很多酒，之后就不记得了。"

梦二一边用双手拇指揉按着太阳穴，一边回想昨晚的事情，可除了头疼，一无所获。

"梦二先生，你昨晚也不知是喝了多少酒，还将小景小姐错认成名叫'彦乃'的人，一路上你也一直在呼唤这个名字，看来是对你很重要的人，是你的爱人吗？"

梦二听到"彦乃"，不禁紧锁眉头，半晌没有说话。

"不好意思，那个……肚子空空的好难受，从木君，我请你吃早饭略表谢意吧。"

梦二没有回答从木的问题，二人昨天都没吃什么东西，于是从木也就却之不恭，与梦二一同出门觅食了。

梦二带从木来到祇园町北的一家主卖鲭鱼押寿司与味增汤的小店，两人点好套餐，边吃边聊。

"你是西京美术的留学生，又是竹内小景的朋友，那你也是竹内栖凤的学生咯？"

梦二吃了几块鲭鱼寿司又喝下一大碗味增汤，方觉三魂回了七魄，整个人精神了许多，于是挑起话题，主动开口问从木。

"说是学生也算是吧，我每周两日会去霞中庵听课，算是旁听生吧。"

"倒是从未听说过竹内先生收旁听生，是小景小姐帮你引见的吧？"

"是的，多亏小景小姐，才有幸能在霞中庵受教一二。"

谈及此事，从木也忍不住嘴角微微上扬，心中美滋滋的。

"那你又是怎么认识小景小姐的呢？"

梦二将遮住眼睛的头发撩到耳后，手掌托起下巴追问。

"我在上海读书时，随学校师长到东京拜访，在横山大观先生的官邸邂逅了小景小姐，其实说来，仅一面之缘而已。"

"横山大观?你小子运气可真好啊,大正画坛的东西双雄你都见到了。"

梦二不无赞叹地说道,对眼前貌不惊人的学生不免刮目相看起来。

"的确很幸运。"

从木点头道,开心地咬了一大口寿司。

"你小子喜欢小景小姐吧?"

梦二陡然话锋一转,从木吓得直接把满嘴的饭粒喷了出来。

"抱歉……梦二先生可千万别这么说,小景小姐要是知道了,会介意的。"

从木手忙脚乱地解释。

"哈哈,你还蛮有意思的,从木君……"梦二大笑,见桌上餐食已吃得干干净净,他掏了掏口袋,尴尬地说道,"哎呀,昨天买酒把身上的钱花光了,麻烦从木君先结账,要是你待会儿有空的话,随我去居所取一下吧。"

"真不把自己当外人啊,没带钱早说啊,吃什么鲭鱼寿司,这么贵……"

从木心里嘀咕,面带苦笑默默去结账了。

梦二借住在他京都的友人堀内清的家中,吃完饭后,今日无课的从木随梦二来到堀内清家。

客房内,地上散落着无数的手稿,有绘画的,也有诗歌,梦二对从木说了句"随便坐",便去行李箱里翻找现金,从木则像在玩跳格子游戏一般，终于在一张方几前找到落脚之处，坐了下来。在等待梦二时，他随手拿起榻榻米上的一张小画，画中是一位优雅美丽的女子，身着棕色条纹和服，手中怀抱着一只黑猫，坐在写有"黑船屋"字样的木箱上……画风不及浮世绘般夸张，又比工笔更加粗犷写意，颇有几分漫画之感，令人眼前一亮。从木一下子回忆起他曾在三笠书画翻到过梦二先生的画册，当时也是非常惊叹于这种创新的插画风格。

"梦二先生，我曾在书店看到过你的画作。"

"这我倒不意外，我出版过好几本画册了。"

梦二走过来，把钱递给从木。

"梦二先生，您不用给我钱了，若您不介意，能给我两本你的画册吗，我非常喜欢。"

从木向梦二请求。

"这次我倒是没有带太多画册回来，如果你喜欢的话，屋里这几本，都送给你吧。"

梦二将书架上的几本画册取下，放到从木面前的方几上，从木如获至宝般翻阅起来，有《梦二画集 春之卷》、《梦二画集 花之卷》、《梦二画集 旅之卷》、《梦二画集 都会之卷》与《绘物语 京人形》。

"太好了，非常感谢您，梦二先生。"

从木连声道谢。

"钱也一并收下吧，昨天给你添了不少麻烦，区区几本小作，不足为谢。"

梦二见从木如此欢喜，也十分开心。

"对了，我看梦二先生正在创作的画稿，画中是同一女子吧，这是梦二先生的恋人吗？"

当听到从木不经意间问出的这个问题，梦二怔怔看着画稿，长发垂下，遮住了他的眼睛。

"她叫彦乃，是我的妻子。"

片刻后，梦二才喃喃开口。

"原来如此，夫人这次没有与梦二先生同行吗？"

从木在谈话方面就是个愣头青，真是哪壶不开提哪壶。

"没有，她去了另一个世界。"

因为语言障碍，从木并未听明白，他还以为彦乃是去了别的地方，梦二又坐到窗边去，将头枕在窗沿上，望向些许阴郁的天空。

"她死了，彦乃死的时候，其实我也死了……"

梦二呢喃道，像是在回答从木，又像是自言自语。

"你知道吗，我一直挺想去中国。"良久，梦二转头回来，对从木说道，"如果一直在旅途中的话，奔波的疲累兴许可以抵消失去彦乃的痛苦，中国那么大，相信走到死的那一天也是走不完的吧。"

"梦二先生……"

见梦二陷入哀思中那痛苦的神情，从木却不知该如何安慰。

"我没事，我没事的，哈哈，抱歉，说实话，回到京都我也鼓起了莫大的勇气，故地重游，我想与彦乃做一场正式告别，仅此而已，你放心，我不会有事的，我不是那种会寻死觅活的人。"

梦二挤出一个苦笑，这时，堀内清家的管事过来通报说，竹内家的小景小姐过来拜访了。

"劳烦您请她过来。"

梦二客气地对管事说道，管事离开后不久，小景小姐出现在了门口。

"昨天真是多亏了你，小景小姐，给你添麻烦了。"

见小景来了，梦二郑重地给小景鞠了一躬。

"梦二先生，您太客气了，刚刚我去从木君的住处找你们，他的室友说你们已经出门，我猜可能您会在这边，于是冒昧过来了。"

小景解释道。

"真是不好意思，劳小景小姐费心了，你看我房间杂乱，也没个可以坐的地方，改日我在酒馆设宴，再向二位道谢吧。"

梦二无奈地摊摊手。

"祇园町吗，我会有些不好意思呢。"

小景笑言。

"别取笑我了，小景小姐。"

"我带了些今早做的抹茶羊羹，你们慢用，我先回霞中庵了。"

小景将一个小巧的点心盒放到桌上，起身准备离开。

"对了，小景小姐，入秋后我想去趟岚山，如若方便，想邀你与从木君同往。"

"岚山吗……彼时若无他事，我可以的。"

小景在回答前偷偷望了一眼从木，那眼神被心思缜密的梦二捕捉到，他粲然一笑："那就一言为定。"

小景告辞之后，从木又在梦二的居室内翻看了一下午的画册，与梦二交流至傍晚，方才心满意足地离开。

梦二作品中的奇思妙想与细腻情感让从木啧啧称叹，虽有语言的些许障碍，但二人的交流却非常轻松自然。梦二也十分喜欢这位萍水相逢的中国学生，从木对艺术创作的好奇心让梦二想起当初自己自学绘画时的那份初心，那种并不把自己局限在某一个绘画派别的开放态度令他惺惺相惜。不得不说，从木的出现犹如一剂止痛药般，在这个蝉鸣低落的午后，虽无法完全消除梦二因宿醉带来的头痛，却无疑缓解了他丧妻之后内心长久的孤独、苦闷与怅然。

夏去秋来，天气渐凉，霞中庵前院的那棵鸭立泽枫叶渐渐转红，就是在那棵红枫下，从木见到了被誉为"京都天才少女"的名画家，上村松园女士。

那是土曜日的晨课结束后，从木准备去三笠看看画册，走到门口时，看到一位身形瘦小、穿着端庄牙色和服、神情有些憔悴的女士，等候在门口，她见从木出来，便礼貌地颔首，从木也欠身鞠躬回礼，正当他与那位女士擦身而过时，听到门内传来小景的声音。

"松园老师，不好意思让您久等了，十分抱歉……"

从木回头去看，见小景已经迎出门来，恭敬地对那位女士说："先生现在有空了，请跟我来吧。"

"好久不见呀，小景，你已经出落成亭亭玉立的大姑娘了，就称呼我松园吧，'老师'这个称呼万不敢当。"

被小景称呼"松园老师"的女士如是说，小景有些紧张地抬头看一眼一旁的从木，见从木也正看着她，她赶紧将眼神回避开。

"别来无恙，上村女士，我这就陪您过去。"

松园似乎捕捉到了小景的眼神，她也假装不经意间回头望了一眼从木，报以微笑，然后转头对小景说："有劳了，小景小姐。"

见二人走进院内，从木也就离开了。

翌日，从木与小景相约在三笠书画见面，小景告诉了他昨天在门外遇见的那位优雅女士，便是鼎鼎大名的"京都天才少女"上村松园。从木当然知道上村松园是谁，他在三笠书画看过她的画册，松园笔下的美人画惟妙惟肖、栩栩如生，其画技之精湛，绝对在大正画坛独树一帜，但在两年前，她完成一改往日柔美风格、后来成为旷世奇画的《焰》后不久，便离开了京都，没有再发表过新的作品。

"她想回到霞中庵，继续在竹内先生身边画画。"

小景对从木说。

"我看过关于松园女士的报道，她似乎本来就是竹内先生的弟子吧，回到霞中庵继续创作不是顺理成章的事情吗，如此优秀的弟子重回霞中庵，竹内先生一定很高兴吧？"

"不，竹内先生拒绝了松园女士的请求。"

小景不无遗憾地摇摇头。

"啊，怎么会……是因为松园女士已是成名的画家，竹内先生认为她该自立门户吗？"

从木惊讶地问道。

"在中国，女子可以成为画家吗？松园老师走到今天，经历了多少误解与非难那是旁人绝对无法想象的，她是我见过这个世界上最勇敢的女人，她能在昨日站在霞中庵的门口，跪倒在先生的面前祈求重新回到这里画画，需要多么大的勇气啊……女人作为画家自立门户，从木君，你不觉得这是天方夜谭吗？"

小景越说越激动，她肩膀不禁微微颤抖，眼中噙着泪水。

"小景小姐，对不起，是我失言了……"

从木见状也是惊慌失措，他没想到自己的一个问题竟然惹得小景快要哭了，心中只恨自己蠢得要命，只能连忙道歉。

"不，从木君，你没有说错什么，反而你没有居高临下地去看待女性才会这样发问，我很感动……只是我觉得松园老师太可怜了，虽然她被称作'天才少女'，可整个画坛却对她虎视眈眈，诽谤之声此起彼伏，你知道吗，恐怕整个京都也只有竹内先生是可以保护她的，如果没有竹内先生的支持，松园老师是无法在日本画坛立足的，甚至再公开发表作品，都会十分艰难……"

小景说完,紧咬嘴唇,看得出她为松园的遭遇感同身受。

"原来如此,可竹内先生为何要拒绝松园女士呢?"

"这我就不知道了,兴许是之前的一些风波令竹内先生耿耿于怀吧。"

小景没有再说下去,从木也没有再多问,松园的事情在京都坊间流传着许多不同版本,成为京都甚至全日本画坛茶余饭后的谈资,有人说她未婚先孕的孩子是她的第一位老师铃木松年的,所以竹内栖凤与铃木松年为松园的事情直接爆发过矛盾,也有人说松园创作《焰》并离开京都是因为恋上了比她年轻许多岁的男子,但最终被那负心汉抛弃,于是她愤而离开京都去了北海道……围绕松园私生活的流言蜚语从未停止,但这并不影响她的画作广受好评。

"我希望她能回到霞中庵,我不知道松园老师还能依靠谁,这画坛对她来说就像修罗场一般,但她仍要坚持奋斗下去,这样才华横溢又坚韧不屈的人,难道不值得有一席之地吗?"

小景面对从木,心中块垒不吐不快,不知不觉双手拉住了从木的衣袖,身子前倾,靠到从木的肩头,这是二人第一次有身体上的接触,从木整个人僵在那里,如被点了穴位一般动弹不得,鼻息里是小景的发香,肩膀能感受到小景呼吸的温度……良久之后,待小景情绪稍缓,方才察觉到自己正紧紧依偎在从木肩头,她赶忙松开手,害羞地埋下头去。

"抱歉,从木君,我太激动了……"

"没……没关系……"

从木涨红着脸，还僵直在那里。

"相比那么勇敢的松园老师，我却连下定决心成为画家的勇气都没有，我完全不敢像松园老师那样无所畏惧地去为自己心中的热爱拼尽全力，从木君，我是不是很没用？"

小景水盈盈的眼睛盯着从木，美目盼兮，惹人爱怜。

"小景小姐你怎么会这么想，早在横山家时，你就展现出你卓越的画技，相比霞中庵的师兄弟一点也毫不逊色，如果你真的想要成为一名画家，我相信你一定能够做到，而且，我相信竹内先生也一定会尽其所能帮助你。"

从木鼓励着小景，从木是发自内心认可小景的才华的，从小受初山哥与新文化运动的影响，他也全然没有"女子无才便是德"那般狭隘迂腐的观念。

"恰恰是竹内先生反对我从事绘画。"

小景苦笑着回答，在从木面前不知为何无法再装出那副坚强冷峻的面孔，眼泪夺眶而出。

"怎么会……"

从木又是惊讶又是心疼，不知该如何宽慰面前楚楚可怜的小景。

"我想正是因为他看到了松园老师为了从事绘画所做出的牺牲吧，那成为众矢之的的悲剧感，所以不希望我重蹈松园老师的覆辙吧。"

"小景小姐……"

从木一时亦不知如何去安慰小景，只能静静陪在她的身边，哪怕是经历了明治维新来到大正民主之春的时代，对女性根深蒂固的传统观念却未得改变，女人就该嫁做人妇后扮演好相夫教子的角色，而不是成为什么画家抛头露面，若无视社会的观念逆流而上，所要面临的压力便可想而知。

"京都的天才少女只有一位，那就是上村松园老师，霞中庵应该迎接真正的画坛明珠回家。"

小景泛着泪光的双眸清澈而坚定，这深深打动了从木，可只是一个旁听生的他，本就是霞中庵的边缘人，他虽然十分认同，可也对此事爱莫能助。

"从木君，抱歉，我太多愁善感了……"小景抹掉面颊上的泪水，对从木报以微笑，"我相信松园老师一定能回到霞中庵继续创作，竹内先生一定会同意的，谢谢你听我说这些，我心里好受多了。"

从木见小景破涕为笑，也用力点头回应。

与梦二先生相约的岚山之旅并未成行，因为他要提前回东京去了。

中秋前夕的一个午后，梦二忽然来到从木的住所拜访，他手里握着新款的柯达相机。

"从木君，真是抱歉，岚山之行本是我向你与小景小姐发出的邀请，可我不得不离开京都，有一个女孩在东京等着我，我必须立马回去，请见谅。"

梦二向从木鞠躬致歉，他的气色比前些时日好了许多。

"没关系的，梦二先生，你何时动身呢？"

从木问道。

"明天，明天一早，我已经买好了车票，所以今天过来找你，是想和你道个别，如果你有时间，我还想给你和小景小姐拍张照片。"

梦二把照相机拿到从木面前，从木还从未拍过照片，顿时对梦二手中的照相机充满好奇。

"就用这个吗？"

"对呀，从木君有拍过照吗？"梦二问从木，见从木摇头，他接着说"走吧，我们去霞中庵找小景小姐，然后去鸭川边，我们相遇的地方，我给你们拍照。"

二人来到霞中庵，却被告知小景已经外出了，霞中庵的人也不知道她具体去了哪里，二人怅然，只得作罢。

"既如此不巧，只得我们二人去鸭川边走走了。"

从木虽感失落，此刻也别无他法，于是与梦二来到鸭川边，两人沿河边步道而行，在木屋町附近的缓坡上席地而坐。

"来，从木，我给你拍张照片。"

梦二拿起照相机，对从木说。从木从未拍过照片，显得有些不知所措。

"放轻松，看着镜头微笑就可以，表情别那么僵硬，对，动作自然点……"

梦二一边指导着从木，一边调试着焦距，最后按下快门。

"现在可以看到吗？"

从木问梦二。

"现在还不行，胶卷在相机里，需要将胶卷拿回暗房冲洗才能成像……"梦二一边说一边将照相机交到从木手中，"来，我来教你怎么使用，你也帮我拍一张照片，下一次再来京都，也不知是何年何月了……"

在梦二的指导下，从木按下了快门。

"等我回东京将胶卷冲洗出来，到时候把照片寄到霞中庵，可惜还是没能拍到小景小姐，真是遗憾……"

梦二感叹道。

在从木离开日本时，他并没有收到梦二的照片，兴许是他回到东京后未来得及冲洗，抑或胶卷曝光作废了，总之，从木没能见到那张照片，梦二后来的摄影集里也没有任何关于这次京都之行的影像，也许京都有太多彦乃的记忆，梦二说过，彦乃死的时候，他也死去了，那关于京都的记忆，恐怕也是死去的那一部分吧。

临近傍晚，梦二邀约从木去花见小路小酌一杯，满心只有小景的从木对烟花柳巷确实毫无兴趣，于是便婉拒了。

二人道别后，从木独自回住所，不知不觉却往霞中庵的方向走去，正当他回过神来时，他与小景在街口不期而遇，两人先是一惊，而后相视一笑，向对方走去，小景将手中精致的点心锦盒托到从木面前。

"栗子大福，松园老师买给我的。"

见到小景脸上的笑容，从木猜想一定是上村松园重返霞中庵的事情有了转机。

二人一直走到永观堂，在傍晚一边欣赏红枫，一边吃栗子大福，这也是金秋时节京都人觉得最惬意的事之一。

中秋的傍晚已有些许微凉，二人在枫林边的石阶上坐下，小景小心翼翼地解开水引绳，打开锦盒，取出一块儿栗子大福递给从木，从木道谢接过，一口咬下去，糯米的柔软、豆沙的顺滑与栗子的香甜在口中扩散，令人心满意足。

"嗯……太好吃了！"

小景也咬下一口，一脸满足地眯起眼睛感叹。

"看小景小姐一脸轻松的样子，松园老师能回霞中庵了？"

"从木君还能未卜先知……虽然暂时还没有，但是我觉得这是迟早的事情了。"

"为什么这么说？"

"今天我与松园老师去清水寺赏枫了。"

小景一边享用着栗子大福，一边娓娓道来。

今日秋高气爽，小景一早起来便洗漱整洁出了门，带上自己亲手做的月见团子，直奔上村松园一家居住的车屋町附近而去。

松园从北海道返回京都后，与母亲及儿子松篁三代同住一起。松园能在画坛声名鹊起并坚持至今，与松园母亲的付出密不可分，为了女儿能专心体面地从事绘画，她关掉了早年经营的位于四条御幸町的茶屋，一心陪伴在女儿身边，帮忙操持家事。

要找到"京都天才少女"上村松园的新家是十分容易的事情，孤儿寡母的名画家自然惹人注目，小景在车屋町稍一打听，便得知了确切的位置。

来到松园家时，松园母亲正在家门洒扫。

"伯母，许久未见了。"

小景上前，毕恭毕敬地向松园母亲打招呼。

"你是……啊……是竹内家的小景小姐，两年多未见，竟然长这么漂亮了！"

松园母亲看是小景，兴奋地上前寒暄。

"伯母，近来可好？"

"好好，可惜松篁不在，他这几日与他的朋友外出写生了，他还向松园问起你呢，等他回来，我让他去看你。"

松园回到京都后门庭冷落，故而松园母亲见到小景格外亲切。

"好呀，我与松篁哥哥也是许久未见了。"

正当二人说话时，松园从屋内走出来。

"小景，你怎么来了？"

松园似乎有些惊讶。

"松园老师，中秋将至，我特意做了您爱吃的红豆馅月见团子给您送过来。"

"你太客气了，非常感谢，我也本打算这几日去看看你的，今日天气甚佳，我本打算去清水寺参拜，若你无事，不妨与我同行？"

松园接过小景送上的点心盒，问道。

"好呀！"

小景本就有话想对松园讲，自然一口答应，与松园母亲道别后，二人叫了一辆人力车往清水寺去。

京都赏枫，清水寺是绝佳的去处，一路走上清水舞台，在火红的枫林包裹中，远眺京都城的风光，天朗气清，令人心旷神怡。

"满目艳红层染处，浮空倩影映照时……近五年没有来清水寺了，这秋枫之美，与往昔不曾有变。"

已过不惑之年，经历重重磨难的松园，性情变得豁达许多。

"松园老师，恕我冒昧，我有个问题想问您。"

小景试探着问松园。

"但问无妨。"

"那日您去拜访先生，是想重归霞中庵门下继续绘画吗？"

"绘画这件事在哪里都一样，栖凤先生是位伟大的老师，当然在他身边，有学不完的东西。"

松园微笑着回答，她没有否认那日拜访霞中庵的意图。

"恕我直言，我非常希望您能回到霞中庵，虽然栖凤先生不说，但是我心里清楚，您是他最得意的弟子之一，京都的天才少女只有您一位！"

"小景，你可别再取笑我了，我可是年近半百之人了。"

松园捂嘴笑了起来。

"但松园老师您在画坛笔耕不辍的英姿，与当年并无二致，先生没有立即答应您回霞中庵，一定是觉得您羽翼丰满，无需再受他庇护，是吗？"

"小景，你知道我上一次登上清水舞台是怀着怎样的心情吗？"

松园并没有急着回答小景，而是温柔地看着小景，小景自然无法猜测数年前在这清水舞台上的松园是怎样的心境，于是摇摇头。

"我想从这里跳下去，一了百了。"

松园的答案令小景惊讶不已。

"那是我在画《焰》之前，就是那样挣扎的心情，有些事是无法对任何人诉说的，那时画坛就像战场一般，我为了自己热爱的事业拼死奋战，无论被如何指指戳戳，遭受多少不公与冷眼，我都可以忍耐……但人总有万念俱灰的时候，有人说从这清水舞台跳下去会成佛，我那时这样想，要是没有世间的烦恼该多好啊，可当我看到正殿里的观音大士雕像时，我就明白了，自我了断的人怎么会有成佛的资格呢，我又想到松篁，那我所承受的愁苦，也只能用我唯一会做的事情去排解，于是我画了《焰》，那之后，我渐渐从泥潭挣扎出来，仿佛重生一般。"

"原来《焰》是在这样的背景下诞生的啊……"

小景感慨道。

"我想回到霞中庵，并不是为了寻求栖凤老师的庇护，从业近三十载，我已无所畏惧了，我想回归的原因很简单，栖凤是伟大的老师啊。"

小景被松园的话深深感动，她不觉眼眶已经湿润，用力地点头。

"小景，可别压抑你的天赋啊，如果想成为画家，就直截了当地大声告诉栖凤老师吧。"

在离开清水舞台前，松园对小景诚挚地说。

"您的话我会好好考虑的，松园老师。"

二人离开清水寺，在二年坂的一家老店，松园购买了栗子大福送给小景。

"今天劳你陪我来清水寺，这家是我母亲与松篁都爱吃的栗子大福，请你笑纳。"

"既然是松园老师的心意，我就却之不恭了。"

"还要麻烦小景一件事情。"

"松园老师尽管吩咐。"

二人一路回到车屋町松园的住所，松园从家中取出一卷画轴交与小景。

"请代我将这画轴转呈栖凤老师，拜托了小景。"

……

"所以松园老师呈上了新作给先生吗？"

从木好奇地问，只见小景微笑着摇摇头。

"我当时也问了和你同样的问题，松园老师却说不是，只要先生看见就会明白，所以我回到霞中庵，第一时间就将画轴呈给了先生，先生当着我的面，打开了卷轴，那并不是新作，连美人画都不是……"

"怎么会，美人画都不是，松园老师不是只创作美人画吗？"

"那是一幅先生的水墨画，准确地说，应该是松园老师临摹的先生的水墨画……当先生展开卷轴时，他的表情一下变了，我甚至觉得他的眼圈都红了，所以我觉得，松园老师一定会回到霞中庵。"

"那一定是松园老师与栖凤先生师徒间独有的暗号吧。"

"松园老师想说的话，已经用那卷画轴表达得很清楚了。"

"真好啊。"

从木感叹，小景见从木吃完大福后嘴角的生面粉，不觉间就伸出拇指将其抹去，这一亲密的举动，让二人都吓了一跳。

"谢……谢谢……"

从木慌忙道谢，小景却害羞地低下头，中秋的圆月将小景的脸照得更加可爱。

"今天，说起来，松园老师讲了和你类似的话……"

为打破尴尬，小景赶紧岔开话题。

"什么样的话？"

"关于我是否要走画家的道路……"

"她一定叫你遵从自己的内心吧，义无反顾地追求心中热爱的事业，她就是那样的人啊。"

"是的……从木君，我真的可以吗？"

小景满怀期待地望向从木。

"当然，下定决心，就对栖凤先生说吧。"

从木则报以肯定的答复。

"嗯！"

小景开心地点点头，二人望向天空中的明月，对未来充满了期许。

中秋后，回到东京的竹久梦二在与友人参观完"俄罗斯未来派美术展"后，与名为"叶"的模特同居了，他随彦乃死去的那部分留在了京都，剩下的部分继续寻觅与流浪着。从北海道归来的上村松园，再次回到她的恩师竹内栖凤的门下，两年后，她所创作的《杨贵妃》在第四届帝展上广获好评，于苦难之后涅槃重生的"京都天才少女"，一直笔耕不辍，佳作不断，直到生命的最后时刻方才停下手中的画笔。

虽仅仅数面之缘，但梦二的忧郁浪漫与松园的勇敢执着都给年轻的从木留下了深刻印象，受益匪浅的也并不止从木一人，松园的回归与从木的鼓励无疑让小景坚定了成为画家的决心。

"先生，请务必正式收我为徒，小女愿精进画技，在将来成为一名真正的画家。"

在霞中庵秋课开班之前，小景郑重地向竹内栖凤提出了正式拜师入塾的想法。

栖凤似乎并未觉得特别惊讶，在松园重归门下的时候，小景的兴奋便让他有所察觉。

"小景，你已成年，总是与塾内学生厮混，实为不妥……比起绘画，茶道与花道你更该多花时间用心学习。"

栖凤语气温和，但眼神却十分笃定。

"可是……"

"小景，你是继承了竹内家姓氏的我的女儿，守护竹内家的荣耀也是你的责任，不可太任性妄为。"

"可是先生，成为画家，不正是继承竹内家的荣耀吗，难道成为松园老师一样的画家，就不能光耀门楣吗？"

小景从来温顺，几乎从未反驳过栖凤，她也不知这是怎么了，从哪里来的勇气让她说出这样的话。

"日本有一个松园就够了！"平日里温和的栖凤忽然提高音量，大声呵斥道，"小景，我不允许你再进入画塾，如果让我看见你出现在那儿，我就只能将你禁足了，退下吧。"

小景被栖凤的严厉语气吓坏了，她跪卧在榻榻米上，不敢去看栖凤脸上的表情，但她可以想象，那张脸会像大理石雕像般冰冷，她不再争辩，默默从栖凤的书房退了出去。

当她走出房间时，儿时的强烈无助感如风暴般卷土重来，眼泪几乎夺眶而出，她迫不及待地想见到一个人，想扑倒在他的怀里，肆无忌惮地放声大哭。小景走出霞中庵，在霜月之初的寒夜里甚至没有披上外套，她知道他一定会在那里，那是他们重逢的地方，那是他们栖息的精神堡垒，她一路疾走，瘦小的身影穿梭于万籁俱寂的夜色中，直到"三笠书画"的招牌清晰可见。

第十七回 两纸婚约

京都的初雪在被称作"师走"的十二月中旬簌簌而落，银装素裹下的静谧让人梦回平安京。

竹内栖凤盘腿坐在缘廊下，喝着煎茶，欣赏着庭院中的雪景，他不禁想起数年前，偕斋藤松洲、桥本关雪、西山翠嶂、小野竹乔以及年幼的小景一同去岚山踏雪的情景，那时的小景还是个小女孩儿，转眼间已是窈窕淑女。

正当栖凤思绪飘远时，小景缓步走到他的身边。

"先生，小心着凉啊。"

栖凤抬头见小景来了，便指指屋内，小景赶紧上前将栖凤扶起身，一老一少走进书房内。

"小景，你坐下，有件重要的事情，我要与你说。"

栖凤坐下后对小景说道，小景将障子合上，在栖凤的书桌旁跪坐下来。

"小景，虽然我不知道你确切的生日，但你已成年这是不争的事实，男大当婚女大当嫁，这件事情我挂怀已久……"

"先生，小景尚还年少，希望能继续侍奉于先生左右，便心满意足。"

小景猜到栖凤要说什么，心中无比慌张。

"小景，听我把话说完，虽然你不是我的亲生女儿，但我一直视你如己出，对你的终身大事，我自然不会怠慢,你有一个好的归宿,也是我的夙愿……这户人家是我思前想后、权衡已久,觉得最为合适的良配,今日我才开口对你提起……"栖凤喝了一口茶,接着说,"说来也并不是陌生人家,半年前芸草堂的山田先生特意来向我提起此事,他家的次子翔佑是个聪明能干的小子,虽不能继承家业,但相信以他的才能与芸草堂的信誉,自立门户并非难事……此外,山田家多与文人雅士结交,也算书香门第,且家境殷实,必定不会轻慢你的……小景,你有与翔佑见过吧?"

"先生,我见过翔佑少爷,他人很好,可我还从未考虑过婚嫁之事,就算不能在塾中学画,只要能侍奉您也是可以的,我不想离开霞中庵。"

小景对栖凤忽然提出婚事一说全无准备,只能以不愿离开为由搪塞。

"小景,今日与你提起此事,也并不是要你立马就和翔佑成亲,只是要你心中有数,之后多与他见面,增进了解,兴许你就不会抵触这门亲事了。"

"先生,我……"

小景还想辩解,却被栖凤抬手打断。

"小景,你不会是已有心仪之人了吧?"

"我,我没有,当然没有……"

栖凤深邃凌厉的眼神直直望着小景,仿佛能看到浮现在她脑海中的从木的面庞,这不禁令小景紧张拘谨,她眼神闪躲,连声否认。

"该不会是那个中国小子吧?"

当栖凤说出"中国小子"四个字时,小景全身一紧。

"怎么会……"

她脑中一片空白,小声嘟哝着不知如何作答。

"听说你们之前就走得很近啊。"

栖凤虽语气和蔼,问题却是步步紧逼。

"您……您误会了先生,只是因为他语言生疏,求我教他学习日语,虽然我颇为欣赏他的才华,但我和他只有同门之谊,却无男女之事。"

"那样最好,不要为了一时的新鲜劲儿而做出出格的事情,那不仅会败坏你的名声,也会连累竹内家的清誉,明白吗?"

栖凤习惯性地摩挲着下巴,对小景厉声说道。

"先生,您多虑了,小景自小在霞中庵长大,绝不会做出玷污竹内家门楣之事。"

小景匍匐在地,郑重答道。

"嗯,小景,我相信你的话……翔佑的事情,我会拜托芸草堂来安排,你不用操心,对与他的婚事,你心里有数就好。"

栖凤觉得话已说透,便拿起书桌上的一封册子,假意翻看。

"是,先生若没什么事,我就下去准备晚膳了。"

小景心乱如麻,强作镇定,只想赶紧从栖凤的书房离开。

"对了,秋塾马上结束了,你让翠山去告诉万君,之后就不用再来霞中庵了。"

当小景走到门边时,栖凤忽然开口言道。

"先生……"

小景吃惊地回过头。

"好了,这是我决定的事情,你去忙你的吧。"

栖凤继续翻弄手边的画册,谈话就此终止,小景只能退出书房,她快步往后院走去,因为地滑,她一个趔趄险些摔倒,忽然身后一只手将她扶住。

"小景小姐,你没事吧?"

小景回头望去,是桂太郎。

"我没事,谢谢你,桂太郎。"

小景站好,向桂太郎道谢。

"发生什么事了吗,我看你脸色不太好?"

桂太郎担心地询问道。

"我真的没事,时候不早了,你快回去吧。"

"小景,是不是从木那个混蛋惹你难过了,要不要我去揍他?"

当桂太郎说出这句话时,小景才意识到也许她与从木的确交往太过亲密,连神经大条、没头没脑的桂太郎都会在此时第一个联想到从木,先生察觉到那也是情理之中的事了。

"不,和从木君没有关系,只是有些着凉不舒服罢了,我要去给先生准备晚膳了,告辞。"

小景说完,便匆匆离开了。

霞中庵秋塾的最后一堂课转眼便结束了，塾头三木翠山在课后找到从木。

"万君，塾中课业结束，之后你就不用再来霞中庵了。"翠山对从木说道。

"这是竹内先生的安排吗，是我有什么做得不好的地方吗？"

从木有些吃惊，回想自己也不曾有何过错，随即问道。

"竹内先生说你课业完成得很好，所以不用再来了。"

"那我可以与竹内先生道个别吗？"

"竹内先生已于前日离开京都去旅行了，归期未定，竹内先生请万君珍重，完成学业，早日回国。"

"这样啊，我明白了，三木君，这几日我都没见到小景到画塾来，我想找小景小姐道个别，不知是否方便？"

"万君，我知道你与小景小姐关系不错，按理说你要离开霞中庵，道个别并无不妥，可实不相瞒，小景小姐现有婚约在身，塾中师兄弟皆需避嫌，更何况……所以万君，你就别去给小景小姐添麻烦了。"

"婚约？"

从木不敢相信自己的耳朵，他惊讶地再次向翠山确认。

"是的，这是老师亲自选定的婚事，不久后小景小姐便要与芸草堂的次郎山田翔佑成亲了。"

这个消息对从木来说无疑是晴天霹雳，他怔怔立在那里，心头一颤，全身发麻，脑子一片空白，做不得任何思考。

"万君，你还好吧？"

翠山看从木全无反应，于是问道，可这时从木脑袋嗡嗡作响，已听不进任何声音，失魂落魄地如木桩一般钉在原地。

"万君！"

翠山看从木脸色煞白，毫无动静，有些被吓到，于是双手扶住从木肩头，大喊了一声，这方才让从木缓过神来，深吸一口气。

"你没事吧？"

从木也不去理会翠山，漠然摇摇头，自顾自转身走出门去，他也不知此刻该去哪里，做什么，只管往前走便是，脑中除了翠山那句"小景小姐现有婚约在身"来回重复，也装不得其他东西，也不知这样走了多久，来到了鸭川边上。此时的鸭川全无夏日的活力，银装素裹下是一片肃杀气象，河边寒风凛冽，更让从木心生哀伤，可他也不知道自己在哀伤什么，对小景小姐有爱慕之心他不否认，可二人之间也并无男女之事，小景小姐虽对自己多有照顾，也偶有吐露心事，可算来顶多也就是惺惺相惜的同门之谊，怎么就叫自己魂不守舍，如小景小姐得一良配，作为朋友只该为她高兴祝贺，在塾头面前如此失仪，反倒让人心生猜疑，误会小景小姐与自己的清白关系。如今被霞中庵扫地出门，也是好事，自己一个穷学生，又是外国人，怎么可能与小景小姐合适，从今以后，不可再去打扰小景小姐了，结束西京专门学校的课业，就回中国去……做了这般自我安慰，从木长叹一口气，心里好受了些，可看着眼前鸭川中的踏脚石，与小景重逢那日的情景便历历在目，不免触景伤情。

"不如去松尾居酒屋喝一壶清酒，也算与小景这段缘分做个了结。"

从木自言自语道，于是拾阶而上，来到"松尾"门口，却见招牌反挂，写着"休业"字样。

"连酒也喝不成吗？"

从木苦笑，只得作罢，一路往住处而去，风雪渐急，他在宿舍附近的杂货铺买到一壶烧酒，回家后便一股脑灌了下去，酒劲儿上涌，觉得头昏脑胀，便蒙头睡去了。

经那半日折腾，从木染了风寒，一病便是数日，卧床期间心神恍惚，半梦半醒间，仿佛儿时画面重现，也是冬日里这般连日高烧，隐隐约约总觉得是母亲在旁悉心照顾，送水喂药，不离片刻，从木伸出手去想牵住母亲的手，却是镜花水月，扑了个空。

待到烧退病缓，从木回想起这几日总有人来探望照顾，他以为是房东，便买了一盒点心登门道谢。

"我们没做什么，这几日全赖一位姑娘来探视照顾，你应该谢她才是。"

房东回答道。

"姑娘？"

从木似有疑惑，但依稀想起几日里断断续续梦到好多次小景，他以为那是自己高烧时做的梦，和母亲的身影一样，难道小景小姐真的来过？

"不可能的，小景小姐是已有婚约之人，怎么会到这里来照顾我呢。"

从木摇头自语。

"同行之人是这么称呼她，就称呼她'小景小姐'来着，万君你可真是幸运，你病得很重，如果不是她的照料，你断不可能这么快康复的。"

听房东如此说，从木惊讶不已，随即又觉羞愧难当，是他自己看轻了他与小景小姐之间的情谊，就算离开了霞中庵，至少要郑重地向小景小姐道谢与道别才行。

从木立马换好衣服，奔霞中庵而去。

秋塾已经结束，霞中庵大门紧闭，从木深吸一口气，上前叩响门扉，不多一会儿，门房的佣人前来应门。

"万君，秋塾都结束了，到此有何贵干啊？"

门房问道。

"打扰了，我想见见小景小姐。"

"小景小姐出去了，不在呀。"

"她去哪里了，可否告知？"

"这我就不知道了，万君，竹内先生外出旅行了，我们也都要回家过冬了，之后就请不要来了。"

"不好意思，那我能进去等等小景小姐吗，我和她说几句话就走。"

"万君，竹内先生吩咐过秋塾后学生不得进院。"

"小景小姐真的不在吗？"

"不管你信不信，她的确不在，你请回吧。"

天寒地冻，门房有些不耐烦了，准备关门。

"那我能在这里等她吗？"

"你在街上等多久都没关系。"

门房说完便将门关上了，留从木兀自站在门外。

从木回到街上，心想在这里苦等也不是办法，若小景小姐真的出门了，或许便是去三笠书画了，于是他便转头向三笠书画走去。

终于来到三笠书画，却见大门紧闭。

"怎么会……"

从木失望至极，大病初愈的他来回奔波已是精疲力竭，只得在书店门外的木条凳上坐下歇息，整个人像霜打的茄子，垂头丧气。

"哟，这不是从木君嘛！"

一个熟悉的声音在耳边响起，从木抬头一看，竟然是银桥桂太郎。

"银桥君……你怎么在这里？"

"我听说你被霞中庵扫地出门了，特意来看你的笑话呀，哎，真没想到你搞得这么狼狈呀。"

桂太郎抱着手，缓步走到从木身旁坐下。

"如果是来看我的狼狈样，你已经看到了。"

从木冷冷回答，他全然没有心情去搭理桂太郎。

"我还听到塾里的师兄弟在讨论，竹内老师已定下小景小姐的婚事了，对方是芸草堂的二郎，虽说小景小姐许配给再怎么优秀的男子也不为过，不过这桩婚事也算是门当户对啊。"

桂太郎自顾自说着,虽然从木心中早已知晓,但听到这些话仍心如刀割一般。

"如果小景小姐能有好的归宿,那自然最好了,要是没什么事,我就告辞了。"

从木故作冷静,口不对心地说出这句话,他站起身,准备回住处去。

"喂,你真这么想吗,从木?"

在从木身后,桂太郎忽然高声喊道,从木浑身一激灵,停住脚步。

"从木,如果你真这么想,那你就像丧家之犬一样逃跑好了。"

桂太郎继续讥讽道。

"丧家之犬也好,扫地出门也罢,我根本不在乎,但是小景小姐……小景小姐……我还想再见她一次!"

从木转身,对桂太郎大声喊道,这也是对自己的呐喊。

"你凭什么要再见小景小姐一次?"

桂太郎一脸轻蔑地问。

"凭我……凭我喜欢她!"

从木终于将积压已久的心声大喊出来,也许这个秘密应该一直埋藏在心里,但是在这一刻,他不想再去寻找任何借口,他不想再逃避自己内心最真实的情感。

"明日正午,小景小姐会在伏见稻荷大社的千本鸟居等你。"

桂太郎走近从木，开口说道，这让从木大吃一惊。

"你说……你说小景小姐……"

"喂，听不懂日语吗臭小子，我说，明日正午，你朝思暮想的小景小姐，会在伏见稻荷大社的千本鸟居等你，听明白了吗？"

桂太郎一字一顿地重复一遍，一脸嫌恶地看着从木。

"谢……谢谢……"

从木走向桂太郎，虽然桂太郎一直对他抱有敌意，但他不是那种会说谎的人，更不会拿小景来开玩笑，无论出于什么理由，桂太郎切切实实地在帮助自己，从木发自内心地向桂太郎鞠躬致谢，"谢谢你，桂太郎！"

"喂，别自作多情了，不要觉得是我在帮你……"桂太郎有些难为情，他板起脸，嘟囔着转头离开，"我只是不想看到小景小姐流眼泪而已啊，白痴。"

最后这句话，桂太郎并未让从木听见。

伏见稻荷大社位于京都城南的稻荷山下，大殿后的千本鸟居便是通往稻荷山的入口，隆冬里的普通水曜日正午，来参拜与游玩的人并不多。

从木提前许久就到了，心里默想着该与小景说些什么好，也不知等了多久，小景姗姗而来，她披一件黛蓝底绣桔梗花的羽织，手中撑一把茶白色纸伞，发髻上插着从木所送的那支木槿花纹的簪子，娇柔温婉的样子。一日不见如隔三秋，从木心中终于明白这是怎样的滋味。

"小景小姐……"

从木挥手,心中万语千言,一时又不知从何开口。

"从木君,看样子你已经康复了。"

小景走到从木跟前,将纸伞收起,她抬头看从木的眼神,比从前更为温柔。

"我听房东说,前几日生病,全仗小景小姐照料,才能痊愈,真是太辛苦您了!"

"不用介意,那没什么的……"小景微笑着摇头,"我们走走吧,从木君。"

"好。"

从木点点头,随小景步入犹如一条朱红色时空隧道般的千本鸟居之中。

两人并肩而行,一时无言,也不知走了多远,还是小景先开了口。

"从木君,对于先生不再让你来塾中旁听,我十分抱歉。"

"小景小姐言重了,在霞中庵的这段时日受益良多,已经十分满足,之后还有学校里的课业要完成,恐怕精力有限,这样也算妥当。"

"你这样想就好,先生其实十分欣赏你,不然也不会开旁听的先河。"

"我明白……"

两人又走了一段,来到熊鹰社前。

"我们坐坐吧。"

小景提议后，两人就在熊鹰社外木灵池边喝了供给游人的山泉水，然后在一旁的长椅上坐下，远眺白雪尚未消融的稻荷山景。

"那日我去霞中庵找小景小姐，门房说你不在……"这次，是从木先开的口，"然后我又去了三笠书画，老爷子却没开门，然后我又去了鸭川……"

"是桂太郎告诉我的。"

"欸？"

"桂太郎在'松尾'附近碰到了你，说看到你失魂落魄的样子，担心你出事，所以一直跟着你，等你回到住所后，他到霞中庵找到我……所以第二日我便找机会出门去看你，你已经病倒了。"

"原来是这样。"

从木这才恍然大悟，原来桂太郎一直在帮自己。

"桂太郎是个面冷心热的人，别看他平日里傲慢无礼，可他是个心地十分善良的孩子。"

"我这次真该好好谢谢他……"

"先生他不希望我们再见面了，你知道吗？"

小景忽然转头对从木说。

"我知道……"

"婚约的事情，你也知道了吧？"

小景没有丝毫隐瞒与犹疑，直截了当地问从木，从木只觉如鲠在喉，只能默默点头。

"我明白先生是为我好，他见证了松园老师取得的辉煌成就，可他同时也看到背后所要付出的巨大代价，女子就该找到门当户对的人家，然后相夫教子，这也是你们中国传统儒家文化所倡导的吧，在维新已久的日本，这一思想还是根深蒂固，特别是在京都。"

从木无言以对，只能紧咬嘴唇。

"为什么……为什么作为女子就不能选择自己想要的人生……"

小景有些歇斯底里，无法再说下去，从木看到背负着巨大压力的小景，又是心疼又是自责，可自己这么一个身无长物的留学生，又能为小景做什么呢。

"从木君，"情绪平复后，小景对从木说，"我从小就很喜欢来千本鸟居，穿行其中，仿佛路的尽头就能到达另一个世界，小时候总是想，也许我会在鸟居的尽头见到亲生父母，但先生对我很好，我也就渐渐没有那么强烈的渴望了，如果只是按部就班地生活，不去放大心中的欲望，知足于本分，兴许就不会这么痛苦吧，就像见到亲生父母这样的愿望，竟然也可以渐渐在岁月中消磨淡忘的……"小景站起身，对从木说道："那么，从木君，我们就在此告别吧。"

小景说完，便转身往鸟居的方向走去。

"小景小姐！"面对小景即将远去的背影，从木鼓起了所有勇气，"如果你愿意的话……如果你愿意的话，和我去中国吧！"

从木清楚，如果此时此刻再不将自己的觉悟讲给小景知道，那么他就再也没有机会了。停在鸟居前的小景睁大了眼睛，她确实接收到了从木的心意，她无法再压抑自己的情绪，她转过身，奔向从木，两人紧紧相拥在一起。

　　这一刻，他们诚实而勇敢地面对彼此，面对自己。

　　在白雪青松的稻荷山下，二人互诉衷肠，下定决心要想尽办法说服竹内先生退掉与芸草堂的婚约，并允许小景在从木完成学业后，随他前往中国发展。可令从木始料未及的是，有婚约在身的并非小景一人，在不久之后，属于自己的婚约也将随着一封家书不期而至。

第十八回 宿命的别离

　　大晦日之前，竹内栖凤结束了东京的行程返回京都。大晦日当晚的家宴上，竹内栖凤向家人宣布了关于小景婚事的决定，芸草堂和霞中庵已商议好在春分节前正式订婚，在葵祭后便为山田翔佑与竹内小景举办婚礼。

　　"这也算了却我一桩心事，小景，从今以后就不要称呼我'先生'了，改口称'父亲'吧。"

　　栖凤放下手中的荞麦面，对小景说道，亲友们纷纷向小景祝贺。

"太好了，小景，快叫'父亲'呀。"

栖凤的大女儿园子喜极而泣，二人一起长大，情同亲姐妹，现在父亲准允小景改口，便是正式认可了小景作为竹内家家女的身份，作为长姐自然十分欢喜。

"万分感激父亲大人垂爱，祝父亲大人身体康健，祝竹内家家运昌隆。"

小景向栖凤毕恭毕敬地敬了酒，栖凤一饮而尽，一家人其乐融融，无人知晓小景心中的忐忑与纠结。

随着小景改口，小景这门亲事似乎也板上钉钉。小景作为养女在竹内家长大，从未忤逆过栖凤的意愿，更别说做出有辱竹内家门楣的举动，如今栖凤不仅亲自张罗小景的婚事，还确认小景竹内家家女的身份，这让她更不知该如何开口表达退婚的想法了。要想退婚，就必须要有不可反驳的理由，除了小景心有所属之外，这门婚事在京都的知情人眼中近乎天作之合，芸草堂与霞中庵门当户对，翔佑虽是次子，可小景也只是养女，如若选择强行逃婚，那更是会让霞中庵蒙羞，这是小景万万不愿去做的事情……一边是不期而至的爱情与追求梦想的自由，一边是渴望已久的亲情与家族荣辱的责任，何去何从，令小景备感煎熬。

栖凤回到霞中庵后，从木与小景见面的机会几乎断绝，栖凤又不让小景去塾中，所以连通过桂太郎传信也变得极为困难，从木不知其中情形，除了等待，他什么都做不了。此外自身学业亦不能荒废，从木一边学习，一边作画，希望多积攒些画作，回国之后通过数墨斋代销，有了收入，方能维持二人生计。

冬去春来，春分节已近在咫尺，从木苦苦等到的不是霞中庵内小景的消息，却是来自千里之外重庆的一封家书。这封家书的讯息犹如五雷轰顶，让从木心乱如麻、不知所措……信中的核心内容，便是王家与万家定下了从木与王家小女儿王初芸的婚事，而这桩婚事其背后的因由，更让从木万难拒绝这一纸婚约。事情要从去年秋天说起。

1920年是四川境内军阀混战最为激烈的一年，先后爆发"倒熊之战""靖川之战"和"驱刘之战"三次大的战役，川中烽烟千里、民不聊生。王家的水路货运生意自然首当其冲，王鼎荣虽在重庆颇有威望，可军阀们走马灯式地来来去去，哪怕他再长袖善舞，也是瞎子打蚊子——白费力气。加之已过花甲之年，精力大不如从前，故而逐渐放权，把生意大都交给长子王初山打理。初山有革命党的背景，这恰恰是一把双刃剑，诸多军阀视革命党为眼中钉肉中刺，恨不得除之而后快，更别说合作了，加之初山秉性纯良正直，更不屑于与那些军阀狼狈为奸、鱼肉百姓，这便让王家的处境愈加艰难。

不幸的意外就在这样的背景下发生了。三伏之后，山城的气温不降反升，"秋老虎热死人"，此话不假，湿热的气候加上身心的疲惫，初山脖子上生出一颗毒疮。他起先也不在意，不过数日，毒疮越长越大，痛痒难耐，令初山寝食难安。慧瑾请来大夫开了清湿毒的方子，熬了药来调理，吃下两服，也不见大好。一日，二姨太文氏不知从哪里找来一位游方郎中，说是有祖传独门秘药专治毒疮。慧瑾去城里办事，并不在家中，文姨太就领着郎中去问杜太太给不给初山瞧瞧，杜太太本就心急如焚，听了是有秘药专治，自然一口便答应了，于是便领郎中去给初山瞧病。那郎中看了初山的毒疮，便说并无大碍，只需先用烧烫的火钳子剜开毒疮，取出毒脓后，贴上他祖传的膏药，三日即可痊愈，杜太太一听要剜开毒疮，有些犹豫，此时文姨太则劝说道，这游方郎中是她在能仁寺烧香出来时碰见的，这正是因她拜菩萨心诚，菩萨派来神医救初山，杜太太也不忍初山受毒疮折磨，并信了文姨太，让郎中出手救治。那郎中取来烧烫的火钳子，让两个有力气的伙计摁住初山，并上手去剜，常人岂能受得了这钻心疼痛，初山大叫一声痛晕过去，郎中将脓疮刮去后，从布袋里取出六服膏药，为初山贴上一服后，嘱咐王家人六个时辰换一次药即可，随后收了钱便扬长而去。游方郎中走后，初山一直昏睡，慧瑾回家后去查看，方才发现初山已经发了高烧，揭开膏药，才发现伤口已然出现感染溃烂，她又气又悲，可因为外面在打仗，一时找不到西洋医生，晚上连中医大夫也是出不了城的。这一耽搁，初山病情便加重了。

　　那游方郎中是文姨太请回来的，她自知是理亏，赶紧又去了庙里求神拜佛，回来后便对王鼎荣与杜太太说，现在兵荒马乱也寻不得良医救治，初芸也已成年，她是初山的亲妹妹，不如把她的婚事定下，也算帮初山冲冲喜。

慧瑾自然对这样的无稽之谈嗤之以鼻，她只想带初山离开重庆，去武汉或上海接受西医救治。然而杜太太迷信，一来觉得现在外面不太平，不宜出行，二来初芸的确也到了婚配的年纪，能用一桩婚事帮她的哥哥冲冲喜，也算两全其美。可这婚配的对象，现叫媒人去寻，一时恐难有结果，正当王鼎荣与杜太太为此苦恼之时，初山醒来了，神奇的是，他也并不知家里有以初芸的婚事为他冲喜的打算，却叫来慧瑾说话，不说别的，正是初芸的婚事。

"从木是你远房表弟，这孩子善良纯直，做事专一，初芸托付给他，我方可安心……"

初山的话如弥留之际的临终嘱托一般，惹得慧瑾泪眼婆娑，等他再躺下休息后，她便将初山的话一五一十地告知了王鼎荣与杜太太，王老爷子和杜太太当下便同意了，慧瑾那里有从木的八字，取来差人请算命先生与初芸的八字合了，即刻又派人去永川大安场告知万家族老，这边则修书一封加急寄出，请从木速回重庆。

从木想起当年离开重庆时，初芸只是一个正值豆蔻年华的小女孩儿，他一直把初芸当妹妹看，从未有过非分之想，家书里的内容让他茫然无措。王家人，特别是初山哥对他的恩情犹如再造，他不可能对这门婚事置之不理，他此时方寸大乱，对与小景私奔之事也产生了巨大的动摇……

他不禁思酌，如若他拒绝和初芸的这门亲事，这就意味着他不仅辜负了初山表姐夫与慧瑾表姐的恩情与期许，也选择了与王家乃至万家决裂,而另一面,小景若忤逆了竹内家安排的婚事,跟随他背井离乡前往中国,真的就能如愿以偿实现成为画家的梦想并获得幸福吗?为了两个人的爱情,割断生命中已有的珍贵亲情,伤害至亲之人并与之决裂,这样的牺牲真的值得吗?

从木犹豫了,他为此辗转反侧、彻夜难眠,但他心中清楚,无论如何,他都必须做出决断。

翌日,从木在银桥桂太郎租住的寓所找到了他,并拜托他帮助自己与小景小姐再见上一面。

"你这小子,是打算在订婚前带小景小姐私奔吗,没有万全之策,这可行不通!"

桂太郎质问从木。

"不……不是,不是要带小景小姐私奔,只是有些重要的话要当面跟她说。"

"现在还能有什么好说的呢,老师已经正式认可了小景小姐竹内家家女的身份,我看你们除了私奔,要想老师取消与芸草堂的婚约是不可能的。"

桂太郎咧着嘴叹气道。

"并不是要让小景小姐取消婚约,而是……而是我要与小景小姐做最后的道别。"

从木虽然极其痛苦,但他却无意隐瞒实情。

"你说什么?"桂太郎又惊又怒,一把抓住从木的领口,"小景小姐心里的人是你这个中国小子,难道你要在这个时候装糊涂吗？"

"小景小姐背叛竹内家，跟着一无所有的我背井离乡去中国，这样做是正确的选择吗……况且……况且我也是刚刚得知，我也有婚约在身，就算我不管不顾，一意孤行真的就能给小景小姐幸福吗？"

"可恶，你这混蛋不是在欺骗小景小姐吗？"

桂太郎怒不可遏。

"不，我没有要欺骗小景小姐，这封信是我前日才收到的，信就在这里，恰恰相反，我是不想对小景小姐有所隐瞒，才做出如此痛苦的决断啊。"

从木从怀中取出那封家书，递到桂太郎面前，桂太郎看了一眼，甩开从木，仰天大喊一声。

"小景小姐怎么会喜欢你这样的混蛋……好吧，虽然春塾开班了，但我们也很难见到小景小姐，先写封书信吧，若你们无法见面，至少我想办法把信交给她。"

"桂太郎，万分感谢……"

从木深鞠一躬，放弃往往比坚持更加困难，此时从木内心的挣扎无人能够体会。

从木完成了也许是他的一生中最难写的一封信，他明白，小景和他要为这份爱情所放弃的东西，他们都无法承受。

从木将这封信与他当时在横山家画下的那幅《黑松图》一起交给桂太郎，可犹如石沉大海一般，从木没有得到回信，小景也并未再与从木见面。春分节时，芸草堂山田家的二郎山田翔佑与霞中庵竹内家的养女竹内小景举办了正式的订婚仪式。

四月末，从木完成西京美术专门学校的修习，准备回国事宜，这段日子里，他几乎每日都会去三笠书画，一来是用这一年攒下的积蓄采购画册，二来也是期望能最后见小景一面，向她致歉与告别。好几次在街上他都将穿着和服的路人错认作小景，越是有期待，失落感便越是沉重，他也常常坐在店门外的长椅上发呆，回想起他与小景重逢的午后。

五月，告别京都的日子终于到来，从木最后一次去三笠书画，他想与对他多有照顾的老板道别。

"万君，这里有件东西有人叫我代为转交给你。"

老板将一个包裹交给从木。

"请问，这是小景小姐送过来的吗？"

从木这样问道，他多想能再与小景见上一面。

"不是，是霞中庵的银桥桂太郎送来的，小景小姐已经有好长时间没有来过了。"

老板的回答，让从木十分失落，二人寒暄几句后，从木便带着包裹离开了。

回到住处，从木打开包裹，里面是一个锦盒，锦盒上贴着"从木亲启"的信笺，从木一眼便认出，那是小景的字，打开锦盒，里面放着小景在横山家所作的那幅《翠竹图》与从木送给她的那支木槿花纹球形簪，没有信件，但其中意思，从木自然明白。

从木展开画卷，除了当年横山大观先生在画作上所题的一句"新竹高于旧竹枝"之外，旁边还用娟秀的字体写着一句"风袭西窗竹，惊梦故人至"。

从木看到这句诗，再也无法克制自己的情绪，不禁潸然泪下。

葵节之后的一个吉日，一场隆重盛大的"神前式"在贺茂御祖神社举办，美丽的新娘身着"白无垢"在新郎之后缓缓入场，二人在庄严神圣的仪式后，接受各方亲友的祝福。几乎在此同一时刻，一艘轮船的汽笛声划破长空，缓缓驶出神户港，站立在甲板上的从木远眺港口，心中五味杂陈。虽没有为他送行之人，可他却不由自主地举起右手，对着京都的方向轻轻挥舞，默默道别，一年多的时间，匆匆四百日，在一生中不足为道，可却成为了从木最刻骨铭心的青春记忆，后来的岁月里，他也会不经意间想起三笠书画门前的小路上远远走来的和服少女，梦到那双清澈透明的双眸掩不住的不甘与忧伤，可这一切终究只是回忆，有生之年，从木再也没有踏上过这一衣带水的邻邦，见到他曾为之魂牵梦绕的京都少女。

第十九回 前往"瓷都"

1921年7月,从木从日本回到上海。

婚约之事暂且不论,从木最忧心的是初山表姐夫的病情,所以当务之急是购买回渝船票,即刻前往重庆。在旅馆休整一日,翌日大早他便动身前往码头买票,来到码头边,却见购票处乌泱泱挤满了人,他是左冲右突,却连外三层都没能挤得进去。从木无奈只好退下来,先找旁边的工人询问,方才晓得原来这么多人都不是来买票,而是来退票的。

"重庆去不了的,马上打仗了,上游已经封航了。"

码头工大爷好心告诉从木。

"啊,是哪里要打仗啊?"

"你问哪里打,哪里都在打,四川年年打你不知道吗,这次是两湖在打,武汉三镇是要封航的,船过不去……"

从木闻听此言,心里凉了半截,眼下买不上船票,只好先安顿下来,想办法先与重庆那边取得联系,再做打算。

从木先与王家发了一封电报,又分别给大哥郑碧城与三弟黄伯廉各写了一封信,告知二人他已回国,将信寄出后,他去了之前就读的上海美术图画学校打探情况。

此时,曾经的上海美术图画学校已经更名为"上海美术专科学校",学校刚刚通过募集与购买扩大了校区,学科上也有所调整与扩编,一幅欣欣向荣的景象。从木本想先行拜访校长刘海粟,一打听,才得知刘校长去苏州公干了,从木只得作罢，悻悻然往校外走时，却与一身着长衫的青年擦身而过，两人互望一眼，竟是故友。

"从木？"

"聘九？"

"从木，你回来了？你这是从日本回来了？"

"对啊，我从日本回来了。"

二人兴奋地紧紧握手，迟迟没有松开。

"一年多不见，你个子长高了一截啊。"

何聘九对从木说道，乡音未改，令人怀念。

"我看你胡子长恁个长了，都没敢认。"

从木见聘九蓄起了胡须，所以第一眼也没敢相认。

"嗨，我现在在学校这边当老师，装扮上就成熟点嘛。"

聘九摸摸胡须，笑着说。

"你留校当老师了？"

从木又惊又喜。

"也不是正式的，本来毕业后准备回四川，结果川中年年打仗，打得烦，刚好这不学校扩招了嘛，老师紧缺，我就先留校了。"

"甚好，甚好！"

"你在日本留学怎么样嘛，这是毕业了吗，你得好好给我摆一下，今天晚上我们下馆子，我给你接风洗尘……对了，我差点把正事搞忘了，上个月伯廉来找过我，他最近应该也在上海，他就说要是你回国后来学校的话，叫我碰到你给你带口信。"

"伯廉在上海吗？"

"应该在的，我们不站起在这里说，我去把课案放一下，然后直接带你过去。"

"好，我和你一起。"

待聘九回办公室将课案归置妥当，二人一同离开学校。

聘九带从木穿过人潮熙攘的城隍庙，拐进福佑里一条弄堂，一间名为"锦华轩"的文玩铺子坐落于此。

锦华轩分两层，一层展示区面积虽不大，但货品算得上琳琅满目，书画瓷器应有尽有，二层有间会客室，摆置着桌椅茶案，可供七八人会晤茶叙。锦华轩的老板句先生是伯廉父亲的生意伙伴，从木之前创作的一些画作，也有在这里寄售。

掌柜是位姓魏的先生，见聘九来了，拱手致意。

"聘九来了，侬好啊！"

"侬好，魏掌柜，伯廉今日来了吗？"

"说是要来的，估计是有些事情耽搁了。"

"那我们等他一会儿吧，这位就是伯廉的二哥从木，刚从日本回来。"

聘九将从木让到身前，向魏掌柜介绍道。

"幸会幸会，今日可算得见本尊了，掌手阁下多件画品，年纪轻轻笔锋却辣手得很，将来无可限量啊。"

"魏掌柜谬赞了，承蒙照应，学业才得维系。"

"伯廉恐怕还有些时候，二位朋友楼上坐伐，我让伙计泡茶去。"

"有劳了,魏掌柜。"

正当从木与聘九准备上楼时,伯廉一脚跨进了锦华轩的正门。

"伯廉……"

从木见伯廉神色凝重,便出口唤他。

"二哥?"

伯廉听有人唤他,抬头来看,但见从木与聘九在楼梯旁站着,他揉揉眼睛,一脸难以置信。

"伯廉,你没看错,是我,你二哥从木,我回来了。"

从木张开双臂,伯廉跌跌撞撞上前一把抱住从木,却呜呜咽咽哭起来。

"嗨,我回来了不该高兴吗,你哭啥子?"

从木以为伯廉是喜极而泣,于是拍着他肩膀安慰道。

"初山哥……初山大哥……走了……"

伯廉边哭边说。

"走了?"

从木不敢相信"走了"是那层意思,伯廉从衣袋里掏出一封电报递到从木手中。

"初山哥于半月前,病逝了……"

从木接过电报,视线却模糊不清,"病逝"二字一出,犹如冰水浇头,从木全身发麻,心中如被巨石压住,喘不上气,他忽觉天旋地转,几乎站不住,聘九见状,赶忙上前将他扶住。

当从木在京都收到那封家书时,初山已是病入膏肓,重庆城无人能治，初山的身体又经不得长途奔波去外地求医，杜太太心急如焚，也跟着病倒，王家几乎乱作一团。表姐慧瑾冒着风险在郑碧城的帮助下去武汉寻医，可之前耽搁太久，早已错过最佳治疗时间，初山没能挺到慧瑾与从木回去，在一个雨夜撒手人寰。

当晚，伯廉与聘九陪从木来到黄浦江边，烧些香烛纸钱，遥祭初山。

从木回想起初山表姐夫对他情深义重，犹如亲兄长一般待他，说是改变他一生之人也不为过，自己未及报答分毫便阴阳两隔，连最后一面也未能见上，要是自己能提早回来，恐怕还有机会……想到这里，不禁心中愧憾无比。

"二哥，想哭别憋起，哭出来舒服些。"

伯廉拍拍早已泪流满面的从木，在黄浦江畔轮船的鸣笛声中，从木仰天号啕，几近撕心裂肺……

得知初山死讯后，从木便与伯廉、聘九商议回渝办法，可不幸的是，湖北的战事愈演愈烈，川湘鄂多支军阀加入战局，情势并不乐观。表姐慧瑾发来的电报中也表示，若从木回国，暂留上海，等战事结束后再行回渝，切不可冒险行事。

重庆一时半会儿是回不去了，接下来作何打算，从木尚在犹豫之中。聘九提出等刘校长回来，从木可申请到学校任教，学校扩招后正值用人之际，从木既有出色的绘画才能又对中西绘画皆有研究，加之又是留日归国的校友，正是学校亟待之人才。聘九的建议虽好，可从木觉得因初山哥离世的事情,当然还有小景的事情,自己情绪不佳、思绪混乱,暂不适宜为人师表,于是此事就暂且搁置了。

为节省开支,从木在伯廉与魏掌柜的安排下住进了锦华轩三楼的阁楼,阁楼平日里作为小仓库存放部分货物,里面有一张小木床,作伙计午休之用,虽简陋些,拾掇出来暂住不是问题。待伙计把阁楼洒扫干净后,伯廉去从木下榻的旅馆接他,一走进从木的房间,便看见两个大箱子横在屋中间。

"装的啥子宝贝,这么大两个箱子。"

伯廉一脸好奇。

"确实是宝贝,来,帮我搭把手。"

从木指指其中一只箱子,伯廉挽起袖子,一上手,才发现十分沉重。

"好家伙,你这不是去读书啊,你这是去淘金啊。"

伯廉调侃道。

"你说得没错,这确实是淘回来的金,这两个箱子装着黄金屋呢。"

"不行,我请黄包车师傅来搭把手,我搬不动……"

二人在锦华轩伙计的帮助下总算是把两个大箱子搬进了阁楼。

"我今天非得看看你这里面藏了什么宝贝。"

伯廉气喘吁吁地对从木说道,从木笑笑也没搭话,喘匀了气,便将两个箱子打开,里面装着这一年多在三笠书画和其他旧书店淘来的中西方书籍与画册,除了一套旧画具、一套西京美术专门学校的校服、几件打了补丁的旧衣裳，别无他物了。

"二哥，你可真是名副其实的画痴……"

伯廉看着箱子里的东西，再看从木单薄的身体，不禁感慨。

在锦华轩安顿下来后，从木犹如扎进宝库一般，琳琅满目的文玩字画让他目不暇接，魏掌柜是个平日里话不多的人，可一旦说起本行，那就是头头是道，古今名人，中外奇物，但凡跟"文玩"沾得上边，他都能说出个一二三来。店里要是没客人，从木就会与魏掌柜攀谈，一来二去真长了不少见识。魏掌柜在瓷器方面更算得上能掌眼的行家，锦华轩本来也主要以经营瓷器为主，不过前些年上海流行洋瓷，锦华轩以经营景德镇白瓷为主，生意不景气，只得兼顾字画与其他文玩。

"最近倒是瓷板画颇受客人欢迎，我瞧着也不错，是数墨斋相熟的红店出过来的，有件特别舒服的，给你瞧瞧。"

魏掌柜取出一道人物粉彩瓷板桌面屏风，造型别致，刻画精巧，颜色饱满鲜艳，题跋苍劲有力，的确是少见的精品。

"这画中人物，颇有瘿瓢子的遗风，草书也写得好，书法我不专，不敢妄加评论。"

从木品评道。

"从木，你眼力不错，这位'西昌陶迷道人王琦'画风很吃黄慎的影响，但画在瓷板上，更加活灵活现。"

"用瓷板来作画，恁是有趣。"

从木一边欣赏，一边喃喃自语，魏掌柜又给他看了另外几位师傅的作品，器具有屏风、花瓶与茶具，题材有风景、人物和花卉，从木越看越是喜欢，越品越入迷，在向魏掌柜的请教中了解了许多瓷器的知识，了解得越多，对景德镇这几位出类拔萃的红店画师的技艺更是佩服得五体投地，一时间，竟对景德镇心驰神往起来。

没过两日，伯廉将数墨斋的要紧事办得七七八八了，便上锦华轩来找从木，从木见伯廉来了，也不客套，开门见山就问瓷板画与红店的事情。

"这陶迷道人、希平居士和平山草堂主人，你可都认识？"

见从木这般性急，伯廉心里窃喜，嘴上却还卖个关子。

"什么道人、居士的，二哥，你这不会是想不开要去道观了吧？"

伯廉玩笑道。

"你说什么呢，伯廉，我认真问你，景德镇有名的红店师傅你该都熟识吗？"

"不算熟吧，不过掌柜跟他们很熟，既是同行又是邻里嘛，王琦先生、王大凡先生他们，我见过几次，我是晚辈，生意上的事情我叔伯他们在处理。"

"我能去拜会一下他们吗？"

"拜会是没问题，可是他们都在景德镇呀。"

"你不是要回景德镇嘛，我跟你一起。"

听从木这么说，伯廉心下大喜，想着这事儿成了。其实早前魏掌柜取瓷板画与从木观赏，又费心费力给他介绍瓷器知识，都是和伯廉商量好的。伯廉与从木两兄弟久别重逢，自是不愿又各自一方，特别是初山病逝之事对从木打击甚大，他不愿在这个时候抛下二哥离开，可另一方面，妻子令慈怀有身孕，虽有人照顾周全，可伯廉也是归心似箭。还有景德镇的生意，虽有家里人担待，可近来多家红店的瓷板画都颇受欢迎，可数墨斋却缺一个有想法、有能耐的画师，全盘考虑下来，既然从木一时回不得重庆，不如与他同回景德镇，这样夫妻、兄弟之情便可两全，这边还为数墨斋带回一位留日的画家参与瓷板画创作，可谓一举多得。

先前一来是初山病逝之事令从木心情忧郁而无心于其他，二来聘九也提出请初山留校任教，这个想法他便也没好开口。如今得魏掌柜帮忙，从木自己对瓷板画产生浓厚兴趣，那一切就是顺理成章了。

"二哥，引荐你见王琦、王大凡等画师我拍胸脯一定帮你办到，但是有一件事情，你也得帮我。"

伯廉见时机成熟，便开了口。

"伯廉，你尽管说，只要我能办得到。"

"你也看到，景德镇上这些红店都有自己的画师，我们数墨斋也想做瓷板画，就缺个好画师，反正你一时半会儿回不了重庆，不如先试着做做数墨斋的画师，你觉得哪个样？"

"伯廉,我看不是数墨斋缺画师,是你想关照着二哥吧?"

从木心里清楚,数墨斋在景德镇也不是一时半日,若安心重金去聘,哪能找不到好画师呢。

"二哥,你也莫自谦,你在上海美专上过学,又留过日,人才难得,我这是为数墨斋求贤啊。"

"好好,你说了就算,我去了景德镇,好生学一下,如果得行,我就当你的画师。"

"二哥,你这是答应了?"

伯廉还将信将疑,没想到从木真能答应,见从木笃定点头,伯廉手舞足蹈像个孩子一般拉着从木的手跳起来:"好哦,我们去景德镇!"

"黄伯廉你翻天嘛,你打坏东西要赔你晓得伐?"

一旁的魏掌柜翻了个白眼,嘴上骂着伯廉,心里却为这二人手足之情感动无比。

次日傍晚,聘九协几位相熟的校友为从木设宴,这既是为他从日本归来的洗尘酒,也是送他去往江西的饯行酒,众人把酒言欢,忆往昔谈未来,一醉方休。

待伯廉把数墨斋的事情都安排妥了,二人向魏掌柜致谢道别,启程前往江西"瓷都"景德镇。

第二十回 瓷业美术研究社

几经舟车，伯廉与从木终于到达江西景德镇。有"三洲四码头，四山八坞，九条半街，十八条巷，一百零八条弄"之称的"瓷都"虽不复康乾时的鼎盛，但仍是商贾云集，熙来攘往。数墨斋的宅院位于戴家弄，前面是数墨斋的铺子，铺子后面是三进的院落，窑场则在后院的山坡上。

经营这数墨斋窑场的，是伯廉的三堂叔黄申曜，伯廉称他"三叔"，家人朋友也都习惯称他"黄三叔"，叫得多了，景德镇的熟人也都以此相称。出发之前伯廉就已托人捎信儿告知三叔他与从木不日就将抵达，所以算着日子，三叔早已吩咐备下家宴，为伯廉与从木接风洗尘。

"堂哥！"

还没进戴家弄，就远远看到一位少年挥着手，兴高采烈地向他们跑来。

"你不去窑场盯着，啷个跑这里来了？"

伯廉伸出手指点了一下那少年的额头，看得出二人关系亲密。

"从木，我来给你介绍，这是我堂弟，就是三叔的儿子，叫伯筠。"

"伯筠，幸会。"

从木拱手问好。

"从木哥，时常听堂哥说起你，久仰！"

这少年也不认生，大大方方地与从木作了个揖。

"这小子跟你一样，自小酷爱绘画，见识过你的笔墨，对你崇拜得很……"伯廉又转头对伯筠说，"这下见着真人了，你可高兴了？"

"自然高兴，你们慢慢来，我先回家报个信，把菜走起。"

不待二人答话，伯筠就从从木手中接过行李，一路小跑往巷子里去了。

"这娃儿就是这个性格，热情得很，你莫管他。"

伯廉哈哈大笑，对有些无措的从木说道。

二人走到家门口，黄三叔、令慈已等候在那儿，数墨斋的铺位旁是正院门，一条窄窄的甬道可以直接通往后面居住的院落。

"你顶起个大肚子，到门口来做啥子，天气恁个热，站起中暑了啷个办？"

伯廉招呼过黄三叔，对令慈轻声责怪，言语里满是怜爱，令慈也不答话，只是含情脉脉地望着伯廉。

"天气热，我们进去说。"

黄三叔挥挥手，一行人进了院落，家宴早已摆好，众人一边寒暄，一边饮食，好不热闹。

"虽说来景德镇好些年了，但是胃还是家乡胃，肘子、腊肠和腊肉，都还是四川的做法，从木，这些菜不晓得你吃得惯不？"

黄三叔性情温和，乡音不改，听着格外亲切。

"好久没吃到家乡菜,巴适得很。"

从木笑着回答。

"二哥,多吃点,千万不要客气,这里没得外人,就当是个人屋头。"

伯廉也对从木说道,这让从木备感温暖。

酒足饭饱,黄三叔领着从木将数墨斋前前后后逛了一圈,一边逛一边粗略介绍了些烧瓷的学问。

"烧瓷的事一时半会儿也说不押敲(清晰),来日方长,我们回头再摆(聊)。"

三叔见从木兴趣颇为浓厚,但毕竟舟车劳顿,也不急在这一时,伯廉与伯筠带从木来到早早为他拾掇好的客房,房间虽不大,却是起居用具一应俱全。

"这是令慈安排备下的,要是缺哪样物件,就同我讲。"

伯廉对从木说道。

"劳弟妹费心,着实惭愧。"

从木自打进了黄家宅邸,众人待他亲如家人,令他十分感动。

"二哥你莫如此见外,别忘咯,我们还指着你来做数墨斋的画师呢。"

伯廉知道从木是个心细的,怕他有负担,便开玩笑哄他。

"伯廉,那你看我们什么时候去拜会……"

"二哥,我们长途跋涉好几日,你不累啊,心急吃不到热豆腐,你先好好休息,其他事情,我自有安排……"

伯廉说完后带上房门出去了,连日赶路,从木确实也觉得精疲力竭，简单洗漱后就睡下了。

一夜无梦，从木起个大早，推门出来，却发现院中空空，似乎大家都还未起床，他踱步出来，正巧遇上一位出门打水的伙计。

"万先生，起得这么早啊？"

伙计与从木打招呼。

"你也早。"

"我们恰（吃）早饭晚些，你等一哈。"

伙计倒是热情，赣语里夹杂着川话，从木似懂非懂，只能笑着点头，他为避免尴尬，也是无事，便临时起意去街上转转。出了数墨斋，从戴家弄行至太平巷，沿街商铺多数尚未开张，一路溜达，来到佛印湖畔的景德阁。从木抬头看去，侧挂一匾额，上书"瓷业美术研究社"，从木顿觉好奇，便拾级而上，扒着门缝往里看，只见大厅两侧陈列着许多精美瓷器，可屋内并不敞亮，又因角度问题，看得也不是太清楚。

"干什么呢？"

正当从木聚精会神往里瞅的时候，忽听身后一声大喝，吓得他魂不附体，缓过劲儿来回头一看，见一穿马褂长衫的男子立在身后，看来就三十多岁的模样，正警惕地盯着自己。

"抱歉，我早起散步路过此处，好奇故而一望。"

从木尴尬地笑着说。

"我看你探头探脑的，莫不是在打馆内瓷器的主意？"

"您误会了,我昨日初到此地,借住于数墨斋,只是恰巧路过此处,见有'瓷业美术研究社'的牌匾,所以好奇看看,绝无歹意。"

从木连忙解释。

"你住在数墨斋,那掌柜的姓甚名谁,与你是何关系?"

"数墨斋掌柜是黄申曜黄三叔,在下万从木,是黄三叔家侄黄伯廉的结拜兄弟,我们昨日刚从上海回来,你若不信,我们同去数墨斋,一问便知。"

"你是那个从东洋留学回来的后生?"

那人听从木如此说,放下了七分警惕,又上下打量从木一番,开口问道。

"我是刚从日本回来,阁下如何知道?"

从木有些吃惊。

"黄三叔前几日跟我讲的,我还有事在身,就不与你去数墨斋了,你想看里面的瓷器,明日下午跟着你黄三叔过来,你便能看着。"

那人说完便准备离开。

"多谢阁下指点,还未及请教阁下尊姓大名?"

从木见来人与黄三叔有交道,再看他这身打扮,揣测必是位红店老板,于是开口相问。

"鄙人希平草庐王大凡。"

那人停下脚步,报上名讳。

"原来先生是希平居士王大凡,久仰久仰!"

从木得知面前这位先生就是王大凡，又惊又喜，赶忙上前鞠了一躬。

"怎么，你知道我？"

王大凡倒是一脸受宠若惊的表情。

"有幸见识过先生作品，佩服不已，若您得空，还望多多赐教。"

"赐教可不敢当，明日研究社雅会，你若无事，跟着黄三叔来即可，我也会在，到时候再聊。"

王大凡也拱手回个礼。

"多谢先生，我一定到场。"

二人别过，从木沿着来路回到数墨斋，他脚刚跨过门槛，伯廉便迎到面前。

"二哥，你跑哪里去了？"

"我起得早，见大家都还在睡，就出去散散步。"

"你吓我一跳，清早八晨的人不见了，景德镇七拐八巷的，你搞不醒豁（清楚）容易迷路。"

"支路是挺多，不过我沿大路走，倒还好找。"

从木抱歉说道。

"红店手艺人喜欢晚上干活，所以大家习惯晚睡晚起，早饭也跟晌午一顿吃，你待久了就晓得了，令慈把饭都安排好了，快点来吃。"

三叔等人已经吃过早饭先去工作了，从木与伯廉夫妇还有伯筠坐下一起用餐。

"我上午路过瓷业艺术研究社，碰到了希平草庐王大凡。"

从木一开口，伯廉险些被呛住，令慈赶忙帮他拍背。

"这有什么好值得惊讶的吗？"

从木疑惑不解地望着伯廉。

"你已经去了瓷业艺术研究社，还碰到了王大凡？"

伯廉缓过气，对从木问道。

"是啊，但没能进去，王大凡说明日下午有雅会，叫我跟着黄三叔过去。"

从木说完，伯廉梗着脖子死死盯着从木。

"伯廉，你怎么了？"

从木不明所以，担心伯廉哪儿不舒服，关切地问道。

"你就不能给我一个机会？"

"啥子机会？"

"不是你拜托我，让我引荐研究社的前辈们给你认识吗？"

"对啊，没错呀。"

"算了……"

"有啥子不对吗？"

"没啥子不对。"

"那你这样看到我干啥子？"

"你把事情都办完了，要我做啥子？"

伯廉一脸委屈，从木还没反应过来，令慈在一旁笑出了声。

"二哥，他是在你们回来之前就拜托了黄三叔安排你与研究社几位前辈见见，想给你个意外之喜，没想到你今天出去溜达一圈就碰上了王大凡，他是觉得他没能体现出他的价值。"

令慈说完，从木与伯筠都哈哈大笑起来，伯廉则憋得满脸通红。

"伯廉，多谢你，我就奇怪今早王大凡啷个晓得我是从日本留学回来的，原来都是你费心提早安排……"

从木越是这么说，伯廉越是臊得慌，几人的欢声笑语在院落里回荡，虽说这只是来到这里的第二天，从木却觉得自己在这里已经生活了很久，丝毫没有异乡的陌生与疏离感，早已习惯独来独往的他，在此刻被这份家的温暖包裹时，反而令他有种置身于梦中的虚幻感，他不由自主地去掐了一下自己，那一丝疼痛令他喜悦，此时此刻，他不再是孤身一人。

午后得闲，黄三叔带着从木从铺面至窑场，里里外外、仔仔细细逛了一遍，瓷板画的制作流程与工艺，从木已了解得七七八八。数墨斋之前主要制作青花瓷与三彩瓷，对现在流行的粉彩并不擅长，之前的老画师常年夜里画画，眼睛也不好使了，所以近些年数墨斋瓷画上既无开拓之人，亦无创新之作，相较于景德镇其他几家红店落后了许多，全赖多年在四川与沪上积攒的人脉，做二次经销的生意，店面尚可维持，但这人情买卖，绝非长久之计。症结所在，就是数墨斋没有一位能锐意创新的画师，从木的到来，让黄三叔心中燃起了希望之火。

翌日下午，从木与伯廉随黄三叔一同前往景德阁参加瓷业美术研究社的雅会,社中的主要人物包括王琦、汪晓棠、王大凡、徐仲南、汪野亭、朱绶之等都悉数参会,到场的还有其他社员及各自的得意门生,众人交流一些社中事务与绘画创作上的经验,从木在一旁不发一语,听得十分认真。

　　雅会结束后,黄三叔领着从木一一拜会了各位前辈,王琦叫人取来一本《瓷业美术研究社图画》赠予从木,并对他说道:"既然是数墨斋的人,那亦可算是社中新的一份子,做这个研究社,就是让大家畅所欲言,互通有无,让中华瓷器具备与洋瓷竞争的高水准,我们欢迎年轻画师的加入,有什么不明白的,可来'匋匋居'找我。"

　　"多谢先生,晚辈定来叨扰。"

　　从木对王琦的开朗豪放印象极深,对他不吝赐教、提携晚辈的风范也是佩服之至。

　　黄三叔见王大凡得空,又将从木领了过去,从木向王大凡行了礼,黄三叔介绍说:"这位是希平居士王大凡,在国际博览会上拿过金奖的大人物,可谓是景德镇之光啊,从木,以后你可得多向先生请教啊。"

　　"昨日我与小友见过,闹了些误会……"王大凡与王琦性格恰巧相反,一个热情外放,一个温和内敛,"社中陈列着各家红店老板的拿手瓷器,你有兴趣,可多看看,若有问题,随时可来问我。"

　　"多谢先生,有劳了。"

　　与王大凡寒暄一阵,黄三叔带从木又与其他各位老板打了招呼,算是都介绍认识了。雅会后,众人往桂东饭店用过晚饭方才返回。

　　研究社开放包容的气氛感染了从木，他一时也无睡意，于是取出今日王琦所赠的图册在灯下翻看起来，这一看就收不了场，越看越来精神，从木又取来纸笔，边看边临摹，不知不觉间，天已破晓。

　　接下来的日子里，带着浓厚的兴趣与极大的热情，从木开始了瓷板画创作的尝试，其间，他几乎拜访了景德镇所有有名号的红店前辈，对各类题材与不同技法都用心研究，受益良多。前辈之中，王琦、王大凡拿手人物，徐仲南擅画竹石花鸟，汪野亭尤工山水，大家各有千秋，博取众家之长，融合中西之法，不拘一格，大胆尝试，成为了从木在瓷板画创作初期的核心理念。

第二十一回 别号"竹山山人"

　　在经过一段时间的探索与尝试后，应黄三叔之邀，从木开始创作第一批粉彩瓷器。在此之前，伯廉与伯筠一同找到从木，虽然斋名沿用"数墨斋"，但作为画师，他还需得给自己取个别号。

　　红店画师虽以瓷为画，却多有文人志趣，这文人的风骨、风趣与风雅,既要体现在作品之中,题跋上留下的名号,更是个人独一无二的印记,故而开店的师傅们都有自己的别号。民国十载,海内军阀混战,海外列强环伺,国家积贫积弱、内外交困,民众水深火热、世道艰难,潜心丹青之人,唯有在画境中开拓一片自在天地,获取片刻安宁,故而大家的别号也多仿效古贤,喜以方外之人自居,诸如王琦号陶迷散人、王大凡号希平居士、徐仲南号竹里老人,汪野亭号传芳居士……

"那我就号竹山山人吧。"

从木看一眼墙上的《翠竹图》,信口说道。

"竹山山人……是因墙上所挂的画作吗,二哥对此画如此珍视,看来其中颇有奥妙,此画我观之不是二哥的手笔,我来看哈题跋……"

"哪有啥子奥妙,就是在日本留学时,一位友人所赠。"

见伯廉越凑越近,从木慌忙解释。

"友人,看来与二哥交情绝非一般,想起来了,是不是那位……"

伯廉一拍脑门,紧盯从木双眸,话在嘴边就要脱口而出。

"不是,不是……"

从木矢口否认,并把伯廉从画前拽到一旁。

"二哥你咋惊慌失措的,你放心,我又不向你讨要,看你如此宝贝,我不看题跋也猜到了,这绝对是你信中提到的那个人嘛。"

"都说不是了。"

从木连忙摇手，也不能让伯廉闭嘴。

"啷个不是嘛，你说你去到他的私塾旁听，机会难能可贵……我想起名字了，竹内栖凤嘛，东洋的汉画大师。"

听伯廉说出的竟是"竹内栖凤"，从木长吁一口气。

"这不是竹内栖凤画的，只是一位同窗故旧的润笔小作。"

"同窗？我看是红颜知己！"

伯廉此话一出，从木刚刚放下的心又悬到了嗓子眼儿，脸羞得通红，见从木这脸白一阵红一阵的，伯筠也跟着好奇起来，也往画前凑，从木伸手去拦，这越拦，那二人越来兴致，三人一时在桌前挤作一团。

"嗨呀，我就说这画里头大有文章，二哥你瞒不了我，今天我们好生摆哈龙门阵。"

伯廉是不依不饶，非要一探究竟，搞得从木是哭笑不得。

"都说不是啥子红颜知己，你莫胡闹，时候不早了，我这里还要画画，你们赶快回去睡觉，得行不？"

"不急这一时，竹山山人，时候尚早，我们陪你小酌一杯，讲哈你为啥子取个'竹山山人'？"

伯廉非赖着不走，嬉皮笑脸地缠着从木。

"我告诉你为啥子，因为永川屋子后面有片竹林，你现在晓得了撒，赶紧回去。"

从木拿伯廉没有办法，其实从木也没说谎，这的确是起这个别号的缘由之一。

"晓得了，但这幅《翠竹图》的来龙去脉还没讲明白……"

"关你鸟事，赶紧走……"

从木早不耐烦，连推带攘地将一脸狐疑的伯廉、伯筠二人赶出屋外，好不容易关上房门，从木已气喘吁吁，满头是汗。

"二哥，那你先画画，我明天再来问你！"

伯廉与伯筠离去后，屋内终归子夜的宁静，他坐回到书桌前，想提笔作画，精神却又难以集中，他放下笔，在隐隐灼灼的烛光中，望着那幅《翠竹图》，思绪缥缈。

"风袭西窗竹，惊梦故人至……若只是梦中须臾，又何必耿耿于怀，相濡以沫，不如相忘于江湖。"

沉吟片刻，从木长叹一声，随后起身将《翠竹图》从墙上取下，小心翼翼卷起再用套筒装好，收纳进了箱底。

中秋之后，从木所绘的首批粉彩瓷板画问世，展售于数墨斋中。瓷业美术研究社的前辈们多来捧场，对从木的处女作也是褒奖有加。从木此次所绘瓷板画以风景题材为主，其代表作为《四景图》，"春""夏""秋""冬"四景分别绘于四张瓷板之上，笔法熟练老辣，全然看不出是新手之作。

"从木，这套《四景图》你就不要出售了，若你同意，可作为入社作品借展于景德阁内，如何？"

王琦对从木说道。

"求之不得，承蒙王社长抬爱。"

从木当然是一口答应。

"黄掌柜,你不会舍不得吧?"

王琦又问从木身旁的黄三叔。

"王社长提携晚辈,我等岂有不舍之理,我还得多谢王社长呢。"

黄三叔拱手道谢。

因得瓷业美术研究社众多前辈们的扶持,不仅首批作品销售一空,数墨斋还获得数笔订单,从木在收获信心的同时,也对在绘画题材上的拓展有了更浓厚的兴趣。在绘画第二批作品之前,他多次拜访"匋匋斋",向王琦与王大凡两位人物绘画大师请教。若在从前,非师徒关系,画师是断然不会将自己所学倾囊相授的,但为让中华瓷业重整雄风,在与洋瓷的竞争中获得优势,实现实业救国之理想,美术研究社成员大都摒弃门派之隔,只要是能为景德镇瓷业发展添砖加瓦,大家乐于交流经验,互通有无。从木赶上了景德镇人团结一致的好时候,这让他的画技进步飞速。

在不断向前辈请教学习、收益颇多的同时,从木也收下了人生中第一位"徒弟"。这位"门徒"不是别人,正是黄三叔的独子、伯廉的堂弟伯筠。说二人是师徒,倒也不假,但二人更是亦师亦友、互帮互助。伯筠自小对绘画有兴趣,见从木画技精湛,内心佩服不已,自然是近水楼台先得月,时常向从木请教,而从木接触瓷器不久,关于烧瓷制瓷的知识自是匮乏,黄三叔顾着生意,十分繁忙,所以有许多不清楚的地方,他也时常向伯筠请教。在从木以"竹山山人"为号，立足于景德镇之后，伯筠拜从木为师的意愿更加强烈。一日，从木正在书房绘画，黄三叔领着伯筠来找他。

"从木，打扰片刻。"

黄三叔敲门进来，倒是比平日更客气三分，从木连忙起身，给黄三叔让座。

"三叔，有啥子事情让伯筠叫我一声，我过去就行，嘟个好麻烦您跑一趟。"

"从木，都是一家人，不用太见外，我倒是没得啥子事情，是这小子求到我过来，找你说个事情。"

黄三叔指指一旁的伯筠，这倒弄得从木一头雾水。

"伯筠，你有啥子事情尽管给我说，何劳麻烦三叔。"

从木对伯筠说道。

"我这儿子平日里千翻儿（调皮），大事上头，还是认真，他想拜师学艺，所以专门来找我出个面，显得郑重些。"

黄三叔对从木说道。

"拜师学艺是好事情啊，是学绘画吗，不知伯筠想拜哪位师傅？"

"对，就是学画画，他想拜的师傅不是别人，正是你从木。"

黄三叔话一出口，从木一脸惊愕，连忙摆手。

"三叔，您怕是在说笑，我才疏学浅，毫无资历，借数墨斋以栖身，有啥子资格敢收伯筠当徒弟哟。"

"从木哥，你的画画得好，那是连研究社的前辈们都点了头的，你现在虽然没自己开店，但也是数墨斋的当家画师，你没得资格，哪个有资格，我也是诚心诚意想跟到你学，绝不是信口雌黄。"

伯筠一脸真诚。

"从木，能不能收徒，不看年龄，还是看手上的本事，你的画技我看在眼头，伯筠提出来，我也很认同，所以才亲自带他过来，莫非你是觉得伯筠天资平庸，不配做你徒弟？"

黄三叔见从木太过自谦，只好激他一激。

"三叔，您老误会了，我不是觉得伯筠平庸，我是怕我自己平庸，误了伯筠，而且我才入行不久，许多事情尚且还要向伯筠请教，那我也应该拜他为师才行啊……"从木解释道，"况且伯廉是我义弟，伯筠与伯廉血脉相连，我也早把他当弟弟看待，兄弟之间本该互帮互助，何需这个师徒关系，之后伯廉和我一起画画便是，有我能教的，自当全力以赴。"

见从木也十分真诚，黄三叔心里也感动。

"从木说的也有道理，却是你们兄弟两个，拜来拜去的，倒显得生分了……伯筠，从木答应教你画画，有没得拜师礼，他都是你老师，心里面存有对师长的尊敬，嘴上怎么称呼，也不是最重要的，是不是？"

黄三叔转头对伯筠言道。

"是，那从木哥，我以后都跟到你学画画了，还望你不吝赐教。"

伯筠拱手作揖，向从木鞠了一躬，从木也赶紧回礼，两人相视一笑。

自那日后，伯筠便跟着从木学画，从木经常带伯筠一起外出写生，也将从日本带回的画册与伯筠分享，伯廉英语好，还帮着做翻译，这让从木对画册的内容理解得更加透彻。镇上与伯筠交好的几位红店子弟，见伯筠的见识与技艺都突飞猛进，也都登门与从木结交，大家时常聚会，交流心得，切磋技艺，不知不觉间，人数也渐渐增多，一个以晚辈后生为群体的小美术研究社应运而生，这个小组织不仅成为了红店后生们的纽带，无形中也为景德镇瓷业未来的传承与发展打下了基础。

民国十一年的春节刚刚过完，伯廉与令慈喜得贵子，取名继珩，因啼哭声特别响亮，乳名"小喇叭"，一家人欢天喜地，从木特意绘了一对仕女图的粉彩瓷瓶，送给刚出生的小侄儿。

"二哥，如今你这人物画也是惟妙惟肖了。"

家宴上，伯廉一边欣赏着瓷瓶，一边称赞道。

"给小侄儿的礼物，自当不遗余力呀。"

"那我就替'小喇叭'谢谢他二叔了……"伯廉端起酒杯，握住从木的手，忽然语重心长地说，"我这里可是第一个都落地了，二哥，你的终身大事，还是要提上日程才行哟。"

伯廉一提此事，从木就有些心焦，时间可以冲淡一切，初山的病逝和与小景无疾而终的感情给从木带来的伤痛，似乎都在充实的日子里慢慢消减，可家书中所提与初芸的婚约，究竟是否取消，还得与王家人见面后才能明确。

"二哥，川湘鄂那边也打完了，现在商路客运都基本恢复，你婚约的事情，肯定还是得有个说法，如果你打算长留景德镇，就还是要跟王家有个明确回复，拖着也不是长久之计。"

"伯廉，你说得对，我想先与我表姐取得联系，初芸也大了，肯定有自己的想法，我不能耽误了人家。"

"对了，这两天忙小喇叭的事情，人都忙昏了，昨天收到了大哥的信，忘记给你看了……"伯廉从怀里掏出一封信，递给从木，"如今局势稳定些，军阀们也要过年，休养生息嘛，大哥开春后计划去上海考察，你也两年多没见着大哥了吧，我们约好时间，就在上海相聚。"

"那太好了，不知大哥近况如何，一切可好……"

"信上有说，你慢慢看，彼时他从重庆过来，肯定也有王家的消息，到时候我们三兄弟好好合计一下，再做打算。"

从木将信展开，略略读了一遍，回忆起儿时三人在学校无忧无虑的日子，万千感慨涌上心头，一时竟湿了眼眶。

"二哥，咱们三兄弟马上就又能团聚，今天可都是喜事，我们多贪几杯，酒量练好，莫要到时候在大哥面前出丑。"

伯廉见从木情绪激动，出言安慰。

"哈哈，伯廉，你在大哥面前出丑也不是一次两次了。"

二人又连饮数杯，一直叙谈到午夜，伯廉是醉得不省人事，从木怕大半夜的扰着弟妹与小侄儿休息，就与伯筠一起把伯廉扛回了自己房间，兄弟二人同榻而眠。

　　小喇叭的满月酒后，大哥碧城也来信确定了上海的行程，伯廉将景德镇的事情安排妥当，就与从木一同启程前往上海。

第二十二回 卢先生之建言

　　在从木与伯廉抵沪几日之后的一个下午，两位身着洋装、提着行李箱的客人步入了锦华轩。

　　"二位先生玩点什么？"

　　魏掌柜见二人器宇不凡，便亲自上前招呼，并吩咐伙计上茶。

　　"可有竹山山人万从木的画作？"

　　其中一位客人微笑着回答，魏掌柜一听，心里明白了。

　　"二位想必是重庆来的朋友了，请二位楼上小坐，我这就派伙计去叫。"

　　魏掌柜吩咐伙计之后，领着来人上了二楼茶室。

　　"大哥！"

　　还没走进锦华轩的大门，便听见伯廉的声音，伯廉一路小跑登上二楼，一把就将起身来迎的郑碧城抱住，从木紧随其后，也唤一声"大哥！"

"伯廉，从木，许久不见了。"

三兄弟久别重逢，欣喜不已。

"对了，我来给你们介绍，这位就是我反复跟你们提起的作孚先生。"

碧城将卢作孚让到身前，只见卢作孚左手摘了帽子，伸出右手，微笑着向从木与伯廉打招呼："鄙人卢魁先，号作孚，从木兄弟、伯廉兄弟，幸会。"

二人赶忙上前握手，卢先生身形虽瘦，手掌却是大而有力，双目更是炯炯有神。

"先生大名，从木久仰，望先生多多指教。"

从木早知眼前这位器宇不凡的卢先生是碧城最敬重的人之一，今日一见，果然不同凡响。

"从木兄弟不用如此见外，我与你们碧城大哥也是亲如兄弟，既然比你们虚长几岁，如若不弃，不妨我们都以兄弟相称即可。"

卢作孚拍拍从木肩膀言道，他目光如炬，言辞诚恳，令从木备感亲切。

"好，都听您的，卢大哥。"

众人落座之后，碧城从怀中取出两封信，分别交与从木与伯廉。

"从木，这是慧瑾姐写与你的信，王家的近况，晚些时候我再单独同你说去……"碧城又转头对伯廉说道，"伯廉,这是黄伯父托我带给你的家书,老人家知道升级当了爷爷,嘴上不说,心里是乐开了花,对你们一家都甚为想念,之前打仗说不得了,现在局势平稳了,你还是尽快带着弟妹和小喇叭回趟成都吧……"

"哎呀,大哥,莫刚来就说走的事情得行不,我托伙计在德兴馆订了雅间,卢大哥是贵客,我们先把接风酒喝了再说吧。"

伯廉抢过话头说道。

"对,好多事情咱们得从长计议,先为二位哥哥接风洗尘。"

从木一边附和着伯廉,一边将信收入怀中,几人喝了盏茶,稍事休息,便前往德兴馆吃饭。

酒过三巡饭过五味,从木知道卢作孚一直致力于川中新文化、新教育运动,便有心请教,作孚满饮一杯后,答道:"自辛亥革命以来,讨袁之役、护国战争、川滇黔之战、靖国之战、倒熊之战、靖川之战到去年川湘鄂混战,大大小小数不清打了多少仗,年年内耗,盗匪横行,民怨载道,新政亦不可维持,我等励志革新者无不痛心疾首。可虽有万难,但为家国计,断不可放弃理想,我在川南实验新教育,大有成效,民不是不可教化,而是需要时间,可这一打仗,经济无法支撑,政策难以稳固,又只落个夭折的下场……所以这次来沪上,也是和碧城一同考察实业与职业教育,为将来川中改革做好功课。"

"卢大哥去年初擢升永宁道教育行政,在川南教育改革上很有建树，无奈熊锦帆又和刘甫登、杨子惠干仗，搞得新教育鸡飞蛋打。"

碧城愤愤不平。

"教育改革虽然失败，还是从中积累了许多经验，川中目前局势虽不平稳，但青年求新求变，是大势所趋，从木兄弟，我听碧城说你刚刚留学归国，不知将来有何打算？"

卢作孚关切地问从木。

"卢大哥，不瞒你说，去年我回国之时，本想即刻回渝的，可战乱导致上游封航，我一时回不去，不知所措之时，应我三弟伯廉之邀，前往景德镇绘瓷板画去了。"

从木如实回答。

"原来如此，从木兄弟，今日借着酒兴，卢某有几句肺腑之言，若讲得不好，还请见谅。"

卢作孚沉吟片刻，又对从木说道。

"卢大哥，还请不吝赐教，兄弟洗耳恭听。"

从木拱手道。

"赐教万不敢当，只是心中有些期许罢了，无论是政治还是新闻，实业还是教育，巴蜀之地亟待各行各业之新式人才……从木兄弟通晓中西绘画，又切身了解过新式教育，这不正是新教育发展所需之栋梁嘛。"

"卢大哥谬赞了。"

"我现在自己也是无业在身，故而难为从木兄弟保举，但若将来回渝后有恰当之机会，还望从木兄弟能为川中新教育发展，贡献一份力量。"

"受卢大哥如此高看，弟弟惶恐，如若回渝，还要劳哥哥关照才是。"

"好，这太好了，我们一言为定。"

卢作孚与从木碰杯，二人一饮而尽。

从德兴馆回到旅店，已过二更，从木回到房里，打开灯，展开表姐慧瑾的来信：

从木吾弟：

相别又添一年，久未通信，可还安好？

闻知碧城将去沪上，故手书一封，捎带与弟。

此一大噩耗，晓与弟知，大太太因丧子之痛忧思成疾，于年前不幸去世，弥留之际，唯有弟与初芸之婚事令她惦念不舍，思虑沉重，盼汝早还。杜太虽已入土为安，父亲大人却悲怆不能自持，精力日衰，令人担忧，加之军阀混战日久，生意已至举步维艰。文姨太之子初海从武汉归来，却是纨绔习气，难堪大用……家中事宜，尚可勉力操持，吾知弟心思纯直，本不愿将你卷入这家长里短之中，奈何弟之婚约亦为初山与大太太遗愿，吾不能擅专。吾虽女流，但亦在初山身边耳濡目染，新青年倡导之婚姻自由，吾亦赞同，故婚约之事，虽父母之命、媒妁之言，亦不可违弟与初芸之本心，当汝二人自拿主意、商议定夺。

此间川中兵戈暂歇，愿弟早还，大事得定，一慰初山、大太太在天之灵，二慰老爷憔悴之心。

随信附初芸学生近照一张，纪以为念，书不尽意，盼早日相见!

表姐 慧瑾
民国十二年 立春

从木从信封中取出照片，正要在灯下端看，此时房外传来敲门声，从木答应一声，将信与照片一齐放进抽屉，起身去开门。
"二弟，睡了吗？"
碧城探半个脑袋进来，问道。
"还没有，刚读完慧瑾表姐的信……你进来再说。"
从木碧城让进屋内。
"慧瑾表姐在信中说杜太太也病逝了……这噩耗……大哥晓得吗？"
从木在碧城对面坐下，有些哽咽。
"哎……杜太太的后事是我帮着王家操持的……刚才当着伯廉与卢先生不太好提起，怕贸然开口，你一时又接受不了，所以也是想单独和你说。"
碧城叹口气，解释道。
"我本想着将来能替初山表姐夫孝敬二老，可万万没想到……"
从木说到伤心处，忍不住流下泪来。
"哎，王家真是祸不单行……白发人送黑发人的锥心之痛，恐怕也只有为人父母才能体会，初山既是王家未来的顶梁柱，又是杜太太膝下独子，好好的人这说没就没了，杜太太想不通，也是人之常情……"

碧城叹息道。

"都怪我没能第一时间赶回去……难不成我真是个天煞孤星，王家有难的时候，我却啥子忙也帮不上……"

从木心如刀绞，喟叹不已。

"从木，你读书就读出这么个名堂？简直胡扯！"碧城厉声呵道，"天有不测风云，人有旦夕祸福，人各有命，啥子坏事你都往自己头上揽，你未免把个人看得太神了哟……我说这事情要怪就怪那文姨太居心不良，不晓得从哪里找起来的江湖骗子，误了初山哥的性命，我看她母子两个就是不怀好意！"

"哎，事发之时我们也都不在，再议论他们是非又有何用……"

"行了，那就不说这些糟心事，斯人已逝，咱们活着的人更该好好活下去，代初山哥、杜太太照顾好他们在意之人，也算告慰他们的在天之灵了。"

碧城拍拍从木肩膀，放缓语气劝慰道。

"大哥说得在理，无论如何，重庆我一定得回去，但之前恐怕我还需和伯廉把数墨斋的事情收好尾，方可动身回渝。"

从木对碧城说道。

"也好，我这边与作孚先生做完考察，刚好可与你们会合，再一同回重庆……对了，慧瑾姐没在信中提起你和初芸的婚事？"

碧城猝不及防的话锋一转，让从木顿觉尴尬，支支吾吾不知如何作答。

"大哥，你问这干吗……"

"你和初芸的事情我听你表姐提起数次了，'冲喜'这事咱们姑且不论，初山哥一定是确信你是值得托付之人，才会提出这婚约的事情，你自小长在王家，这的确也是顺理成章的事情嘛……"

碧城推心置腹地对从木说道。

"大哥，你也晓得，我离开重庆到上海求学时，初芸还是个天真烂漫的小丫头，虽无血缘关系，但我也一直把初芸当亲妹妹看待，断无非分之想啊，何况我比她年长近六岁，总感觉别扭得很，着实不合适……"

"有啥子不合适，老夫少妻的多了去了，大六岁算不得啥子，八字合过了，般配得很，这事情你就不要婆婆妈妈了，你表姐不会在初芸反对这门婚事的情况下还给你如此这般写信，说是你们两个人定夺，其实就是想试探一下你的心意……"

碧城见从木为难，又是一番劝说。

"这婚事待回重庆见了初芸，当面问她的意思吧，现在王家正是艰难的时候，这些儿女私情，姑且放一放。"

从木自说自话般定了主意。

"对啊，我就是担心你慧瑾表姐，现在王家上下她孤立无援，我怕她应付不了文姨太和初海那对母子，总感觉他们在动歪心思……"

碧城若有所思地说道。

"大哥，我看你很关心慧瑾表姐啊……"

"啥子，你说啥子，你不要胡说八道哈……"

碧城见从木这般说，平地起惊雷般连声否认，这也把本是无心一说的从木看得是一愣一愣的。

"对了，大哥，你也莫总操我们的心，伯廉孩子可都满月了，你这边啷个还没有动静？"

从木见碧城反应激烈，于是借机问道。

"我需要啥子动静？"

碧城则是充傻装愣想要糊弄过去。

"就是有没有心仪的姑娘？"

从木确实不依不饶，继续追问。

"我看你是狗拿耗子——多管闲事，我个人的事情我晓得，需不着你操心，你解决好你自己的问题……不说了，早点休息，我要回去睡觉了。"

碧城边说边站起身就要往门外走，留下身后一脸莫名其妙的从木。

碧城走后，从木躺在床上辗转几回，一时难以入眠，索性起身打开台灯，从抽屉中取出刚才没来得及看的初芸的照片。照片上俏丽的少女身着学生装，留着干练精神的短发，眉清目秀，浅笑盈盈……照片背后写着"王初芸，民国十一年三月摄于春秋照相馆"。

从木端视良久，五年时光如白驹过隙，初芸已出落得亭亭玉立，从木取出当年临行前初芸送给他的钢笔，握在手中把玩，他记得初芸说过，这支钢笔本是初山表姐夫送给她的，她转送给了从木，这支笔，此时此间，寄托起对两个人的思念。

翌日，从木相约碧城、伯廉在锦华轩商议回渝事宜。从木斟酌一晚，决定先与伯廉返回景德镇，待数墨斋的事情安排妥当，再回重庆。

"伯廉，黄伯父也年事已高，趁川中这几日太平，尽早回成都看看吧。"

碧城对伯廉说道。

"我晓得，我要回去，这不是景德镇的生意刚刚上正轨吗，可二哥这要回重庆了，瓷板画的买卖恐怕只能搁置咯。"

伯廉自然尊重从木的决定，但心中多少有些不甘。

"伯廉，这个你不用担心，数墨斋的瓷板画生意照做不误，我早已物色到比我更适合做这当家画师的人选。"

见从木如此胸有成竹，伯廉则是半信半疑。

"比你更合适的人选，是谁？"

"嗨，远在天边近在眼前，回去你自然就清楚了。"从木故意卖个关子。

这行程商议定了，四人便兵分两路，碧城与作孚前往江苏继续考察之行，从木则随伯廉返回景德镇。

回到景德镇后，从木便将回渝的打算告知了黄三叔，其中的来龙去脉也说明清楚。

"从木,回去也是应该,要是和王家小姐合适,等成了亲,还是可以回景德镇继续画瓷画嘛。"

这些时日的相处,黄三叔早把从木当成了自家人,数墨斋也有了当家画师,他心里自然是舍不得的。

"三叔,实不相瞒,这次回渝后,我应该就不会回景德镇了,回渝处理王家事宜是其一……其二,这次于沪上见了卢作孚先生,他提到川中教育落后,师资匮乏,美术教育几近一片空白,我想回到家乡,以我所学尽绵薄之力。"

"可是你刚刚才在景德镇立住脚跟,这一走,岂不功亏一篑,实在可惜啊。"

黄三叔听从木这一走就不再回数墨斋,着急得站起身来。

"景德镇人才济济,积淀厚重,振兴中华瓷业指日可待,实在是多我一个不多,少我一个不少,而家乡则不同,百废待兴,正是亟待用人之时,想必一定有用得上我的地方。"

从木解释道。

"从木,你说你这一走,数墨斋瓷板画也能做下去,哪个人来画,你现在可以给我讲了吧。"

伯廉见黄三叔心急如焚,于是便催促从木坦白他之前卖的关子,从木也不立即答话,只是走到伯筠身后,双手往伯筠肩头一搭,笑着说道:"数墨斋的当家画师,非黄伯筠莫属。"

伯廉与黄三叔面面相觑,一副不可置信的样子,伯筠虽跟着从木一起画画，可这也不到一年时间，怎可独挑大梁。

"二哥，你莫因为要走，就随便拉伯筠出来充数哟。"

伯廉认为这是从木拿伯筠来敷衍，心里有些不乐意。

"伯廉，伯筠现在有几斤几两，你我现在空口白牙说了不算，这样，刚好三叔给了个新订单，这次就由伯筠来接，如果买主照单全收，这数墨斋的当家画师，就非伯筠莫属，如果买主有异议，我自掏腰包，多赔他一套，如何？"

从木信心满满，伯筠却露了怯。

"从木哥，谢谢你瞧得起我，我可以自己画几张小作给你们过目，这订单可出不得差错，还是你亲自操刀的好。"

"伯筠，你只管画，这套作品就是你的出师之作。"

从木对伯筠信心十足，并与黄三叔与伯廉约定，交付之前，众人皆不得干预伯筠的创作。见从木如此笃定，黄三叔与伯廉也不好再多争辩，只得静观其变。

一个月过去，到了交付货品之时，买家登门验货，除了从木之外，数墨斋上下众人皆是惴惴不安，买家对货品端看半晌，仔细查验，临了终于从嘴里蹦出两个字："甚好。"

买家开了口，众人悬着的心都落了地，从木与伯筠相视一笑，这对兄弟师徒总算成功交接，从木也算可以安心离开景德镇了。

待伯廉把要运往成都总号与重庆分号的货物准备停当，黄三叔在桂东饭店设宴为伯廉与从木饯行，也邀请了瓷业美术研究社的多位前辈。

王大凡将从木所作《四景图》四张瓷板画用礼盒装好，

与一对三彩花瓶一起交给从木。

"这是你之前展示在社内的作品，现在归还给你，以后数墨斋的社员资格，就由伯筠接替了，这对三彩花瓶算是我和王琦社长送你的饯行礼物，大家同社一场，权当留个念想。"

王大凡对从木说道。

"振兴瓷业与发展教育，都是为了咱们国家能富强起来，两者殊途同归，从木，既然做了选择，那就踏踏实实走下去，祝你一帆风顺，鹏程万里。"

王大凡说完，王琦在一旁补充道。

"受各位前辈指点提携，从木感激不尽。"

王琦、王大凡皆是性情中人，对有才华的后辈，都倾囊相授，用心提携，从木走后，又有刘雨岑、程意亭等青年才俊陆续来到景德镇，可谓一时能人云集。后来瓷业美术研究社在北伐战争中被溃败的北洋军阀刘宝堤破坏，王琦等人又创办了"月圆会"，这帮出类拔萃的民间瓷器艺术家们团结在一起，不仅创作出大量流芳百世的艺术精品，更以自己的方式为饱经苦难的国家奋斗与抗争，正如王大凡题诗所云：

道义相交信有因，珠山结社志图新。

翎毛山水梅兼竹，花卉鱼虫兽与人。

画法唯宗南北派，作风不让东西邻。

聊得此幅留鸿爪，只当吾侪自写真。

世人钦仰王琦、王大凡等数十位景德镇瓷画人卓绝的技艺与高雅的品格，即以"珠山八友"之名相称，流芳后世。

三月末，碧城与作孚结束了苏浙沪的考察之旅，于九江和从木、伯廉一行会合，沿扬子江而上返回阔别已久的家乡。

第二十三回 停云阁

在绵绵春雨之中，朝天门码头仍是熙来攘往，从木望向蜿蜒而上的石阶，回想起当年去上海求学时，初山表姐夫与慧瑾表姐在码头相送的情景，而今物是人非，不禁让从木真切体会到贺季真笔下"离别家乡岁月多，近来人事半消磨"的无奈与惆怅。

作孚离家月余，对妻儿十分思念，于是船一靠岸，即与从木等人暂且作别，马不停蹄地沿嘉陵江而上返回老家合川。

"从木兄弟，你先在家休整几日，我这边有了消息，即刻与你联络。"

临别时，作孚握着从木的手说道。

"劳卢大哥费心，这事从长计议，不急的。"

卢作孚走后，剩下三兄弟本是打算一同去王家给初山与杜太太上香，并拜望王老爷子，可舟车劳顿，小喇叭有些晕船，于是从木建议伯廉先送令慈和小喇叭母子二人回数墨斋安顿休整，也顺便把从景德镇带来的货物一并带回店中盘存，这一来，想到碧城也是离家多日，于是也同样建议碧城先回堂口给郑龙王请个安，再到数墨斋会合，一同前往王家。碧城见时候尚早，也无异议，他叫来几位脚夫帮从木、伯廉挑运行李，安排好后就先行离开。

伯廉去景德镇后，年事已高的黄伯父安居成都，极少来渝，于是便将重庆的宅邸卖掉了，买下数墨斋店面后小巷中的一间二层楼小院，一层给掌柜一家及店员居住，二层留了两间客房，便宜使用。这次伯廉回来，便住二层客房。

将令慈与小喇叭安顿妥帖，伯廉与从木一边吃些茶果一边与掌柜寒暄，新到任的掌柜姓常名怀安，是黄伯父早年同窗的儿子，父母亡故后，投奔黄家，在成都总号历练了四五年后带着妻儿来到重庆，做重庆分号的掌柜。

"二少爷，货都点齐了，您这准备在重庆待几日，哪日前往成都呀，我把船票给您买好。"

常掌柜毕恭毕敬地问伯廉。

"欸，我这才刚刚来，就急到赶我走啊？"

听常掌柜这样来问，伯廉放下茶杯，有些不悦。

"二少爷，您误会了……"常掌柜赶忙解释，"我哪里是要赶您走，您回来我们不晓得有多欢喜，可这最高兴的，莫过于老爷和太太，您走了两年多也没回过成都一趟，二老可谓是望眼欲穿，更想着能抱抱亲孙子，船票不好买，所以我才想，先帮你把船票订好，以免耽搁您的行程。"

"对不住常掌柜，是我以小人之心度君子之腹了。"

伯廉听常掌柜如此解释，也是颇有些汗颜，拱手致歉。

"二少爷哪里的话，是我问得唐突，才令二少爷误解了……"

正说话时，碧城的黄包车已到了门口。

"大哥，恁个快，这还不到一个时辰……"

从木看了眼墙上的挂钟，对碧城说道。

"从木，我们还是赶紧去王家吧，王老爷子中了脑风，现在情况不妙，我担心你表姐应付不过来。"

见碧城火急火燎的样子，从木与伯廉立时紧张起来，碧城已叫好另外两辆人力车，二人赶忙上车，直奔王家院子而去。

刚到大门口，正见慧瑾表姐送背着药箱的大夫从里往外走，三人急忙下车迎了上去。

"慧瑾姐，你看谁回来了！"

碧城挥手高喊，愁眉不展的慧瑾往这边看来，一眼就认出碧城身边的从木，一时难掩心中情绪万千，尽都化作热泪，止不住往脸颊流淌。

"表姐，对不起……我回来迟了……"

从木见慧瑾表姐泪流满面，心里自是五味杂陈，也眼眶通红。

"回来就好……回来就好……"

慧瑾端详这位数年未见的表弟，虽还是清瘦，但个头比当年高了一大截，唇角也有了胡楂，眼神中少了小时候的怯弱与不安而多了一份从容坚定，再看看他身旁的碧城与伯廉，从木已不再是当初大安场万家坝子上那形单影只、无依无靠的"小画痴"，已然如初山所期望的那般，成为了才华卓然、意气风发又有挚友良朋相伴左右的新青年。想到此处，慧瑾心中总算宽慰不少。

"表姐，姐夫与杜太太的事，我都知道了，非常之时，还请表姐节哀。"

从木对慧瑾说道。

"我明白，待会儿去给你姐夫和杜太太上炷香吧。"

慧瑾用手帕抹去泪水，点头答道。

"好……伯父现在情况怎么样？"

从木又问。

"哎，人是醒了，半边身子不能动，大夫说要慢慢调养，切记不能再动气了。"

"王伯父是被气病的？"碧城上前向慧瑾询问，慧瑾叹口气，也没回话，碧城见状，也猜了个七八分，"是那个姨太太和他的败家儿子搞的吧……"

"碧城……"

慧瑾打断碧城，摇头示意他别说了，这时刚刚送走大夫的老管家秦伯也折返回来。

"少奶奶，就别让从木少爷他们在外面站着了，赶紧进屋里吧。"

秦伯建议道。

"对，进屋再说……"慧瑾附和，又转头对从木嘱咐道，"要是你碰上文姨太，她要说啥子夹枪带棍的话，你切不去计较，后面我再跟你详细讲。"

"表姐，我晓得。"

从木点点头，这话又被一旁的碧城听到。

"从木，你莫虚（怕），我看哪个敢在太岁爷上动土。"

碧城拍拍从木肩膀，一齐进了堂屋。

秦伯说王老爷子刚服下药在休息，请从木一行先去给杜太太与初山表姐夫的灵位上香，三人就随秦伯先去祠堂给上香，短短一年多的时间，王家祠堂里就新添两块牌位，令人唏嘘不已。

从木在初山与杜太太牌位前跪了，一时悲从心头起，忍不住呜咽流涕，哭了一阵，碧城与伯廉从旁劝慰半天，才算止住。

上完香，秦伯领着三人到堂屋喝茶，正巧与打扮得花枝招展、准备出门去的文姨太撞了照面。

"文姨太，许久未见，久疏问候……"

从木见是文姨太，便欠身作了个揖。

"哎哟，这不是从木吗，你……你回来啦，几时到的呀，这眼圈怎的红的，去给大太太和初山磕了头了？"

文姨太见是从木，惊讶得有些语无伦次，看来她并不知今日从木到家。

"我们也是刚到，已去祠堂给大太太、初山哥上了香、磕了头。"

从木答道。

"哎哟，几年不见我都快认不出你来了，我听说你不是留在上海了吗，还是去了景德镇，啷个又回来了？"

"家中逢此巨变，本想早归，无奈战乱停航，时至今日才赶回来……"

"哼，初山闭眼睛也没见着你人影，你这早不回晚不回的，偏这个时候回来，莫怪你文姨我多心……"

文姨太冷哼一声说道。

"初山哥待我恩重如山，我未及报答，自是惭愧万分，我只想在王家有难处之时，尽绵薄之力，并不做他想。"

从木解释道。

"哼，不做他想，人心隔肚皮，我晓得你想些啥子，漂亮话哪个不会讲，俗话说瘦死的骆驼比马大，虚得你一个姓万的出哪门子力，不过也是，你吃王家的，用王家的，你倒是日本留学、上海逍遥，初山到死也没见你回来看一眼，早不回晚不回，你偏挑这个时候回来，真不知安的啥子心……"

文姨太阴阳怪气一番话，却说得从木无言以对，在这个节骨眼上回到王家，的确会让外人起疑，他只觉是百口莫辩，低头不语。

"文姨太，你这话实在荒谬，之前川中战事不断，航道停运，从木是没法子回来，现在他回来了，你问他打啥子算盘，从木一个画画的，他打不来算盘，倒是他一回来你就如临大敌，是害怕从木坏了你的如意算盘吧？"

碧城在一旁早就听不下去了，接过话头反唇相讥。

"哎哟，这不是郑家小太岁嘛，几日没见嘴巴倒是变厉害了，看来万从木，你是有备而来嘛，我还真小瞧你了，哼，我看你就是跟你表姐串通一气，想来霸占王家的财产，你一个倒插门女婿有啥子好耀武扬威的，今日我就把话摆这里，我儿子王初海是正儿八经给王家传宗接代的独苗，只要是这院子里的东西，他没点头，你万从木也好，她张慧瑾也罢，一个铜板也莫想分走。"

文姨太被碧城一激，狐狸尾巴现了形，口无遮拦就是一通狠话，这时，去厨房煎药的慧瑾正好返回经过堂屋。

"文姨太，老爷子还在病床上躺着，你这又是唱哪一出？"

慧瑾见众人在堂屋里剑拔弩张，又见文姨太浓妆艳抹似乎要出门去，于是口气有些埋怨地问道。

"你一个做媳妇的，管你姨娘要到哪里去，你只管好你请来的倒插门女婿，莫要案板顶门——管得宽。"

文姨太翻了个白眼就要走人。

"文姨太，晚辈劝你口上积德，不然莫要怪我郑太岁翻脸不认人。"

碧城见文姨太对慧瑾也出言不逊，性格刚烈的他是忍无可忍，文姨太见碧城一脸怒气，也不再做纠缠，她心里清楚郑太岁是什么来头，逞下口舌之快尚可，说急眼了真要是得罪了袍哥人家，这中了风的王老爷子可罩不住自己，于是来了个三十六计走为上计。

文姨太走后，堂屋总算安静下来。

"从木，文姨太的话你莫往心里去。"

众人坐下后，慧瑾劝慰从木道。

"我倒无妨，就是觉得十分奇怪，印象里文姨太不是这般弯酸刻薄之人啊。"

从木虽与文姨太接触不多，但之前也没留下过特别不好的印象。

"从木你不懂，以前叫扮猪吃老虎，初山哥和杜太太相继离世，她认为这屋头该她作威作福了嘛。"

碧城一脸不屑。

"伯父中脑风，难道与文姨太这性情大变也有干系？不是说初海回来了吗，啷个也没见到他人？"

从木是一头雾水地望向慧瑾。

"从木，老爷子现在需要静养，过两日待他能坐起身了，再拜见不迟……因为老爷子突然病倒，家里乱七八糟的，就在外面给你们接风，秦伯已经差人去知味楼订好了酒席，我们待会儿就过去，等下边吃边聊吧……伯廉，知味楼离数墨斋不远，我也很想见见令慈妹妹和小喇叭，要不你把他们接过来一起吃饭吧。"

慧瑾说完，大家也明白在家中议论此事不妥，于是都点头赞同。

"既然慧瑾姐邀约，那就恭敬不如从命，我就先走一步，待会儿知味楼见。"

伯廉答应后，起身先行出发。

慧瑾、从木与碧城三人又喝了半盏茶，问些路上情形，见时候差不多了，便起身准备出门。这时，从木走到慧瑾身边，踌躇半晌、犹豫再三，眼见要迈出大门了，总算是开了口："表姐，回来没见到初芸妹妹，不叫她一起去吃饭吗？"

"她在女校上课，马上毕业了，学业紧张。"

慧瑾也不动声色，看从木忸怩不安的样子，心里倒觉着高兴。

"初芸妹妹的照片随信收到了……真是长成大姑娘了……"

从木补充一句，想要化解尴尬，自己却反倒脸更红了。

"那你觉得妹妹漂亮吗？"

慧瑾见从木害羞的样子，于是故意逗他。

"初芸妹妹自然是秀外慧中。"

慧瑾见从木僵硬得像块木头，脸涨得通红，也就不再逗他。

"文姨太的话你不要去理，老爷子从来没说过要你做倒插门，他只是想将初芸托付给知根知底的人，这也是初山的遗愿，你的品性才华，老爷子是清楚的，只要你待初芸好就足够了。"

慧瑾语重心长地对从木说。

"表姐，现在伯父还在病中，这件事待他大好了再议不迟。"

从木答说。

"也好，从木，你心里头莫有负担，是做夫妻还是做兄妹，都是你们两个人的缘分……不过嘛，初芸是女娃儿，你男娃儿总归该主动些。"

从木点头答应，谈话间便到了知味楼，落座后，伙计上了凉菜就关门退出去了。

"王老爷子是如何中的脑风，是不是文姨太和王初海那个小兔崽子搞的鬼？"

这疑惑碧城也是憋了一路，一落座就迫不及待问慧瑾。

"你们不是没在家中见到初海吗，其实我也好几日没见着他人影了，恐怕不是在烟馆就是在妓馆吧。"

慧瑾无奈地说道。

"啊，好端端的怎么染上鸦片烟那个东西。"

从木大吃一惊，他与初海打照面不多，往年过节见过几次，印象中是个腼腆少话的纤弱少年，慧瑾叹口气，把这几个月发生的事情和盘托出。

杜太太积忧成疾后，便无力过问家事，慧瑾要尽心竭力照顾婆婆，无暇他顾，而王鼎荣又为生意艰难而烦闷不已，几乎日日饮酒，常常喝得酩酊大醉，文姨太就主动提出要代管家务，然后从武汉将初海招了回来，美其名曰要接替初山大哥挑起王家大梁，为王鼎荣分忧。初海回来后，就在王鼎荣面前拍了胸脯，信誓旦旦要将生意扭亏为盈，王鼎荣自知自己是日薄西山，又痛失长子，多少有些英雄迟暮、得过且过的心态，索性把手上的生意一股脑儿全部交给初海牵头打理，起头初海也还算勤勉，可不谙世事的年轻人一旦掌握了财务的权柄，就容易膨胀与迷失，很快，初海就结交了一群狐朋狗友，整日打着"打通门路"的幌子，胡吃海喝，抽大烟，逛窑子，将没玩过的东西玩了个遍，本就岌岌可危的公司财务因为初海的挥霍更是雪上加霜、入不敷出。另一面，文姨太管着家中事务，她非但不制止初海胡作非为，反而不断地掏家底去给她儿子填窟窿，以至于公司财务是拆东墙补西墙，管理上更是混乱不堪、乌烟瘴气。

这纸包不住火，商行中许多骨干元老眼见大厦将倾，都跑到家中找王鼎荣告状，秦伯也将文姨太挪用家中财产和私当家中物器的事情告诉了慧瑾，王鼎荣知道后勃然大怒，叫来初海对质，初海是痛哭流涕，大叫冤枉，说自己也是为了王家奔走，不得不去应酬，自己虽不如长兄初山，但也尽了全力，抽大烟逛窑子也是不得已而为之，说得是情真意切，文姨太也在一旁帮腔哭闹，王鼎荣也没精力再管这二人，只让初海不许再管商行的事情，然后打算关停买办生意。这之后没多久，杜太太就离世了，出殡前后，文姨太与初海倒是没出幺蛾子，可慧瑾总有不好的预感，于是得知碧城要随卢先生去苏沪，便请他带信给从木让他早归。果不其然，在碧城走后不久，文姨太与初海忽然发难，提出要分家，初海叫嚷重庆虽与武汉同为商埠，但战略位置与武汉相去甚远，他要拿钱去武汉开天拓地，重振王家，杜太太尸骨未寒，这二人闹这么一出，成为了压垮王鼎荣的最后一根稻草，急火攻心之下王鼎荣中了脑风倒下，全靠慧瑾早预见苗头不对,遣秦伯赶紧去请熟识的大夫与郑老龙王过来帮忙,方才稳住局面,好歹把王鼎荣从鬼门关拉了回来。直至昨日,才有了些精神,虽还难以张嘴说话,不过总算能喝几口清粥下去。

从木与碧城听慧瑾说完,皆沉默不语,正在此时,伯廉带着令慈与小喇叭来了,屋内三人也收拾起繁杂心绪,众人共进晚餐,从木吃着朝思暮想的家乡菜肴,心中却不是滋味。

慧瑾一直喜欢孩子,见到小喇叭尤为亲切,一直哄逗孩子,也没好好吃饭,令慈见慧瑾如此喜欢小喇叭,也就动了恻隐之心。

"慧瑾姐,小喇叭八字弱,怕他将来长大成人经不起大风浪,一直想为他寻门干亲,慧瑾姐要是不嫌弃,认他做干儿子如何?"

从知味楼出来,令慈拉着慧瑾的手真诚地说道,这一提议,让慧瑾又惊又喜。

"令慈说得没错,慧瑾姐,您看小喇叭见你就咯咯笑,他肯定特别喜欢您。"

伯廉也来帮腔。

"好,好,我乐意得很。"

慧瑾望着在伯廉怀中睡着的小喇叭,用力点头,不觉眼中泛起泪光。

"从木,啷个没看到你拿行李,是寄放在伯廉那里了吗?"

临别之际,慧瑾见从木两手空空,于是询问。

"表姐,刚一回来就听闻伯父病重,我们三人就火速赶了过去,行李放在数墨斋。"

从木解释道。

"你今晚不回辉园去住吗?"

"表姐,我看,我还是在数墨斋叨扰几日为好,若这时搬回去住,见今日这般情形,难免不引来闲言碎语。"

"从木,我都和你讲了,大可不必介意文姨太的信口雌黄,你从小在辉园长大,那也是你的家,你回去正大光明,还有哪个人能说出个不是……自你初山哥走后,一来我睹物伤情,二来当时要照顾你伯母,我就搬到正院的东厢房去住了,辉园现在就空着没人住,我晓得你要回来,就让秦伯派人将你的房间收拾干净了,所以你不要顾虑过多,安心回家。"

"表姐的心意我明白,我自是不介意闲言碎语,可正是多事之秋,我毕竟又与初芸有婚约在身,我得为她的名节多考虑些,不能让外人看她的笑话,看王家的笑话。"

从木说完,慧瑾也觉得从木的考虑不无道理,所以也就不再坚持,于是说道:"从木,你能这样想,你表姐夫在天有灵,也会备感慰藉,那就听你的,等老爷子身体好些,你和初芸的事情尘埃落定,再回辉园住吧。"

"好,表姐。"

"现在伯廉也不是一个人了,你二人晚上且莫吵闹,扰着我们小喇叭安睡。"

慧瑾这话虽是对从木说，深情疼爱的目光却全在小喇叭的小脸蛋上。

"你们看看，慧瑾姐刚认了干儿子，马上就护起犊子来了！"

伯廉揶揄道，众人皆笑，从木见天色晚了，不放心表姐独自回去，于是对伯廉说："三弟，你先送令慈、小喇叭回数墨斋，我送表姐回家后再过来。"

"从木，你就别跑这趟了，慧瑾姐我来送，反正我要回公口一趟，顺路。"

碧城拍拍从木肩膀，使个眼色，从木见碧城说得笃定，慧瑾也默许了，也就不多说什么，随伯廉一家回数墨斋了。

转眼清明即至，从木、碧城、伯廉与慧瑾相约一同去南岸涂山为初山、杜太太扫墓，初芸也从学校返回，一同前往，这也是从木回渝后，第一次见到初芸。

四月初的重庆见不着太阳，灰蒙蒙的阴着天，清晨的东水门码头雾气弥漫，湿漉漉、冷飕飕，真是应这清明时节的凄冷景气。从木与伯廉到得早些，在码头旁的面摊一人来了碗麻辣小面，额头上微微出汗，才算抖擞起精神。等了不多一会儿，便远远望见碧城、慧瑾与初芸三人从堡坎上缓步而下，初芸穿着灰色旗袍，外披一件鹅蛋黄色的针织坎肩，手中捧着一大束黄菊，在暗沉的青灰色背景下，显得格外亮眼。

五年时间没有见面，虽说看过照片，毕竟二人都有巨大的变化，难免感到有些陌生，现如今二人又有婚约在身，更不免格外拘谨些。初芸拉着慧瑾表姐的衣袖，羞怯地低着头。这空气如凝结一般，十分尴尬，碧城看在眼里，赶忙走到从木身后推了他一把，从木一个踉跄，惹得初芸忍不住笑了一下。

"初芸妹妹，许久不见，可还安好？"

从木早在脑海中曾预想过无数次与初芸重逢时的场景，没想到初芸真的站在面前时，自己不知为何反而感到仓皇无措，总算还是向初芸问了好，初芸只是微微颔首，也不抬头看从木，从木只能跟着傻笑点头。

"你们二人五年没见，有些生疏也是情理之中，时间不早了，我们赶紧去赶轮渡吧。"

慧瑾表姐见二人无话于是说道，碧城与伯廉连声附和，往码头走去。一行人从东水门搭轮渡到龙门浩，经上新街上涂山，王家的墓园就在涂山老君洞下不远处的山腰里，临近正午，众人方才达到墓园。

来到初山哥的墓前，从木回想到当年东去时初山哥还是英姿勃发的青年，如今归来，却是阴阳相隔，心中悲痛难以名状。

"初山，从木回来了。"

当听到慧瑾姐哽咽着说出这句话时，从木再难抑泪水，他跪在墓前，啜泣良久，众人皆知初山在从木心中的位置，此时从木心中的愧疚、遗憾与哀痛，这些繁杂的情绪也需要一个宣泄的出口，所以也都只是默默陪伴。待从木稍缓些，众人祭扫坟茔，结束之后，慧瑾取出事先准备好的干粮卤菜，以作午餐。

墓园在一片密林之中，沿着一条小道可登上一道堡坎，这里视野开阔，可远眺两江渝中壮美景色。之前王鼎荣修建墓园时，就托人在这道堡坎上同时搭建了一座凉亭，以供扫墓时亲朋休憩，此时正午刚过，清风徐徐，吹散了厚重的云雾，一道阳光洒下，和风暖煦，令人心情舒畅许多。

休息片刻，慧瑾找个由头，将碧城与伯廉一齐支走，这两位兄弟自然心领神会，跟着慧瑾沿着小路离开，凉亭中只留下从木与初芸。

从早晨初见时从木与初芸打过招呼，二人就没再有过交谈，刚刚在为初山哥扫墓时，从木的真情流露，自然对初芸多有触动，那种久未谋面的陌生与疏离，总需在相处间才可冰消雪融。这重逢后的首次独处难免有些许不自在，只听得林中莺啼鸟啭，两人却相顾无言良久。

也不知过了几时，初芸率先打破沉默。

"从木哥，这次回来，你还会再离开吗？"

面对初芸突如其来的提问，从木正盘算如何作答得体，可初芸也不等从木说话，便自顾接着往下说道："其实慧瑾姐告诉我你回来的时候，我真是又喜又怕，大哥病重的时候，我真的好希望你能马上回来，他病逝之后，糟糕的事情一件接一件，王家也不是从前的样子了……所以，我又害怕你回来，害怕你是为了报答大哥和王家对你的恩情，不得不履行这一纸婚约，不得不舍弃你在景德镇或者上海的事业……我知道大哥的梦想，就是希望青年们能不被腐朽的教条所约束，自由地追求理想，可为了冲喜而缔结的婚约，不正是违背了大哥的初衷吗？所以，那婚约是不成立的，从木哥，我只是想你晓得，我也好，嫂子也好，王家也好，都没有任何束缚你去施展抱负的道理，如果你想取消婚约，你想回到景德镇或是上海，或是去任何地方，你都不用有什么顾虑或愧疚。"

听初芸说完这段话，从木目瞪口呆，他不得不对眼前的女孩刮目相看，她的声音温婉柔和，言辞却斩钉截铁，她早已不是在辉园的窗口看他画画时的小女娃了，她拥有独立进步的思想和远比一般同龄女子更加宽阔的眼界与胸襟，这让从木不禁对初芸心生钦佩，从木抬头去看初芸，她的头发比拍照片时长了一些，扎着马尾辫，显得大方干练，两弯黛眉下圆圆的眼睛炯炯有神，微圆的鹅蛋脸与一张樱桃小嘴，平添几分俏皮活泼，也许就是在那个时刻，从木对初芸的情感产生了微妙的转变，那份欣赏可能渐渐突破出兄妹之情的边际。

"初芸妹妹，你说得极对，我也不赞同包办婚姻，但我在心里发过誓，要替初山哥好好照顾你，如果你心里有喜欢的人，我们就等伯父身体好些后，请他取消婚约，我就以兄长的身份，送你出嫁……如果你没有喜欢的人……万一也不讨厌我……也不嫌弃我比你年长几岁……当然在遵从你自己的意愿的情形下……我……"

从木一到关键时刻，就紧张得吞吞吐吐起来。

"你会怎样？"

初芸红了脸，低头轻声问道。

"我愿意请你考察我一段时日，若初芸妹妹不讨厌，我们就履行婚约。"

从木说完，初芸也不说话，只背过身去。

"抱歉抱歉，是我孟浪了，冒犯到初芸妹妹了。"

从木以为初芸生气了，赶忙向初芸赔不是。

"既然从木哥不讨厌我，为啥子不回辉园去住？"

初芸也转过身来，问从木道。

"我不想对你有任何隐瞒，不回辉园的主要原因，就是不想被人看作是不能自食其力的倒插门，我本蒙受初山哥与王家厚恩，若不能证明我有养活自己和照顾你的能力，又有何颜面履行婚约迎娶你呢，更别提再回辉园居住了，所以，我还不能回去……"

从木言辞恳切，初芸听完，会心一笑，世态炎凉、人情冷暖，初山哥与杜太太去世后，初芸也见识得不少，从木仍能怀揣赤子之心，足以证明初山哥慧眼识珠。

这时，碧城、伯廉与慧瑾回到了凉亭。

"时候不早了，我们差不多该下山咯。"

碧城对从木做个鬼脸，然后对二人说道，此时，慧瑾走上前又对从木说："修这凉亭的时候，初山来过一趟，他说等从木回来，让从木为这凉亭命名，这也算是他的遗愿，从木，今日既然来了，就将初山的这个遗愿一并完成了吧。"

从木望了一眼身旁的初芸，想起刚才还未来得及回答初芸关于这"去留"的问题，于是他对慧瑾说道："不如就叫'停云阁'吧"。

从木说完，他与初芸相视一笑，两人都不免羞怯，慧瑾姐心明眼亮，自然也看出了二人大概的心意，虽不言明，却深感欣慰。

清明后，伯廉一家就要往成都去了，慧瑾拿自己的私房钱，专门托人打了一套金锁与金手环送给她的干儿子小喇叭，怜爱不舍之情溢于言表。

"慧瑾姐，过不了几日喝从木和初芸喜酒的时候，我们就带着小喇叭回来。"

送行之时，伯廉见慧瑾对小喇叭颇为不舍，于是打趣道。

"三弟，你不要看初芸不在，你就在这里信口雌黄。"

从木狠狠瞪伯廉一眼，连忙出言劝止。

"二哥，你不要煮烂的鸭子——嘴硬，'停云阁'啥意思，我们可是哑巴吃汤圆——心里有数。"

众人都被伯廉逗得哈哈大笑，就在这一团轻松的氛围中，送走了伯廉一家。

伯廉走后，从木继续借住在数墨斋，一边绘画卖画，一边等待作孚先生的消息，在此期间，王家是"屋漏偏逢连夜雨，船迟又遇打头风"，一起风波又在重庆城闹得沸沸扬扬，将本就摇摇欲坠的王家推向风口浪尖。

第二十四回 任教"二女师"

　　从木返渝近一月后，王鼎荣虽已无性命之忧，但因卒中至半身不遂，说话也尚且口齿不清。慧瑾为此焦虑之际，郑龙王与碧城来王家探病，得知情况后，向慧瑾提起一个建议：数年前，王鼎荣曾应北碚温泉寺住持慈慧大师之请，捐款修缮寺院，慈慧主持自称早年做个游医，对针灸之术颇有些研究，北温泉又南依缙云山，北傍嘉陵江，青山绿水怀抱，本就是疗养绝佳之地，若租下寺庙旁的几间屋舍修葺一番，居住于此，每日请慈慧大师针灸治疗，又辅以温泉滋润，禅音不绝，修身养性，远离喧嚣尘世，必然对病症大有裨益。

　　慧瑾听了郑龙王的建议，茅塞顿开，赶忙叫来秦伯，请他亲自着手去办，秦伯接了差事不敢怠慢，稍作准备就要出门，可没多一会儿，却又慌慌张张地折返回来。

　　"秦伯，你啷个又回来了？"

　　慧瑾不解问道，秦伯看一眼病榻上的王鼎荣，又看一眼坐在旁边的郑龙王与碧城，只得走到慧瑾身旁，俯首耳语道："一女子正在厅堂与初海大闹，您还是亲自出来看看吧。"

　　慧瑾心里"咯噔"一下，知道麻烦又找上门了，但她见王鼎荣病情刚有好转，只得不作声色，笑着对郑龙王说："龙王爷，请您与我公公先摆哈龙门阵，外面有点杂事，我去处理一下。"

郑龙王是什么角色,看那秦伯神色慌张就知道外面出了事情,于是他对碧城说道:"我和王老爷子的确有些事情要商议,你也出去转转吧。"

碧城自然心领神会,于是随慧瑾、秦伯一起去了正堂。

三人还未进门,就听见一女子呜咽之声,慧瑾与碧城面面相觑,只得硬着头皮走进去。厅堂之中,初海与文姨太都在,厅上还坐着一老一少两个妇人,一看那脂粉打扮,也大概猜到是什么来头。

"文姨太,这是出了啥子事情?"

慧瑾给文姨太行个礼,问道。

"你来凑啥子热闹,啥子事都不关你的事。"

文姨太白了慧瑾一眼。

"这位夫人,我要见王家老爷子,我们家……"

那年轻女子见来了人,梨花带雨哭得更加凄惨,老鸨打扮的妇人见有了观众,正要张口相求,不想初海从太师椅上一跃而起,高声叫嚷起来:"你想得出来哟,你还要见我老爷子,他现在病起的,你动静闹大了惊动了他老人家,看我让你吃不了兜着走!"

"哼,我看现在这吃不了兜着走的,怕是二少爷你哟。"

老鸨虽还未开得了口,碧城已然看明白了个七八分,于是讥笑道。

"郑碧城,我们王家的事情,还轮不到你一个外人来指手画脚。"

文姨太见碧城对自己宝贝儿子出言不逊，立时出言维护。

"文姨太，我可没有指手画脚，我只是实话实说而已。"碧城摊开双手，一脸不屑一顾。

"你们不要吵了……"慧瑾制止了碧城与初海母子的斗嘴，转头问那老鸨："娘娘，你有啥子话，可以当着大家说，老爷子身体不适，我们能解决，尽量给你解决。"

"嫂子，你不要多管闲事，没得多大的事情，就是这老鸨不要脸，带她闺女儿想讹我们王家的钱撒！"

老鸨正要开口，初海又来打断。

"王初海，你不让她们在这个地方说话，到时候换了地方，我怕你丢不起那个人。"

碧城厉声警告后，总算让初海闭了嘴。

这上门哭告的女子名叫翠柳，是城里江月馆的娼妓，她声称已怀胎三月，按日子算来，正是王家二少爷初海留下的种，那段时间初海频繁出入江月馆，几乎是包养了翠柳，老鸨和其他常客都可作证。初海本想给些钱财了事，哪知这翠柳说初海承诺要为她赎身，还立下了字据，这字据就在老鸨手上。一来翠柳虽不算是江月馆的头牌，也算是人气热的姑娘，尚且未满二八，正是青春年华，再来江月馆在上半城也是一等一的妓馆，常有达官贵人进进出出，背后的关系网更是庞杂，就算鼎盛时期的王家，也未必能轻易摆平，更何况如今这虎落平阳的境地。

"王二少爷，人今天我就给你留下了，王家大门大户的，大家都要个体面，赎身的款子你凑齐了我差人来取也行，你派人送到江月馆也可，等你摆喜酒，我再登门，我就先告辞了。"

老鸨把事情说清楚了，也不多纠缠，就准备起身告辞，王初海这下慌了手脚，赶忙央求文姨太。

"人不能留下，你当王家啥子地方，啥子阿猫阿狗都敢往这里带，赶紧领走，回头我们自会给说法。"

文姨太也不知是无知者无畏，还是强作镇定，仍是咄咄逼人。

"文姨太，话不要说得这么难听，阿猫阿狗那也是你二少爷的种，现在江月馆给你王家留体面，你们可不要敬酒不吃吃罚酒。"

老鸨什么场面没见过，自然也不是吃素的，眼看双方都不退让，慧瑾不得不出来打圆场："娘娘，你突然领个人到我们家，就说这女娃怀了二少爷的种，这我们确实需要核证清楚，若这事属实，我们王家一定给个交代，绝不让你为难。"

"这位太太倒是个通情达理的，这人证物证俱全，你们大可慢慢核实，可翠柳我今天要是又带回去，不管是你们王家还是我们江月馆，面上恐怕都不好看。"

老鸨见慧瑾温婉稳重，说话轻言细语，料想不是硬茬，更是有恃无恐。

"这位娘娘哪个称呼？"

碧城知道初海和文姨太都是纸老虎，这时他若再不帮慧瑾一把，动静必要闹到里面去。

"这位少爷面生，看来不常到江月馆做客，管我叫'二娘'就行，这位小哥啷个称呼？"

二娘见碧城一脸英武之气，风度翩翩，立马变脸一般眉开眼笑。

碧城抬手作个揖，翘起大拇指，板起脸道："九城门下白沙码头龙王庙郑家太岁碧城，见过二娘。"

"哟，原来是郑龙王的太子爷，久仰久仰。"

二娘心中暗叫今日算是走了"背"字运，本来探到消息说是王老爷子病重，想乘王家无主事之人快进快出，没想到不巧撞上了脚行的人。

"二娘，容晚辈说一句，江月馆是啥子背景，我心头晓得，大家都是袍哥人家，讲话做事绝不拉稀摆带（拖泥带水），这事情如果是王家二少爷做的，王家肯定会认，但是你带起人跑到王家院子头来闹，着实不体面，不如你今天卖我们公口一个面子，你把人带回去安顿好，这边把事情搞押敞（清楚）了，王家自然会给个公道的交代，我们郑家来作保，你看啷个样？"

"哎，太子爷，我也是下头做事的人，事情要是做得不巴适，跟上头的老板们也不好交代……但既然太子爷你话都说到这个分上了，我也不能驳了您脚行公口的面子，那翠柳我先领回去，这后面的一应花销，可都得算在二少爷的头上了……二少爷，姨太太，你们表个态吧？"

二娘对碧城满面堆笑地说完，又板起脸看向初海和文姨太,初海本还想狡辩,文姨太对他使个眼色,他也就不多言了。

"既然如此,还望王家赶紧给个说法,把此事了结,莫让大家难堪……翠柳,走。"

二娘说完,便拉着翠柳离开了。

"去他娘的,老子在外面耍的女娃儿多了,那但凡有种了都来家里闹,岂不是乱套了,哼,这事老子不得认哈。"

初海还在骂骂咧咧,文姨太强压着的火一下蹿了上来,抬手就要给初海一个耳光,却又碍于慧瑾和碧城正盯着她,扬着的手又只好放了下来。

"真是个靠不住的蠢东西,我看你啷个收场。"

文姨太甩下一句话便扬长而去,初海啐口唾沫,冷冷看慧瑾与碧城一眼,拍拍手,也大摇大摆地走开了。

二人走后,慧瑾泄了气一般坐在椅子上,碧城看着慧瑾为王家的事情憔悴焦虑,内心也是不忍,心想若不弄走这对恶母子,慧瑾便得不了一天安生。

慧瑾知道这件事瞒不下来,却又不敢告与才从鬼门关溜了一圈的王老爷子知道。正当她为此寝食难安之时,两日后,精神好转的王鼎荣将慧瑾叫了过去,并将一封信件递到她的手中。

"这是在我发病之前就立下的遗嘱。"

王鼎荣虽说话费力些,但好歹能开口了,他毕竟也是当年叱咤风云的人物,"花无百日红,人无千日好"的道理他心中有数,只是初山与杜太太走得太过突然,对他打击太大，初海又如此不争气，这也是他始料未及的。

"初海那混账东西想分家去武汉嘛，我就成全他。"

王鼎荣决定将名下商行、田产连王家院子的主宅一齐变卖，所得钱款，一笔用做在北碚温泉寺附近购买一套房舍供他养老，一笔给初海、文姨太母子作安家费，二人继承这笔遗产的条件是必须离开重庆，若非召唤不得回渝。辉园则作为初芸嫁妆的一部分，待日后与从木成了亲，供二人居住。

这遗嘱之中，各人都安排得清清楚楚、明明白白，唯独没有关于慧瑾的内容。

"慧瑾……"王鼎荣说话十分费力，慧瑾赶忙奉茶，王鼎荣摆摆手，接着说："我王鼎荣一生做过许多好事，也做过一些坏事，有因才有果，老天爷现在给了我惩罚……你作为王家的媳妇，虽没能为王家续上香火，但对初山、对王家是有情有义，有你这样一个媳妇，是我们王家的幸事，投之以桃，报之以李，王家不能再回报你啥子了，你还年轻，如果你遇到好的人，你就改嫁，我给你单独留了一笔钱，到时候你去钱庄取出来……"

王鼎荣费力说完，慧瑾已是泪如雨下。

"以后您就莫提让我改嫁的事情，您和杜太太待我如亲生女儿，我生是王家人，死是王家鬼，我来给您养老送终……"

听慧瑾回答得如此恳切，王鼎荣也是老泪纵横。

数日后，给初海与文姨太准备的安家费凑齐，于是慧瑾请来郑龙王帮忙主持，一笔付给了江月馆，为翠柳赎了身，一笔交给初海与文姨太，并将王鼎荣的安排讲给他们听了，让他们带上翠柳，由公口的门人送他们去武汉。翠柳的赎身费虽然花掉了一大笔钱财，但剩下的也足够他们在武汉安身立命，文姨太虽是势利小人，但也不傻，如果此时不见好就收，郑龙王自然有的是办法收拾她，于是便就坡下驴，劝说初海带上翠柳乖乖去了武汉。

处理完这对母子的事，慧瑾总算长出一口气，秦伯那边，温泉寺旁的屋舍也收拾妥当，天气渐渐转暖，挑了个阳光明媚的移徙吉日，慧瑾叫上初芸、从木、碧城，一起陪同王鼎荣前往北碚温泉寺。

王鼎荣安顿好后，慧瑾找到从木与初芸，邀他们也在北碚小住一段时间，一来那时女校方兴未艾，受军阀混战影响上课是时断时续，所以处于停课阶段的初芸可以多些时间陪伴父亲，二来从木只是在数墨斋作画，正好借此机会可在这山清水秀的好地方采风写生，三来嘛，就是借这天时地利，为这二人创造"人和"的氛围。慧瑾这一箭三雕的建议，从木与初芸也都欣然接受。

层峦叠嶂的缙云山，鬼斧神工的金刀峡，安逸闲适的偏岩镇，北碚的俊美山川很快让从木流连忘返，在其中汲取着大量的创作灵感，当然，他并非形单影只，正值这鸟语花香踏青时节，初芸时常与他结伴而行，从木作画时，初芸就在一旁读书，若是累了，二人便吃些点心，谈天说地，初芸喜欢听从木说话，她自小从未走出过重庆城，对外面的世界充满了好奇，无论是上海的摩登还是东京的繁华抑或是京都的古韵，她都听得如痴如醉。

从木看得出初芸对外面世界的向往，他对初芸说："我买了好多画册，回去后，我拿给你看，以后有机会，我们一起去那些地方走走。"

"听从木哥讲起那些风土人情，又见你作的画栩栩如生，我就好像去过一般，如果你当老师，学生一定爱听你的课。"

在去北碚之前，初芸的内心是忐忑不安的，五年之间发生了太多事情，他们都不再是两小无猜的模样，这位曾经让她崇拜与仰慕的哥哥，是否就是她命中注定要携手一生的人，她既期待又害怕。可让她意想不到的是，竟然寥寥数日相处，就让她找回了那份熟悉与信任，而从木清秀的容貌、敏捷的才思与温柔的个性，让情窦初开的初芸在潜移默化间芳心暗许。

而对于从木来说，他早已发誓会用一生守护初芸，所以他总是觉得，自己是否喜欢初芸并没有那么重要，婚约是否履行，这取决于初芸的心意，而非自己，可在这一段时间的相处之中，他发现初芸与他之前的想象大不相同，虽说初芸是庶出，但毕竟是王家唯一的女儿，从小又养在为人慈爱的杜太太身旁，可初芸却全然没有大户小姐的娇气，时时透着一股外柔内刚的劲儿，可能是在女校上学的缘故，思想独立，见识不凡，这让从木尤为欣赏。

正当从木与初芸的相处渐入佳境，学校也传来了复课的消息，初芸回城不久，作孚先生从合川南下北碚探望王鼎荣，同时给从木带来了一个好消息。

回合川后不久，作孚与同为少年中国学会会员的好友萧楚女取得了联系。萧楚女在与恽代英、杨效春等人筹办"重庆公学"失败后，就任《新蜀报》主笔，他的文章受到时任四川省立第二女子师范学校校长蒙裁成的青睐，遂被邀请到学校任教国文老师。蒙校长是四川保路运动的发起人之一，四川独立后，出任过巴安知府，随后履任成都府中学校长，1921年到重庆"二女师"任校长，他思想开明、爱惜人才，一直倡导"读书不仅为培养职业技能，更使自己成为时代所需之人才"的理念，对那些接受新思想，热衷新教育的青年才俊最是求贤若渴。萧楚女决定受聘后，便力邀作孚前来共事，作孚虽未立刻应允，却向楚女推荐了从木，学校尚无通晓中西绘画的美育老师，楚女得知从木的情况后欣喜不已，立刻向蒙校长举荐从木来学校试讲。

作孚在与从木说起此事时，慧瑾也在一旁。

"卢先生，你所说的这'二女师'，可是临江门牛皮凼文庙后面那所女校？"

慧瑾问作孚道。

"正是。"

"这可真叫'无巧不成书'，初芸就在这所学校读书，这也快结业了，没想到从木要去那里当老师，难道不是缘分？"

慧瑾会心笑言。

"还有这么巧的事情,从木兄弟,那事不宜迟,蒙校长与楚女兄可是对你翘首以盼。"

"不敢当,在下才疏学浅,胜任与否,还未可知。"

从木嘴上自谦,心里却想起了初芸对他说过的话,不免也心向往之。

作孚尚要在北碚逗留一些时日,从木先行一步于六月回到了重庆,他拿着作孚为他写的举荐信,前往"二女师"拜访萧楚女。

从木知道大哥碧城最为敬重的两人,一人是卢作孚,另一人便是萧楚女了。从木怀着忐忑的心情,敲开了萧楚女办公室的门,只见一位身着长衫,留着平头,戴着圆框眼镜的斯文青年,微笑着起身相迎。

"请问您是萧楚女,萧先生吗?"

从木客气地询问。

"鄙人正是,想必你一定是万从木先生了吧。"

萧楚女迎上前来,握住从木的手,他洋溢的热情十分富有感染力,仿佛一下子便打消了从木的拘谨与不安。

"'先生'可不敢当,鄙人万从木,受卢作孚先生举荐,特来拜访萧先生。"

从木将作孚的介绍信递给萧楚女。

"你的情况作孚在之前的来信中都详细说了,我与蒙校长可是翘首跂踵啊,对了,好多人叫不惯楚女,总觉得像女孩儿名字,楚汝是我学名,可以叫我楚汝,或者萧秋都行,不过在学校,咱们互称'先生'倒也无妨……快请坐。"

"还请萧先生多指教。"

从木坐下后,萧楚女为他倒了一杯茶水。

"指教可谈不上,我也是刚刚受聘,咱们都是新教员,蒙校长的意思,先给万先生安排了一场公开试讲,内容嘛,美育方面的,万先生你随意发挥。"

"只要是关于美术,随便讲啥子都可以吗?"

"都可以,你是留学东洋的人才,万先生的才学知识一定能让全校师生耳目一新,如果万先生你没什么意见,我们就把试讲的时间安排在下周一如何?"

"悉听萧先生安排。"

二人畅谈许久,萧楚女又讲起他对马克思主义和对共产主义的看法,他认同新文化运动虽然为中国社会带来了新风,但军阀的独裁统治和帝国主义的残酷剥削仍未改变,中国不经历一场像俄国十月革命一样的无产阶级革命,苦难深重的人民是见不到希望的。但这才革命不能仅仅靠几个、几十个觉醒的先进人士,而是需要发动广大的有志青年,他将《新蜀报》上刊登的一些的文章分享与从木,他谈道……"

从木听楚女谈话,不禁令他想起初山表姐夫,那份对革命理想的炙热之情也深深感染着从木,更让他对吴玉章、杨尚述和萧楚女这些信仰共产主义的志士由衷钦佩。

"萧先生,今日听君一席话,受益匪浅,而后还要向先生多多请教。"

临别时,从木心潮澎湃地握住楚女的手说道。

"万先生谬赞了,以后你我同校共事,自当互勉,期待你下周一的讲课。"

从学校离开后,从木便回到数墨斋认真准备试讲的内容,他选了初山表姐夫在初次见面时送他的那本法兰西的风景水彩画画册,以此为引,介绍西洋油画。

公开试课很快到来,让从木万没想到的是,他试讲的教室内外,都站满了听到消息过来听课的学生,蒙校长与一众教员坐在前排,静候从木开讲。从木从未在这么多人面前讲过课,不免有些惶恐与紧张,他深吸一口气,一步步向讲台走去。

"如果你当老师,学生一定爱听你的课……弟醉心于绘画,不可不知天地之广阔,世界之妙奇,日新月异之时代,唯焕然一新者,方可立足之……"

初芸与初山的话回荡在从木耳边,当他拿着画册与教案登上讲台,在讲桌前立定的那一瞬间,似乎所有的不安一下子消失得无影无踪。

"各位教员,各位同学,鄙人姓万名从木,今日与其说是上课,不如说是分享,与大家分享一下我对西洋美术的一些理解与看法,也和大家聊聊什么是绘画,什么是美术……"

这是从木第一次站上讲台,在近百名师生的注目下,他的人生开启了新的篇章,就此他与美术教育结下不解之缘。

当从木全神贯注于讲课时,他自然没有察觉到,在教室的一角,站在同学中的初芸正用倾慕的眼神凝望着他。

年末,从木与初芸在亲朋好友的祝福下喜结连理,定居于辉园。

第二十五回 为了新四川

1923年9月,卢作孚接受校长蒙裁成与挚友萧楚女的邀请,出任二女师校董兼国文教员。作孚的到来,让二女师青年教员的队伍更加壮大,学校锐意求新的风气更是为之一振。在与作孚、楚女共事的这段时间里,三人不仅时常聚在一起探讨教学方法,切磋育人理念,更是诗文上的同好,在工作之余也频频相约分享创作,日积月累,三人也成了志同道合的好友。那时,楚女还兼任着《新蜀报》的主笔,作孚也曾担任过《川报》的社长与总编辑,深知报刊的传播力量与对大众教育的强大影响,所以,二人都建议从木创办美术刊物,向思想还相对闭塞的市民大众普及现代美术知识。

那时的从木仅任教于二女师一所学校,一周也就四五节课,课余时间大多用于绘画创作,当作孚与楚女提起创办刊物一事,他也十分赞同。虽然获取世界一手的美术信息尚且困难，但他在日本与上海收集的大量画册、书籍和画报等，足以支撑起一本内容相对详实的刊物。原始素材虽说算是解决了，可编撰一本杂志，也不是从木一人可以完成的。此时初芸已经毕业，待在家中正巧无所事事，当听了从木有想创办美术刊物的想法时，她激动不已。

"万总编，你看我是当一名编辑合适呢，还是当你的秘书合适呢？"

初芸眨巴着眼睛，俏皮地对从木问道。

"已经有两名同学报名想当实习编辑了，我看你呀，还是适合当秘书。"

从木笑眯眯地望着初芸。

"哼，你还挺受同学欢迎嘛，那万总编需要我这个秘书做啥子？"

初芸嘟着小嘴，没好气地说。

"那就请王秘书帮我端一碟子花生米，再打二两白酒过来吧。"

"你想得美！"

初芸追着从木打闹起来，闹累了，从木在太师椅上坐下，初芸从身后环抱着他。

"对了，万总编，你的杂志叫啥子名字呀？"

"叫《世界美术画报》，王秘书觉得怎么样？"

"王秘书觉得挺好。"

婚后的从木与初芸感情愈加深厚，说是如胶似漆也不为过，这夫唱妇随的和谐小家也总算是给饱受磨难的王家一些慰藉。

《世界美术画报》的草台班子很快搭好，可从木又遇到一个难题，许多原始材料都是外文，他的日文本就达不到翻译的程度，英文和法文更是一窍不通了。正当从木为此焦虑之时，学校恰巧就请来了一位教英文的新教员。这位英文教员刚从美国回国工作不久，之前也在日本东京留学过，不仅精通英文与日文，国文的造诣也是十分了得，在蒙校长的引荐下，从木见到了这位才华横溢的上海青年。

"各位教员好，学生张启宁，大家称呼我'启宁'就行，之前在上海中华书局工作，还请各位多多指教。"

张启宁穿一套藏青色中山装，斯文的国字脸上戴一副方框眼镜，他习惯性地扶一扶镜框，笑起来腼腆斯文。

翌日，从木便登门拜访了张启宁，并将他在筹备《世界美术画报》杂志的计划与现在所遇到困难和盘托出，张启宁听了从木的想法，爽快地答应会在课余时间协助从木翻译资料，甚至将他在美国时收集的与美术相关的信息整理成材料提供给从木。

"启宁兄，你真是我的'及时雨'啊。"

从木激动地握住张启宁的手，不无感慨。

"从木兄言重了，振兴四川教育，美育也是不可或缺的一部分，我能尽绵薄之力相助，也是深感荣幸。"

"如若启宁兄不弃，愚兄想请您出任《世界美术画报》主笔，不知启宁兄是否愿意？"

"帮助翻译工作我还能胜任，可我并非美术专业出身，恐难当大任，从木兄是坦荡之人，弟也实不相瞒，我恐怕不会在渝停留太长久，故而主笔一职，还请从木兄另寻高贤。"

张启宁婉拒担任主笔一职虽让从木遗憾，但他能在翻译上鼎力相助已是解了燃眉之急，在人手和经费都短缺的情况下，从木主编、主笔一肩挑，让《世界美术画报》顺利创刊。

1924年初，萧楚女因母亲病重离开重庆返回武汉，他走后不久，四川军阀杨森在直系军阀首领吴佩孚的支持下，率部返川，先后占领渝蓉二城，驱逐熊克武部至川南后，受任四川军务行政督办，主政川中。杨森主政后不久，即提出"建设新四川"的口号，推行"新川政"，在文化方面，他听从幕僚建议，邀请在二女师短暂执教的卢作孚前往成都筹建通俗教育馆，并鼓励反封建、解放妇女等新文化运动。虽然四川军阀割据混战的局面尚未消除，杨森的新政也多有沽名钓誉之嫌，但无论如何，这新官上任三把火还是为方兴未艾的川中教育现代化事业打了一针强心剂。

萧楚女、卢作孚虽然相继离开了重庆，但新鲜血液也在不断补充进来，在"建设新四川"的号召下，一大批漂泊在外的青年才俊返回故乡，其中就包括从木的老同学何聘九。

聘九从上海回来后，应邀任教于四川陶业专科学校教授绘画，他登门拜访从木，就是因为了解从木有在景德镇做瓷板画的经验，专程来请他去学校兼任瓷画专业的教员。

"聘九兄，何时回来的，也不与我知晓。"

从木见到聘九，自是老友重逢，喜不自胜。

"我也是刚回来不久，这不刚刚安顿好，就来登门拜访了……从木兄，实不相瞒，我这也是无事不登三宝殿啊，陶业专科的施文赟校长对你可是求贤若渴，我这次登门可是身负重任，请不回你这大才，我可交不了差。"

"聘九兄，'大才'二字我可担当不起，不是我不愿意，我在二女师还当起教员的啊。"

从木有些为难。

"不冲突不冲突，这个情况我们当然是了解的，陶业学校这边，只需你兼任即可，课程上都可根据你在二女师的排课来做调整，无需担心。"

从木想想，忽然有了主意，于是对聘九说道："我可以答应你兼任陶业专科学校的教员，但我这儿也有一个不情之请，如若聘九兄答应，我也没有二话。"

"从木兄但说无妨。"

从木将一本《世界美术画报》的创刊号递到聘九手中，接着说道："只要聘九兄愿意出任本刊主笔，我明天就跟你去陶业专科学校报到。"

"你的这个杂志，我一到学校，校长就递给我看了，你是名声早在各个学校传开了你还不晓得……既然承蒙从木兄如此看得起，那这主笔一职，我何聘九就却之不恭了。"

聘九笑着答应。

"太好了，太好了！"从木握着聘九的手，高兴得手舞足蹈,"我让初芸赶紧去准备,今日我们两个老同学一定要好好喝几杯,为你接风洗尘!"

在从木兼任陶业专科学校瓷画教员不久,他又受邀任教于川东师范学校、巴县中学等多所学校,日益繁重的教学任务并没动摇他在绘画上的追求,稍有闲暇,他便会提笔作画,从鱼虫鸟兽到山水人物,从木均有涉猎,在不同的题材尝试中锤炼技艺与创新技法,在教学上他深入浅出、倡导实践,在绘画上潜心磨炼、大胆尝试,在言传身教中感染着学生与同仁。

回到重庆不满两年,"万先生"的才名已日渐远播,从木已然成为山城乃至川东地区美术界后起之秀中的领军人物。

1924年夏,卢作孚受杨森之请在成都筹建的通俗教育馆开馆,作孚给从木写信,希望他能在教育馆全馆正式开放之时,筹办一场中西绘画展览,从木欣然接受了作孚的邀约,但也在回信中对画展筹备作品的质量与数量提出了担忧,害怕仅凭他一人之力,难以策划一场展品既精彩又丰富的展览。很快,作孚又给从木回信,只叫他放手筹备,成都这边将有一众故友鼎力相助,让他无需担忧。从木知道,作孚去成都后不久,大哥碧城就追随而去,三弟伯廉本就在成都,有大哥三弟在,自是兄弟齐心、其利断金,做起事情来一定会事半功倍。

夏末,从木与聘九一同将画作准备妥当,请数墨斋负责装裱包裹后运往成都。从木与碧城、伯廉也有许多时日未见，心中自是万分挂念，此外，初芸还未曾去过成都，她也十分想见见令慈与小喇叭，于是从木决定带初芸一同前往，初芸知道后，是欢呼雀跃，兴奋得一夜未眠。

九月，从木与聘九向学校请好假，携初芸一同出发。到成都后，从木一行借住在伯廉家中，伯廉和碧城本打算为从木好好接风洗尘，但从木与聘九都表示想第一时间去通俗教育馆，将工作安排妥当，才能安心，碧城见从木与聘九如此迫不及待，也是早有准备，只说作孚一干人等均在馆内，直接前往即可。

伯廉留令慈在家中陪伴初芸，自己则和碧城一起陪同从木、聘九来到教育通俗馆，馆中是一片忙碌景象，人群中，远远就有人高举着手，向他们迎了过来，定睛一看，正是卢作孚。

"从木兄弟，有失远迎啊，这位想必就是何聘九，何先生了吧？"

作孚热情地与从木、聘九握手。

"作孚先生，您叫我聘九就行。"

"我这小小的教育馆，今日真是高朋云集啊，对了，我这里有位你们的故知，你们见了，肯定高兴！"

作孚话音未落，就有一位穿着白衬衫背带裤，挽着袖子，头戴鸭舌帽，嘴里叼着烟斗、留着络腮胡的青年向他们走来，这在彼时成都，可是十分洋气的打扮。

"从木，聘九，好久不见啊。"

那青年拿开烟斗，将帽檐微微扬起，微笑着望向二人。

"公庹先生！"

从木与聘九异口同声，原来这故知不是别人，正是当年将从木与聘九带到上海美专的杨公庹，二人激动地上前与公庹拥抱。

"公庹先生啥子时候回来的，你这打扮我真没认得出来，我还以为是个外国人，上海一别，这都过去好多年了，后面也都没听到你的消息……"

从木感慨道。

"是啊是啊，那个时候还是青涩少年的万小友，现在可是重庆城出了名的万先生咯！"

公庹此言一出，众人不禁大笑附和，从木不好意思地连连摆手。众人在通俗教育馆的临时会议室落座后，作孚的助手彭瑞成和赵瑞清将提前准备好的茶水点心端了上来，寒暄一阵后，公庹也大致谈了谈应作孚之邀参加这次策展的个中缘由：

公庹在结束法国的留学后，他又在徐梁画院的支持下，游历了欧洲一些国家，回国后也是正值四川军阀混战正酣，于是前往北京工作了一段时间，后经友人引荐认识了吴玉章先生，随后吴先生到成都高等师范学校任校长，他非常重视美育，于是力邀有留法背景的公庹来校任职美术教员，为家乡的教育事业出一份力。作孚到成都筹建通俗教育馆，四处拜访教育界人事，因此二人结识，交流中谈起家乡之事，不免提及初山、从木，方才知道其中渊源，于是就有了作孚邀请从木到成都与公庹一起筹办展览一事。

"有朋自远方来不亦乐乎，今日诸位青年英才为通俗教育馆中西画展一事齐聚一堂，作孚不胜感激，此乃教育之幸，四川之幸！"

作孚望着众人，不禁心潮澎湃。

"作孚兄不必客气，大家齐聚于此，都是为了新四川嘛！"

公庹回应道，众人也都齐声赞同，干劲儿十足。

"双十节"到来之际，通俗教育馆全馆向公众开放，随即中西绘画展如期举办，近百幅中西画作陈列展出，观展之市民络绎不绝，馆内人头攒动，场面十分热烈。展览不仅获得杨森、王瓒绪等人的褒奖，更获得蓉城民众的一致好评。画展的成功举办让众人欢欣鼓舞，更对新艺术、新文化在四川的发展前景充满了信心。

正值中秋，作孚借此佳节之际，在枕江楼设宴邀约为这次展览辛苦奔忙的一干挚友庆功，参加这次聚会的，有策展的公庹、从木、聘九与伯廉及其家属，还有就是帮助作孚兴办教育馆的得力干将碧城及瑞成、瑞清等人。这晚是云朗风清、月明星稀，众人一边赏月，一边饮酒，谈笑风生，其乐融融。

"仰仗诸位鼎力相助，通俗教育馆方获今日之成功，作孚感激不尽……"作孚起身，举杯又敬众人，可他忽然喟叹一声，话锋忽转，"可我心中也明白，对我等来说，通俗教育馆是推行新文化、新风尚的阵地，而对当权者来说，无非是沽名钓誉的面子工程，你们看这成都街头，森威将军语录比比皆是，说是推行新政、规教风化，可这拉屎放屁穿衣服的事情，他也非得有个主意，实属好笑……况且，四川尚未统一，内有刘湘、刘文辉、刘成勋，外有袁祖铭、邓锡侯，这些强人哪个不是鹰瞵虎视，若干戈再起，新政势必前功尽弃。"

"作孚所虑甚是，但也不必太过悲观，我辈亦不可因噎废食，既然我们要走振兴文化、发展教育这条道路，那无论有啥子困难，传道授业解惑，就是我们的责任，有人支持我们要做，没得人支持，我们还是得做，只要我们坚持不懈，'建设新四川'就不会只是某些人欺世盗名的一句空话，就会是实实在在的全社会之行动。"

公庑说完，众人不由得鼓起掌来，从木也发自内心地感佩公庑的决心与气度。

"公庑兄所言极是，不禁让我也坚定了信心，无论前路如何艰险，只要我辈始终怀抱一颗赤子之心，前赴后继，就一定能为我们这个苦难的国家找寻到出路！"

作孚在公庑的鼓舞下，也是慷慨激昂，众人一直畅谈近午夜，才散席离去。

公庑与从木、聘九和伯廉同路走上一段，小喇叭玩耍累了，伏在伯廉的肩头睡着了，初芸与令慈手挽着手，与伯廉一起走在后面，而从木则与公庑、聘九三人走在前头，不知不觉就走到九眼桥。从木回头不见伯廉他们跟上来，于是驻足等候，晚风和煦，三人酒也醒了大半，公庑望着府南河，对从木和聘九说道："从木、聘九，兴办现代教育是大势所趋，完善不同的教育门类更是迫在眉睫，目前川中尚无一所美术门类的专科学校，回国后，我一直在琢磨这件事情，也与吴玉章校长有过多次探讨，他也赞同我的想法，但这个事情不是我一个人能干起来的，你们比我更早回国，也都在从事美术教育工作，我想听听你们的意见。"

"公庹先生，在四川创办美术专门学校的这个想法，我是举双手赞成的，只是创办学校不是一朝一夕的事情，需要谋定而后动。"

从木听到公庹之言是又惊且喜，这个想法他不是没有萌生过，只是他深知在当前的环境下绝非易事，四川地处内陆，信息闭塞，人才稀缺，又连年战乱，要想创办一所艺术类的专科学校，那难度可想而知，所以这念头于他只是一闪而过。

"公庹先生，是想把学校开在成都吗？"

聘九随即问道，的确，目前从木和聘九都在重庆工作，如果学校开到成都，恐怕也是鞭长莫及。

"不然，若是渝、蓉两地，我会选择在重庆开办，重庆地处两江交汇之处，乃川东门户，两江交汇，交通便利，对新生事物接受度更高，而且我们的根基也都在重庆，朋友众多，所以如若要创办学校，重庆自然是首选。"

公庹答道。

"若无政府扶持，经费也会是一大问题啊。"

聘九补充道。

"这万事自然开头难嘛,但创办私立学校,只寄希望于政府,那也是无法成事的,如今我也只是将这个想法讲与你二人,你们都是四川美术界未来的栋梁之材,我相信只要咱们心怀信念,不畏艰难,咱们一定可以办起一所优秀的美术专科学校,为国家之建设,输送专门之人才……当然,正如从木所言,前期还需积累经验,认真谋划,我也打算完成新学期后再辞任返渝。"

公庑说完,从木与聘九也都点头称是。

"那我与聘九回渝后,也积极地去做准备,等公庑先生振臂一呼,我与聘九自然全力以赴。"

从木言道,聘九也随言附和,公庑见二人都表态支持此事,无疑使其信心大增。此时,伯廉也跟了上来,气喘吁吁地看着三人。

"你们也不等我一下……"

"都说三个臭皮匠顶一个诸葛亮,你们看,咱们又多了一个臭皮匠,那是稳稳胜过诸葛亮呀。"

公庑指着伯廉说道,从木与聘九闻言,也都哈哈大笑起来,伯廉看着三人是一头雾水、不明就里。

中秋之后,从木一行人返回重庆,公庑的话像一颗种子一般种入了从木的心里,创办一所美术专科学校,不再是一闪而过的白日梦,而成为从木心中的梦想,而这颗梦想的种子也将在不久的将来开花结果。

第二十六回 西南美术专科学校，建立！

1925年初，乍暖还寒之时，还未等到成都高等师范学校开学，闻听孙中山病重的吴玉章便急急忙忙地赶往北京，可惜事与愿违，当他到达北京时，孙中山已是弥留之际，未能见上最后一面。3月12日，孙中山留下"革命尚未成功，同志仍需努力"的遗言后与世长辞，吴玉章怀着无比悲痛的心情参加了治丧委员会，为"国父"扶灵。治丧工作结束后，在他的学生、时任中国共产党北京地委书记赵世炎的介绍下，于4月加入中国共产党。

几乎与此同时，杨公庹也向学校递交了辞呈，办理完离任手续后，他招了辆黄包车，奔数墨斋总店而去，他与黄伯廉约好在店里见面。

到了数墨斋，伙计将公庹引入后堂的茶室，看座上茶，小憩片刻，伯廉从后堂过来，与公庹握手后，双方落了座。

"伯廉兄，我已办理好离职手续，随时可以出发，你这边考虑得怎么样？"

公庹开门见山，向伯廉问道。

"公庹兄，我这边也和父兄都一五一十说了，我家老爷子虽古板，但却忠义，与国家有益的事情，他还是听得进我说话，知道是要与您一同创办学校，走教育救国的道路，他还是十分支持的。"

"黄老爷子深明大义，这可就太好了。"

公庚以为此事已成，正要起身，只见伯廉叹口气，摆摆手，示意公庚稍坐。

"不过嘛……也不是全然没有分歧，我本也是学师范出身的，老爷子虽然也支持我投身教育，但他更希望我能留在成都。"

"这个我们之前有谈过，一来我是长寿人，人脉多在重庆，你也自小在重庆求学，对山城更加熟悉，何况你二哥从木，还有聘九兄都在那里，相较于成都，重庆地处两江交汇，乃川东门户，交通便利，开放性、包容性都远比成都更好，教育底子却比成都薄弱，竞争少，师资生源又相对充裕，办学成功的概率也更大些。"

公庚是早就准备好了行囊，见伯廉似要横生枝节，忽而紧张起来。

"公庚兄，你说的我都晓得，这些利害干系我都与父亲说了……"

"老爷子还是不同意？"

公庚是着急得额头冒汗。

"我好说歹说，晓之以理动之以情……总算是同意了。"

伯廉话音刚落，公庚额头上的汗水顺着脸颊滑下。

"伯廉，你可以一次把话说完不，你恁是觉得逗起我好耍哟？"

公庚是对伯廉哭笑不得，但得知伯廉能与他同回重庆，心中一块大石落下，喜悦之情也是溢于言表。

"公庚兄,这不是给你反馈好事多磨的全过程嘛……"伯廉喝口茶,笑着回答,"我已请夫人着手准备行李,黄历上择个易出行的日子,咱们就出发。"

"对了伯廉,办校所需费用甚巨,之前请您出任校董,筹措部分资金,老爷子可能支持一二否?"

"这伸手要钱我不好直说,但老爷子是明白人,知道咱们要办四川第一所私立的美术专科学校,自然是人力、物力皆不可缺,力所能及之处,他会支持的,但时局艰难,数墨斋的生意也大不如前,这点支助恐怕是杯水车薪,当然我自己也会拿出些积蓄来,到时候再根据情况,从长计议。"

"黄伯父有这份心意,晚辈已是十分知足,舍爱子于膝下,还能支助财物,这份恩德,我一定要当面拜谢。"

公庚感动不已,起身说道。

"空着手去谢?"

伯廉冷不丁怼这一句,又让公庚张着嘴不知如何回答。

"哈哈,公庚兄,我逗你耍的。"

"你要是以后当老师像这样上课,学生恐怕是要被你搞疯癫……"

二人相视大笑。

五月,伯廉将家中事务安排妥当,在与成都的亲朋好友告别后,携令慈与小喇叭随公庚一同前往重庆。在旅途中的伯廉与公庚还不知道,卢作孚一语成谶,川中果然没太平几日,兵祸又起,时任中华民国临时政府执政的皖系军阀首领段祺瑞忽然发电调杨森入京改任陆军参谋总长，杨森担心接任他四川军务督办一职的老对手刘湘趁机夺了他的兵权，所以他拒不离川，并发动"统一四川"之役，与刘湘、刘文辉、刘成勋与赖心辉组成的"三刘一赖"倒杨联盟开战。战争中期杨森麾下将领王瓒绪临阵倒戈，致使杨森一部功败垂成，失去了对成都、重庆地域的控制权。杨森倒台后不久，攻占成都的罗泽洲接任成都督办，虽然罗泽洲并没有免职卢作孚的意思，甚至提出希望他出任公职，但作孚对军阀早已失去幻想，随即提出辞职，带着碧城、瑞成、瑞清等通俗教育馆的骨干们踏上返回家乡合川的归途，也同时走上了一条弃文从商、实业救国的崭新道路。

随着作孚最后的离开，属于这帮有志青年的舞台就从成都转向了重庆。

伯廉与公庼刚回重庆稍作安顿，便迫不及待地前往辉园找从木。在家中的初芸见伯廉与公庼回来了，亦是喜出望外，可不巧从木正在二女师上课，不在家中，初芸叫二人进客厅稍事休息，喝些茶水，等从木回来。

"弟妹，这茶我二人下次再喝，现在时候尚早，我们先去学校找从木。"

公庼说完，就拉着伯廉马不停蹄地赶往二女师。二人到二女师时，正是下午上课时间，给门岗说明来意后，二人走进校园，听着不时传来的读书声，公庼更是心潮澎湃，两人拾阶而上，来到教学楼的二楼，沿着门廊寻找从木所在的教室，这是一节静物写生课，同学们正围坐在石膏像四周画着素描,从木在一旁巡看,悉心指导。公庹与伯廉走到门口驻足良久,从木也没发现他们,临近下课,几位学生听到门口动静,方才举手告诉从木貌似有人来找,从木上前见是公庹和伯廉,他是又惊又喜。

"公庹先生、伯廉,真的是你们,几时回来的,也不提前来个信。"

从木开心地与二人握手。

"二哥,我和公庹先生也是刚到,你先上课,我们等你。"

"好,那就稍等我一会儿,直走到楼梯旁的第一间是教员办公室,你们坐坐,自己倒水喝。"

"好,你快去上课吧。"

下课的铃声响起,从木抱着学生们的作业手稿回到办公室。

"真是赶早不如赶巧,今晚刚好说请吴校长吃下地道的牛油火锅,聘九也去,你们这一来,正巧就一起给你们接风啊。"

从木先将学生画稿放在办公桌上,一边为二人倒水一边说道。

"吴校长,是吴玉章校长吗?"

公庹忙问道。

"对啊,其实他到重庆快半个月了,前两天来找过我一趟,他准备在重庆办一所学校,正在招教员,问我有没有时间去兼任美术教员。"

"啊，玉章校长也要在重庆开办学校？"

公庹是惊喜不已，没想到分别不久，大家又在重庆重聚了。

"说是北京的中法学校要在重庆开办分校，吴校长与杨尚述、冉钧等人一起牵头筹建。"

"看来这重庆是大有成为川东教育重镇之势啊，咱们回来得正是时候。"

公庹看向伯廉，难掩兴奋之情。

"公庹兄是已下定决心，要创办美术专科学校了？"

从木见公庹一副跃跃欲试的模样，心里也猜了个十之八九。

"从木，还记得去年我们在成都九眼桥上的谈话吗？"

"言犹在耳。"

"是啊，经过这半年之多的深思熟虑，我已下定决心，你看，我把你三弟也拉入伙了，今天自然是无事不登三宝殿，想请你出任咱们美术专科学校的副校长兼教务督导，统筹学校的美术教学工作。"

公庹端了端身子，言辞诚恳地对从木说道。

"公庹兄，首先感谢您对鄙人的信赖，正如我们之前谈过，办校是功在千秋的好事情，只要你在重庆振臂一呼，我自是义不容辞……只是我现在身兼数校教员，这又刚刚答应了吴玉章校长，待中法学校开课后兼顾他们的美术课程，虽然他那边的课程任务并不繁重，但我现在算来也同时兼任了七八所学校的美术教员了，我害怕出任副校长和教务督导这样重要的职务会力不从心，聘九兄任教的学校少一些，之前又在上海美专有过任教经验，对教学组织工作更加了解，教务能力在我之上，我建议由他担任副校长与教务督导职务，我来辅佐他把教学体系搭建好，等我后面辞去一些兼职教员的工作，再承担更重的责任，不知公廋兄意下如何？"

从木对公廋自然是坦诚相待，将目前的情况与打算都实言相告。

"嗯，其实我们也是刚到重庆，就马不停蹄过来的，聘九那边还没来得及谈，你的建议很在理，情况我也了解了，只要聘九和你二人肯入伙，详细事宜都可从长计议。"

公廋说完，伯廉也点头表示赞同。

"今晚也可以听听吴校长他们的意见，两所学校都在筹备阶段，正好可以相互支持、共同谋划。"

傍晚，在金汤街附近的一家火锅馆内，万从木、黄伯廉、杨公廋、何聘九，还有中法学校重庆分校的主要创办人吴玉章、杨尚述和冉钧围炉而坐，即将在重庆诞生的两所新学校的创办者们在此齐聚一堂。

"公廋，我看学校的核心班底已经搭建好了，校名可定下了？"

席间，玉章向公廋询问。

"吴校长，虽说学校是私立的，但毕竟是川东乃至整个四川地区第一所美术专科学校，所以我想取名为川东美术专科学校抑或是四川美术专科学校。"

公庹回答道。

"据我了解，无论国立还是私立，川、黔、滇地区都尚无一所美术门类的专科学校，我看，干脆就叫'西南美术专科学校'，面向整个大西南地区招生，挖掘川黔滇地区的优秀美术人才。"

玉章说完，大家都拍案叫好。

"玉章校长是高瞻远瞩、眼界非凡，虽说咱们以私立学校起步，但眼界格局不能小，十年树木百年树人，无论公立、私立，这都是为国家培养专业人才，不能局限于一隅，在学科设置上，我们以中西绘画为根基，随后更要引入雕塑、陶艺、版画、工艺美术，甚至要建立有音乐、舞蹈、表演等不同的艺术门类，只要是与'美'相关的学科，都要在我们学校实现！"

公庹借着酒兴，更是一番慷慨陈词。

"艺术之神已在西南诞生，我辈自不遗余力为此事业而奋斗！"

几杯黄汤下肚，从木也是兴奋不已，他站起身来，举杯高呼。

"好，那就祝愿西南美术专科学校和中法学校重庆分校都能顺利筹建、招生，在金秋时节成功开学！"

玉章言罢，众人也都纷纷起身，觥筹交错间，满腔的豪情正像面前热辣辣的火锅一般沸腾不止。

这说干就干，经过初步分工，伯廉负责选择校址、筹集采买教具等前期准备，聘九则负责联系巴县政府获取办学许可与招聘教员，从木则主要牵头制定教学方案、准备教材，公庹作为牵头人，则负责统筹诸事。

七月初，伯廉在铁板街租下了一栋两层楼的民房，西南美术专科学校正式挂牌招生。学校建址后，几位初创核心成员也做了职务安排，几人皆是身兼数职：杨公庹出任校长兼西画美术教员，何聘九出任副校长兼教务督导，黄伯廉任校董、训育主任兼英语老师，万从木出任美术教务主任兼中、西画教员。

经过两个月的筹备与招生，民国十四年九月初的一天，私立西南美术专科学校的门前迎来了第一批、一共二十六名学生，从此，四川有了第一所专门教授美术知识、培养艺术人才的学校，这一天，四川现代美术教育揭开了崭新的篇章。

第二十七回 双喜临门

在西南美术专科学校开学的同时，建址于大溪沟蒲草田愁园内的中法学校重庆分校也顺利开校，第一期就招收了两百多名学生。吴玉章出任校长，童庸生出任教务主任，杨道庸出任训育主任，学校的核心班子都是中国共产党党员，中法学校也成立起了重庆第一个共产党党支部，正值国共合作时期，为革命培养既有先进政治觉悟又有扎实学科知识的后备力量，成为中法学校办校的首要任务。所以学校除了常规的文化课外，杨尚述在学校牵头组办了共产党党员、共青团团员培训班，向有意愿的师生宣讲瞿秋白的《共产主义ABC》等马列主义知识，分析国际形势，针砭当今时弊，发动师生们入党入团。从木受聘中法学校的美术教员后，吴玉章和杨尚述就专门找到过从木，向他宣讲马克思主义，并希望他能加入中国共产党。

"树人兄、闇公兄，我知道你们是共产党人，也知道你们心怀救国的抱负，和你们相处我是十分愉快的，中法学校也是办学理念先进的好学校，我愿意尽我所能，在这里好好教书，可我现在一共兼任西南美专、女二师、陶专校等一共八所学校的美术教员，实在忙不过来参加培训班的学习，而且大家也都知道我是个'画痴'，对政治是一窍不通的。"

从木不无抱歉地说道，吴玉章与杨尚述也是哈哈大笑。

"闇公，我说得没错吧，从木是出了名的画痴，你发展他还真不如去发展公庹和聘九，从木就算不是共产党的党员，也是咱们共产党人的好朋友，所以啊，你也就不要为难他了。"

玉章拍着尚述的肩膀笑言。

"树人，这啷个就是为难呢，发展优秀的党员，也是我的任务嘛。"

尚述一脸严肃地回答。

"闇公兄，是我觉悟不高，但我一定要支持你的工作，回头请您和正声先生，还有道庸先生，也给西南美专的师生讲讲课，正声先生的唯物史观深入浅出，讲得很好，多学一些哲学知识，对艺术创作也是大有裨益的嘛。"

从木赶忙出来打圆场。

"树人你看，咱们从木先生的觉悟还是非常高的啊！"尚述转头对玉章说道，然后对从木答应道，"去西南美专宣传马克思主义的事情，我义不容辞，正声与道庸两位先生，我去帮你说。"

"那就先谢过闇公兄了。"

从木拱手道。

"好呀，这证明咱们闇公兄的工作做得很不错嘛。"

玉章玩笑道，三人对望一阵，也都大笑起来。从木课业繁重，吴玉章与杨尚述都能理解，发展入党的事情后面也就没有再提，但从木心里十分清楚，中法学校的教员们都是难得的人才，不仅在专业领域各有所长，思想境界也非同一般，在西南美专建校之初师资力量匮乏的时候，邀请中法学校的教员们以开办讲座、沙龙的形式向美专学生教授文化知识，提高思想水平，这是有百利而无一害的好事情。

从木去美专上课时，就积极张罗这件事，与公庹、聘九沟通好后，又组织师生到中法学校去交流学习。可谓东边不亮西边亮，聘九倒是对马克思主义产生了浓厚的兴趣，时常跑去中法学校与杨尚述、杨道庸、萧华清等共产党人交流。

西南美专成立以来，经费缺口问题并没有解决，在生源紧张、招生不易的情况下，连支付教员薪水尚且捉襟见肘，就更别提扩充师资与置办教具等事宜了。为解决资金难题，一方面，公庶和聘九积极在政府、商会间奔走游说，希望获得官方渠道的支持，另一方面，从木和伯廉提出借鉴成都通俗教育馆展览的经验，举办画展出售画作，用以凑募资金。

考虑到西画在深处内陆的重庆并不普及，富商巨贾仍以收藏传统字画文玩为主，于是除公庶的几张风景油画外，其他展卖品仍然以从木的国画、瓷器为主。首次展览近八十余件展品中，从木的作品占去了三分之二。又是一年双十节，西南美术专科学校首次师生联合中西画展顺利举办，在全校师生的积极奔走宣传下，展览首日便参观者如云。

虽然来观展之人络绎不绝，但从木还是非常担心这展览是看热闹的人多，舍得掏钱购买的人少，一有打扮得体的人进来，公庶、伯廉等人便迎上去积极推介，一上午下来可费了不少口舌，可收效甚微，忙活了一上午，众人一合计，才卖出一幅画作。正当众人坐在后堂喝茶歇息，有些泄气时，前厅忽然传来一阵骚动，众人面面相觑，害怕出了什么岔子，公庶连忙起身到前厅去查看，不多一会儿，公庶又一溜烟跑了回来，对从木连忙招手。

"从木、伯廉，赶紧来，赶紧来。"

从木和伯廉见公庹兴高采烈，也是满腹狐疑，于是起身跟着公庹去往前厅。到了前厅，只见两位荷枪实弹的哨兵分立于正门两侧，一位身着中山装、留着寸发的先生，正在从木的作品前，聚精会神地观赏。

"局座，此画正出自我校教员万从木先生之手，下面就由从木先生来陪同局座大人观展。"

公庹介绍完，那位先生便转过身来，微笑着望着从木，从木与伯廉见此人倒是十分眼熟，却一时想不起在哪里见过。

"二位小友，数年未见，别来无恙。"

"您是……您是甘参谋长！"

原来眼前这派头十足的神秘来宾不是别人，正是当年帮助过从木、伯廉从山匪手中营救张正权的甘绩镛，刘湘入主重庆后，他由二十一军财政处处长升任川东税捐总局局长。

"从木先生，现在您要叫甘局长了。"

甘绩镛身后的秘书上前纠正道。

"欸……"甘绩镛稍一抬手，示意秘书不要多嘴，"从木小友，可还记得当年对我的承诺呀？"

"从木自然记得，在展本人之拙作，只要能入得了甘局长的眼，那就是从木的荣幸，我都甘愿奉上。"

"好，从木小友耿直得很呀，那我今天就不讲客气，挑你两幅画走，不过嘛，我晓得你这是为办校凑资开的画展，这两幅画就当我收的宣传费，画展结束之日，你这里还有剩下的作品，我全部买下。"

甘绩镛此话一出，众人虽说是将信将疑，不过也都兴奋起来。

"甘局长，君子无戏言哟。"

伯廉难掩心中喜悦。

"一言既出驷马难追。"

甘绩镛面不改色，只是一笑，看完展后，与从木等人握手道别后，扬长而去。

"从木，你可真是深藏不露啊，没想到你和川东税捐总局甘局长竟然是故知，难怪我提到你名字时，他要多问几句，他可是刘湘的钱袋子，想必他绝非夸夸其谈，这算是有希望了。"

甘绩镛走后，公庹是大喜过望。

"甘局长是初山哥的故交，当年我、伯廉还有一位叫正权的朋友结伴出游，正权被山匪掳了去，是甘局长仗义相助，所以有过一面之缘。"

从木回答说。

"原来如此，从木你可是咱们美专的贵人，若能邀请到甘局长做咱们学校的校董，经费问题可就迎刃而解了。"

公庹感叹道。

"来日方长，公庹校长切不要心急。"

见从木面露尴尬，伯廉上前拍拍公庹肩膀，为从木解围。

可确如公庹所言，甘绩镛号称大军阀刘湘的钱袋子，绝非浪得虚名。第二天，重庆城里有头有脸的富商们不少都来观展了，仅仅一个上午，展览所售画作、瓷器是一抢而空。办校经费严重不足的问题也因为这次展览的大卖得到了缓解，画展展品一日售罄的新闻也传遍大半个重庆城，从木的名声则更加响亮。

正当众人为这次展览在贵人相助下大获成功而欢呼雀跃之时，秦伯派来报信的伙计一声大喝，惊得众人一激灵。

"从木少爷，赶紧回家吧，小姐要生了！"

1925年秋末，从木与初芸的长子出生，取名鸿志，小名怀山。

小雪后，从木在辉园设下几桌酒席，为怀山办了满月酒。天气转凉，可辉园里却是热锅热灶、人声鼎沸，从木的同事好友尽皆应邀而来，小小的园子里座无虚席，不仅是西南美专、中法学校、女二师等学校的同事益友齐聚一堂，碧城还有慧瑾表姐也专门从北碚赶了回来，甘绩镛更是亲自登门道贺。

几杯热酒下肚，甘绩镛也动了真情，他拉着从木的手说道："从木，世人皆知我甘典夔擅理财，却不知我更爱才，我敬重的人不多，你初山大哥算一个，他对你如此偏爱，我自是对你的才华多了几分关注。你的画我喜欢，人如其画，你不浮躁，有定性，这点我很欣赏，以后在外面，你对我作何称呼我不管，但在家里，我认你是我兄弟，以后你我以兄弟相称，不知从木，你愿认我这个哥哥否？"

"自然，兄长在上，弟从木敬您一杯！"

从木与绩镛喝下这杯结义酒，众人也都拍手叫好。

"好啊，今日高朋满座，多是教育界的人士，支持教育，也是我甘某人职责所在，以后学校有啥子难处，贤弟尽管来找我。"

众人听甘绩镛如此说，更加欢欣鼓舞。

酒席散去，从木送走最后一拨宾客，只留下碧城、伯廉二人，三兄弟也好久没有相聚畅谈，于是决定再喝上一轮。

这边从木与伯廉学校办得有模有样，碧城也没闲着，他随卢作孚回到合川后不久，作孚便召集大家开会，商议成立民生实业股份公司，募资购买船只，意欲打通合川至北碚的嘉陵江航线。作孚是个雷厉风行的人，这次错过了怀山的满月酒，也是因为赶往上海考察购买船只之故。

"作孚先生十分看重北碚，他不仅实地考察多次，也向您岳父大人等懂船务的老买办多有请教，我是江上长大的崽儿，我的志向你们也是晓得的，就是要让两江上航行的是我们中国人个人的船，所以我决定跟着作孚先生干，现在我主要负责北碚方面的工作，这样也可以帮忙照看下王老爷子，万一有个急事，慧瑾她一个人怕抓不到缰……"

碧城远远望一眼正忙着张罗伙计妈子收拾的慧瑾，说完，又赶忙收回眼神，可他的心思，伯廉倒是猜到一二。

"大哥，你说咱们三兄弟好笑不，我最小，却是最早结婚，最先有了小喇叭，现在嘛，二哥也有了怀山了，反倒是你这个当老大的，还在打光棍儿，你到底啷个想的，还是给我们通个气，免得我和二哥为你干着急啊。"

伯廉这么一说，从木也点头附和。

"大哥，伯廉这话说得没错，我们都知道你胸怀大志，这成家立业，二者还是得兼顾嘛，可不要因为立业，耽搁了成家哟。"

"嗨，我心头有数。"

碧城摆摆手，敷衍道。

"大哥，你心头有没得数不重要，你心头有没得人比较重要。"

伯廉这话一激，碧城倒忽然愣住了，端起酒杯就是一饮而尽。

"难道……大哥心里早已有了人？"

从木见碧城不搭话，也看出些端倪。

"我没有……从木，你可别跟着伯廉在那里瞎起哄。"

碧城一本正经，不想去理会二人。

"二哥，我算是看出来咯，大哥就是心头有人了，大哥，你尽管开口，重庆城头还没得咱们做不来的媒，哈哈。"

伯廉见碧城好似热锅上的蚂蚁，哪肯轻易收手，今天是定要打破砂锅问到底了。

"我堂堂郑太岁，娶婆娘还需得着你帮我开口，滚蛋。"

碧城故作生气，伯廉却是哈哈大笑，二人闹作一团，恍惚间，从木觉得三兄弟一下子回到了还在中学读书那会儿，放学后在江边玩闹时的情形，不禁有些感慨。

"你们三个吵啥子，初芸才刚刚把怀山哄睡着。"

这时，慧瑾过来，柔声劝住三人，碧城、伯廉自然是连忙收声，三人蹑手蹑脚将阵地转移到园子一角的凉亭处。

"哎，这人要是结了婚，就得受各种管束，我郑太岁这种干大事的人，还是孤家寡人的好哟……"碧城说完，望向从木与伯廉，"但大哥看着你们有情人终成眷属，心里还是高兴……我久未回家，也该去看看老爷子了。"

碧城说完，便站起身来，整了整衣衫，准备离开。

"大哥，我懂你心思，你要是真心实意，我和二哥帮你想办法。"

伯廉忽然对碧城说道。

"莫在这里胡说八道，你懂个狗屁。"碧城佯作要踢伯廉屁股，而后转身又对从木说，"给你表姐说一声，今天晚了，我就先回了，她回北碚时，我同她一道。"

"好。"

碧城走后，从木问伯廉："伯廉，你说大哥心中有人了，你可知是哪家姑娘？"

"二哥，你这还看不出来吗？"

伯廉笑从木木讷，反问一句。

"我这也好些日子没见到大哥了，我哪里看得出来。"从木摊手不解。

"哎，山月不知心里事，水风空落眼前花，摇曳碧云斜……"

伯廉摇头晃脑吟起诗来。

"别在这里无病呻吟，现在说大哥的终身大事，没空跟你猜诗谜，到底是谁？"

从木见伯廉欲言又止，着起急来。

"你问是谁人，不是别人，正是你我身边之人。"

"黄伯廉，你还没完了是不是，你说不说？"

"哎呀，大哥的心上人就是你表姐张慧瑾，你看不出来吗？"

伯廉此言一出，从木目瞪口呆。

"可……这……"

"这就是大哥开不了口，也成不得家的原因。"

伯廉叹息道。

"我表姐当年在初山哥墓前发过誓，终身不会改嫁，为表姐夫守节……"

从木怅然叹道，这话像是在对伯廉说，也像是在自言自语。

"千万恨，恨极在天涯……慧瑾姐要为初山哥守一辈子，恐怕咱们那个犟拐拐大哥，怕也要为慧瑾姐守一辈子。"

伯廉叹口气，与从木相顾无言，二人默默对饮几杯，各自回去了。

碧城是个极好面子的人，他和慧瑾表姐的事情，若他自己不开口，旁人也只能是看破不说破。

时光荏苒，在公庾、聘九、从木、伯廉等初创人员的不懈努力下，西南美术专科学校经过一年多的运转总算走上了正轨，不仅师资队伍扩容到近二十人，更是招收了学生近八十名，还增设了音乐、表演两门新的学科。可天有不测风云，正当众人踌躇满志、欲要大展拳脚之时，一场巨大的风波却从天而降，顷刻间将学校逼入到进退维谷的绝境之中。

第二十八回 临危受命

　　1927年3月24日，为阻断兵临南京城的国民革命军北上的步伐，美、法、日、意等列强以保护领事馆与侨民为借口，悍然命令停泊于长江之上的英、美舰船向南京城内发起长达一个多小时的猛烈炮击，造成数以千计的中国军民伤亡，史称"南京惨案"。消息传到重庆，正满怀"打倒列强除军阀"热情的民众们义愤难当，很快，以杨闇公、冉钧、陈达三等中共地方委员会与四川省国民党左派莲花池党部的负责人与骨干们连夜开会，决定联合重庆工农商学兵各界人士，于3月31日，在通远门举行"重庆各界反对英美炮击南京市民大会"。众人推举出德高望重的国民党左派代表漆南薰为大会主席团主席，杨闇公、冉钧、陈达三、吴玉章等为主席团成员。
　　此时，作为入党积极分子的何聘九很快得到了参加大会的通知，他急急忙忙赶回学校与校长杨公庹商议，是否组织学生参加集会，公庹亦觉事关重大，于是找来从木、伯廉一同商量。

"我认为就该组织同学们参加,同学们来到学校不仅要学知识、学技能,懂得欣赏美,传达美,更要培养他们的爱国热情和革命精神,届时中法学校的各位同仁都会去,学生们去听听他们的演讲,我认为一定会受益匪浅。"

聘九率先发言,他非常希望学生能参加这次活动。

"聘九,在校期间,我们教员要对学生们的安全负责,会场人山人海,万一出现意外情况,我们几个人如何能兼顾每一个学生的安全,学生要是有个差错,我们又如何去跟学生家长交代。"

作为训育主任,伯廉提出了他的担忧。

"伯廉,这你就多虑了,这次集会是莲花池党部主办的,不仅国共两党的主要负责人都要参加,社会上有名望的士绅学者也都要来,这次集会的主席团主席是漆南薰先生,漆先生在学界的声望我们都是了解的,难道还有哪个不知天高地厚的,敢在群情激愤的时候,公然站在革命的对立面,站在中国人民的对立面哟。"

"聘九兄,你不要误会,我不是说组织同学们参加爱国集会不好,我只是单纯从学生们的安全角度考虑,就算是没得哪个敢出来破坏活动,那人这么多,挤来挤去的,踩到碰到的也不好嘛。"

伯廉见聘九情绪亢奋,只好又做一番解释。

"既然伯廉有此担忧,那就更需要我们教员都到场,好好组织大家,我建议是总动员,无论学生能去多少,全校教员应该都要到场，由教员保障学生们的安全。"

聘九对自己的意见十分坚持，伯廉也不好再争辩，公庹此时看向从木。

"从木，你也提提意见嘛。"

"非要我说，那我觉得还是采取自愿的原则，学校可以给同学们讲这个事情，因为报纸上也要登嘛，他们都能晓得，愿意去的，你也拦不住……但我赞同伯廉的看法，不能由学校组织去，因为大规模集会，这就有安全隐患，学校就这几个教员，看不过来多少学生，现场一乱，很难顾及周全，所以，我建议不鼓励同学们去，教员们可以自愿去，集会结束后，可以专门组织一个时间，由聘九及到场的教员，传达反帝集会精神，这样既保障了同学们的安全，也达到了宣传爱国反帝精神的效果，各位觉得如何？"

"从木这个考虑妥当，我赞成。"

从木说完，伯廉立即举手表示赞成。

"我也认为从木这个法子两全其美，就由教员自愿到场，不鼓励同学们去，实在要去的，必须到训育处登记，到时候由我们教员统一带入会场……聘九，你觉得按这个计划办如何？"

公庹也赞同从木的建议，于是众人看向聘九。

"这样倒也要得，中法、中山几个学校也要去很多学生，估计会场也站不下，到时候进不去，反而影响同学们的爱国热情，当天我肯定得去，你看你们去不去？"

大家意见一致，聘九起身看向其他人。

"国家兴亡，匹夫有责，我作为校长，当然该身先士卒。"

公庹也站起身来，拉住聘九的手。

"我还是中法学校的教员，我当然得去。"

从木笑笑，也站起身来，此时三人看向伯廉。

"我是训育主任，学生出了事我第一个负责，我不去啷个得行？"

伯廉耸耸肩，大家都望着他大笑起来。

大会的前夜，从木如往常一般作画到深夜才睡下，可这一晚，他睡得却不踏实，总是反复做一个噩梦，梦中他站在一条挤满了人的长廊上，四周的人似乎十分痛苦却看不清面庞，他一直听到有人呼唤他的名字，沿着声音去寻找，却不管走多远，这条长廊也没有尽头。

他从梦中惊醒时，发现天已大亮，整个汗衫也都被冷汗浸湿，他起身换了件干净衣裳，见初芸正在哄着小怀山吃早饭，赶忙问她时辰。

"现在应该八点过，我看昨晚你画画到很晚，想你多睡一会儿，就没喊你。"

初芸对从木说。

"糟了，我记得我有给你讲今天我要去通远门参加反帝集会的，不是说让你七点就叫一下我嘛，时间搞不赢了，我马上过去。"

从木也顾不上整理，就准备往门外走。

"从木，不用去会场了，一早就有川东道署的人过来通知，今天集会取消，我想你多睡一会儿，就没喊醒你。"

"集会取消……可昨天也没接到集会取消的通知呀……"

从木一头雾水，心里却涌上一股不好的预感。

"你去哪里，道署的人说喊你今天就在屋头待到，最好哪里都不要去，既然是官署派人来通知，那学校肯定是要优先通知到的。"

初芸见从木慌里慌张就要往外走，连忙劝阻。

"来的人说叫我在屋头待到哪里都不要去？"

从木听初芸如此说，转头问道，初芸见从木神色凝重，担忧地点点头。

"不好，怕是要出事，不晓得公庚、伯廉他们接到通知没得，我必须得去看一眼。"

见从木如此焦急，初芸也意识到恐怕事情不妙，于是绕到门口拦住从木去路，出言劝道："从木，你先不要慌，我找个伙计先去街上打探一下消息，如果真出了啥子事，你应该第一时间去找典夔大哥商量，如果他都让你不要出门，那恐怕事情小不了。"

"不行，我必须亲自去一趟，万一有事，我好第一时间想办法……"从木双手环抱初芸，在她的背上轻拍了两下，"放心，我一定注意安全。"

从陕西路到通远门距离还不算短，从木一路小跑，累得气喘吁吁，一直走到大梁子，才总算碰上一辆人力车，从木赶忙招手。

"师傅,麻烦拉我去通远门。"

"去不了哟,较场口那边已经封路了。"

那车夫瞅了从木一眼,无奈地摆摆手。

"较场口封路了,为啥子?"

"你是不是要去通远门参加反帝集会,劝你莫去了,说是那边有人煽动民变还是啷个哟,军警都放了枪,打起凶得不得了,乱都乱起套了,我刚才就在较场口那边哩,当兵的已经封路了,马上要进去抓人,看你斯斯文文的,劝你赶快回家,莫去凑热闹。"

车夫这番话犹如一盆冰水淋在从木头上,吓得他打了个寒颤,虽然通远门具体情况尚不清楚,但肯定是出了大事,说话间,一大队全副武装的士兵迎面而来,并有警察吹着哨子驱散从木等人。从木心想较场口肯定是过不去了,他想换条小道绕过去,刚走到打铜街,就发现街口也已被设下路障封锁,而站岗的也不是警察打扮,而是身着川军军服的士兵。从木见状,也并没有调头回家,而是走上前去询问情况。

"老总,啷个封路了,是出了啥子事情吗?"

"接上峰命令,全城戒严,打铜街至都邮街一线清场,赶紧离开。"

"是不是通远门出事了?"

"不要东问西问,不然把你抓起来。"

从木见那士官一脸不耐烦,也不敢再多问了,通远门是去不了的,他只好前往美专校去看看情况,心想从会场离开的教员和同学兴许会回到学校集合。走到铁板街路口时，正巧碰上给学校看门的张瘸子，张瘸子之前是当兵的，腿被炸瘸之后，因为与公庹是老乡，故而被留在学校看门，做一些收发清扫的简单工作。

"张工，公庹校长、还有聘九、伯廉他们可回来了？"

从木见到张瘸子，赶忙问道。

"没有哟，我都是听街坊在说通远门开大会出了乱子，说二十一军的人把都邮街都封了，我正想过去看看热闹也。"

"路是被封了，可能等哈儿全城都要戒严，你不要到处乱跑了，把学校守好，我们就在这里等他们。"

张瘸子见从木满头大汗、一脸焦急，也就打消了去看热闹的想法，二人一起回到学校等候，过了半个时辰，几名学生跑进了铁板街，其中一名是中法学校的学生，从木认得他，见他们惊慌失措的样子，赶紧把他们领进了学校里，从木给了张瘸子一些钱，让他到巷口买几个烧饼，他给几个学生倒了水，坐了好一会儿，学生们才缓过劲儿来。

"会场出了啥子事情？"

从木见同学们情绪镇定一些，于是问道。

"我们也去得晚，没进到会场，就爬到城墙上想在那里看，忽然就听到会场里面吵起来了，我们身边突然冲出来好多穿黑开衫的人，拿起棒子砍刀，见人就打，我们在很外面，看势头不对，就往外头跑……我们几个都是中法学校的，本来想先回学校，要到学校的时候发现当兵的已经把学校包围了，我们不敢回去，就想先跑回家，我们听说到处都在抓人，我朋友住在千厮门那截，就想先去他家躲一下。"

"那其他人呢，同学和教员们都跑出来没得？"

"里面情况没看到，但逃跑的时候听到会场里响了枪。"

这时，张瘸子买了烧饼回来，从木把烧饼分给学生。

"张伯，学生说中法学校遭包围了，我怕这里也不安全，待会儿你把大门锁了，送这几位同学离开，然后你也赶紧回家，这两天就别来学校了。"

在同学们吃饼时，从木对张大伯嘱咐道。

"那杨校长、何副校长还有黄主任他们啷个办？"

"学校不安全了，这个时候都没回来，应该是不会回这边了，你只管送学生回去，其他你不管了，我来想办法。"

"要得，听万先生的。"

待同学们休息好后，张瘸子先出门打探了下情况，见街上并无军警，于是锁好大门，送几位同学往千厮门去了。从木见公庹、聘九、伯廉等人都没有回学校，心中十分焦急，他思索片刻，觉得还是需要首先联系上伯廉，这样其他人的情况也就大致能了解到，于是他决定动身前往数墨斋。刚走到铁板街街口，忽听到一声"打倒新军阀！"就见一名学生被两名民团团丁扑倒在地，从木正想上去解救，忽然听到一声枪响，一人就在他面前应声倒下，随后就有一队团丁冲了过来，从木被吓得不轻，赶忙躲到一旁的烧饼摊下面，半天不敢出来，一直挨到傍晚天色渐黑，他才探头探脑出来，见四下无人，方从九尺坎小路穿出去，赶往数墨斋。

好不容易躲开路卡与巡逻的军警，终于到了数墨斋，从木两边看了见没有人，赶忙叩响门环，敲了好几下，也都无人应答，从木正要放弃，忽听门后传来询问声。

"哪个？"

从木一听，是常掌柜的声音。

"常掌柜，是我，万从木。"

从木回答完，便听见取下门闩的声音，门打开一条缝，从里面探出常掌柜的脑袋四下张望。

"万先生，你啷个来了，就你一个人？"

常掌柜压低声音小心询问。

"对，就我一个人。"

"赶快进来。"

常掌柜将门板推开一些，让从木闪身进了屋，然后他迅速将门关好上锁。

"伯廉回来没得？"

从木一进屋，便焦急地向常掌柜询问情况，不及常掌柜回答，伯廉就从里屋走了出来。

"二哥，你啷个来了？"

伯廉见到从木来了，又惊又喜，赶忙上前拉住他的手。

"我今早睡过了头，等我往通远门走的时候，已经出事了，街上都被封锁了，我怕你们出事，在学校等了半天没见你们回来，所以我想还是来数墨斋，确定你没事才安心……"

从木一路爬坡上坎，精神又高度紧张，此时见伯廉无事，总算长吁口气，一屁股坐了下来。

"老常，快给从木端杯茶，再准备一碗饭菜。"

伯廉见从木累得够呛，对常掌柜吩咐后，在他对面的椅子上坐下。

"其他人啷个样了，公庚、聘九他们出来了吗，还有学校其他师生没得事吧，到底是啷个回事，听说还放了枪？"

从木把气喘匀了，连声询问学校师生的情况。

"现在聘九和玉章校长还有两名学生在里屋休息，冲出来的时候受了点轻伤，倒不严重，只是受了很大惊吓，公庚因为在最前面，他的情况不太清楚……我也是去得有些晚，到会场的时候已经出事了，漆南薰先生的演讲刚刚开始，突然就有好多人手持武器冲出来打砸，场面一下就乱了，随后军警赶到，枪响之后大家吓惨了，就往外面跑，我本来就在外围，就被人流往外挤，出来后我就想先回学校做接应，我走到铁板街的时候，就碰到了聘九、玉章校长和两名学生，他们说不能回学校，说军警要到学校抓煽动民变的祸首，所以我就把他们带回了数墨斋。"

伯廉也是一副惊魂未定的样子。

"哪里来的煽动民变的祸首？"

"我听聘九说，反帝同盟在大会后要上街游行，到领馆、县府衙门去示威喊口号，祸首肯定就是指的反帝同盟主席团这些人嘛，估计是王陵基、蓝文彬先下手为强了。"

"那聘九和玉章校长岂不是都有危险？"

从木听伯廉如此说，才知事态严重。

"对头，虽然现在外面的情况不明朗，但是必须尽快把聘九和玉章校长送走。"

"明天一早，我去找脚行的人，待会儿我们进去和聘九、玉章校长商量一下。"

正说话间，忽然敲门声大作，从木与伯廉都心中一紧，面面相觑。

"老常，你去看看。"

伯廉轻声对常掌柜说，常掌柜点点头，走到门边。

"开门，保安团的，来办差，赶快开门！"

门外传来的喊叫声在此时显得尤为刺耳，常掌柜满脸惊恐，将询问的目光投向从木和伯廉。

"我晓得里面有人，赶紧把门开了，我们问几句话都走，不要敬酒不吃吃罚酒哟。"

保安团的人显然已等得不耐烦了。

"常掌柜，你去让聘九和玉章他们藏好，然后你再出来，表现得从容些。"从木上前附在常掌柜耳边说道，然后他又转头悄声对伯廉说，"待会儿如果要抓人，我去，今天我没去通远门，不会有事，你明天一早就去脚行的公口找郑龙王，让他们想办法把聘九和玉章校长弄出城。"

伯廉点点头，待常掌柜进里屋后，从木打开了门闩，警察和民兵团的大队人马鱼贯而入，为首的是个面相凶狠的小个子，看衣着是民团的一个队长，腰间别着驳壳枪，大摇大摆地走进店里找了把椅子坐下，上下打量从木与伯廉二人。

"老总，我们已经打烊了。"

伯廉上前作个揖，客气地对那民团队长说。

"你大门关起，我未必还不晓得你打烊了，我们是奉令搜查煽动民变的祸乱分子……"此时，那民团队长看回站在一旁的从木，"你是干啥子的，我看你斯斯文文的，不像做买卖的，倒像个教书匠欸。"

"老总，我的确就是教书匠。"

从木坦然回答，倒是让伯廉和那民团队长都吃了一惊，从木却丝毫不慌乱，在民团队长对面的太师椅上坐下。

"你叫啥子名字，哪个学校的，今天去通远门没得？"

那民团队长使个眼色，示意手下绕到从木身后。

"老总，我兄弟是画画的，他不算啥子教书匠，他只是偶尔到学校里面教哈学生画画。"

伯廉慌忙上前解释。

"我在问他，没有问你。"

那民团队长恶狠狠瞪了伯廉一眼，此刻，常掌柜从里屋走了出来，刚才的对话他在门后都听得一清二楚。

"老总，我是数墨斋的掌柜姓常，这位是我们东家黄伯廉，你刚才问话的这位是大名鼎鼎的留日画家万从木先生，是我们东家的兄弟伙，我们数墨斋在重庆城也是有名气的，啷个可能藏啥子祸乱分子哟，你不信可以问这片驻所的警察兄弟,他们是一清二楚……"常掌柜一边解释,一边将沏好的茶端到民团队长面前,并将一叠银元放在茶碗边,"老总,弟兄们恁个晚了还出来办差,好辛苦哟,一点宵夜钱,不成敬意。"

队长瞥了一眼茶杯旁的银元,凶神恶煞的神情松弛了许多。

"常掌柜,还有黄老板,大家都是重庆城头讨生活的,我也不想驳你们面子,确实今天通远门出了大事,想必你们也有所耳闻,上头下的是死命令,要严查严办,出了差错,那是要挨曹团长的枪子儿的,我看天也不早了,我派两个兄弟到后面去逛一圈,然后带这位万先生回去问几句话,就不打扰了。"

队长将银元揣进怀里,轻描淡写说完,就示意手下进里屋搜查。

"老总,老总,我婆娘娃儿今天住这边的,他们怕生,还望行个方便。"

伯廉起身挡在门前,忙解释道。

"这位老总,里屋头是黄老板的妻儿,你们堂而皇之进去就是扰民,你要问啥子可以在这里问,你非要我走一趟我也可以跟你走,但是兄弟,数墨斋在重庆不是一天两天了,川东税捐总局局长甘绩镛是我拜把子大哥,看你样儿是巴县民团的人吧,我怕万一闹出点不愉快,你怕是真的要挨曹团长的枪子儿。"

从木一拍桌子,厉声言道。

"万先生是不是,你叫万啥子也,我看你是癞疙宝打哈欠——口气还不小,你说你把兄弟是甘局长,你啷个不说你把兄弟是刘军长也……"

那队长全然不信从木的话,正要让手下拿人,一名警察凑到那队长跟前,附耳说了几句话,听完后,队长干咳两声,重新换上和蔼些的面孔。

"万先生,黄老板,我是管南岸那片的事情,对城里头的情况不太熟悉,可能闹了一点误会,刚才说话有失分寸的地方,你们多包涵,但我们确实也是奉令办差,也请你们多担待,而且通远门事情闹得大,目前好多伤员躺到医院头,也需要你们学校的人去指认一下,要不惑个,你看请黄老板领着一个弟兄进去溜一圈,就算交了差,绝对不惊扰你的家人……至于万先生,还是劳驾您跟我们走一趟,问几个问题,然后去医院指哈你们学校的人,都没得事了,我会亲自派人送你回家,绝不耽搁你睡瞌睡,你看啷个样?"

话已至此,从木与伯廉自然不好再做阻拦,以免引起队长的怀疑,二人只得点头默认,黄老板和常掌柜带着一名警察进后屋看了一圈,没两分钟就回来,报告没有什么异常后,从木心里长吁一口气,对伯廉点点头,随即跟着民团和警厅的人走出数墨斋。

从木到警察驻所后,的确如民团队长所言,问了一些常规问题,做了登记,并没有为难于他。他还从警察口中得知,中法学校已被查封,其中多名教员在集会当场被捕,包括校长吴玉章在内的在逃人员，也在搜捕之列，这不禁让从木捏了一把汗。问询结束后，警察提出让从木到医院认领一下美专校的师生，这时从木方才了解到，骚乱造成的伤亡数以千计，事后从会场抬出的尸体就不下百具。从木心中悲愤交加，可此时当务之急，是到医院找到美专校的师生，并将他们保护下来，安全送回家。

　　走入医院的大门，仿佛进入人间地狱，遍地伤员，哀嚎声不绝于耳，此等场面令人心惊肉跳。从木努力让自己镇定下来，挨着一个个查看是否有自己认识的人，其中见到几名中法、女二师的同学，幸而都是轻伤。

　　"这些学生是无辜的，他们参加集会，是爱国的行为，绝不是啥子暴乱分子，求你们千万不要为难这些孩子。"

　　从木再三恳求与他同行的警察，请他们尽快联系学生家长，将他们安全地送回家。

　　"万先生，上面有命令，主动撤离现场的学生是不追究的，你放心。"

　　警察的回答总算让从木略感安慰，再往重症区走，病房里早安顿不下人，重伤的伤员和因抢救无效死去之人的尸体都只能塞在过道里，从木每走一步，都觉得如临深渊，不好的预感在此刻涌上心头，昨晚的梦境此刻在脑海中浮现，他感到一阵眩晕，似乎已无法再往前走了，他单手扶墙休息了一会儿，人舒服些后，正打算离开之际忽然听到一个微弱的声音在唤他的名字，他循声望去，只见过道角落里的一张木板上，躺着一个衣衫褴褛、浑身血污的男人。

"公……公庹……"

从木不敢相信自己的眼睛，他仔细辨认，才发现那奄奄一息的人正是公庹先生，从木赶紧冲过去，拉住公庹先生的手。

"公庹校长，你伤到哪里了，啷个把你扔到这里没得人管……"看着公庹的惨状，从木难忍泪水，他回过神，赶忙扭头对与他同行的警察说："长官，这位是美专校的校长杨公庹先生，求你赶紧找医生救救他，求你赶紧去找医生……"

"哦……好……你等到起……"

那警察见公庹伤势沉重，也有些被吓到，听从木如此说，赶忙跑去找寻医生了。

"从木，莫要费力了，没得啥子用得了，我吊起这口气，可能冥冥之中，就是在等你……"

公庹的气息非常微弱，面如白纸、嘴唇发乌，握着从木的手更是十分冰凉。

"公庹先生你莫说话了，你省点力气，医生马上都来，我也去找……"

从木想起身去找医生，却被公庹拉住。

"你莫走……你听我说话……聘……聘九和……伯廉跑出去……没有……学生……安全……"

公庹说话已十分困难，似乎说句整话也要用尽全力。

"聘九和伯廉，还有玉章校长都在数墨斋，他们都安全，学生也安全，军警不会追究学生责任……你莫说话了，你让我赶紧去找医生,肯定把你救过来……"

从木此时已不自觉泪流满面,哽咽着劝慰公庹。

"医……锤子……我肚皮遭枪打……穿了……我就这……一口气了……你听我说……学校……美专……交给……你……聘九……有……其他……志向……学校……靠你……办下去……"

"公庹兄,现在不是说这些的时候……"

"答应……我……把……学校……办下去……"

公庹似乎用尽了全身的力气,紧紧握住从木的手。

"好,我答应你,不管遇到啥子困难,美专校我都会办下去……"

从木见公庹再难以支撑,只能是声泪俱下地答应公庹的临终嘱托。

"从……从木……我冷……得很……你去……帮我……找个……盖的……"

公庹听到从木的答案,说完这句话后,便闭上了眼睛,从木以为公庹只是太虚弱,就赶忙转身去找医生和毛毯,他在楼道里漫无目的地寻找,既没能找到医生,也没找着毛毯,正在这时,警察找来一名护士,从木赶忙冲到那护士面前,哭着求她去看看公庹,护士随从木来到公庹面前,公庹已溘然而去了。

"哎,人没得了,你是家属么?"

护士摇摇头,对从木说道,从木跪倒在地,掩面痛哭。

就是公庹被害身亡的这一日,正是刘湘二十一军下属师团王陵基部、蓝文彬部，巴县团阀曹燮阳、申文英部，假扮群众混入通远门打枪坝大会现场，大肆屠杀共产党、国民党左派进步人士与在场无辜群众，造成百余人当场丧命，千余人受伤，大会主席团主席漆南薰、国民党左派将领陈达三当场牺牲，共产党地委领导杨闇公、冉钧被捕后惨遭秘密枪决，史称"三·三一"惨案。

惨案发生几日后，在脚行袍帮的帮助下，何聘九随吴玉章潜逃出重庆前往武汉。临别之日，江上大雾弥漫，从木与伯廉冒险到码头为他们送行，众人皆面色凝重，悲痛之情溢于言表。

"公庹先生就义了，我在此刻离开，也是万般无奈，学校只能拜托从木与伯廉你们二位了。"

聘九先开了口，对从木与伯廉说道。

"学校我们一定会竭力办下去，不负公庹临终所托。"

从木坚定地回答道。

"哎，经通远门一事，我方才领悟教育救国实为河清难俟，我等不起，国家也等不起，苟利国家生死以，我不得不做出这两难抉择，还望从木、伯廉体谅……"

"聘九兄，人各有志，我能理解，无论是走何种道路，我们只要心怀家国、不负初心，就不枉我们堂堂七尺男儿身。"

从木握住聘九的手说道。

"从木兄，你说得没错，'一曲清歌满樽酒，人生何处不相逢'，但愿你我重逢之时，美专校已桃李天下，国家更是焕然一新。"

"聘九兄，玉章兄，后会有期……"

随着船笛声渐行渐远，美专校创校时的校长与副校长，一人驾鹤西去，一人顺江东游，受杨公庹临终之托，二十七岁的万从木接任西南美术专科学校校长一职，把学校办下去，几乎成为从木之后二十余年生命的全部。

第二十九回 这就是罗曼蒂克

刚刚接任西南美专校校长一职的从木，所面临的重重困难是他始料未及的，最突出的便是财务问题。从木是艺术专才，对校务的运营管理是一窍不通，直到有债主上门讨债，从木才想起要清对学校之前的账目。学校建立至今都没有聘请过专职的会计，所以学校的收支账目非常凌乱，在伯廉的建议下，将数墨斋的常掌柜请来主持核账，才发现学校早已是入不敷出，不仅有尚未偿还的债务，恐怕到了学年结束，连教师们的工资可能都付不出来。美专校是私立学校，拿不到政府一分钱的扶持与补助，经费除了学生所交的学费、杂费，其余全部需要自筹。除了资金问题，师资力量也是摆在从木面前十分棘手的难题，公庹去世、聘九离开，对刚要走上正轨的学校无疑是巨大的打击，老师本来就不算多，逢此巨变，更是人心浮动。

不过，再难的处境也要面对，再多的问题也要解决，一诺千金，从木既然接受了公庹临终时的嘱托，那就得把学校办下去。他找来伯廉商量对策，商量来商量去，也就想出三个办法，其一，还是通过数墨斋在商界的人脉资源，举办从木的画展，卖画赚取资金；其二，以新成立的音乐系和表演系师生为班底，排演节目，以演出来募集资金；其三，那就是万不得已之时，只能靠借贷与典当来做周转了。师资方面，从木逐一拜访学校的每一位老师，动之以情，晓之以理，希望他们能留校一起奋斗，多位老师也都是胸怀理想的热血青年，皆知时局艰难，感动于从木的诚意，都选择留校继续工作。另外，伯廉的夫人令慈也被邀请到学校任职，她本就与伯廉一同毕业于成都高等师范学校，不仅能教语文和表演，还会弹钢琴和风琴，一专多能，可算帮了学校大忙。当然，作为从木身边最亲之人，初芸也来到学校帮忙，细心谨慎的她负责行政和后勤工作。

在"三·三一"惨案过去两个月后的一个星期一，学校终于获准复课。在开学典礼暨孙总理纪念周会上，新任校长万从木在全校师生的瞩目下，走上了讲台，他将讲稿放在一边，注视台下每一位老师，每一位同学，久久没有说话，他忽然回想起他第一次去女二师试讲时的情景，那时的他，虽有些紧张，但却没有负担，可今天他站在这里，他不仅仅是一名教员，他成为了一名校长，学校的兴衰成败都压在了他的肩头，他没有了紧张的感觉，却重任在肩，心中像是憋着一口气，这心境的变化，令他在那个时刻，有些许恍惚，他双手握住讲台的边缘，待到心绪平复，他展露出微笑。

"同学们，同仁们，今天我们能齐聚在这里，齐聚在西南美术专科学校的校园里，这是来之不易的，正如大家所知，我们学校自建校伊始，经历了许许多多的磨难和变故，我们学校的创始人，杨公庚校长，为了民族大义，为了国家荣辱，献出了他宝贵的生命，他毕生宏愿，就是让同学们在这所学校里，发现美，体悟美，追求美和创造美，将来用你们的艺术才华，去歌颂万物的美好，去洗涤社会的糟粕，去重塑民族的精神……办校再苦再难，我们不怕，只要还有一名学生留在学校里，我们就不会让学校关门！只愿同学们能珍惜这来之不易的机会，勤勉学习，将来成为有用之才，我们付出的所有就有其价值，我们也要谨记孙总理的训育，'革命尚未成功，同志仍需努力'，这句话，亦可指我们的学习，我们的奋斗，今日与同学们、同仁们共勉！"

从木说完，台下掌声雷动，这是从木第一次非教学的公开发言，除了美术这个专业领域，从木是不善言辞的，开学讲话之所以能引起全校师生们的共鸣与欢迎，一来是情到深处有感而发，二来也是初芸耐心地陪他排练准备。

其实，从木接任学校校长一事，初芸得知后，是不太赞同的，这也是出于初芸对从木的了解。从木有才情，擅绘画，对美术教育也有自己独特的见解，算是艺术专才，可校长一职，并不着重在于艺术才能，而是需要行政管理、学校运营等综合素质，而专一于艺术的从木对如何管理、运营一所学校可谓一窍不通，门外汉的他显然并不适合校长这个职位。可话说回来，公庋去世事发突然，聘九又不得不离开，学校四位创始人只剩下从木与伯廉，相较于从木，有一定经商经验的伯廉相对更适合校长一职，可伯廉的艺术造诣与个人威望都远不及从木，这也是公庋和聘九都希望从木接手的主要原因。当然，伯廉也是支持他的二哥从木接任校长，他作为校董与训育主任来辅佐。

"我现在算是暂代校长一职，等将来学校步入正轨，有了更适合的校长人选，我一定让贤，这样专注于教课、作画，我也舒心。"

从木并不图虚名，所以他也非常理解初芸的担心，从木既如此说，初芸当然也不好再多劝。

从"万先生"变成"万校长"后，从木已无余力再到其他学校任职授课，中法学校被关闭后不久，从木又陆续辞去了女二师、陶专校等学校的任职，将全部精力都投入到了美专校的办校工作中。当然，从木并没有离开讲台，他负责教授国画构图与中国美术史两门课，那时国内尚无统一的美术史教材，于是他四处借书，亲自编纂《中国国画简史》等书籍作为教材，印发给学生们。相较于理论，从木是更为重视实践的，这当然是受到在上海美专与京都学习时的影响和启发，无论是学习国画还是西画的同学，从木都要求他们要学习临摹和掌握素描的技巧。外出写生是从木尤为强调的，写生不仅能让学生亲近自然，陶冶情操，更能训练他们的定力与耐心。重庆乃山水之城，美景无数，从木每学期都会组织同学们去南山、南泉、歌乐山等风景名胜写生作画，当然，他最爱带学生们去的，还是北碚缙云山狮子峰及北温泉公园，写生之余，他还可看望住在公园附近的王老岳父与表姐慧瑾。从木接任校长不到一年，他与初芸的女儿芳志出生，一到寒暑假，从木和初芸便会带着鸿志与芳志两兄妹在北碚居住，陪伴王鼎荣，虽然老爷子一直未能痊愈，也算在晚年享受到了天伦之乐。

1930年，卢作孚先生的民生公司逐步开始了统一川江的"化零为整"策略，在王鼎荣出面斡旋下，他曾经持股的华轮公司很快与民生公司达成合并协议，率先并入民生公司之下。完成这件事情后，王鼎荣像是完成了自己生命中最后一个任务一般，他对来看望他的作孚先生与碧城说道："做了半辈子买办，再也不用仰洋鬼子的鼻息，也算扬眉吐气咯。"

他为自己在涂山山腰所选的墓址，那里能远眺两江，生前恐怕是来不及，生后也想在那里见证川江之上皆行我中华之船的壮美景象。年末，王鼎荣病逝于北碚，短短五年之后，民生公司果然统一了长江上游航运，曾经横行霸道的外国轮船公司再也驶不进巍巍壮阔的三峡。

王鼎荣病逝前夕，他将北碚的房产留给一直悉心照顾他的儿媳慧瑾，并再次提起希望她改嫁的事情。

"慧瑾，你是我的儿媳妇，初山走后，我也把你当我的亲女儿一般，王家是大不如前，但这北碚的房产，权当做你的嫁妆，你为初山、为王家做到了仁至义尽，现在是民国咯，切不要为守旧俗，落个孤独一生、老无所依……我是大半截身子入了土的人了，有啥子话我都是直说，碧城那崽儿一有空就往我这里跑，我早就看出他是醉翁之意不在酒，他心里头装的有你，碧城这娃子我从小看大的，你将后半生托付给他，初山在天之灵，也会欣慰。"

王鼎荣人之将死其言也善，慧瑾听老爷子这一席话，却只是默默摇头淌泪……

料理完王鼎荣的后事，慧瑾是孑然一身，从木与初芸自然十分担心她，提议慧瑾能回辉园居住，这里本就是她曾经的家。从木与初芸也了解慧瑾的个性，她独立矜持，本就不愿意给别人添麻烦，从木和初芸商议后，以请慧瑾来美专校工作为由，请她回城里暂住。那时，从木与初芸的第三个孩子，小女儿芬志刚刚出生，初芸需要照顾三个孩子，实在无心再帮忙学校的事情。那时学校的学生规模也已超过百人，正是用人之际，慧瑾曾经上过教会女校，也懂一些财会知识，接替初芸处置后勤工作，她的能力是绰绰有余的。在从木与初芸晓之以理动之以情的劝说下，慧瑾总算答应去学校帮忙，可她婉拒了回到辉园居住，而是在学校附近临时租住了一间屋子。

自打慧瑾从北碚搬回了城里，碧城再是繁忙，只要得空，便会往学校跑,名为看望兄弟,实则是探望慧瑾,他们两人的事,从木与伯廉也急得如热锅上的蚂蚁,不愿再袖手旁观。

"大哥,你就给句痛快话吧,你是不是喜欢我表姐?"

这日碧城又来学校送水果,待放学后,三兄弟聚在火锅馆喝酒,三杯酒下肚,从木是忍无可忍。

"哎,这么多年了,怕是傻儿都看出来了吧。"

碧城叹口气,将杯中酒一饮而尽。

"二哥,大哥说你是傻儿。"

伯廉还拿从木打趣。

"大哥,这件事我岳父大人临终前也是点了头,等于说是把我表姐托付给你了,你一天说你是男子汉顶天立地,啷个在这个事情上恁个尿?"

从木也不去理会伯廉,又追问碧城。

"不是我尿,你表姐心头只有初山大哥,你莫看她温柔贤惠,骨子头倔得很,她发了誓要守节,那她就会守一辈子,我说还是不说,啥子都改变不了。"

"初山哥的梦想是啥子,他的梦想就是打破传统束缚,开创一个新世界,你让慧瑾姐去守一辈子寡,那就是违背了初山哥要打破传统礼教束缚的心愿,慧瑾姐有顾虑,你就该去说服她,疏导她,让她不要有包袱、有顾虑,这才能安慰初山哥的在天之灵。"

"我赞成二哥,我们所有人都支持你和慧瑾姐在一起。"

伯廉也表了态，碧城纠结得整个眉头都拧在了一起。

"我之前也不是没表示过……可慧瑾姐都搪塞过去了，我觉得她可能不喜欢我。"

"大哥，你啷个瞻前顾后的，拿出你郑太岁的气魄来呀！"

"那我……找媒婆上门提亲？"

碧城显然也被从木和伯廉说动，小心翼翼地问道。

"我表姐是在教会学校上过学的，喜欢罗曼蒂克，贸然提亲，恐怕非她所好。"

从木若有所思地对碧城说。

"罗曼蒂克是哪个，你表姐，还喜欢洋人？"

"罗曼蒂克不是人……罗曼蒂克是……只可意会不可言传。"

"你这不等于没说嘛。"

"大哥，你听我说……"

三人凑在一起，讨论至深夜。

一个虹销雨霁的午后，一辆白色福特小轿车停在了铁板街的巷口，一位西装笔挺、油头铮亮的青年，手捧着一束鲜花，立于车旁，不禁引来路人频频注目。美专校放学的铃声响起，不多一会儿，慧瑾从校门内走了出来，看着碧城一丝不苟的模样，忍不住掩嘴笑了起来。

其实，在头一日，初芸便找到慧瑾，说翌日碧城从外地出差回来，想单独邀约她吃个饭，慧瑾本想拒绝，可见初芸请求再三，慧瑾也只好答应了，今日见这阵仗，着实让慧瑾有些不知所措。

"慧瑾,这是送你的。"

碧城走上前,将手中的鲜花双手递给慧瑾,他今日没有在慧瑾的名字后加上"姐"字,这让他自己和慧瑾,都有些许的不适应,可慧瑾也没有提出异议。

"谢谢。"

慧瑾接过花,这是她人生第二次收到别人送的花,上一次,是在上海外滩,那日是她生日,初山在卖花的小女孩儿手中买了一束玫瑰送给她,那时的情形,还历历在目,不觉间,慧瑾有些恍惚。

"请上车。"

碧城拉开副驾驶的车门,慧瑾才从回忆中抽离,她看着四周围观的学生和街坊,不免觉得尴尬,赶紧钻进车里。待慧瑾上了车,碧城也坐进驾驶座,一通操作额头都渗出了汗,总算是将车驶离了街口,这辆轿车是民生公司刚刚购入的,碧城为了今天能开出来约会,那也是日夜勤练,总算学会了开车。彼时重庆能开车的道路就两三条,路上人力车、滑竿和行人交叉穿行,行车自是极为不便,短短几里路程,开得碧城是满头大汗,看着碧城如此狼狈,慧瑾也觉得十分好笑,反而气氛轻松了许多。

碧城将车开到沙利文西餐厅附近停下,这是城里刚开的一家西餐厅,穿着燕尾服、戴着白手套的门童赶紧上来迎宾。

"郑先生,张小姐,欢迎光临。"

碧城好几日之前就过来订好了位置，碧城之前在上海也随作孚先生吃过一次西餐，这半生不熟的牛排碧城是吃不惯的，刀叉用起来更是麻烦，咖啡那苦不拉几的东西，他更是品尝不来，唯有面包是可以管饱的，可惜这就是时髦，卢先生也说过，洋人心仪哪位女士，就会邀请这位女士去西餐厅吃饭，牛排、红酒、咖啡，还有现场西洋乐器演奏，就是大都市的罗曼蒂克。

起先两人都有些拘谨，后来聊起民生公司的事情，碧城方才来了兴致，也忘了这是在约会，滔滔不绝地讲了起来，一顿饭吃得还算惬意，在上完甜品之后，一位手握小提琴的演奏师来到了碧城与慧瑾的桌边。

"先生，小姐，我可以为你们演奏一曲吗？"

演奏师礼貌地说道。

"要得……"

碧城见慧瑾没有做声，便点头答应，一曲悠扬的小提琴曲演奏完后，演奏师从口袋里掏出一枚信封放在桌上。

"先生，小姐，这是本店开业做的活动，凡是在本店消费套餐的客人，都将获赠两张新川电影院的电影票，上映的剧目是阮玲玉小姐主演的《野草闲花》，但这电影票是今日晚的，若不看就作废了。"

演奏师说完便离开了。

"慧瑾，你看这票都送了，不看也可惜了，咱们就吃完饭去看个电影吧。"

天不怕地不怕的郑太岁，此时满脸羞怯，竟都不敢看慧瑾的眼睛，见慧瑾也没说话，就当是默认了。

新川电影院离沙利文西餐厅并不远，用完餐后，二人步行来到影院观影，《野草闲花》讲的是金焰扮演的音乐学院学生拒绝父母安排的包办婚姻，爱上了由阮玲玉扮演的一位拥有美妙歌喉的街头卖花女，并帮助她成为歌唱家，最后二人冲破封建禁锢，有情人终成眷属的爱情故事。慧瑾自是看得十分认真，被感动得频频掉泪，而碧城的注意力全然不在电影上，见慧瑾梨花带雨，心中更是怜爱。

电影散场后，碧城提出开车送慧瑾回去，慧瑾也未拒绝，二人步行去沙利文西餐厅附近取车，碧城又驱车送慧瑾回家，一路晚风和煦，二人却都没有说话。慧瑾回味着电影中的情节，睹物思人，而碧城却是想着如何向慧瑾开口表白，不知不觉间，已来到慧瑾家的街口。

"碧城，谢谢你今天请我吃西餐、看电影，我很开心。"

慧瑾下车后，碧城也熄火下了车，慧瑾很郑重地向碧城道谢。

"从木说你喜欢罗曼蒂克……我也不晓得啥子是罗曼蒂克……他就说吃西餐看电影这些时髦的事情，就是罗曼蒂克……不晓得你喜不喜欢……"

碧城挠挠头，有些不好意思。

"这就是罗曼蒂克。"

慧瑾微笑着回答碧城。

"慧瑾……"

碧城正要开口表白，慧瑾像是预感到一般插了话。

"碧城,今天非常谢谢你,让我重温了一次青春的感觉,我很知足了,我知道你想说什么,但那样对你不公平,你值得一个更好的女孩,我祝福你。"

"是因为我比你小几岁吗,还是谁规定了寡妇不能再嫁,民国都快二十年了,社会早已翻天覆地,而且我们在一起,身边所有的亲朋好友都是赞成的呀,没有任何人会说闲言碎语啊。"

慧瑾的婉拒,无法让碧城接受。

"对,我可以不在乎你比我小,也可以不在乎别人说闲话,但我在乎自己许下的诺言……碧城,抱歉,我这辈子心里装不下第二个人了……"

慧瑾说完便要转身离开。

"慧瑾,你要守你发的誓,我管不到,我要守你这个人,你也管不到……"

当碧城在慧瑾的身后说出这句话时,慧瑾再也无法忍住眼泪,她没想到,这个世界上还会出现第二个爱她的男人,她不知这是幸运还是不幸。

"过不了多久,碧城这小子就会放弃的,没有一个风华正茂的有为青年,会死守着一个容颜日渐衰老的寡妇,他身边会出现许多倾慕的女子,和他一样,拥有着大好的青春、大好的未来,很快,他就会醒悟,今日的表白,是多么的幼稚……"

慧瑾在心中用这样自嘲的方式宽慰着自己对碧城的决绝,却不知为何,就是止不了淌到脸颊的泪水。

第三十回 迁址上清寺

　　1929 年，重庆正式建市，刘湘麾下二十一军教导师师长潘文华出任首届市长。彼时重庆城区狭小，难以发展，潘文华以极大的魄力迁走通远门外的几十万座坟茔，开拓出临江门至牛角沱，南纪门至菜园坝的大片土地。拓展了土地，还需要打通道路，在潘市长的规划下，历经三年多的时间，建成了沿长江的南区干线，沿嘉陵江的北区干线和通远门经七星岗、两路口、上清寺达曾家岩的中山大道这三条主干线。尽管城区面积扩大了，交通也得到改善，可那时重庆总人口仅有二十八万人左右，工商业也较为落后，对土地的需求量并不大，人们的工作生活仍然以老城为中心，并不太愿意外迁。潘市长知道，城中的士绅阶层不动，新区很难形成气候，所以他在上清寺牛角沱一线规划出一部分土地，以半卖半送的方式给到重庆的士绅商贾，希望他们能在这些地方建楼居住，带动新城区的发展。

　　1933 年，西南美专也步入了建校的第八个年头，铁板街的校舍本就是租来的民房，简陋拥挤不说，四周环境也十分混乱嘈杂，随着学生日益增多，此处已无法满足学校的发展需求。为学校另寻校址的想法早在从木心中斟酌良久，无奈老城之中很难找到合适的地方，若要外迁，购置土地一项就是美专难以承受的，更别说兴建校舍、购置教具等后续所需的巨大开销了。

正在这一筹莫展之时，伯廉向从木提议，何不去找"典夔大哥"甘绩镛指点迷津，此时的甘绩镛已升任川东道尹，他还有一个身份，是川东共立师范学校的校长。川东师范在两年前濒临停办，正是他出任校长后迁新址、建校舍、修制度、树学风，还设立"典夔奖学金"鼓舞学生，凭一己之力力挽狂澜，不仅让学校转危为安，办学质量与口碑也是蒸蒸日上，全校师生更是对他赞誉有加。典夔大哥是在其位而能谋其政，热心教育又为人慷慨，若说真有这么一个既有韬略又有手腕能为美专校倾力相助的贵人，那就非典夔大哥莫属。

从木听从伯廉建议，将美专校之情况详尽地写成一封公文，并亲自带着文书前往川东道署拜访了甘绩镛。得知从木前来，绩镛心中也猜到了十之八九，在看完从木所呈上的公文后，忖量了片刻后，像是做了决断，于是对从木说道："贤弟，来得早不如来得巧，我还真有这么一个地方可以带你去看看。"

"悉听典夔大哥安排。"

绩镛叫来副官，驱车前往城外，从中山大道开出一段路程后，来到一片杂草丛生的荒地上停下，从木随绩镛下了车。

"从木，你晓得这里是哪里不？"

绩镛问从木道。

"这好像是上清寺附近吧。"

从木举目四望，四周虽已有许多房舍，却是人烟稀少。

"没错,这里就是上清寺地区,西临牛角沱,往东上去就是中区三路,离两路口很近,你不要看现在还人迹罕至,过不了几年,这里就是重庆达官贵人的聚居区。"

绩镛对从木说道。

"路修好了,发展起来就会很快,现在城头居住拥挤,道路也难以拓宽,这边远离嘈杂、山清水秀,是个清净的好地方。"

从木附和道。

"要是把美专校搬迁到这里来,贤弟意下如何?"

绩镛此话一出,从木自是十分惊讶。

"典夔大哥,实不相瞒,将学校迁到城外我不是没想过,若是买这么一块地,尽全力筹措还有可能,但再加上后面修建校舍……特别是考虑到学校离老城远,师生恐怕还需住校,那就还要修建宿舍楼,这开销之巨,恐怕我们无力承担……"。

从木叹口气说道。

"贤弟,这二十亩地,是我的私产,这还是和潘市长喝了两顿酒讨到的,本来是准备建座公馆,但当过校长,有颇多感悟,兴办教育利在千秋,你做事一心一意,我也是看在眼里,我愿意把这二十亩地无偿捐给美专校。"

绩镛目光坚定地望向从木。

"大哥,这可万万要不得……"

从木就像在做梦一般,简直不敢相信自己的耳朵。

"你就别客气啦,这样吧,之前听伯廉说,你的山水是渐入化境，回头再送我几幅，就当是购地款了，至于建楼的款子，美专校毕竟是私立学校，政府不能拨款，但我也为你想到一个办法，不过嘛，你需做点牺牲……"

"只要是为学校好，个人得失我是全然不在乎的。"

从木已然感激涕零，绩镛非亲非故都愿无偿捐献自己的地皮，自己作为美专校的校长，肝脑涂地他此刻也不说二话。

"贤弟，你可知道我现在挂着川东师范的校长？"

"愚弟当然知道。"

"我挂着校长，学校募捐融款多多少少会方便许多，其中道理无需我明言，你不妨就依样画葫芦，让校董会推举一位有权势的人来挂任校长一职，让他出面向社会募资或向银行借款，这样想必能解决一大笔经费，不过你既要让出校长头衔，借款的责任还是要你一肩挑，这样的委屈不知贤弟受得了不？"

"如此甚好，如此甚好，这算啥子委屈，如果典夔大哥能够出任美专校校长，学校也就有望了！"

从木欢欣鼓舞，全然没有在意校长的头衔与债务傍身的压力，从木的反应，也让绩镛既感动又忧心，他感动于从木不贪图虚名的超然，又担忧从木将来会被大笔的债务拖累。

"贤弟，你办教育的决心和毅力这是有目共睹的，说起来你接任美专校这个校长，与军座也是有缘故的，这二十亩地，一来是支持教育，二来也是算我替军座给学校的一些补偿，也算告慰杨校长在天之灵……可我已经兼任了川东师范的校长，再兼任美专校的校长实为不妥，不过你也不用担心，我为你物色了一位比我更合适的人选，若他肯出马，这件事就成功了大半。"

"劳大哥您如此费心，愚弟感激不尽……不知能否请教这位贵人是何方神圣？"

"贤弟，大哥也不和你绕弯子了，我愿帮你请巴县县长唐步瀛来出任校长，一来他身份贵重，说话有分量，二来他和你一样，也曾留学日本，视野开阔，颇有才名，对文化教育分外看重，三来他在教导营任过文职，算是二十一军出来的人，若能说动他挂这个校长头衔，就算是和军政界搭上了桥，将来筹款、借款，方便许多不说，一般也没人敢来找你和学校的麻烦。"

"大哥思虑甚周，若真能请动唐县长，实乃学校之幸！"

绩镛这一份大礼接一份大礼送到从木手中，从木已然高兴得忘乎所以。

"我知唐县长也爱收藏字画，其中尤爱松柏，贤弟画技超然，若舍得一幅丹青，加上我为你出面游说，此事必成。"

"求之不得，求之不得，愚弟先拜谢大哥了！"

甘绩镛做事是雷厉风行，没过几日，他就邀约唐步瀛县长亲临美专校参访，从木、伯廉陪同介绍，唐县长对从木等人在没有政府的资金与政策支持下仍能坚持办校的决心毅力大为钦佩。参访结束后，从木与伯廉在小洞天设宴款待甘绩镛与唐县长，推杯换盏间，众人相谈甚欢，尤其唐县长与从木同在日本留学，又都是爱画之人，因而一见如故，甘绩镛见时机成熟，便提出请唐县长出任美专校名誉校长之事，唐县长也不含糊，爽快答应。临别之前，从木又将精心创作的一幅《松柏常青图》赠予唐县长，唐县长看后大悦，盛赞从木之笔法苍劲有力，所画之松柏气势雄浑，颇有大家风范。

"从木兄，我以后可得叫你'松木'兄了！"

"唐县长谬赞，从木万不敢当。"

唐县长称"从木"为"松木"，不禁令从木回忆起当年在东京之时，刘海粟校长的玩笑，也让他回想起在横山家第一次见到小景时的情形，十余年弹指一挥间，却颇有恍如隔世之感，不知小景可还安好，不知是过着相夫教子的平凡生活，还是成为了如上村松园一般名声斐然的女画家。

"今宵无睡酒醒时，摩围影在秋江上……"

回到家中，见初芸与儿女们都已睡下，他兀自取出酒来轻声走到书房，关上门，打开窗，自斟自酌，喃喃自吟，数年忙忙碌碌，却不知离青春渐行渐远，太久没有回想过在日本的岁月，小景的音容也有些模糊，如若邂逅于茫茫人海，恐怕也难以认得出彼此了吧，从木慨然，将杯中冷酒一饮而尽，提笔作起画来……

唐县长就任美专校校长后，从木与伯廉即刻为迁址筹款一事四处奔走，通过校董会公开募资和向银行借贷。唐县长也不含糊，屡屡为从木站台，还引荐了当时重庆赫赫有名的大富商、袍哥掌旗大爷石荣廷与从木认识。石荣廷为人豪爽，看过从木的画作也是十分欣赏，当即表示愿意捐资，还向从木订购了数幅画作与屏风摆件。见石荣廷这样的大人物都出了手，许多富商也纷纷捐款，再通过向银行、钱庄抵押借贷，基本筹足了修建教学楼与宿舍楼的费用，但若还要添置新的教具、家具等一应设施，经费仍然捉襟见肘。

没有足够的抵押物，再向银行借款的难度很大，私立学校偿还能力本就不被看好，若非看唐县长的面子，是很难获得大笔贷款的，何况那时重庆的银行多是外资，借款利息较高，贷款太多，学校也无力偿还。贷款走不通了，希望只能是再寄托在富绅商贾身上，从木与伯廉将景德镇压箱底的瓷板画也拿了出来，拜帖天天下，宴请夜夜有，都说书生意气，为了能把这学校办好，也免不了应酬交际，行曲意奉承之举，从木本不善饮酒，常不胜酒力，有一日伯廉未在，从木竟深夜未归，初芸着急，差人去找，竟发现他醉倒在湖广会馆旁的石阶上。

初芸看在眼里，心中当然痛惜，可也没说什么，过了几日，从木正要出门，却被初芸叫住。

"先生，你等哈。"

结婚之后，初芸都叫从木"先生"。

"夫人,有啥子需要我带回的,我一并买回来。"

虽是难掩疲惫,从木还是笑呵呵地望着初芸,他不想初芸担心,初芸取出一个盒子递给从木。

"这是啥子?"

从木疑惑不解。

"你打开。"

初芸说完,从木打开盒子,见里面放着一张两千银元的兑票和三根金条。

"这是?"

从木抬起头看向初芸,大感不解。

"嫁妆里的金银首饰,我戴得少,和家中一些文玩我一起卖了,筹了这些……"

"这是你的嫁妆,你自己留着,如果是为了学校搬迁的事情,我和伯廉晓得想办法。"

从木将那盒子推回到初芸手中。

"你看看你都累成啥子样子了,白天要上课,晚上要画画,三餐有两餐没时间吃,一餐还灌一肚子酒,你个人受得了,我看到起受不了,这个钱我们自己可以出。"

初芸说着说着,竟潸然泪下。

"初芸……"

从木整日奔劳,对初芸与孩子们多有疏忽,如今见初芸非但不责怪他,还典卖嫁妆来支持他,从木心中是既感动又惭愧。

"这些钱你先拿着,如果还不够,我们还可以卖辉园，学校要搬到上清寺去，路途也远，以后学校建起了宿舍，我们也可以在宿舍居住，无论富足还是清苦，家人要在一起，那才是个家。"

从木全然被初芸的胸襟与气魄所折服，他将初芸揽入怀中，久久说不出一句话来，心中只有"得妻如此，夫复何求"的感叹。

1933年，上清寺新校区落成，西南美术专科学校完成搬迁，并改校名为"西南实用艺术职业学校"，每年秋季招初、高中职业班各一班，仅仅一年，学生规模就达三百人之多。学校已具规模，可对于从木来说，要面临的麻烦与困难却接踵而至。

第三十一回 "女侠"教员

新校落成后不久，踌躇满志的从木还没来得及高兴几天，没想到血光之灾就找上门来。这日，他从学校回家，心情颇为舒畅，所以专门买了陆稿荐的卤牛肉与烤麸，兴高采烈地准备回家与初芸小酌一杯，不料走到辉园门口，却见八九个气势汹汹的汉子堵在自家门口，从木不明所以，于是上前询问："请问各位找哪个？"

"你可是西南艺职校的万校长？"

领头的见来了人，上下打量从木一番后问道。

"在下正是。"

"你认就好，还钱！"

那些人见找对了人，情绪陡然激动起来。

"还啥子钱？"

从木有些莫名其妙。

"我们是盖上清寺艺职校的工人，房子我们盖好了，工钱却没给我们结完，今天来找你要个说法。"

领头人一脸怒气，恶狠狠盯着从木。

"工钱我们是跟包工的陈三哥结清了的，你们要讨工钱，应该去找陈三哥啊。"

从木见来人气势汹汹，赶忙解释道。

"狗日的陈三儿，人都不晓得跑到哪里去了，我们要是找得到他，还用来找你？反正老子今天拿不到钱，绝对不得走，兄弟们，是不是？"

领头高呼一声，其余工人也都齐声附和。

"各位工友，这里是私宅，家中还有妻儿老小，请勿惊扰我的家人，你们先回家，有啥子误会，明天我们去学校说清楚，你们看好不好？"

从木见众人激愤，只得好言相劝。

"兄弟些，陈三狗跑路了，我们千万不能再让万从木跑脱，欠债还钱天经地义，你不给钱，那就不要怪我们几爷子不客气。"

领头人话音未落，正巧此时大门打开，秦伯提着一根笤帚和家里一位帮工的小伙计冲了出来，还未等秦伯开口，工人们以为秦伯是要冲出来打架，也不知人群里面哪一个大喊一声，一块石头就扔到从木额头，他顿时眼冒金星，鲜血直流。

"先生快跑！"

听秦伯大喊一声，从木顾不得头痛眼花转身就跑，他知道自己是这些工人的目标，害怕扭打起来惊扰初芸与孩子们，现在就是三十六计走为上计，他拼了命沿青石板坡一路往上跑，血也跟着滴了一路，他也不敢回头，也不知身后有无人追赶，一路跑到打铜街路口，忽觉眼前一黑，晕了过去。

也不知昏睡了多久，醒来时，从木躺在诊所里，迷迷糊糊睁开眼睛，伯廉走了过来。

"二哥，你这可真是大难不死，再往下分毫，你眉骨都要砸断，眼睛也要遭殃。"

伯廉担忧地说道。

"我昏了好久？你嫂子还在家里，工人来闹事了，我必须回去看看……"

从木想站起来，只觉全身像散了架一般，一动哪里都在痛，头也晕得厉害，一阵犯恶心。

"你别起来了，嫂子派小伙计来过，说她能应付，喊你在诊所躺两天，不要回家，也不要去学校。"

"那啷个得行，她有危险怎么办……"

从木听伯廉如此说,心中更是焦急。

"你放心,此事我已告知甘大哥和唐县长了,他们会处理,警察厅也派了人去抓陈三哥了,他贪污克扣了工人工资,之前建校头绪太多,多有失察之处。"

伯廉见从木伤得不轻,心里也是十分惭愧。

"伯廉,也不怪你,我们没得经验,假手于人,难免出问题。"

从木叹口气,现在他只担心工人别闹出事来,伤着初芸和孩子。

"二哥,你就在这里安心养伤,我待会儿去辉园看看,如果有事,我来处理。"

伯廉安慰从木道,从木虽想立即回去,可实在是起不了身,此时回去,未免不是添乱,于是就听从伯廉安排,留在诊所休息。

两日后,从木伤势好转,炎症消退,人也清醒了过来,伯廉赶来告诉他,工人已经走了,警察厅和脚行的兄弟都在找陈三哥,不出三日,必定拿他归案,给工人们一个交代。伯廉陪从木回到家中,从木心中因自己的疏忽给家人带来如此大的风险而羞愧难当,初芸却没有丝毫责怪从木的意思,只让秦伯把炖好的鸡汤盛一碗来,给先生喝。

"我听秦伯提起弟妹前日之风采,真是巾帼不让须眉啊!"

伯廉在从木喝汤之际,对初芸前日的应对赞叹不已,原来,在从木被石头击中逃走后,并不是所有工人都追了上去，有的工人就想夺门而入，与秦伯起了争执，初芸怕事态失控，便主动出面大声呵止，并请工人到家里坐下，大家平心静气解决问题，初芸对工人说道，大家做了工却没拿到工资，讨薪是有理，可万校长已然把钱付给了包工的陈三哥，如今他受蒙骗，也是受害者，工人们打死打伤了万校长，既讨不回工钱还要吃官司，这不是竹篓打水两头空嘛，何况万校长清廉，也是众所周知……初芸好言相劝，工人们打伤了万校长也自知理亏，可又不愿离去，于是初芸就将工人请到家里，同吃同住，以慰其心，工人们见初芸以诚相待也都自觉羞愧，后来唐县长派人来将工人劝走，工人也就不好再说什么，各自散去。

从木听完伯廉与秦伯的话，对初芸不禁另眼相待，更为家中能有如此贤妻而自鸣得意。

"夫人，要不我这校长也不当了，让你来当，恐怕学校倒还管得好。"

从木笑呵呵地讨好初芸。

"我不当啥子背时校长，如果我晓得你当这个吃力不讨好的校长会惹来血光之灾，我半分都不会支持你！"

昨日化险为夷，初芸却是心有余悸，她看着从木额头上包了三层的纱布还渗有血迹，不知有多心疼。

"夫人，吃一堑长一智，以后我们要引进管理人才，绝不会再出这样的事情。"

从木痛定思痛，信誓旦旦说道。

"人才人才，你先把那一屁股债还干净，再说啥子人才。"

初芸嘴上虽不饶从木，可她也知道从木是不会轻言放弃的，当年妹妹对哥哥的崇拜可能会随着岁月渐渐消退，但夫妻之间相濡以沫、同舟共济的真情却与日俱增。

不久后，陈三被缉拿归案，可他早就将钱财挥霍一空，从木无奈只好典卖了些家什，将工人们的工资补上，工人们十分感激万校长与其家人，作为报答，无偿为学校建筑做了修缮和加固。

1934年的秋季开学前几日，一位个子瘦小、留着干练短发，颇有几分英武之气的女青年走进了从木的办公室，简短地自我介绍后，将一封介绍信递到从木手中，从木看完信后，取来火柴和痰盂，当着女青年的面将信烧掉了，他上前与女青年握了手，并示意她请坐，当他为女青年倒水时，因为心绪激动握着茶杯的手甚至微微颤抖，因为太久太久没有得到聘九的消息了，他做了个深呼吸，方才使心绪平复，他转身将茶递给女青年，微笑着问道："陈双玉女士是吗，幸会，不知聘九兄他可还好？"

"何先生一切安好，此时想必已经在去苏联的路途上了。"

陈双玉举止沉着大方，说话铿锵有力，不过令从木印象更深刻的是她的手，从木在递茶杯时注意到，陈双玉的手不仅手指、掌心皆有结茧，而且非常有力，从木意识到，那不仅是一只拿笔的手，还是一只拿枪的手。

"那就好、那就好……陈女士，聘九兄信中说你曾就读于南京东南大学国文系，还在师范学校教过国文，那么你还是负责国文课吧，此外，新学期入校的女生较多，我想再增补一个女生部训导主任的位置，希望你来兼任，可否？"

从木思酌片刻后，对陈双玉说道。

"好的，万校长，训导主任的职务我之前没有担任过，但是工作内容也基本了解，工作上我一定会认真尽责，若有做得不当的地方，望您多指教批评。"

陈双玉对从木报以微笑，自信而礼貌。

"就有一点，不管遇到啥子困难和危险，尽量与我商量，由我来周旋解决，千万不可在学校大动干戈，以免伤及无辜师生。"

从木还是放低声音，与陈双玉约法三章。

"万校长深明大义，我也绝不会辜负您的信任而置学校于险境，这点您放心。"

陈双玉紧盯从木的双眼，笃定地回答。

"好，欢迎你，陈老师。"

陈双玉曾在岳池女子师范学校任职过，对讲台并不陌生，对待教学她一丝不苟，她的国文课十分生动有趣，她很爱给学生们讲一些古今中外的侠士们行侠仗义的故事，加上她自身本就带着几分飒爽英气，所以很受同学们的尊敬和喜爱，大家私底下都称她为"陈女侠"。

可西南艺职校的"陈女侠"很快引起了警察厅的注意

和猜测，军警也以"检查学校安全情况"为由到学校突击检查过两三次，因手上没有实证，只能是悻悻而归。没过多久，从木参加唐县长举办的宴会，席间，警察厅的高官就含沙射影地问起从木关于陈双玉这位新老师的事情。

"万校长，听说贵校招了位女教师，据说是岳池那边过来的，万校长可知其根底啊？现在各地围剿赤匪如火如荼，一些法外之徒四处流窜如丧家之犬，学校这样的地方可要格外注意安全，可别混进匪盗流寇才好。"

"这位老总，万某只是副校长，艺职校的校长可是唐县长，我相信由唐县长亲自治下的学校，是绝不可能有啥子歹人混进来的，你可千万不要因为几句捕风捉影的谣言，给日理万机的唐县长添麻烦哟。"

那人见从木把唐县长搬出来说事，自然也就无话可说，从木还不放心，于是邀请唐县长每月来学校亲自视察两次，打破社会上的流言蜚语，警察厅特务科的人跟了一段时间也没找到实际的证据，只好作罢。

陈双玉自此能安心在学校上课，在艺职校艺术氛围的熏陶下，她也渐渐喜欢上了绘画，她拜从木为师，向从木学习国画技法，与师生一同前往重庆郊区写生。双玉天赋极高，不到半年的时间，作品就初见功力，她把柔情的一面都融入画中，尤工花鸟与仕女，从木对她的画功也是赞许有加。

转眼两年过去，1936年8月，一个炎热午后，陈双玉忽然来到从木家中请辞。

"万校长,实不相瞒,我接到组织安排,必须要离开学校了,感谢两年来您对我的照顾与保护,虽然您从未问过我的来历,却十分信任我,想方设法地护我周全,还教我画画,我感激不尽。"

陈双玉含泪对从木说道。

"陈老师,你言重了,你有需要隐藏的身份,我十分理解,无论如何,你是位受学生欢迎的好老师,对于学校来说,这就足够了。"

两年的相处,从木与陈双玉既有同仁之谊亦有师生之情,分别之际,嘴上不讲,心中自是有几分不舍与惦念。

"万校长,感谢的话我就不多说了,只希望后会有期,我再向您求教画艺。"

陈双玉向从木深鞠一躬,随即转身离去,她利落的身姿消失在残阳下的街巷之时,颇有"十步杀一人,千里不留行"的英雄气概,此时,小女儿芬志从屋里出来,握住从木的手,问从木道:"父亲,陈老师去哪里呀?"

"万里赴戎机,关山度若飞,陈老师要去完成她的任务呀。"

从木将芬志抱起,对她说道。

"她有啥子任务呀?"

芬志又好奇地问道。

"她要去打坏人,救中华。"

从木摸摸芬志的头,转身往屋里走去。

"那我长大了也要打坏人,救中华。"

芬志拍手说道。

"哈哈，我们小芬志真有志气……"

一年之后，卢沟桥事变爆发，抗日战争的大幕随即拉开，1937年7月17日，蒋介石在庐山发表"最后关头"演说，讲道："如果战端一开，那就是地无分南北，人无分老幼，无论何人，皆有守土抗战之责任，皆抱定牺牲一切之决心。我们只有牺牲到底，抗战到底，惟有牺牲的决心，才能博得最后的胜利！"抗日统一战线已然建立，全民抗敌之精神为之振奋，炎黄子孙皆需同仇敌忾，共赴国难，直至将侵略者赶出国门。对于曾在东洋留学的从木来说，日本法西斯主义的侵略行径令他悲愤交加，他深知在战争中遭殃的不仅仅是被侵略的中国人民，热爱和平的日本大众也将付出极为惨痛的代价，成为军国主义的陪葬者。无论如何，"国家兴亡，匹夫有责"，作为中国人，他必须心怀坚定的抗敌意志，执手中画笔，投身于如火如荼的抗敌宣传之中，为国家尽匹夫之责，为抗战尽绵薄之力。

第三十二回 一切为了抗战

1937年7月底，平津失陷，不到半月，淞沪会战爆发，国内多所高校紧急西迁，准备较为充分、最早迁至重庆的是南京国立中央大学。中央大学艺术系的教授们也随校抵渝，其中最为知名的，就是曾与从木在上海有过一面之缘的徐悲鸿。

巨贾石荣廷得知徐悲鸿等知名美术家到了山城，于是以重庆抗敌后援会之名义，邀请徐悲鸿、吴作人、陈之佛等人到江北盘溪培园参加欢迎会，共商美术界办展筹资支援前线之事宜。从木作为重庆本土美术教育界的代表人物，也应邀参加。

时隔近二十年，从木再次见到了徐悲鸿，心中感慨万千，初遇时还是少年，再见已近不惑，石荣廷也不知从木与悲鸿相识，特意引荐一番，当年只匆匆一面，徐悲鸿一时间也并未认出从木来。

"悲鸿先生，二十年未见了。"

二人握手之际，从木笑言。

"二十年吗，是我去法兰西之前吗？"

悲鸿在脑中仔细回想。

"您与公庹先生去法国之前，我们一起吃过一次西餐，您还建议我一定要走出国门看看。"

从木补充道。

"公庹……杨公庹吗，我记起来了，对对对，你当时好像在上海美专上过课是不是？"

悲鸿握着从木的手，没想到他乡还能遇故知。

"是的是的，彼时听君一席话，胜读十年书，我后来去了日本京都留学，收益良多，回渝后，随公庶先生创办了西南美专校，也就是现在的西南实用艺术职业学校。"

"好极好极，我与公庶兄巴黎一别，也快十余年未有音讯，他还好吗？"

悲鸿初至重庆，自然也想见见老同学。

"公庶先生他……在十年前就去世了。"

从木此言一出，悲鸿惊诧不已，二人相顾无言，感叹世事无常。

"若有时间，还请从木兄带我去公庶兄墓前祭扫吊唁。"

悲鸿叹口气，对从木说道。

"好，悲鸿先生百忙之中若有空闲，我陪您去。"

二人叙谈片刻，石荣廷邀请徐悲鸿上台向嘉宾们发言，悲鸿先感谢重庆各界人士对全国抵渝美术家们的欢迎和帮助，然后讲述了他从香港、广州、长沙一路办展的经历，并表示会将画作所得钱款大部捐给前线，以资抗战，悲鸿此言一出，便获得热烈掌声。重庆市长潘文华，巴县县长唐步瀛以及培园的主人石荣廷等人也都力邀徐悲鸿与其他美术家们在重庆办展，鼓舞军民抗日之士气。

此次欢迎会结束后不久，重庆抗敌后援会绘画组委会随即成立，并鼓励美术家们积极创作，以备展览。从木回到学校后，也将满腔热情投入在了抗日宣传画的创作上，他思酌再三，认为抗日宣传画是用于激励广大群众的抗日意志，表达不能太过晦涩，要既富有感染力又得通俗易懂，于是他想起了丁悚老师的漫画，以借古喻今的方式来鼓舞民众，说不定效果更佳。于是他选取古往今来的爱国故事，以漫画的形式跃然纸上，其中包括以越王勾践卧薪尝胆而创作的《尝胆卧薪》、以岳母刺字而创作的《精忠报国》、以苏武牧羊而创作的《牧羊守志》、以班超弃文从军而创作的《投笔从戎》、以戚继光抗倭而创作的《威震倭寇》、以花木兰代父从军而创作的《代父从征》、以秦良玉守疆卫民而创作的《保卫国土》等国画手法创作的系列漫画作品。

1937年11月12日，淞沪会战失利，日寇兵锋直逼南京，八日之后，国民政府发布《国民政府移驻重庆宣言》，同年12月1日，国府于重庆正式办公，政府机关、学校、工厂陆续内迁，十二日后，南京沦陷，重庆已在事实上成为"战时陪都"，并将在抗战的岁月中扮演大后方的政治、军事、经济与文化中心的角色。国人深知抗敌并非一朝一夕之事，在国府制定的"以空间换时间，以小胜积大胜"的战略方针下，前期防御的失利并没有打击到大后方抗敌的信心，日寇的暴行令民众义愤填膺，而川军的英勇更是让全川父老深感光荣，"四川王"刘湘亲率川军出川抗日，却因病倒在了前线，他的遗言仍在激励全军："抗战到底，始终不渝，即敌军一日不退出国境，川军则一日誓不还乡！"

从木闻听此事，不禁泪洒当场，感叹刘将军是"出师未捷身先死，长使英雄泪满襟"，连夜创作了《民族英雄》一画，随后又接连创作《共同奋斗打倒暴日》《侵略者的"收获"》《各尽其责》《无家可归》等多幅现实题材作品。

1938年5月,重庆抗敌后援会绘画组委会在假木牌坊英年会会址举办抗敌画展,展出油画、水彩、国画共计一百五十余件,其中就展出了从木的《民族英雄》等作品。此次画展,国民政府主席林森、国民党中央宣传部长邵力子等党政要员亲自到场观展,予以支持。展览结束后,组委会出版了《抗敌画展出品画册》,林森、蒋介石、邵力子等人为该画册题字作序,从木的抗日题材作品尽数收录于国画部、漫画部之中,从木成为最早用中国画技法创作抗敌漫画的美术家之一。

抗敌画展结束后,从木趁热打铁,随即在数墨斋举办了个人画展,并通过数墨斋接受山水人物的堂幅、条幅、手卷与扇面的作品预定,按润例收取酬劳,所得酬金全数捐给抗敌后援会以资劳军,同年七月,《从木画集》由重庆美术用品社发行,重庆书店、重庆北新书局、重庆有正书局和重庆开明书店销售,销售所得,从木也全数捐献。

这日从木去劳军献金站捐完款,劳军处的士官群众皆褒赞"万校长德艺双馨,是重庆本土美术界与教育界之楷模",从木心中不免洋洋自得,回家路上,打算去大阳沟买些陆稿荐的烤麸和花生米,邀伯廉到家中小酌一杯。行至大溪沟,在街边的肉铺旁,他碰巧见到和秦伯一同出来买菜的初芸,自从学校搬到上清寺后,除从小看着他长大的老管家秦伯和一位能带娃的张姨,其余伙计丫头,除了两人去学校做了校工,其余悉数遣散,屋里屋外,初芸也是忙前忙后，操持着家务。从木本想上前招呼，可他忽然想到他从未见过初芸买菜，于是就躲在一旁偷看，初芸在肉铺前熟练地挑选着，可迟迟没有选定，肉铺老板也有些不耐烦了，对初芸也是嘟哝起来："就这几块肉，你翻过去翻过来，未必还能翻出花来？"

初芸也不生气，只是笑笑，说句"我再看看"，便转身要走，她对秦伯说，"上周孩子们吃过肉了，这周还是买六个鸡蛋，我们再去买两块豆腐，先生爱吃麻婆豆腐。"

就在初芸身后的从木，这些话都听得真真切切，当年天真烂漫的富家千金熬成了在菜市掂斤播两的家庭主妇，从木心里是五味杂陈，又是疼惜又是羞愧。

"夫人。"

从木唤住初芸，初芸回头一看，立时嘴角上扬。

"你嘟个跑大溪沟来了？"

初芸走到从木面前，好奇地问道。

"我捐款去了，回来顺路，过来买些烤麸和花生米。"

从木对初芸说道。

"好啊，晚上叫伯廉他们过来吃饭，你们喝一杯。"

初芸说完，从木点点头又赶紧侧过脸去，他没再说话，只是默默牵起初芸的手，与她一同回家。

转眼就到了十月，从木收到一份来自国民党中央宣传部部长邵力子的请柬，邀他参加著名画家张大千与晏济元的联合抗日募捐画展招待会，从木欣然应邀参加，与伯廉同往。

"二哥,你说我们与张大千也是二十几年未见过面了,他能认出我们不?"

路上,伯廉问起从木。

"我们几时见过张大千?"

从木经伯廉一问,却是一脸茫然。

"啊,你未必不晓得张大千是哪个?不是因为我们与大千兄相识,才邀请我们去参加招待会的吗?"

伯廉一脸诧异地望向从木。

"伯廉,我晓得张大千是四川的画家,可你别乱攀关系,免得到时候别个根本不晓得我们,好臊皮哟。"

"嘿,二哥,原来你根本不晓得张大千是哪个嗦,我问你,张大千和张善孖是啥子关系?"

"你说'虎痴'张善孖吗,他们是同胞兄弟,才办了画展嘛,我晓得。"

"你晓得还没想得起来呀,当年我们去成都,跟我们同行被山匪绑起走的那个人是不是张善孖的兄弟?"

"我当然记得,是叫张正权嘛……难道张正权就是……"

"对啊,当年遭绑票的张正权就是现在鼎鼎大名的张大千!"

伯廉说完,从木才恍然大悟,一拍脑门感叹自己糊涂。

到了会场,见张大千、张善孖两兄弟正与甘绩镛讲话,从木与伯廉相视一笑,走了过去,甘绩镛见从木、伯廉来了,也笑着赶紧招呼。

"大千先生,你看还认得出这二位不?"

绩镛对张大千说道,张大千仔细打量从木与伯廉,虽觉眼熟,却也没能在脑中对上号。

"恕张某人一时眼拙,未能认出,还要请教二位阁下尊姓大名?"

张大千见二哥张善孖与甘绩镛都在一旁笑而不语,心想必是熟人,未免怠慢,还是请教一下的好。

"黑笔师爷,别来无恙。"

伯廉一边笑称,一边拱手向张大千作了个揖。

"这是西南美职校的校长万从木和校董黄伯廉,大千先生可想起来了?"

甘绩镛说完,张大千一拍手,大笑起来。

"记起来了,记起来了,哎呀,那可是往事不堪回首啊,甘道尹给我讲了,当时你们专程找他求助来救我,后来我回老家成婚后不久就到日本去了,也没能向二位兄弟道谢,今日能再重逢,幸甚!"

"当我听到张大千这个名字,我就知道是你,当年你说等佛缘到了你就改名大千,言犹在耳呀,如今是沧海桑田,我们都变化不少,这唯一不变的,是大千兄的一副美髯啊。"

伯廉感叹道。

"说来也的确有缘,上次我们分别,我是羊入虎口进了贼窝,这次我们重逢,我是从日本人的软禁下逃了出来,这一进一出,恍如隔世啊。"

大千兴起,请人取来两柄作有自画像的折扇,题跋写道:"此去年在故都极危殆时,自作小像,年三十九也。从木(伯廉)老友,别廿三载余相晤渝州,因举以为赠,大千张爰。"

众人正叙谈时,一位军官将从木叫开,称于部长与唐县长要见他,从木便跟着军官走进后堂的一间茶室,于右任见从木来了,便叫停了工作汇报,请从木坐下,只留下唐县长一旁作陪。

"万校长,请你过来一趟,确有要事相商……"

于右任稍作停顿,唐县长将茶几上的一份文件递到从木手中,从木低头一看,文件封面上书"中华民国政府征用令函"。

"情势紧急,鄙人也就不绕弯子了,武汉战事吃紧,党政机关均数迁渝,机构众多可屋舍不堪其用,故而需征用阁下之西南艺术职业学校一应设施以供军用,不日由我党中央宣传部进驻,这是征用令,还望万校长以国事计,多多理解,多多支持。"

于右任对从木说道。

"国家有用,在下万不敢拒。"

从木心中虽是百感交集,可他也深知此事没有回旋的余地。

"万校长,此事紧急,我已请托唐县长为学校在南岸鱼洞溪玄坛庙附近寻得一处民房,暂且安顿贵校师生,望贵校尽速搬迁。"

"不知学校有几日时间可供搬迁?"

从木紧握"征用令",又问道。

"三日,最多三日。"

唐县长代于右任开口,从木怔怔半晌说不出话来。

"万校长,搬迁之事宜,巴县民团会派专人从旁协助,事关紧急,还请务必完成。"

于右任见从木没有回话,上前握住从木的手,补充说道。

"鄙人明白,我这就马上回学校指挥搬迁。"

从木回过神来,咬着牙答应下来。

他走出会场之时,只见天空乌云密布,伯廉见从木心事重重,他也猜到了七八分。

三日之后的东水门码头秋雨绵绵,西南艺职校的最后的一批教具装上了轮渡,从木和伯廉正要上船离开,忽听见远处有人呼喊二人名字,定睛看去,来人正是大哥碧城。

"大哥,你不是随作孚先生去宜昌了吗,好久回来的?"

从木与伯廉二人迎了上去。

"我前天回来的,今天就要走,事情太多,没来得及找你们,广州已经失守,武汉已是孤城,国军已陆续撤退,武汉不日就将失守,现在还有大批旅客、货物滞留在宜昌,我是回来调船的,现在情势紧急,我马上就得走,我刚才去辉园了,弟妹说你们在码头,我过来和你们道个别,你们千万照顾好自己。"

碧城拍拍从木与伯廉的肩膀。

"大哥,你深入前线,可千万注意安全,且不可太冒险。"

二人虽知碧城做的是救国家于水火的大事，可难免担心他的安危。

"现在民生公司上下员工皆以抢运物资、救济旅客为使命，早把个人生死置之度外，我知道学校也为前线捐款出力，咱们三兄弟为抗战各司其职，如若我不幸殉国，那也是死得其所。"

碧城笑着说。

"大哥切莫说这不吉利的话，大家都盼着你胜利归来。"

伯廉说道，此时，轮渡就要开船，船工催促从木、伯廉赶紧上船。

"时间紧急，咱们各自上船吧，从木、伯廉，你们多保重。"

碧城送从木和伯廉登上轮渡，船缓缓驶离码头。

"大哥，我们等你回来，为了慧瑾姐，你也一定要回来！"

从木在船头对着碧城大喊，碧城没说话，只是在雨中对着从木、伯廉挥手。

1938年10月23日，碧城将能组织到的船只全数调至重庆、宜昌航线，卢作孚亲自坐镇指挥，民生公司二十多艘轮船、八百多艘木船日夜穿行于江面抢运人员与物资，在宜昌沦陷前，抢运人员一百五十万人次，抢运物资一百余万吨，不仅挽救了无数民众的生命，更保全了民族工业的命脉,而这一切,是民生公司付出了损失轮船十六艘,一百多名职员壮烈牺牲,六十余人重伤致残的巨大代价换来的。这次船运史上的奇迹,被称为中国的"敦刻尔克大撤退",被历史永远铭记。

第三十三回 在硝烟中坚守

当西南实用艺术职业学校搬到巴南鱼洞溪玄坛庙时,校舍是几间破旧的瓦房,环顾身旁,因为战事日紧和路途遥远,跟随从木来到此地的教职员工仅十数人,而学生也仅剩下不到五十人。即便师生不及之前五六分之一,然而房不能遮风避雨,课具也十分短缺,很难开课,想修缮一下房屋,添置一些教具,一翻账目,大家都傻眼了,学校早已经没钱了,一来因为战事,新学期招生本就大不如前,加上从木又为贫困学生减免学杂费用,以致学校根本没有多少学费收入,二来之前学校运营主要靠从木个人筹款,之前从木举办画展、出版画册之收入又尽数捐献抗战,毫无结余。

看着学生无法复课,从木心急如焚,这日,从木正带着同学们用报纸贴墙,伯廉兴冲冲找到他,说自己想到了办法可解燃眉之急。

"有啥子法子?"

从木一听伯廉有法子,一下来了精神。

"演戏筹款!"

伯廉一副成竹在胸的样子。

"现在全国优秀的剧团汇聚山城,多的是好编剧、好导演、好演员,我不是说咱们的学生不好,可我们这样的草台班子演的戏,哪个看?"

从木一听伯廉出的主意,一下子又泄了气。

"正是因为全国优秀的剧团、剧校汇聚山城,我们才可以靠演戏来筹款,才能吸引到观众来看。"

"伯廉,啥子意思,我啷个听得是丈二和尚——摸不着头脑。"

"二哥,你可知道除了你这位万先生,还有一位大有来头的万先生?"

伯廉也不着急,端起桌子上的茶碗喝了口水。

"万先生……你莫非指的是国立戏剧学校的那位万家宝先生,写出《雷雨》《日出》的大编剧曹禺?"

"二哥,看你脑子还是转得快嘛,哈哈,我说的就是万家宝先生,只要我们能请曹禺先生为我们创作短剧,由我们的师生来演,筹款之事,不是迎刃而解?"

伯廉说得两眼放光,仿佛已经看到剧场人山人海的场景。

"可曹禺先生事务繁忙,现在又主要宣传抗战,他哪有时间为我们写剧本?"

从木还是颇有疑虑。

"这你大可不必担心,我们邀请曹禺先生排短剧,那也是排抗敌的短剧,曹禺先生你也是打过好几次照面的,也是随和善良之人,之前国立剧校刚刚搬到上清寺,与我们学校相邻,我们也没少提供帮助,我们音乐系、表演系的学生也常常去剧校看他们师生排演剧目,互相都熟识……如今我们有难,请曹禺先生出马相助,我想他不会推辞,对了,我托关系搞到两张国泰大剧院《全民总动员》的票子,曹禺先生不仅是导演之一,还要亲自出演,你带嫂子去看看?"

伯廉从口袋里掏出两张票,递给从木。

"你带令慈去看吧,令慈喜欢看演出,你们住城里,也方便。"

"二哥,嫂子现在也还没搬过来,你就今天回趟家,正好能陪陪嫂子和孩子们,而且到时候我们去拜访曹禺先生,也有谈资不是?"

"学校这边好多事情,我一时也走不开,还是你带令慈去,若能约上曹禺先生见一面,我就立马回城里。"

从木说完,就带着学生干活去了,伯廉见从木坚持,他也不多劝,返回城里去了。

在《全民总动员》上演前几日,武汉三镇沦陷,宣告武汉保卫战失败,《全民总动员》在重庆的成功上演,无疑是在人民抗日情绪极其低落之时,打下一剂强心针。

戏剧节后，从木与伯廉到曹禺位于枣子岚垭的家中拜访。

一番寒暄后，从木与伯廉也不拐弯抹角，讲明了来意。

"现在抗战形势十分艰难，正是需要鼓舞人心的时候，我也有意编排一些抗日短剧，从木校长与伯廉先生既有此打算，其实也正合我意。"

从木和伯廉见曹禺竟然答应得如此爽快，不由得欢欣鼓舞。

"曹禺先生出马，演出必定马到成功！"

伯廉兴奋得鼓起掌来。

"剧本我可以操刀，可要排出一台好剧，服装、道具、灯光、置景都必不可少，还要租赁场地，虽是短剧，前期准备的一应开销也不少啊。"

这番话无异于冷水浇头，让从木从兴奋中清醒许多。

"曹禺先生，前期投入我们会尽力筹措，后面我们也会向您支付酬劳，只是此次演出，虽是抗日主题，但也是为学校办学筹款，切不能全部捐献于前线，还望理解海涵。"

伯廉见从木神情尴尬，于是开口向曹禺解释道。

"二位的难处我自是十分理解，贵校校舍被征用，迁往偏远的市郊，想必一定困难重重，如若再叫你们把钱都捐出来，岂不是慷他人之慨，站着说话不腰疼，这次演出，我权作练笔，不用酬劳……之前也多承蒙二位照顾，鄙人帮此小忙，也是举手之劳。"

曹禺说完，从木十分感动，对曹禺更是连声道谢，他回去后，画下一幅《雄鸡图》赠予曹禺，以作酬劳，曹禺也是欣然接受。

曹禺说到做到，不出半月，就给了从木和伯廉一个短剧剧本，不仅如此，他还亲自出面，请到白杨、王为之这样的明星演员来客串演出。从木和伯廉自然也不能含糊，又将二人收藏的一些文化家什做了典卖，筹够了租赁剧院与置办服化道的经费，为了节省费用，服装、置景皆是从木带着学生手工绘制、制作。

那边曹禺先生紧张排剧，这边从木带着全校师生四处兜售入场券，总算皇天不负有心人，入场券销售一空，短剧也在剧院顺利公演，大获好评！

可令人哭笑不得的是，演出结束后核算各项收支，却发现不亏不赚，刚刚打平。

"我们怎是蚂蚁搬秤砣——白费劲儿哟，都怪我，出些馊主意。"

伯廉看着账本直摇头苦笑。

"伯廉，也不能这么说，第一我们鼓舞了抗战士气，再而也宣传了我们学校，这对将来招生还是有帮助的嘛。"

从木也只能如此安慰伯廉。

听到这个结果，曹禺先生心里也多少有些过意不去，专门请所有参演的师生吃了一顿火锅，聊表心意。

"第一次是积累经验嘛，下次两位'万先生'再合作，肯定能大获成功！"

伯廉对从木和曹禺说道，大家也都齐声赞同。

可两位"万先生"并没能等到再次合作的机会。日寇占领武汉后，为了打击中国人民的抗战意志，从1938年年底，开始对陪都重庆实施战略轰炸，次年4月，曹禺随校离开重庆迁往小城江安。

因为日寇对城区轰炸日频，从木将家人也都接到了鱼洞溪学校附近居住，虽然条件简陋许多，可巴南远离渝中半岛，不是敌机主要轰炸目标，所以相对安全。

1939年5月3日，这一天在从木心中留下了不可磨灭的记忆。这日上午，重庆本是难得的晴空万里、阳光明媚，从木与伯廉二人相约去城里采购一些物资，在鱼洞码头登船后，渡轮沿长江而行，往主城驶去，船要开到菜园坝时，忽然听到空袭警报响彻上空，遥望鹅岭之上，红灯笼高高挂起。

"龟儿子飞机来扔炸弹了！"

只听甲板上有人大喊，船舱内一下子骚动起来，江面的轮船也都鸣笛示警，纷纷向岸边慢行躲避，从木与伯廉本就在甲板上，没过多久，就听见敌机划破长空的轰鸣声，令人意想不到的是，这次不是几架或十几架飞机的小编队袭扰，而是几十架飞机黑压压一片从头上飞过，抬头去看，数不清的炸弹从天而降，随着震耳欲聋的巨响声，渝中半岛顿时火光四起、浓烟密布。受到惊吓的乘客仓惶呼嚎，有人害怕船被炸翻，竟不顾劝阻直接跳入湍急的江流中，船舱里哭声、喊声乱作一团，船员尽力呼喊让大家原地抱头蹲下隐蔽。从木和伯廉都吓坏了，二人靠着船舷蹲下，爆炸声、警报声和哭喊声如同悲鸣的合奏响彻山城的上空……就在此时，一颗炸弹在他们乘坐的渡船不到二十米的位置爆炸，冲击波险些将船掀翻，而高溅的水花将甲板上的乘客淋得浇湿，从木下意识地闭上眼，耳边爆炸的轰鸣还在持续，他脑海里甚至闪过一个念头，他和伯廉可能今天就要命丧江中了……也不知过了多久，从木睁开眼睛，伯廉似乎在对他说话，可他的耳朵嗡嗡作响，听不清伯廉在说什么，总之他们保住了性命，轮船已搁浅在靠近南岸的浅滩上。他东摇西晃好不容易站起身来，眼前的景象让他震惊得张大了嘴，却像是被堵住了喉咙发不出一点声音……炼狱是什么模样从木没有见过，可人间炼狱恐怕就是现在渝中半岛的模样了，都说夏天的山城宛如火炉，而此时的山城则犹如太上老君的炼丹炉，整座城市似乎都在熊熊燃烧，黢黑的滚滚浓烟遮天蔽日，鼻息里充斥着木头烧焦的刺鼻气味，令人无法呼吸……这时，有人拉了从木一把，示意他们从放下的悬梯上下去，人们争先恐后地下船，顺着江边的滩涂连滚带爬地上了岸，从木回头望去，江面上漂过来许多杂物垃圾，定睛看了，里面还混杂着死尸和残肢。

从木全然不记得自己是怎么走回鱼洞溪的，到家的时候，只有一只脚上穿着鞋子，另一只脚底被磨出了血，可他也感觉不到疼痛，他看到初芸时，鼻子一酸，放声大哭起来，这时方才觉得活了过来，初芸抱着他，也没多问，只一遍遍说着"回来就好，回来就好……"

翌日，日军再次对重庆市区进行地毯式轰炸，投放大量燃烧弹，渝中半岛建筑几乎被毁殆尽，大火连烧两日，无论是古刹名胜、政府官邸还是外国使馆、教堂全都难以幸免，日寇之惨无人道，令人发指，可在废墟的围墙上，重庆人民写下了"愈炸愈强"四个大字，彰显出抗战到底的坚定决心和顽强意志，侵略者的企图绝不会在这种英雄的城市上空得逞。当然，"五三""五四"大轰炸后，政府与民众也意识到防空的重要性，大批的防空洞开挖开建，市民也增强了防空意识，日寇对重庆的轰炸整整持续了五年半，可谓无所不用其极，而重庆军民在上百次的轰炸中从未屈服，更是乐观地把应对空袭当做生活的一部分，出现你今日炸完，明日我照样上班的奇景，令世界为之震惊。

虽然巴南鱼洞溪离市区较远，但日军的轰炸范围也在不断扩大，常常有敌机从学校上方飞过，也有炸弹落在附近的田地里。从木却没有停课的打算，在民房中，从木带着同学们坚持上课，防空警报拉响后，就把桌子拼到一起，大家一起躲到桌子下面。屋舍条件简陋，从木索性就带着同学们拥抱大自然，他时常带着学生们去田间地头写生，遇上空袭了，就指挥同学们到田地附近的树林里躲避。附近的农民也对这些学画画的年轻人十分好奇，日子久了，大家就玩到一起，学生们给农民兄弟画肖像画，农民兄弟带着学生们打田鼠、抓野兔，拿火烤了，撒上辣椒粉和一点点盐巴，简直是人间极品。

日子一天天过去，在这样艰苦的环境中留下来的学生已然不多，有一位叫杨鸿坤的学生特别受从木的喜爱，从木就和初芸谈起，在杨鸿坤身上，总能看见年轻时自己的影子。

杨鸿坤性格内敛，平时不爱说话，却对绘画十分痴迷，尤其喜爱水彩，有一日，从木正带着学生们在田间写生，忽然防空警报拉响，从木赶忙指挥同学们到不远处的一片竹林之中躲避。等大家到了竹林，从木一点人数，发现少了一人，大家你看我、我看你，也没看出少了谁，从木一拍大腿，发现是少了杨鸿坤，他安顿好同学，赶紧冲出竹林去田间寻找，此时，恰巧有几架敌机从头上飞过，从木只得慌忙跳进田里隐蔽起来。他一边在田地里俯身爬行，一边唤着杨鸿坤的名字，却半天无人搭理，见敌机飞走，他从田里一身泥水地蹒跚着爬起来，找到高处张望，才发现不远处的一个小坡坎上有个人影，坐在那里一动不动，他跑过去一看，果不其然，杨鸿坤正坐在那儿专心致志地画画。

"你格老子不要命了是不是？"

从木狼狈地爬到坡坎上，一把揪住杨鸿坤的衣领。

"万校长，啷个了？"

杨鸿坤大吃一惊，还一脸茫然地询问。

"你是聋子还是瞎子，没听到拉警报吗，没看到飞机从你龟儿脑壳上飞过去了吗？"

从木是又急又气，生怕学生有个好歹，平日里都斯文礼貌，这也忍不住骂了脏字。

"万校长，你之前讲过印象派，我觉得水彩更能体现出那种朦胧美，哎，可惜就是颜料不够，你帮我看看，指导一下……"

杨鸿坤自顾自地发起问来，从木惊诧不已，这小子对绘画痴迷到连空袭警报都充耳不闻，连敌机飞过都视而不见，这不是个比自己还有过之而无不及的"画痴"又是什么。

杨鸿坤家中贫困，一直随学校奔波，从木免去了他的学杂费，还将珍贵的颜料、画笔和纸张提供给他使用。经过空袭这件事，从木更加深信这孩子是可造之材，他找出自己珍藏的那本初山哥送给他的法兰西风景水彩画画册，借给杨鸿坤临摹，杨鸿坤简直如获至宝，日日与画册为伴，从木担心他用心太专而闹出意外，嘱咐另一位叫何鉴的学生盯着他，无论上课下课，二人必得形影不离。

从木对这些优秀的学生满怀期待，他知道艺职校能力有限，给不了这些学生广阔天地，而现在许多优秀的艺术高校都迁址山城，他鼓励这些学生报考中央大学美术系、国立艺专、武昌艺专等名校，那里汇聚着天下名师，能给他们更好的指导，从木也亲自为学生们写举荐信，希望他们能获得入学机会。1940年，杨鸿坤、何鉴和王致仁三名学生顺利考入中央大学美术系，其余学生也都分别考入了国立、武昌等艺术院校，从木比学生们还要高兴，也不知从哪里搞来半斤江津老白干，拉着伯廉对饮，一个劲儿地感叹"不辱使命，不辱使命……"

送走这批优秀的学生，新学期的招生情况却惨不忍睹，一来是因为日寇对重庆的疲劳式轰炸让学校无法正常上课，二来艺术生源本来有限，现在山城又有许多名校进驻，建校时间短、底子薄、师资差的私立西南艺职没有竞争力可言，无论从木如何无法接受，学校实质上已经到了山穷水尽之时。

第三十四回 夫子庙里"陋室铭"

艰难撑过1940年的冬天，新年的春季招生仍然丝毫没有起色，此时还在西南艺职校留任的教员和校工一共只剩五人，学生也就十余人了，从木虽焦虑万分，却也想不出应对的办法，于是找来伯廉商量对策。

"二哥，我就实话实说，这些日子我也为此苦恼，学校已招不到新生，勉力支撑，意义不大。"

学校的处境从木当然明白，但从伯廉口中听到，心中难免怅然。

"伯廉，难道真的只有停办学校这一条路了？"

从木沉默许久，哽咽着问道，这话是问伯廉，也是在问自己。

"其实我也是思前想后,有上、中、下三策,最后如何决断,我还是听二哥的。"

伯廉见从木如此难过,于是也不绕弯子了。

"伯廉,事已至此,你但讲无妨。"

从木见还有希望,于是催促伯廉速速道来。

"我认为的上策,就是暂时停办学校,遣散教员、校工,学生可找唐县长协调至其他学校继续就读,二哥才华卓然,可受聘于其他学校继续教书,我听说悲鸿先生要在盘溪筹办中国美术学院,你与悲鸿先生相识,何不去他那里应聘……待抗战胜利,条件成熟,我们再设法重新开办学校。"

"我何尝不知这是上策,初芸从学校搬到鱼洞溪之后,就反复讲过好几次,暂时关停艺职校,到其他学校任教,不仅有一份稳定的收入,操的心也少,也没那么重的负担……可我就是觉得一旦停下来,前面付出的千辛万苦也都将付之东流,我们学校是西南地区民办的第一所以美术为专业教育的学校,学校在,旗帜就在,如果关了,这杆旗帜就倒了,我对不起公庹先生的托付,也对不起一路走来这么多教员与学生的信任和期盼……"

停办学校,从木自然想过,何止一百遍、一千遍,反复思量、辗转难眠,可他就是觉得哪怕还有一个学生在就读,一个教员愿意在学校教书,学校就不能关。所以,对于伯廉关停学校的"上策",从木无法接受。

"上策不行,我还有中策和下策……这下策嘛,就是继续在鱼洞溪坚守，但你我心知肚明，在这里苦挨下去，招不到学生，学校就是名存实亡，留守等同于坐以待毙……"

"伯廉，下策我也知道行不通，所以我才这般焦心，你说说你的中策？"

"我的中策，就是把学校迁到成都去，其一，宜昌失守后，重庆处境越发凶险，到了五月天气转好，大雾散去，重庆又会被天天轰炸，就算能招到学生，也开不了课，成都虽是川府，但不如重庆战略位置重要，又更深入盆地，日寇侵扰相对较少，也就相对安全，这样学校才有办下去的基本条件；其二，重庆如今全国名校云集，生源本就少，我们抢不过，成都迁入的学校较重庆少很多，生源上不如重庆稀缺；其三，数墨斋在成都也经营多年，多少有些人脉，虽不如重庆有绩镛大哥、唐县长照应，但想必找个地方安顿学校尚能办到，去年轰炸中重庆数墨斋分号屋舍尽毁、货品损失惨重，之后就关门歇业了，伙计遣散后常掌柜回了成都，他年富力强，脑子也灵光，很多事他能帮得上手，另外，继珩在成都上学，若得空闲，说不定还能帮得上忙。"

"要得要得，伯廉你这个'中策'才是'上策'嘛，这样你和令慈也能经常见到继珩，一家人就能团聚了，你们就这么一个宝贝儿子，弟妹肯定想儿子想得不得了哟……至于我这一家子，上清寺被征用，辉园也在轰炸中被殃及，也不能住人了，只要一家人在一起，去哪里都一样，树挪死人挪活，我们就去蓉城闯上一闯嘛！"

从木起身握住伯廉的手，就像抓住了救命的稻草。

"既然二哥心意已决，那我们就去成都。"

1941年春，伯廉和令慈先行一步前往成都打前站，从木则带领愿意随校西迁的几名教员、校工和学生随后跟上。得知从木准备把学校搬去成都，初芸先是一声叹息，当然最后也只能同意，她明白从木要坚持办校的决心是难以动摇的，搬去成都的确总好过死守重庆，至少孩子们能在相对安全的环境中成长。此时鸿志就读于南渝中学，宝贵的学习机会来之不易，再三权衡后，鸿志决定留校继续学习，暂不前往成都。另一位决定留渝的家人是慧瑾表姐，慧瑾表示想留在北碚泡温泉治疗风湿病，上了年龄了也不想奔波，不时也可探望鸿志……此时大哥碧城正在北碚主持民防工作和码头建设，他们二人能有个照应自然也是好事，从木与碧城心照不宣，于是就坡下驴不做强求。

可天有不测风云，满怀期待的伯廉好不容易到达成都，迎接他的却是一个如晴天霹雳的消息：继珩和三位同学办理了休学手续，已离开成都了。

"弓背霞明剑照霜，秋风走马出咸阳。未收天子河湟地，不拟回头望故乡。"

手书一首令狐楚的《少年行四首·其三》，这是继珩留给伯廉唯一的讯息，没说到哪里去了，也没说什么时候回来。去年宜昌失守后，日寇获得进一步纵深，对成都也多有袭扰，不巧数墨斋总店置于闹市，虽轰炸并未造成太大损失，但黄伯父年事已高，受不起惊吓，于是黄家举家迁往成都以北的绵竹县附近乡下暂居。所以继珩休学一事，家中甚至无人知晓，常掌柜看到信后去学校询问，才知道继珩已经休学的事情。

伯廉在来成都之前就做好了面对困难的心理准备，可完全没想到这当头一棒就让他有些吃不消，可他也来不及唉声叹气，过不了几日从木就会带着留校师生抵达，他当务之急就是得找到一个十几号人的容身之处。伯廉先将令慈安排到友人家中借住，自己则与常掌柜四处奔走寻找屋舍。

学校经费极度困难，在城区内一时半会儿要找到合适的房屋堪比登天，一连三日，伯廉和常掌柜马不停蹄算是把锦官城内外翻了个遍，总算是在城南郊区的中兴场寻得一间废弃的夫子庙，简单拾掇一番，勉强算有片瓦遮身。

数日后，从木带着十几人的大部队来到成都，去迎接的伯廉有些抬不起头，学校迁往成都的法子是他提出的，之前也夸下海口可以妥善安顿大家，如今却只能找到一间破败的庙子容大家栖身，着实汗颜。舟车劳顿的众人来到中兴场夫子庙，众人也都哑口无言，只有从木开怀大笑、击掌称好。

"伯廉，可没有比这夫子庙更适合办学的地方咯，老师在孔圣人眼皮子底下教书岂敢不尽心，学生在孔圣人眼皮子底下学习岂敢不用功啊，哈哈……"

从木宽慰伯廉，众人也都被他这份积极乐观的态度感染，也没有发出一句抱怨之言，合力将两侧偏殿收拾出来作为宿舍，而正殿则作为教室，从木就带着大家在此处上课生活。

等大家都安顿好后，伯廉才与从木说起继珩出走的事情，从木听后也是大吃一惊。

"令慈知道了吗？"

"我只与令慈说孩子与同学外出实践学习了，先敷衍过去了，令慈是心心念念来成都就能见到她的宝贝儿子，这个不孝子居然留首诗谜给我，就一拍屁股走人了，你说是不是能气死人，若他有脸回来，我非得狠狠教训他一顿。"

儿行千里母担忧，父亲又何尝不是，嘴上虽是满嘴怨怼，心中却是翻江倒海的担忧，可怜天下父母心，从木当然能够理解。

"继珩这孩子从小就是个有主意的，孩子大了，有自己的打算，况且还有同学同行嘛……你气恼也没啥子用，等他到了目的地安顿下来，肯定会与你联系。"

从木只得好言劝慰。

"哎，你看他留的诗，我怕他脑袋一热上了前线，毕竟是家中独子，若有三长两短，令慈非得与我拼命……"

伯廉想到伤心处，哽咽难言。

"伯廉，你莫胡思乱想，继珩喜文不喜武，学的也是法律，依我看，他应该不是上前线了，根据常掌柜打听的情况，我看很大可能是去了延安，我听人说，现在到延安去，在大学生里是一股热潮，说延安是希望与自由的热土……不过这些话切不可现在与令慈去讲，毕竟还是捕风捉影，等继珩联系家里了，明确了情况再说不迟。"

从木话音未落，芬志忽然从门后溜了进来。

"三爹，继珩哥哥真的去延安了吗？"

芬志一脸认真地问伯廉，伯廉与从木都十分惊讶，伯廉低声问芬志："芬妹儿，你还晓得延安？"

"我当然晓得呀，在重庆的时候继珩哥就经常跟我提起，延安宝塔山，有毛主席，是共产党的领导，全国人民团结起来打鬼子，就是他提出来的，继珩哥说了，追求进步的新青年都向往延安，都想去看毛主席。"

从木与伯廉万万没想到年仅十三岁的芬志能说出这番话来，两人不禁张着嘴面面相觑，芬志虽是妹妹，个性却不同于温雅恬静的姐姐芳志，她性格开朗外向、思想活跃，总爱跟在继珩哥哥与大哥鸿志身边玩耍，虽是一知半解，但耳濡目染之下也能说出些道理来。

"你看这个继珩，跟芬妹儿说些啥子……"

伯廉面上不悦，心中却喜，听了芬妹儿的话，他知道从木的判断没错，继珩多半是去了延安，现在正值抗战，国共在合作，只要不是上前线，安全至少不会有太大问题，心中也安定了七八分。

"芬妹儿，你过来……"从木将芬志招呼到身前，严肃地说道，"你跟我和三爹讲的这些话是我们三个人的秘密，绝不可对其他人去讲，任何人问起你继珩哥去哪里了，你就摇头说不晓得，切不可乱说，这可关系到继珩哥的安危，晓得吗？"

"要是妈妈和三妈问，也不能讲吗？"

芬志又问。

"也都不能讲哟。"

芬志难得见到平日里和颜悦色的父亲这么严肃，于是点点头。

"一定记住了，好了，去找你姐玩吧。"

从木将芬志支开后，与伯廉对视一眼，"这下你宽心些了吧？"

"哎，虽说不是去了前线，但我也不希望这兔崽子扯到政治里面去，我是个不懂政治的，但也晓得国共两党是面和心不和，要是信错了主义，站错了队，那不还是身处险境吗……哎，都怪我疏于管教，现在追悔莫及，你可要看好鸿志、芳妹儿和芬妹儿……"

"继珩这孩子从小就有哥哥样，既聪明又有正义感，颇有初山哥年轻时的风采，我相信他做的决定绝不是仅凭一腔热血，他是经过深思熟虑的，你宽心些，相信很快就会跟你联系。"

"像初山哥吗，我倒宁愿他像我些……哎，不说这个不孝子了……"伯廉一抬头，发现房顶一角还开着天窗，"二哥，让你们一家住在如此简陋的地方，心头真是过意不去，我这边继续找房子，争取尽快把学校搬到条件好些的地方。"

"伯廉，你也莫着急，万事开头难，我们人生地不熟，开始能有个安身之处就不错得很了，现在主要还是经费困难，我要抓紧画画，你在成都找些门路，看能否办个画展，成都还是聚集了许多爱好文墨的达官贵人，通过卖画应该能筹得些款子以解燃眉之急。"

"好，那你就专心画画教书，其余的我来想办法。"

从木将"西南实用艺术职业学校"的牌匾挂在了夫子庙大门的廊柱上，学校重新复课。虽说只有不到十名学生，从木却仍然对教学一丝不苟，他由始至终非常重视写生，认为人物风景皆可写生，不拘一格，所以他时常带着学生就在中兴场周边写生作画，吸引许多当地居民围观。时日久了，许多人都知道夫子庙里搬来了一所美术学校，有不少居民领着孩童来学画，从木也是来者不拒，有钱的交些学费，没钱的送些柴米油盐也可抵用。

夫子庙旁就是城南市集，每周都有许多人来赶场，好不热闹，做完生意的商人、脚夫们就在夫子庙旁的茶馆一边喝茶一边听川戏和散打评书，课余之时，从木也凑到茶馆里，点上一杯盖碗儿茶，剥两把瓜子花生，放松一下。这一来二回的，与茶馆老板就相熟了，茶馆老板早年上过私塾，颇爱文墨，不仅后来就不收从木的茶钱，还向从木求购些字画，对从木来讲多少是些收入。

一日午后，伯廉领着一位西装革履、戴着黑框眼镜的斯文男子一路来到学校，二人走到从木屋外，但见从木正在房内全神贯注地作画，伯廉正要去叫，却被那男子拦住，二人立于门边，他环顾房间，两块木板将狭小的屋子隔成三处，一进门是一张焚香的台案，现在成了从木的画桌，墙上挂着从木的字画，墙角堆放着木箱，箱子上摞起书籍，木板后面各有一张简易木床，宽一些的从木和初芸睡，窄一点的两个女儿挤，这房子可谓家徒壁立，可见从木一家过得何等清苦。

"三爹，你来找我父亲呀？"

此时，芳志和芬志从外面回来，见伯廉与一陌生男子立于门口，于是上前询问，从木听到女儿声音，方才抬起头来。

"见你在作画，陈先生叫我莫打扰你。"

伯廉摸摸芳志和芬志的脑袋，示意她们去别处玩耍。

"二哥，我来给你介绍，这是我学弟陈寰礼。"

"鄙人是《新新新闻》文化版的主编陈寰礼，久仰万校长大名，今日特来拜访，叨扰了。"

陈寰礼上前与从木握手。

"万不敢当啊，陈主编，实在抱歉，我这陋室之中连个坐处都没有，实在是怠慢了。"

从木抱歉地说。

"山不在高，有仙则名。水不在深，有龙则灵。斯是陋室，惟'木'德馨呀！"

陈寰礼虽是恭维，却也是发自内心地敬重从木。

"陈主编谬赞了……"从木连连摆手又对陈寰礼和伯廉建议道，"不如我们移步到隔壁的茶馆，泡杯盖碗茶，边喝边聊？"

"恭敬不如从命。"

三人来到隔壁茶馆，伙计把盖碗茶沏上后，陈寰礼方说明来意："万校长，对您的仰慕之情绝非虚言，十几年前，当时您在成都通俗教育馆策划的中西画展，我就有来参观，颇受启发，对您的画作也是发自内心的欣赏，后来也在数墨斋求得您几幅墨宝，甚是喜欢，您与伯廉学长在重庆办校的事情，我也有耳闻，今次巧遇伯廉学长，知道你们把学校迁到了成都，甚为欢欣鼓舞，在下不才，只是《新新新闻》文化版的小小主编，但也愿为万校长与伯廉学长尽绵薄之力……"

"《新新新闻》在成都报刊界受众甚广，若得陈主编相助，学校必能扩大知名度。"

伯廉也是十分兴奋。

"万校长，我听伯廉学长说您想办一个画展，这件事情，我定当全力支持，春熙路重庆银行的理长姜瑜铭先生对水墨丹青情有独钟，也是知晓万校长大名的，我和伯廉已经拜访过，他愿意赞助此次画展，并将画展办在重庆银行的大厅里，万校长若无异议，您只管准备画作，其余杂事不必操心。"

陈主编话音未落，从木站起身来，深鞠一躬。

"陈主编高义犹如雪中送炭，从木感激不尽。"

"万校长言重了。"

在《新新新闻》陈寰礼的运筹帷幄与重庆银行姜瑜铭的鼎力支持下，从木的个人画展在春熙路重庆银行成功举办，观展者络绎不绝，场面十分热烈，遂临时决定续展一日，作品则被重庆银行尽数收藏，从木不仅获得一笔不菲的画款，还以极低的利息得到一笔贷款，充盈了办学经费。

不久后，从木与伯廉在磨子桥牛奶厂边上寻得一处房舍，简单修缮一番，又采购了一些教具，将学校从中兴场的夫子庙搬了过去。

第三十五回 蓉城岁月

千辛万苦总算解决了场地问题，师资匮乏的难题又摆到了从木面前。从学校搬离上清寺校址以来，教员就一直在流失，学校来成都这一年，从木几乎成了光杆司令。现在有了场地和经费，从木便一面写信邀请之前离开的老教员回学校上课，一面在成都本地招募老师。正所谓船到桥头自然直，正当招聘没什么进展，从木为此坐立难安之时，这"他乡遇故知"的好事就不期而至。

一日，从木受陈寰礼邀约，参加《新新新闻》主办的抗战慈善募捐展，展览结束后，听得身后有人唤他名字。从木扭头去看，来人留着长发和山羊胡，穿一件皮夹克，面庞瘦削，从木端详半晌，觉得十分眼熟，可又想不起在哪里见过。

"从木兄，别来无恙啊。"

来人拱手与从木打招呼，毫不认生。

"实在抱歉，阁下是……"

从木绞尽脑汁也没能想起面前这男子究竟是谁，只能尴尬赔笑。

"哈哈，你我二十余载未见，一时认不出也是情理之中啊，毕竟当年你我还是学生，如今你已是一校之长了……在日本京都时，你我可毕竟共住一室啊。"

"涟登学长！"

从木一拍大腿，眼前之人正是当年吃不到辣椒要弃学回川的学长覃涟登。

"记起来了，记起来了，二十余年未见，还望学长恕学弟我眼拙啊！"

从木连忙道歉，在从木印象中涟登学长面容十分清秀，哪里能与面前这不修边幅、放浪形骸的中年男子联系在一起。

"嗨，你我那时是恰同学少年，现在都已过不惑之年，模样早都大变，不过万校长仍意气风发，我却形如槁木咯。"

涟登摆手言道。

"涟登学长何必说这般客套话，久别重逢着实高兴，若学长无事，不如找个酒馆喝上两杯小酒，畅叙一番，不知意下如何？"

从木问涟登道。

"如此甚好。"

二人来到九眼桥附近的一家酒楼，打了半斤白酒，点了一份水煮鱼，一盘夫妻肺片，一碟油酥花生米，酒菜上来，边吃边聊。

三杯黄汤入喉，涟登也将他这二十来年的种种际遇娓娓道来：

从日本回国后，涟登并没有第一时间返回四川吃上那口他朝思暮想的辣椒，而是随一同归国的同学前往了北京，做了一段独立绘画后经朋友推荐，在国立北京艺术专门学校谋得一个临时教员的职位。因直奉战争，北京局势动荡，于是涟登辞去职务，南下回川，走走停停近一年，才回到家乡万县。

覃家在万县是做山货贸易的，日子本算好过，可天有不测风云，涟登父兄不知怎的被人告发走私烟土，搞得家破人亡，涟登回到万县时，家里只剩下卧病在床的老母了。幸而涟登是留日学生，彼时容貌也是眉清目秀、仪表堂堂，恰被一位姓毛的当地富商相中，招他做上门女婿，涟登家贫如洗，还欠有债务，自己的画在当地也卖不了几个钱，涟登无奈，只好入赘进了毛家。当了赘婿的涟登日子也算过得不错，结交到一帮文友，成日吟诗作画也算快活，在当地也颇具才名。万县乃川军军阀杨森的地盘，经友人介绍，涟登结识了杨森的一位幕僚，与杨森也算攀上了关系。杨森妻妾众多是出了名的，也有儿女喜好画画，幕僚便推荐涟登到杨森家中教杨家子女画画。杨森四处攻伐，常不在家，七姨太识字，略通文墨，对新文化十分向往，见涟登是留日的画家，生得又颇为俊秀，便对他暗生情愫，常私自邀约涟登教她画画。涟登是毛家赘婿，总觉得堂堂七尺男儿实在没有尊严，一身才情在地主老财家又不得欣赏，家中妻子也是没读过书思想封建的传统妇女，惨被蹂躏的自尊心和压抑的情欲都在七姨太这里得到了满足与宣泄，两人眉来眼去、暗通款曲，是干柴烈火一点就着，这些事就连介绍他进杨家的幕僚都察觉出了端倪，提醒他切勿引火烧身。

民国十八年，杨森作战失利举家迁往渠县，此时涟登老母已经去世，他担心事情败露，也不愿在毛家寄人篱下，于是趁杨森兵败，编了个理由逃往成都。在成都蛰居的日子，他是忐忑不安，总害怕睚眦必报的杨森派人来杀他，所以涟登隐姓埋名、蓄须留发，后来与结识的茶商一同进藏，奔波于茶马古道北线直至抗战全面爆发。抗战爆发后，他回过一次万县，毛家向官府报了失踪，兵荒马乱，自是无人过问，他还打听到当年与他有些情愫的七姨太后来因与他人通奸事情败露，已被杨森杀害，他得知此事，心中五味杂陈，既为七姨太的遭遇伤感又暗自庆幸自己逃过一劫。

"那涟登兄现在做何营生，还往返于茶马道？"

听完涟登这曲折离奇的经历，从木也颇为唏嘘，两人又同饮一杯后，从木问道。

"哎，当时是心里害怕，不得已而为之，茶马道艰险，保不齐哪天也就丢了性命，现在我虽孑然一身，但至少已无性命之忧，当然不会再去走茶马道了……之前跑货赚了些钱，茶商也待我不错，我在青羊宫附近开了间铺子，卖些唐卡、藏族饰物，勉强糊口。"

"原来如此。"

"哎，各人有各命，你看如今从木兄是受人敬仰的万校长，我是个做小买卖的贩夫，万校长还能愿意和我同席共饮，我也是与有荣焉咯。"

涟登自嘲道。

"学长何必自惭形秽，要说我这学校办得也实属不易，艰难万分啊。"

从木也将这近二十年来办校的艰难说与涟登，涟登听完也是佩服不已。

"不瞒兄弟，夜深难寐之时，想到少年所学无用武之地，满腔热忱被岁月消磨，心中也是备感无奈与凄凉，今日得知从木兄不惑之年还保有赤子之心，令人钦佩，若有愚兄能帮得上忙的地方，愚兄愿全力相助。"

涟登举杯对从木说道。

"学长若是不弃，可否到我校来任教员，如今我校师资奇缺，正需要学长这般的人才鼎力相助啊……只是，学校经费也不宽裕，工资方面若单薄些，还望学长先担待。"

从木这边正为师资发愁，他不假思索便极力邀请。

"你我既有同窗之谊，又何必去谈铜臭之事，我敬佩兄弟坚持不懈之精神，亦不愿再浑浑噩噩苟且度日……从木若真心想我加入贵校，我就把小店盘出去，与你一同办校，将来休戚与共，不知从木兄意下如何？"

从木见涟登话已至此，激动得站起身来，连连点头道："若能得涟登学长相助，学校一定能在成都扎下根来！"

"说句玩笑话，这入伙还需得纳个投名状，学校看来是真真急缺老师，我倒是有二三人选可以推荐，虽然我没有再婚，却有位红颜知己，叫顾晓莹，现在在一所小学当音乐老师，唱歌跳舞弹钢琴无一不精，若需要音乐老师，可让她也来代课……另外，还有两位友人，都有在海外留学的经历，与从木兄相似，对教育都格外热诚，可将二人也聘为教员，这样先有个教学班底，后面再陆续招聘，可解师资匮乏之困境。"

"刘玄德三顾茅庐才请出诸葛亮，我这一盘夫妻肺片就得覃涟登，真是天助我也！"

涟登这"投名状"是结结实实投在了从木的心坎上，他大喜过望，连敬涟登数杯，当日二人把酒畅谈后尽兴而归。

数日之后，涟登果然带着顾晓莹与其他两位旧日同窗来见从木。他们一起向从木承诺，在学校正常运转起来之前，他们都不要工资义务教课。涟登更是用卖铺子所得的收入，买入了顾晓莹曾经任教的那所小学的旧钢琴及一些二手教具，捐给艺职校。涟登的倾囊相助，让从木十分感动，他随即委任涟登为副校长兼任西方美术史教员。从木和伯廉又写信陆续请回了几位离校的老师，学校总算可以恢复招生。然而招生的实际情况远不及从木等人判断的这么乐观，都说"外来的和尚好念经"，艺职校却在成都水土不服，新学期入学的学生寥寥无几，加上重新回到学校上课的老生,学生人数也未及五十。

但无论如何,学校终究算是撑了下来,更令从木欣慰的是,长子鸿志十分争气,考上了成都华西协和大学的社会经济历史组的社会学专业,不仅成为一名大学生,还就在从木与初芸的身旁,一家人又重聚在了一起。

与从木一家相形之下,伯廉与令慈却难言心中滋味。令慈本就体弱,生下继珩后四季小病不断,伯廉担心令慈身体吃不消,也就没有再生的打算,所以继珩作为膝下独子承载了令慈所有的爱与希望。继珩到成都读书,令慈就是一万个舍不得,伯廉安慰她渝蓉相隔不远,而且三年时间很快就会过去,好说歹说,总算同意了,可继珩这一走,令慈是日思夜想、茶饭不思,身体更是一日不如一日,所以伯廉才有了说服从木将学校迁往成都的想法,如果当时从木选择停办学校留在重庆教书,伯廉也做好了打算要带着令慈回成都的,哪知事与愿违,继珩的不辞而别对令慈无疑是晴天霹雳,对儿子的思念让令慈日夜忧虑、形容憔悴。

1943年底,伯廉的老父亲黄申裕忽然病重,伯廉接到消息后,与从木星夜兼程赶往绵竹县乡下,到达时,黄老爷子已在弥留之间,见伯廉到来,与他嘱托一番后不到一日便撒手人寰。黄老爷子留下两个遗愿:一是等到抗战胜利后,能魂归故里,将遗骸运回老家江西鄱阳安葬;二是伯廉能继承家业,以家主身份经营数墨斋,如若伯廉志不在此,可待继珩完成学业后,将数墨斋交给继珩打理。家里许多人并不太清楚继珩离校出走的事情,继珩没回来见爷爷最后一面，伯廉也只搪塞说继珩随学校去外地实践学习，事发突然无法赶回。这满堂亲友当着面虽不说什么，但对伯廉和继珩父子不顾家业、率性而为在背后是颇有微词的，可既为人子又为人父的伯廉心中的酸楚与无奈，这些三姑六婆、四叔八婶又有哪个会去体谅，面对旁人冷眼，无非也只能打碎牙往肚里吞罢了。

从木陪着伯廉在绵竹正料理黄老爷子后事之时，学校这边又闹出事端来。

学校搬到华西后坝后，从木拜托陈寰礼主编，看能否为学校登记造册、完善手续，以便在募资和招生时更有信誉，而且和教育厅搞好关系，说不定还能拿到一些办学补贴。陈主编托了些关系，请到了教育厅的一位能办得了事的简科长，只要能给好处，这样的事情都好办。因从木和伯廉彼时正在绵竹，学校事务由副校长涟登代理，可真是冤家路窄，这位简科长与涟登之前有过嫌隙。

原来，这简科长本已有家室，却和杨森一个毛病，甚爱拈花惹草，有一次去一所小学视察，就看上了一位年轻貌美的音乐老师，这老师不是别人，正是涟登的红颜知己顾晓莹。这简科长色胆包天，仗着自己的权势，三番五次地骚扰顾晓莹，顾晓莹不堪其扰，并将此事告诉了涟登，涟登一听火冒三丈，便说要是这简科长再来搅扰，他便一同前去，给这简科长好看。果不其然，这简科长又约顾晓莹赴宴，顾晓莹假意答应下来并带着涟登一同赴约，到场之后，就称涟登是他的未婚夫，涟登又当着简科长的狐朋狗友对他一顿冷嘲热讽，见那简科长抬不起头，便带着顾晓莹扬长而去。简科长是气得牙痒痒，可后来顾晓莹从那小学辞职了，他也就没多追问。这次，当陈主编带着涟登去见这简科长，可算是撞到了这小人手中。没出两日，简科长伙同警察厅的人，将学校查封，理由是因校长万从木、副校长覃涟登及两名教员都有旅日留学经历，可能有通敌之嫌疑，此外，又说覃涟登为与顾晓莹私通，故而抛弃发妻，并污蔑西南艺职校有这般副校长与教员，简直犹如淫窝，事情愈演愈烈，甚至将涟登拘捕收押。

涟登被捕后，初芸连忙派人到绵竹通知从木，从木得知此事后也不忍将详细情况告知伯廉，以免他再增烦恼，只说学校有些急事需要他回去处理，便与伯廉匆匆别过，赶回了成都。

成都不比重庆，有甘道尹、唐县长这样的大人物为学校撑腰，相熟的陈寰礼和姜瑜铭，虽都有些人脉关系，可二人并非军政界的人物，无法强压事态。经过四处托人几番斡旋，总算是洗清了学校留日教员通敌的嫌疑，随后，经陈寰礼亲自出面作保，涟登也被无罪释放，可学校不仅造册无望，更是名声扫地，师资生源严重流失，银行也表示将终止贷款，学校不得不暂时停课。

财务的困难尚有转圜的余地，可学校的名誉一旦受损，想要在人生地不熟的城市再去挽回，那可真是难于登天。更糟糕的是，鸿志就读的华西协和大学与艺职校所仅一街之隔，从木和初芸都十分担心子虚乌有的谣言，影响到鸿志的学业。

"实在不行,咱们还是回重庆去吧。"

初芸见从木已是束手无策,于是建议道。

"待伯廉回来后,我与他商量一下吧。"

这场风波从木也无法去责备任何人,只能是哑巴吃黄连——有苦难言。

民国三十三年春,料理完黄老爷子后事的伯廉回到成都,从木与伯廉相约商议学校的去留。

在九眼桥附近一家小酒馆里,从木将学校当前的情况一五一十和盘托出,从木说完后,二人相顾无言良久,闷头喝下好几杯冷酒。

"照此情形,学校只能再迁回重庆,方才有转圜余地。"

放下空酒杯,伯廉长叹一声后方才开口,此次见面,他面容颓唐、两颊深陷,瞧上去十分憔悴,这不禁让从木十分担忧。

"伯廉,我看你气色不佳,你万不可操心太重,到了我们这个年纪,凡事也应看开一些。"

从木劝慰道。

"老爷子去世,继珩那个混账东西还是没得半点音讯,我可以权当没生这个不孝子,可怜令慈一天天担惊受怕,人都恍惚了,我看着难受……"

伯廉单手扶额,想到令慈他就心如刀割。

"伯廉,千万莫恁个想,继珩不是娃儿了,不与你们联系,肯定是有他不得已的难处,你只管照顾好令慈,学校的事情你无需操心。"

"二哥，我思酌再三，要是学校迁回重庆，这次恐怕三弟我不能同行了……这一来是令慈的确经不起舟车劳顿；二来，继珩还是有可能会回学校，我在成都能第一时间得到消息，求个安心；三来老爷子咽气前嘱托我打理数墨斋，虽然世道艰难，但我作为家中长子，不能置家族基业于不顾，所以……"

伯廉哽咽难言，一双眼睛满布通红的血丝。

"伯廉，你说的二哥全都明白，你就安心在成都陪令慈养病，学校之事你无需担心，你为学校也已倾尽所有，足够了，足够了……另外，大哥朋友多、路子广，可从靠得住的渠道打探一下继珩的下落，不过要让他瞒着我表姐慧瑾，继珩是她干儿子，她知道了除了干着急，也帮不上忙。"

"大哥那边我早已去信告知此事，目前也是尚无信息……"想到伤心处，伯廉再压抑不住，拉住从木的手呜咽起来，边哭边说，"二哥哟，我是作了啥子孽，要让我遭这么一劫，死了老子，丢了儿子还病了妻子……我是心头有苦难言、有苦难言……"

"伯廉，莫胡思乱想，一切都会好起来的，继珩一定会回来，一定会安安稳稳站到你和令慈的面前……"

从木是一个劲儿地劝，伯廉是一个劲儿地哭，两人不知喝了多少酒，后来就醉趴在桌子上昏睡了过去，最后还是店家叫来常掌柜和秦伯将二人接回家去的。

六月，从木与家人及愿意跟随学校回渝的师生，踏上了返回重庆的旅途。因为要将包括钢琴、石膏像、家具等校产悉数运回重庆，为了节省运输成本，从木包下一条木船专门运送货物，而大部人员则乘坐票价高、更安全的汽船。木船装满货物后空间狭小，只能再容纳一位随船人员，从木本想亲自随船，可芳志在路上染了风寒，身边离不得人，于是秦伯主动请缨，由他负责去照看校产。可万万没想到，船从宜宾出发后，连降暴雨，河流湍急，经过乐山大佛附近的犍为县时，货船在急流中意外触礁漏水，船上人员本有机会逃脱，可秦伯一来年迈行动不便，二来他不舍即将落入江里的钢琴，死死拽住装着钢琴的货柜，与其一起淹没在湍急的江流中。

从木一行到了宜宾，方才得到船沉犍为、秦伯遇难的消息，深受打击的从木一口气没倒过来，当即晕死过去。

过了不知几时，当从木苏醒时，眼前像是蒙上了一层油纸，除了微弱的光亮，他什么也看不真切。

"从木，你醒了？"

是初芸的声音。

"我这是啷个了？"

从木问道。

"你晕过去了，躺了快两天了……"初芸的声音有些沙哑，"你父亲醒了，快去把药端过来……"

"我在做梦？"

从木眼前还是一片朦胧，仿佛置身于梦境。

"你没有做梦，你已经醒了，待会儿就起来先吃药，给你准备了清粥，吃完药再喝。"

"那我啷个看不见？"

从木心中有些慌张。

"你说啥子？"

初芸的声音也紧张起来。

"初芸，我是不是瞎了？"

第三十六回 十八描法

一连两日，从木躺在床上一言不发，此时的他，心中涌起万念俱灰的怅然。校产尽失还搭上秦伯一条性命，现在自己又突然失明，这是他人生第一次看不到希望。请医生诊断之后，从木幸而不是永久失明，他只是长期用眼过度，加上情绪过激导致的短暂失明，经过一段时间的休养，视力虽有受损，但仍可恢复十之六七。

"要不就找涟登他们商议一下，学校停办，众人各谋出路吧。"

初芸见从木一蹶不振，寻思长痛不如短痛，干脆开口直言，从木没有回应，可他心里明白，此刻已经是山穷水尽了。

翌日，从木召集包括涟登在内的所有校职工开会，商量停办学校事宜。

从木酝酿许久，方才开口说道："诸位同仁，学校之现状想必大家也都知晓，而我的情况大家也看到了，今天把大家召集来，就是想和大家商量下一步的打算，学校……学校恐怕只能停办……"

从木说完，众人非但没有议论纷纷，反而十分平静，副校长涟登代替众人发了言："校长，嫂子也和我们说了医生的诊断，你的眼睛是劳累过度加上情绪过激而致，好好调养，是完全能复明的。学校的难处，我们自然了解，你殚精竭虑二十余年把学校办到今天不容易，这就停办了着实可惜……要是问我们的想法，那就是你好好养病，我带大家先回重庆安顿下来，不管有多大的难处我们也坚持下去，坚持到你大好回归的那天。"

涟登说得情真意切，从木当然感动不已，他伸出手，涟登连忙握住，两人的手紧紧握在一起。

"涟登学长，若你真有此决心，我感激不尽，只要学校能坚持办下去，学生们能继续学画，这校长一职，自然也可让贤。"

"从木你说到哪里去了，不过你不在学校期间，为方便管理，我作为副校长可代行校长职权，但我绝无私心，只是想把学校办下去，不辜负你的知遇之恩，待你康复后必当完璧归赵。"

"若能如此，那就全仰赖涟登学长了！"

涟登等人走后，从木将开会讨论的结果告知了初芸，看着从木由悲转喜的神情，初芸五味杂陈，她既为从木能重新振作而开心，又为他还要坚持办校而担忧，但她没多说什么，毕竟对她来讲，现在从木好好养病、早日复明比什么都重要。

三日后，涟登与坚持留校的数位师生乘船先行前往重庆，从木则留在宜宾治疗眼疾。

一周后，从木眼睛稍有好转，他便与初芸商量，想赶忙回重庆去打理学校的事情。

"你现在已经不是校长了，你就不能把学校的事情先放一放，你刚把校长职权交予涟登，现在你没完全康复，就急吼吼地要回学校，别人啷个想，别人会觉得你不信任人，或说你舍不得校长的权力，你这样回去，一来病情会有反复，二来大家也可能就不想跟着你干了。"

从木见初芸声色俱厉，也大吃一惊，不敢辩驳，怯声回了句："夫人说得在理。"

"我晓得你心头挂念学校……"见从木没有争辩，初芸语气也柔和下来，"可你眼疾还未大好，回去不但帮不上忙，反而添乱，得不偿失，你不如好好休养，学校让涟登他们先办起走，这样你能有些时日恢复精力，也可以看看涟登他们的能力。"

"还是夫人想得周全。"

从木拉过初芸的手来，微笑着说。

"从木，你对公庾先生许下的承诺用了二十余年的时间去守护，可你对我的承诺至今都还没兑现……"

初芸对从木柔声埋怨道。

"哪样承诺我竟没有兑现？"

见初芸委屈巴巴的样子，自己也是丈二和尚摸不着头脑，这些年为学校奔忙，对初芸多有亏欠，办学要是没有初芸的全力扶持，自己也不可能坚持到今日，心下想来备感惭愧。

"那年下雪，我来给你送初山哥的信，你说要带我去永川看竹林，你忘了……"

初芸在从木的手背上轻拍一下，含情脉脉地望着从木。

"对，有说过，那时我还是个小崽儿，你还是个小姑娘，一晃眼，我头发都白了好多，你也是个三个孩子的母亲咯。"

说着说着，从木不觉鼻子一酸、热泪盈眶。

"要不我们就不慌回重庆，我们带孩子去老家永川小住段时间，等你完全康复，我们再回重庆不迟，你觉得呢？"

初芸建议道。

"好，听夫人的，听我们初芸的……这些年委屈你了，没想到连这么简单的承诺，竟然一拖就是三十年。"

从木心中愧疚无比，忍不住掉下泪来。

"别哭，对眼睛不好，这不是马上就要兑现了吗，迟到总比不到好。"

初芸嘴上还笑着安慰从木，自己也早已泪流满面。

"又哭又笑黄狗飙尿……"

"你才是……"

月底,从木与初芸带着芳志和芬志,由合江县北上,回到永川县大安场的万家坝子。

从木在重庆办学的事情早被族人所知,万家人都把从木视为族中骄傲,这次从木带着一家人也算是荣归故里,受到了万家全族的热烈欢迎。不仅如此,族人还捐份子钱帮从木修葺了老宅,凑了几件急需的旧家具,让从木一家能安顿下来。

遗憾的是,老族长和董三师傅都已离世多年,临终前也未能见上一面。从木在万家坝子休养月余,眼睛已基本复明,他据黄历择了日子,为父母、老族长与董三师傅祭扫了坟茔。

正事办完,趁着精神头不错,他叫芳志与芬志两姐妹与万家其他小孩儿自行去玩耍,自己则带着初芸前往箕山的竹林游玩。

空山雨后,清风拂过,满眼皆是翠绿婆娑,鼻息里竹香沁人心脾,竹叶瑟瑟而鸣,仿佛是万千精灵低语,让人心旷神怡。

"父亲去世后,母亲会到这片竹林中挖笋,我就在一旁用细竹竿在地上画画,一抬头不见母亲身影,可把我吓坏了,族人说竹林中藏着熊家婆,看准了哪个不听话的娃儿,晚上就要去敲这家屋头的门,母亲离世后,我害怕熊家婆来敲门,当然,其实我更害怕孤零零一个人……"

从木与初芸漫步在竹林中,儿时回忆涌上心头。

"现在你不用怕了，多难的路，我和儿女们都陪着你。"

初芸安慰从木道。

"这几年为学校奔波，画技多有荒废，这次趁养病，正好潜心磨炼一番。"

"你才刚刚复明，不可用眼过度。"

初芸见从木兴致勃勃，赶忙泼上一瓢凉水。

可没过两日，从木便向亲戚借来一张台案，准备开始作画。初芸知道拦是拦不住的，就和从木约法三章，每日作画看书的时间不能超过两个时辰，从木欣然答应。

这日，从木正在作画，芬志进屋叫他吃饭，却哈哈大笑起来，原来从木视力尚未完全恢复，看物品时常会出现叠影，所以毛笔去蘸墨之时，根本就没有沾到砚台之上，常常是空蘸一下，就在宣纸上落笔了。

芬志告诉从木她发笑的缘由后，从木也笑起来，他将芬志叫到跟前，让她来看画，从木正在画竹子，虽然从木时常是没有蘸到墨，但他苍劲的笔力却勾勒出特别的韵味，如雾中望竹，仙气缭绕。

"哈哈，这叫'无心栽竹竹成林'，误打误撞我还创造出一种笔法来，我看……就叫'干抻法'好了！"

从木笑着拍拍芬志的头。

"父亲，那你眼睛完全看得到了，岂不是就不会干抻法了？"

芬志抬头问从木。

"那我可以睁一只眼闭一只眼呀。"

从木于是闭起一只眼睛,芬志也有样学样,两个人笑作一团,此时,芳志过来。

"让你来叫父亲吃饭,半天不来,等哈母亲该生气了。"芳志对芬志说道。

"我在看父亲画画,我也想学画画。"芬志对芳志说道。

"父亲眼病还未痊愈,要多休息,你不要再给他添负担了。"

"已经好得差不多了,教自己女儿画画,唧个会是负担呢。"

从木笑着说。

"我和姐姐最近在看《红楼梦》,我想学仕女画。"

"嗯……仕女画吗……我需得好好琢磨一番,再来教你。"

从木捋捋胡须,不禁想起当年在景德镇时,看过汪晓棠先生所画的仕女图瓷板画,那是惟妙惟肖,妙不可言。

吃过午饭,小憩片刻,芳志和芬志又和坝上的小朋友们出去玩了,初芸严格限制从木绘画和看书的时间,他闲来无事,于是决定四处走走,多看看山水花草,体验风土民情,汲取灵感与素材。小女芬志提起想学仕女画,倒是让从木产生了创造一套人物画法的想法,这个想法其实很早之前他就有过,只是学校一直搬迁,又总被诸多琐事所累,不得空闲静下心思考,而这次总算有了时间。

从木上午在家中绘画或看书,午饭小憩后,便到箕山上采风，偶尔也在箕山的茶农家中借住一晚。在此期间，从木创作了大量的润笔小画，又从元代吴镇、赵孟頫，明代唐寅、仇英，清代扬州八怪中的金农、黄慎等画家的作品中博取众家所长，在与自己在瓷板画中探索出的绘画技巧融会贯通之后，研究出一套易懂易学的人物勾勒技法。为了便于教学，他将每一种描法都取了一个生动形象的名字，例如"铁线描""竹叶描""琴弦描""柳叶描""橄榄描""行云流水描""高古游丝描"等。三年后，他将在永川创立的这套人物描法完善到了十八种，取名为"十八描法"，并在题记中用一首小诗阐述了他的艺术观："六法懂来气韵通，曹衣吴带如当风。此中妙法还须记，运笔传神今古通。"

永川小住的半年，在初芸的悉心照料下，身体调养大好，视力虽大不如青年之时，但戴上眼镜尚可视物，已算万幸。而没有学校杂事缠身，得以全身心投入到绘画创作与研究之中，不仅在技法上更上层楼，在对艺术的理解上，也更加深刻与通透。另一方面，他也从报纸上了解着时事，当他得知张大千从敦煌回到重庆，并在中央图书馆举办了"张大千临摹敦煌壁画展览"，随即赋《贺大千功成南归》诗两首，并用草书写下，装裱后寄与大千表示祝贺。重庆美术界的生机勃勃令从木归心似箭，那股原始的、纯粹的渴望投身美术事业的激情之火又在心中熊熊燃烧起来。

1945年初，随着滇西远征军与中国驻印军胜利会师芒友，中印公路已完全打通的胜利消息传来，这标志着盟军与中国军队的联系得以加强，反攻滇西的号角也即将吹响，日军战线太长、兵力不济，盟军在太平洋战场上是节节获胜，日本法西斯的失败已经注定，大后方人民的抗战意志因而为之一振，抗战胜利指日可待。

从木在报纸上看到新闻后欢欣鼓舞，他已无法在恬静的万家坝子上多待一日。从木无时无刻不在挂念着学校近况，涟登走时虽是信誓旦旦，但他毕竟人生地不熟，经费也极其短缺，肯定是困难重重。从与涟登通信中得知，学校按计划迁回到南岸鱼洞溪玄坛庙旧址，那时日军已无力再对重庆发动大规模空袭，所以师生安全还不用担心，不过数次迁徙，留校师生已所剩无几，课程许多也只能靠学生自修，新学期也没能招新生入校，教员们也得各自想办法另谋生计，学校实质是处于停摆状态，若要扭转局面，还需待从木康复回渝之后，再做打算。

从木想回重庆，自然要与初芸商量，可初芸要么不接茬，要么就顾左右而言他。一来是初芸担心从木眼病因工作劳累而复发，二来她打心底不想从木再把学校办下去。她其实并不太看好涟登，虽接触不多，但总觉得此人说话不留余地，有些华而不实，但涟登毕竟也算临危受命，所以她也没有多言，若涟登无法坚持，甚至一走了之，说不定从木反而会因孤立无援而放弃独自办校的执念。

"我们好久没有见到慧瑾姐和碧城大哥了，不如先到北碚探望下他们。"

初芸知道从木急不可耐地想返回重庆，于是来了个拖延战术。

"还是夫人想得周到,与表姐和大哥一别也有两年多了,通信也少,这次回渝,是当先看望他们……"说到此处,从木叹了口气,"可惜伯廉没有一起回来……"

"家中逢此巨变,你要理解伯廉。"

初芸安慰道,天下没有不散的筵席,这道理从木自然明白,可半生两兄弟都在一起打拼,伯廉不在,从木心中难免惶恐惆怅。

四月,从木与万家族人道别,北上借道璧山,前往北碚看望慧瑾与碧城。与此同时,望眼欲穿的伯廉和令慈终于等到了儿子继珩的消息,继珩已在贵州省政府社会处任科员,虽觉意外,但得知儿子安然无恙,二人悬着的心也总算放下。可万万没想到的是,一家人还没等到团聚之日,令慈却突然病势加重,在家里咳血晕倒,送去医院后被诊断出结核病晚期,生命只在旦夕之间。

第三十七回 敏人拜师

当从木抵达北碚之时,不巧碧城已经离开,他随作孚先生远渡重洋前往美国和加拿大洽谈借款造船事宜。慧瑾在从木将学校迁去成都后，去到北碚一家红十字会捐助的保育院工作，生活倒是十分充实。

慧瑾见从木和初芸带着两个侄女儿来探望她，大喜过望，忙前忙后亲自下厨烧了一桌丰盛的饭菜，有老母鸡炖汤、蒸白市驿板鸭、水煮嘉陵江鲫鱼和蒜苗炒腊肉，鸡鸭鱼肉是一样不少，这一顿家宴花销了慧瑾三个月的工作津贴，可她内心却被家人团聚的满足和温暖填满。

"表姐，就我们几个人，何必这么大费周章。"

从木看着一大桌子美味佳肴，心里却有些抱歉。

"一家人客气啥子，这么久没见了，心里高兴，也不知道这些菜合不合孩子们的胃口……时间过得真快呀，芳妹儿和芬妹儿都长这么高了。"

慧瑾看着个头快与自己一般高的芳志和芬志，不免感慨万千。

"现在我们都回重庆了，姐姐你要是不怕吵，寒暑假都让芳妹儿和芬妹儿到你这里来耍，北碚可比城里舒服，碧城大哥跟着作孚先生，把北碚建设得真好。"

初芸知道慧瑾是最爱小孩子的，可惜天不遂人愿，偏就让她膝下无子，干儿子继珩又远在贵州，所以就想着让女儿们多来陪陪她们的表姑。

"表姑不怕吵，只要她们愿意，表姑这里欢迎得很。"

慧瑾慈爱地看向两个孩子。

"表姑做饭最好吃了，我们肯定愿意来啊。"

芬志反应快、嘴巴甜，逗得一家人笑成一团。

"芳妹儿太瘦了,是不是当姐姐的,都把好吃的留给妹妹吃了?"

慧瑾又看向芳志,笑盈盈地说道。

"芳妹儿食量小,吃啥都一点点,哎,日子苦,的确也没啥可吃的。"

初芸看着两个身单体薄的女儿叹口气说道,这战火纷飞的世道,一周能见到一两回荤腥儿那可就相当不错了。

"瘦也没啥子不好,将来可以当演员、当明星。"

芳志倒是不以为意。

"这个娃儿就喜欢看电影,爱看阮玲玉、周璇这些美女明星。"

初芸笑着解释道。

"女孩子都爱美,可正是长身体的时候,还是得吃饱饭。"

慧瑾温柔地对芳志说道,并夹了一只鸡腿给芳志,又把另一只鸡腿夹到芬志碗里,慧瑾忽然想起什么,开口问道:"对了,前几日收到伯廉发来的电报,说继珩那孩子去贵州省政府工作了,你们知道这事吗?"

从木与初芸心中一惊,对视一眼。

"我在永川养病,还未得到消息……"

从木强作镇定答道,若是提到在贵州工作如此详细的信息,应不是继珩在说谎敷衍慧瑾,料想确实继珩与伯廉取得了联系,他第一时间联系不上从木,但料定从木回重庆一定会探望大哥和慧瑾,于是先将消息通知碧城和慧瑾,得知了这个消息，从木也是顿感心中大石落下，长吁一口气。

"真是奇怪，这孩子读完书不留在成都，或者回重庆也好啊，怎么会去贵州工作……"

慧瑾满腹狐疑。

"继珩这孩子向来有主意，好独立，可能想独自闯一闯，他是高才生嘛，到艰苦的地方锻炼下，对将来事业有帮助的。"

从木忙解释道。

"你说得也有道理，快吃饭吧，吃完再谈。"

饭后，初芸帮着慧瑾收拾碗筷，让从木带着芳志和芬志去外面走走，从木也是心领神会，带着两个女儿出门去了。

待从木走后，初芸与慧瑾有一搭没一搭闲聊，瞧着个空子假装不经意问起："姐姐，我听从木说碧城大哥跟着作孚先生干事业，忙得不得了，那他还常来看你吗？"

"时不时地还是会给我送些东西来，来了也就坐坐，他说那些船啊炮的我也不懂，偶尔也留下来吃顿便饭。"

"姐，这话本不该我多嘴，但我也是真心为你着想，都说精诚所至金石为开，碧城哥对你的心意，大家也都看在眼里，他是个啥样的人，你肯定比谁都明白，这么多年过去，我想我大哥在天之灵也不希望看到你孤独终老，有个知心的人与你携手半生，老来有个伴儿，难道不好？"

初芸柔声劝道。

"我晓得你们关心我，也关心碧城，他之前很多时候也在北碚，时常我们也走动，说来相互是有个照应的，前几年我不理他，是希望他能娶门合适的亲事，他事业有成，啥子样子的姑娘找不到,何必非要与我这人老珠黄又不能生产的寡妇耗着……可他也是一根筋的人,听不得劝,我也实在拿他没办法……现在嘛,就像姐弟一般相处,倒也算自在。"

"既然有这个情分,为何就不能结婚,偏要折磨彼此呢?"

初芸疑惑不解。

"哎,你哥走后,这么些年一个人习惯了,你当我守旧也好,自私也罢,我这辈子是不会再嫁了,你来劝我,还不如让从木劝劝碧城,心仪他的好姑娘不在少数,谈一个合眼缘的,娶妻生子,岂不更好……"

初芸见慧瑾态度坚决,也不好再说下去了。

从木那边与涟登取得联系后,将初芸和两个女儿暂时安顿在慧瑾家中,他只身先返回重庆南岸。他在永川养病的这段时间,学校已经停课,许多老师都另寻生计,有的到中小学代课,有的为报纸杂志撰稿画插图,有的则卖字卖画代写书信……鱼洞溪玄坛庙的校舍本就是几间平房,学校停办了,涟登就把校舍改成宿舍,与几名老师住在这里。见到从木后,涟登也是十分惭愧,汗颜慨叹道:"学校停办,我作为代理校长难辞其咎,愧对从木兄的信任。"

"涟登兄,你切莫要这样说,办校的难处我比哪个都了解,你在重庆人生地不熟,又没得经费,巧妇难为无米之炊,学校停办,责任不在你。"

从木安慰涟登道。

"幸而从木兄眼疾已无大碍，你一回来，咱们就有了主心骨，肯定有办法让学校起死回生。"

涟登向从木投来期盼的目光。

"说实话，我倒也没想出啥子特别好的办法，无非也就是办画展募资、借贷和典当这三板斧，我这一走就是两年多，重庆现在是个啥子情况，我也尚不太清楚。"

从木此时不禁十分想念伯廉，要是伯廉在，总多个能出谋划策的人。

"那是不是把老师召集回来开个会？"

涟登见从木有些愣神，开口问道。

"暂且不急，我看报纸上说欧洲战场德国法西斯已经投降，国军又在湘西雪峰山重创日军，我军主力已经开始反攻，看来抗战胜利指日可待……当务之急，是我们得提高教学水平，与老师们保持好联络，我会想法筹款，待战争胜利后，我们再开校复课。"

虽不能立马复课，但见从木没有放弃坚持办校的打算，本有些灰心丧气的涟登也算吃下一颗定心丸。二人做好分工，从木主要负责筹款与社会活动，涟登则负责师生联络工作，共同为学校重启而努力。

1945年8月15日，日本裕仁天皇发表《终战诏书》，宣布无条件投降，一周后，日军副总参谋长今井武夫飞抵湖南芷江，交出在华兵力部署图乞降。9月2日，日本投降仪式在美军战列舰"密苏里号"上举行，翌日，陪都重庆就举行了大规模的"庆祝同盟胜利"大游行，四万多市民兴高采烈地拥上街头,整座城市都沉浸在抗战胜利的狂喜之中。

与此同时,碧城回到了重庆,在得知从木还要坚持办学的想法后,他也表示赞同。

"西南艺职校在重庆还是有基础,战后百废待兴,美术教育也是不可或缺的一环嘛,只是南岸鱼洞溪那边的确离城里太远,条件也太过简陋,我看,还是请人将辉园修缮一下,搬到城里住,以后你办事,还有芳志、芬志上学,都方便些。"

两兄弟见面后,碧城对从木讲道。

"修缮辉园又是一笔开销,学校搬来搬去,积蓄所剩无几,学校要复课,届时又是大笔的开销……"

经过几年的奔波,从木虽有坚持之心,却也没有了当年初生牛犊不怕虎的乐观。

"你心头就只有你那个学校,点都不为弟妹和娃儿们着想吗,钱的事情你不操心,我来安排,虽不说能完全恢复到轰炸前的样子,但反正修到可以住人没多大问题。"

"大哥说得是,住在城里的确方便得多,但这钱不好让你来垫,我自己想办法……"

"哎呀,从木你现在啷个婆婆妈妈的,我是你大哥,你到底听不听我的,这个事情就这么说定了,现在天气还没凉快,弟妹娃儿在北碚正好陪陪慧瑾,也避避暑,等我把辉园给你们修缮出来,我们一起在你屋头过中秋节。"

见碧城拍了胸脯,从木也就却之不恭了,毕竟大哥现在也是民生公司独当一面的大人物，搞定修葺房屋这点小事，当然易如反掌。

"好，既然大哥都这么说了，我就替弟妹和孩子们先行道谢了……对了大哥，你和慧瑾表姐……"

"哎，都说我是天不怕地不怕的郑太岁，可就唯独拿她没办法，连蒙夫人也出面去帮我说过，没得用，她要信守誓言，我还不是只能干瞪眼，有啥子办法……不过，反正我工作也忙，偶尔去看看她，她只要不闭门不见，偶尔还能吃上口她做的饭菜，我也就心满意足了。"

碧城叹口气，苦笑言道。

"大哥一往情深，表姐她心里肯定是知道的，但她放不下初山哥，你又何必较这个劲儿，你现在功成名就，若想开些，娶个好姑娘也为时不晚。"

从木开解道。

"从木，我的性格你最晓得，慧瑾是个犟拐拐，我比她还要犟……都说不孝有三无后为大，老爷子闭眼睛那天，我磕了九个响头，你看，额头上留了疤的，就是请他老人家在天之灵原谅我这个不孝子，这辈子我郑碧城就是非她张慧瑾不娶了，天王老子都劝不来的。"

从木见碧城话已至此，自然也是无法再劝。

一个半月后，碧城找人将辉园修葺一新，从木一家随后搬回辉园居住。从木和初芸本想就在家中设宴，好好感谢碧城一番，可从木找到碧城时，却反被碧城拉着去赴宴。

"这家宴恐怕得延后了，你今天和我一起去看戏。"

"看啥子戏?"

从木见碧城兴致高昂,不由得十分好奇。

"昨天的报纸没看吗,国共两党签署了《政府与中共代表会谈纪要》,国共不打内战,老百姓就有太平日子过嘛,还有政府又嘉奖了作孚先生,给他颁发了胜利勋章,赶上这双喜临门,今天是新上任的张伯常市长,请了厉家班演专场,为作孚先生庆贺。"

"这种大场面,我去太不合适,等有机会,我再登门祝贺作孚先生吧。"

从木说完,就准备告辞回家。

"别走哟,作孚先生得知你回来后还有坚持办学的想法,叫我一定把你叫上,今天高朋满座,不仅典夔大哥也在,还有教育部、银行的贵宾,你陪我走这一趟,绝对让你不虚此行!"

碧城不由从木分说,拉着他就上了小轿车。

厉家班刚刚受张治中将军邀请,在毛泽东主席的饯行欢送会上表演了《群英会》,名气正盛。这日的专场,更是座无虚席,演出结束后,张市长设宴招待受勋的非军政人士及各界代表,碧城也拉着从木一同参加。

"看戏我已勉为其难,这宴会我实在不好意思参加。"

从木虽也爱看戏,但这样的场合他实在不甚习惯,只想赶紧回家。

"从木你慌啥子,不是我不让你走,是典夔大哥和我说了,有贵人想与你认识,专门把你请过来。"

碧城故作神秘，将从木带到宴会厅旁的一个小雅间，不多一会儿，甘绩镛与一位西装笔挺的绅士走了进来。

"从木，别来无恙啊。"

甘绩镛与从木招呼道。

"典夔大哥，久疏问候，还望兄长见谅！"

从木连忙迎上去作揖道。

"我来跟你介绍下，这位是中央银行重庆分行的襄理翁敏人先生，翁襄理，这就是我的小老弟，西南艺职校的校长万从木。"

甘绩镛介绍完，翁敏人走上前来，与从木握手寒暄："久仰万校长大名，今日得见，荣幸之至。"

"翁襄理太客气了，幸会幸会。"

从木回礼道。

"别看翁襄理是金融界的翘楚，可也是酷爱书画之人，之前碰巧在我家中看到万校长的一幅《山溪云笼图》，十分心仪，非要让我割爱，还说一定要引荐一下，今日借为作孚先生庆功，终于将你二人凑到一起，我也算不辱使命了。"

甘绩镛介绍了来龙去脉。

"翁某虽是俗人，平生却有两爱，一是爱戏，二是爱画，这戏上，我有幸结识厉彦芝厉老板，算得偿所愿……但在画上，虽也与不少画家有过照面，却不投缘，一直遗憾没有一位良师益友，当日在甘委员那里见到阁下的《山溪云笼图》，颇觉震撼，山林间的亭台楼阁、飞禽走兽，乃至人物皆栩栩如生，观之如身临其境，细细品来，甚至不觉额头微微冒汗，犹如到这山行中走了一遭，立时便爱不释手……今日总算见到真佛，若万校长不弃，择日我在家中设宴，烦劳万校长为我指点一二。"

"翁襄理谬赞了，指点万万谈不上，翁襄理若有雅兴，改日我们不妨交流一番。"

从木见翁敏人是真情实意，自当欣然接受。

"如此甚好，那今日我就不在此喧宾夺主，过两日，我派车去贵府接万校长。"

"恭敬不如从命。"

翁敏人走后，甘绩镛问从木道："贤弟，碧城跟我讲，你还是要把学校办下去？"

从木点头称是。

"既是这样，翁襄理这边你自可结交走动，以后能帮到你的地方会很多……上清寺校址，那地本来是我私人捐给学校的，中央政府还都南京是迟早的事情，宣传部撤离后，学校还是搬回到上清寺去，当时学校奉命迁离，包括你积极参与抗日的宣传，对党国是有贡献的，届时我帮你找教育部的人，为学校正式注册备案，以后就能享受政府的优惠政策和补助。"

从木听完，激动到不能自已，连忙向甘绩镛鞠躬致谢："典夔大哥对从木恩深义重，弟弟不知何以为报。"

"从木，我也当过校长，经办过教育，我懂办学的难处，你以一己之力坚持半生，我这个当大哥的，十分钦佩，你放心,只要你还有这股办学的心气,力所能及之处,大哥一定会帮你,还有你眼疾的事情,碧城也给我说了,身体乃革命之本,也不要太过操劳。"

甘绩镛拍着从木的肩膀语重心长道。

"我晓得,多谢典夔大哥。"

向作孚先生表示祝贺后,从木回了辉园,没过几日,翁敏人果然派车来接从木到家中赴宴,下的请帖还专门说明是家宴,请携夫人与子女一同参加,从木想着初芸和孩子们跟着他辛苦奔波,日子清苦,今日受邀赴宴,一来让孩子们长长见识,二来也算打打牙祭,未尝不可,于是让妻女稍作打扮,一同前往。

翁家的小洋楼就在嘉陵江畔曾家岩的山腰处,从木一家抵达后,翁敏人亲自出门迎接。

"万校长,欢迎光临寒舍呀。"

翁敏人上前与从木握手,非常热情,看着花园内的西式喷泉和四下优美的园景,从木心想这哪是"寒舍"啊。

"今日登门拖儿带女,叨扰翁襄理了。"

从木客气道。

"哪里的话,今天本来就是家宴,除了你我两家,就还请了甘委员和厉家班,咱们就讲讲戏、聊聊画,让孩子们相互认识认识,有个玩伴儿。"

"客随主便,全听翁襄理安排。"

在作孚先生的授勋庆功宴上,厉家班忙着演出,从木未有机会结识,今天厉彦芝也是带着"厉家班五虎"中的两个女儿慧敏与慧兰来赴宴的。

家宴氛围其乐融融，酒酣耳热之时，翁敏人对从木拱手言道："万校长，今日确实有个不情之请，鄙人对绘画颇为喜好，对先生的人品与画技也是钦佩至极，若先生不弃，我愿拜您为师，能得先生点拨一二，平生无憾矣。"

"翁襄理言重了，万某人不才，一点绘画上的心得愿与翁襄理探讨切磋，若说是拜师，万某人哪里敢当。"

从木忙摆手自谦。

"从木你过谦了，厉老板也算是翁襄理的老师，既是良师，也是益友嘛，我们也不拘那些俗礼，你若愿意，敏人敬你杯酒，叫你一声'先生'，就算拜师了嘛，哈哈。"

甘绩镛军旅出身，性情豪爽，他害怕从木在那儿推来就去地客套，于是插话帮腔，把此事促成。

"那就烦劳甘委员与厉老板做个见证，今日鄙人拜万公从木为师，定将虚心求学，还望先生不吝赐教。"

翁敏人将从木杯中酒斟满，双手奉上，从木也不再推辞，接过酒杯，一饮而尽，就算礼成。

饭后，敏人安排夫人小姐们在花园里喝茶逗狗，他则将甘绩镛、厉彦芝和从木请到书房欣赏他收藏的字画，翁敏人在家乡时也是世家大族，加上财力雄厚，他收藏颇丰，也是令从木大饱眼福，众人品画畅谈，十分惬意。

"敏人，从木若不是痴心办校，绘画上的造诣恐怕还不止于此，说起学校，既然你二人已有师生之谊，万校长若有求，你可不能拒绝啊。"

甘绩镛见大家叙谈畅快，便为从木办学之事先做个铺垫。

"先生坚持办学是利在千秋的事情，只要是我力所能及之处，自当倾力相助。"

翁敏人见甘绩镛为从木说话，自己也立马表了态。

"好啊，敏人有一股子义薄云天的侠义之气，令甘某佩服啊，这金融界才子与教育界名士缔结一段师生良缘，我也算做了份功德嘛。"

书房内是欢声笑语，花园里也是其乐融融，厉家两姐妹比万家两姐妹年龄稍长一些，但也算是同龄人，四个姑娘在一起，起初多少有些拘谨，后来聊起时下的电影，很快也就熟络了。芬志热情大方，她关心时事，讲起新闻来也是头头是道，厉家两姐妹平日里埋头唱戏，与学生交往甚少，如今听芬志讲话，不觉听得津津有味。特别是妹妹慧兰，她只比芬志长两岁，却觉得芬志思想开放独立，不似一般千金小姐那样矫揉造作，只觉相谈甚为投缘。

"芬志妹妹，听你讲话有趣得很，我是意犹未尽，若是得空，可否到你家，和你一起向万伯父学画画？"

听芬志讲起《红楼梦》与仕女画，慧兰借机询问。

"若你有兴趣，当然要得，我想我父亲定然同意的，不瞒你说，我父亲也是戏迷，你的《定军山》是他最爱的戏之一！"

听芬志这般回答，慧兰喜出望外："那你问问伯父，若得空，我上你家找你和芳志去。"

"好呀！"

芬志和芳志从小跟着从木四处奔波，学校迁到哪里，二人就跟到哪里，身边没有知心的玩伴和朋友，虽姐妹相依，但没个体己的闺蜜，也难免感到无聊，这点与从小在戏台上打拼的厉家姐妹十分相似，今次相遇，都有相见恨晚之感。

民国虽然已经建立几十年了，但在许多国人的固有观念中，戏子仍是下九流，哪怕再受追捧，潜意识中也难免有自卑的情绪，能与文化教育界人士交往，自是没有不愿意的道理。所以当慧兰向厉彦芝请示能否与万家姐妹交往，难得获得了父亲的应允。从木和初芸向来心里没有什么三六九等的封建观念，见女儿们交到了新朋友，当然也十分开心。这一日，不仅成就一对师徒，万家两姐妹还与厉家两姐妹交了朋友，正可谓好事成双。

翁敏人与厉慧兰拜师从木学画的消息不胫而走，无意之间，从木在山城的名望大大提升，来登门拜访的人日渐增多，其中有过往的故交同仁来探望叙旧的，有喜好文墨丹青之人来求画或拜师的，当然也不乏附庸风雅、沽名钓誉之辈来巴结逢迎的……从木办学多年，深知民办学校想要生存下去，社会力量不可或缺，所以只要自己尚可挤出时间，都尽量以礼相待、不厌其烦。

1946年5月，国民政府还都南京，在此之前，国民党宣传部就先行回迁，并将征用的西南艺术职业学校校舍归还给了学校。八年时光荏苒，六回迁途坎坷，学校终于迎来了重返上清寺旧址的一天。

第三十八回 师徒联合画展

枯木逢春、苦尽甘来,这是从木在 1946 年的初夏最真切的感受。在甘绩镛等人的鼎力相助下,教育部十分认可美专校在地方美术教育上做出的成绩和在抗战时期的牺牲贡献,正式批准授牌"西南美术专科学校"并同时保留、合并"西南实用艺术职业学校",学校除已有科目外,增设音乐科,开设声乐、器乐和作曲等专业。

学校扩容,费用的压力自不会小,政府口头上承诺会给补贴,可地方财政十分吃紧,从木也明白恐怕多是空头支票。于是从木不得已还是向翁敏人开了口,提出以包含土地在内的校产作为抵押来贷款,敏人毫不含糊地一口答应下来,并在利息上给出了最大的优惠。不仅如此,为了给学校节省不必要的开支,敏人将央行仓库存放的闲置办公家具及用品,无论是桌椅板凳,还是黑板书架,一律无偿捐给了学校,并帮助从木以极低的价格,从外贸公司买到一批进口的画具、书籍和乐器。学校的资金状况得到改善,加之战后复员工作的推动,不仅以前的教员、校工接到通知陆续返校,涟登又招聘到一批优秀的青年教师。在招生方面,战争结束,学生重返校园的热情高涨,登记入学情况亦十分喜人,第一期各专业就招收新生一百余人。

新学期开学,当各种繁杂琐碎之事像密集的连发炮一般向从木袭来,令他手忙脚乱、苦不堪言之时,他才设身处地了解到这些年伯廉替他做了多少麻烦的工作，尽管是有涟登等人协助，可他们一不如伯廉熟悉校务，二不能像伯廉那般熟谙通达重庆各方面情况，许多事情也是心有余而力不足。

"失伯廉如断双臂……美专校不可无伯廉……"

繁琐的公务令从木对伯廉的思念与日俱增，他迫不及待地给成都发去电报，希望他的三弟能早日回校任职，助他一臂之力。

可世事难料，就在伯廉接到从木电报前夕，令慈的病情急转直下，弥留之际，唯一心愿就是能在闭眼之前与自己朝思暮想的儿子见上一面，伯廉给继珩发去电报，让他星夜兼程赶回成都见母亲最后一面，可天不遂人愿，当继珩风尘仆仆赶到成都之时，令慈已经咽了气。令慈的离世对伯廉无疑是沉痛一击，他对继珩当年不告而别耿耿于怀，好不容易父子重聚，继珩又对当年的出走讳莫如深，这令两人之间产生了巨大的隔阂。办完令慈的后事，继珩未做片刻逗留，立即返回贵阳工作，直到继珩登上火车，两父子之间也没说过一句整话，伯廉甚至没有去车站送送久别重逢的独子。

伯廉那边迟迟没有回音，从木只以为是令慈的病情让他无法动身，所以也就没有再追问。学校蒸蒸日上，可贷款还需偿还，伯廉不在，从木还是只能靠自己想办法。抗战胜利后，美专校所在的上清寺，既是巴蜀中学、求精中学、晋冀鲁豫军区干部子弟校等诸多学校的所在地，更是众多达官显贵、富商巨贾的聚居之所,两路口、上清寺、曾家岩一带的公馆、宅邸不胜枚举,此地就是彼时山城货真价实的富人区。在翁敏人拜师之后,来从木家中走动的社会名流日渐增多,其中不乏求画者,这就让从木再次想到办画展筹款的老办法。

经过永川养病时对中国绘画更深入的探究与领悟,从木的绘画技艺也大为精进,在办学的同时,他全然没有放弃绘画,几乎每日都至少拿出一个时辰来创作,孜孜不倦。他的视力虽然受损,但他对事物的洞察以及在创作时笔法的运用上都更加炉火纯青,他常常给初芸和女儿们打趣说他似杨二郎一般开了第三只眼,他戏称为"心眼",并强调说用"心眼"画画,就不会伤视力,总哄着初芸让他夜里能画晚一些。

"我看你是缺心眼才对!"

初芸才不吃从木嬉皮笑脸那一套,没好气地驳斥他。

搬回辉园不久,家中闹了老鼠,一家人不堪其扰,从木就从市场买回来一只狸花猫养在园中。从木本就喜爱小动物,他几乎每日从学校回家,都要与那狸花猫逗玩一阵,觉得小猫咪哪个神态身形可爱,就立马画一幅润笔小作,后来,他对猫兴趣日浓,常常是见到猫就停下脚步,看上一阵,久而久之,从木画下神态各异的数百只猫,最后精挑细选汇集而成《百猫图》。家里,初芸养了几只鸡,没想到也都成为了从木的"模特",每天都会为这几只鸡画像,从木画的雄鸡极为生动,深得画友与藏家的喜爱,甚至被友人盛赞说:"万从木的鸡可与齐白石的虾、徐悲鸿的马竞相媲美。"

这日,翁敏人请从木到家中研讨绘画,茶歇闲聊时,得知从木有举办画展筹款的想法。

"先生,敏人随先生学习绘画也有时日,不知学生的画,先生觉得可还要得?"

敏人放下茶杯,试探着问从木。

"翁襄理天资聪颖、一点就通,笔法渐趋娴熟,尤其山水,苍劲中颇带秀美,雄浑而不失清雅,颇有明代沈启南之韵味,假以时日,功力必定能更上层楼。"

从木夸赞道。

"先生谬誉了……是这样,敏人自知还不到自己举办画展的火候,但也想听听行家们的指教,我得知先生想举办画展筹款,便生出个想法,若有冒昧之处,还望先生不要见怪。"

"翁襄理不必过谦,你我之间但说无妨。"

"学生斗胆,望与先生合办一个师徒联合画展,画展作品销售之所得,我分文不取,全归先生所有,当然,画展先生之遗珠,我当全数买下,不知先生意下如何?"

"翁襄理这是慷慨相助,我岂有不愿之理啊。"

从木对翁敏人的提议自然是无法拒绝,心中是既欣喜又感动。

待二人共筹得画作百幅,画展如期而至,大大出乎从木意料的是,展览所售作品竟然在预展首日便被抢订一空，来迟一步的藏家竟捶胸顿足，非要从木将只展不售的《百猫图》《百猴图》《雄鸡报晓图》等精品割爱，甚至愿以两倍乃至三倍的价格购买。确实未能抢购到作品的友人，便向从木提出订购，从木以精力有限推托，也签下近五十幅画作的预订单。

从木心里也明白，画展热度空前，其中的确不乏真心喜欢他作品的藏家，但恐怕想借此巴结翁敏人、搭上中央银行的关系之人也不在少数，这也是人之常情。可无论如何，自己的作品受到追捧又能得到一笔不菲的画款，从木难免心中飘飘然，他是人逢喜事精神爽，领得画款后，想到这么多年从来没给初芸和女儿们买过像样的礼物，初芸生日将近，于是打定主意，专门去了一趟百货公司。

从木满载而归，嘴里哼着《得胜还朝》回到家中，高声呼唤初芸和两个女儿。

"这是在地上捡了钱了，这么高兴？"

初芸见从木提着大包小包地回到家里，心下就有不好的预感，冷着脸问道。

"夫人，我给你们每个都挑了礼物，快叫女儿们一起来看。"

从木颇有些得意忘形，全然没有察觉到初芸的不悦，这时，芳志和芬志刚刚放学回家，听到从木说话，也赶紧从房间走到客厅来。

"芳妹儿、芬妹儿，快来，爸爸给你们买了礼物。"

从木招呼芳志和芬志过来，他给芳志和芬志各自买了一双皮鞋，两个女儿一直穿妈妈缝的布鞋，二人马上要上中学了，一直心心念念想拥有一双新皮鞋，从木将此事一直记挂在心里，现在手头宽裕些，总算让女儿们如愿以偿。

"来不及问你们脚码，样式和码子都是售货员推荐的，若不合适，可以去换的，快看看喜不喜欢？"

从木问道。

"喜欢，谢谢父亲！"

芳志和芬志都迫不及待地打开鞋盒，看见盒子里崭新的皮鞋，喜笑颜开，异口同声地感谢从木，见女儿们如此开心，从木也备感宽慰。

"夫人，天气渐热，这是美利坚进口的电风扇，贵是贵一点，但是好看耐用，开关方便……对了，你生日将近，我给你挑选了一个手提包，真皮的，也是洋货，售货员说很多官太太都买这个款式，我不懂，你看喜不喜欢？"

"谁让你乱花钱，你这钱是大风刮来的？"

初芸不喜反怒，也不去看那手提包，只反问道。

"这不是和敏人的师徒联合画展大获成功，就想着要犒劳下家人嘛，你放心，钱不是大风刮来的，也不是偷来的、抢来的，是堂堂正正卖画赚来的。"

从木见初芸毫不领情，有些尴尬，连忙赔着笑解释。

"有多少人是给翁襄理面子，你心里没数吗，退一万步说，你画画容易吗，花钱的地方多得很，贷的款是不用还吗，你这样大手大脚？"

"要还啊，夫人，买这点东西还不至于算大手大脚吧……"

"你还理直气壮了,我明天就拿去退掉。"

初芸说完,转头就进了厨房,从木与两个女儿面面相觑。

"你们母亲说的气话,皮鞋买了不能退,只能换尺码,哈哈,去看书吧。"

从木轻声对两个女儿说道,女儿回房后,他踟蹰一阵,还是蹑手蹑脚溜进厨房,初芸正忙着切菜,也不看他。

"夫人,重庆的三伏天实在炎热,电风扇也是有必要的嘛。"

从木解释道。

"你是不当家不知柴米贵吗,这般大手大脚,晓得的,你万校长是猪八戒吃人参果——头一回,不晓得的,还以为你万校长是发了多大的横财。"

初芸是一通冷嘲热讽。

"好好好,夫人我错了还不行吗,电风扇你觉得贵了,我明天拿去退掉,可给你买的皮包和给女儿们买的皮鞋,也没多贵重,而且也不能退货,大不了以后花钱都与你商量,下不为例嘛。"

"东西就先放客厅吧……你赶紧去洗脸,一身臭汗。"

从木见"积极认错"对初芸有了效果,喜滋滋地答应着去洗脸了。

第二天从木回家,见电风扇还放在客厅的五斗橱上,算是放了心,可他眼力不好,并没有看出这台电风扇并不是自己昨日买的那台。

晚饭后,从木到书房看书,发现书桌上换上了新的台灯,正巧此时,初芸给她端冰镇莲子绿豆汤进来。

"夫人,这台灯是你新买的?"

从木开口问道。

"对,我把你给我买的包退掉了,电风扇换了款'华生'的,老款有促销活动,价格便宜许多,国货好得很,莫崇洋媚外,另外钱不能退,刚好足够买一盏台灯,你晚上看书画画,煤油灯太暗,伤眼睛,还是电灯好。"

初芸轻描淡写地回答。

"电风扇换国牌的也好,可你何必把手提包退掉……"

"你既然送给我了,心意我收到了,啷个处理就是我的事情了……再说,我现在不常出门,也不是什么官太太需要交际应酬,好好一个皮包放到那里吃灰吗……好了,快把绿豆汤喝了,莲子明目的,都吃干净。"

从木目送初芸退出了书房,恍惚间,某个午后的画面忽然跳入从木的脑海,那时的初芸还是个天真烂漫、无忧无虑的小女孩,她在松竹影映的窗外望向房内,与从木谈起她憧憬过的箕山的竹林、繁华的上海,那时,他们又怎会想到,彼此会携手相伴一生,而那个小姑娘现在为了柴米油盐而劳心劳力,眼角添纹、鬓发日白,成了精打细算过日子的家庭主妇。自创办美专校,自始至终默默支撑着从木并为之付出所有的,正是这个将手提包换成台灯,用悠悠岁月点亮他人生道路的发妻,而自己,自以为高尚地将青春与热血奉献给了艺术与教育,奉献给了这片土地的未来，可却亏欠了与他最亲近的人……念及此处，从木不仅鼻头发酸、两眼发热，心中惭愧莫名，辛苦半生，他必须给初芸安稳幸福的生活，这是他对无私付出的初芸的交代，是对有再造之恩的王家的交代，也是对他自己的交代。

经过一年多的发展，美专校在从木与全校教职工的努力下已初具规模，正当从木踌躇满志，要大干一番之际，解放战争却风起云涌。到了1947年中旬，刘邓大军强渡黄河、千里挺进大别山，兵锋直逼国民党统治的核心区域南京、武汉等地，战场格局已翻天覆地。而旷日持久的战争和国民党上下的极度腐败对城市经济的巨大破坏已然显现，加之旱涝天灾，城市物价日日飞涨，通货膨胀也日趋失控，国民政府的统治岌岌可危，一场席卷全国的学生运动旋即到来。

第三十九回 怒火危城

1947年初，和蒋介石攀上儿女亲家的四川军阀杨森，从贵州省主席调任重庆市长。伯廉之子继珩在贵州省社会处因工作表现突出，受到杨森心腹、机要秘书王子臻的赏识，调到秘书处工作，发展成三青团干事，并随杨森一同回到重庆。

继珩回到重庆后不久，分别拜望了他的"干妈"慧瑾、"大爹"碧城和"二爹"从木。看着一身灰色中山装、胸前佩戴国民党党徽，梳着边分油头站在自己面前的继珩，已经知道因令慈病逝而导致两父子水火不容的从木心中五味杂陈。当年伯廉和从木推测继珩去了延安，可万没想到，如今的继珩不仅在杨森身边工作，更是三青团骨干，个中缘由，从木也不好多问，想必问了继珩也不会多说半个字。

"回重庆来，可同你父亲联系了？"

叔侄俩坐下后，从木倒是开门见山。

"到重庆就发了电报过去，只是他老人家恐怕不想与我多说半句话。"

继珩有些尴尬，苦笑言道。

"继珩啊，你父亲他对你母亲感情很深，他不是故意不理你，他是悲不自胜而不知如何去面对你，更是不想你看到他脆弱柔软的一面，你是他在这个世界上最亲的人，此生唯一的寄托，血浓于水，可要多多体谅他才是……"

许多事情从木也无法追问，只能谆谆劝导。

"二爹的教诲继珩谨记，我亦有难言之隐，还望二爹谅解……"继珩见从木点了点头，于是岔开话题问道，"不知学校近况如何，万事可还顺利？"

"还算顺利，辛勤坚持这么多年总算有了些微薄成绩，只可惜你父亲不在校任职了，许多事情我是力有不及。"

从木叹口气说道。

"二爹，学校有需得着继珩出力的地方，尽管差人来找我便是……"继珩站起身来，准备道别，"公务在身，不便久留，我就改日再来探望您与芸姨，给芳妹儿、芬妹儿带的礼物，还望替我转交，也替我向两位妹妹问好。"

继珩走后不久，已在求精商学院上学的芳志和芬志回到家中，从木指指桌上放的钢笔、笔记本、巧克力和饼干等礼物，说道："这是继珩给你们带的礼物，拿进房里去吧。"

"继珩哥回来了？"

芳志查看着桌上的礼物，开心地问道。

"我先回房做作业了。"

芬志却看也没多看一眼，闷闷不乐地走进了卧室。

五月中旬，占尽兵力与装备优势的国民党军队不仅未在战场上取得进展，反而随着解放军的反攻开始越发陷入被动，北方各大城市经济持续动荡，以清华学子为代表的北平学生发表《反饥饿反内战罢课宣言》，并在罢课同时走上街头游行，罢课、罢工的游行活动很快延伸至华北各地，5月20日，南京、上海、苏州、杭州等多个城市的游行学生遭到国民党军警残酷镇压，打死二十余人，受伤者过百，震惊中外。"五二〇血案"不仅没有将如火如荼的学生运动镇压下去，反而点燃了全国人民的怒火，六十多个城市的学生罢课、工人罢工，并走上街头围堵政府机关，高呼"反饥饿、反内战、反迫害"的口号，向国民政府施压。陪都重庆也不例外，学联到各校组织学生罢课游行，美专校的进步师生当然也参与其中。

罢课游行活动刚刚结束,学校复课的第一天,从木正在校长办公室批改文件,忽然一阵急促的敲门声传来,涟登未等从木答应就冲了进来。

"校长,不好了,警察局来抓人了。"

涟登一脸惊慌失措。

"抓谁?"

从木有些莫名其妙。

"那肯定是抓昨天上街游行的学生撒,啷个办?"

"知道是哪些学生不?"

从木紧张地问道。

"听说闹得比较凶的,是参加了学联的李秉荃和胥宏刚。"

"你赶快把这两个学生找到,带他们来校长办公室。"

"好,我马上去。"

涟登走后,从木焦急地在办公室来回踱步,心中盘算着对策,过了一会儿,涟登将李秉荃带了进来。

"胥宏刚呢?"

从木见只有一名学生,于是问道。

"军警是带着学联的人来挨着一间教室一间教室认人,许健老师和胥宏刚已经被抓住了,他们马上就要来校长办公室,你看咋个办?"

从木不待涟登说完,将办公桌旁的窗户推开,他的办公室在二楼,旁边是下水管道。

"李秉荃,你从这里逃跑,不要回家,去陕西路辉园我的家里找你师母王初芸，告诉她你是美专校的学生，现在需要紧急出城，让她找郑碧城先生想办法，听明白了吗？"

从木说完，李秉荃点点头。

"走！"

从木低喊一声，将李秉荃送出窗外。

李秉荃刚跳窗不到一分钟，军警便鱼贯而入，从木和涟登只得强作镇定。

"阁下是万校长吗？"

一个身穿黑色警服，走路背挺得笔直的中年人走上前来，笑盈盈地向从木伸出手。

"我是万从木。"

从木整整长衫，一脸漠然地礼貌握了一下。

"幸会幸会，鄙人杜维盛，是警察局侦查科科长，奉上峰命令，来抓捕煽动学潮、对抗政府、扰乱社会秩序的共党危险分子，还请万校长配合我们的工作。"

杜维盛毕业于黄埔军校第十四期，之前长期供职国防部保密局，也就是人们熟知的"军统"，调到重庆站工作后不久，转任警察局侦查科科长，此人长着一张娃娃脸，平日里和颜悦色、满脸堆笑，做事心狠手辣绝不输军统的"四大金刚"，人送外号"笑面郎君"。

"杜科长，我这里是美专校，学生主要是学画画、学音乐的，可说是手无缚鸡之力，哪来啥子共党危险分子。"

从木不卑不亢，也笑着回复。

"万校长是重庆美术界、教育界的知名人士，我们很尊敬，但学校有没有共党，这个是需要我们来调查核实的，委员长教诲我们，'宁可枉杀一千，不可放过一个'，正值戡乱救国、生死攸关之时，还望万校长体谅我们工作不易。"

杜维盛拱手言道。

"哼，谈啥子体谅不体谅，实不敢当，你们警察现在是吃不到台（厉害）得很，想到学校抓人就来抓人，想抓哪个就抓哪个，你今天抓一个，明天抓十个，我这学校还要不要办啊，我看你把我也抓起去算了！"

从木义愤填膺，冷哼一声说道。

"万校长，我们今天要带走的人，是党通局和保密局联合拟的单子，我们是奉命办事，你切不可阻挠，以免给你，给学校带来不必要的麻烦。"

杜维盛见从木不依不饶，于是收起笑容，板起面孔来严厉警告。

"杜科长莫生气，万校长是一校之长，你们来抓人，他必须问清楚情况嘛。"

涟登见状，怕事态升级，连忙上前打圆场。

"哼，你们手上有枪，我拦也拦不住，不过你放心，此事我一定会告到教育厅、告到市政府去，你们要是抓错了人，那是必须要给我们学校一个交代的。"

从木一甩袖子，转过身去，不再看杜维盛。

"告辞……收队。"

杜维盛见从木这个态度，也就敷衍敬个军礼，转身走出门去。

"他们带走了哪些老师和学生？"

杜维盛走后不久，从木焦急地询问涟登。

"许健老师，胥宏刚、赵齐凯等四名学生。"

涟登回答道。

"我看警察局现在真是无法无天，不拿出证据来，想说谁是共产党谁就是共产党吗，哦，参加游行就是共产党，下次游行我也参加，我看他抓不抓我。"

从木义愤难平，涟登连忙示意他小声些，随即说道："现在的关节是，同学们情绪非常不好，若不好生安抚，恐怕会继续罢课。"

"这样胡乱抓人，那自然是人人自危呀，我看其他学校应该也抓了不少师生，当务之急，是联系各所学校的校领导，大家组织起来，向教育厅施压，让他们去协调警察局，马上放人……这样，涟登，你去联系下学联的负责人，探明现在的具体情况，我这边马上联系一些熟络的校长，商量下一步对策。"

从木向涟登指示后，夹着公文包就出去了。

一直忙到傍晚，从木方才回家，天色渐暗，又下起了小雨，陕西路街口昏黄的路灯下，站着两名穿黑色中山装的男子在抽烟，从木走过时，总感觉那两双眼睛在盯着他，从木猜想这不是警察厅的人，就是中统、军统的特务，忽然想起李秉荃的事情，心下不仅紧张起来，他走到家门口，往巷口望去,见那两人并没跟来,于是故作镇定地大声敲门,安静的巷弄里惊起一阵狗吠。

进屋关好门后,见芬志和芳志正在吃晚饭,从木悬着的心才总算放下,他对初芸使个眼色,二人来到厨房,掩门后,从木压低声音问初芸:"今天可有一个叫李秉荃的学生来家里?"

"来了,他将来龙去脉简单与我说了,我已经与碧城大哥联系好,他的人下午已将李秉荃接走,应该会坐民生的车先到北碚,然后送他离开重庆。"

"那就好,那就好。"

得知李秉荃安全,从木方才长吁一口气,这时才察觉口干舌燥,端起灶案上的茶壶对着茶嘴喝了个一干二净。

"慢点喝……我听说警察和特务到处在抓游行示威的学生,学校也出事了?"

初芸一面拿抹布替从木擦拭滴在胸口上的水渍,一边询问。

"音乐科的许老师,还有四名同学被抓了,侦查科姓杜的科长亲自带队来抓的人,情况紧急,只掩护住了李秉荃。"

从木放下茶壶,擦擦嘴回答道。

"许老师平日里看着斯斯文文、弱不禁风的,他是共产党?"

初芸十分惊讶。

"不晓得,现在要抓哪个人不都是安上一个'共产党'的帽子？我下午去联络了几个学校的校长，川东师范的聂荣藻说他们学校抓了不少人，如果要救人，得抓紧时间，若不尽快向警察局施压，移交给了中统或军统的人，帽子一扣上，马上就会被枪决。"

从木说完，见初芸忧心忡忡，于是拍了拍她的肩膀以示安慰，然后推门走出厨房，他来到餐桌边，对两个女儿说道："芳妹儿、芬妹儿，你们两个听好，现在时局很动荡，你们不要参加学联组织的活动，尤其是芬妹儿，你很追求进步，我晓得，但是现在很不安全，街上到处都是警察、特务在抓人，聂校长也告诉我，学联内部，既有共产党、共青团的人，也有国民党、三青团的人，非常复杂，你们不要再掺和进去，别叫你们母亲和我担心，清楚了吗？"

芳志和芬志对望一眼，点点头。

翌日，从木代表美专校在重庆教育界人士请愿书上签字，明确要求政府立即释放被捕师生，校领导联合民主人士、社会名流多方走动，向市政府施压，杨森迫于压力，不得不释放了大部分的老师和学生，但要求各校校长必须为这些师生提供担保，否则责任连坐。从木带领学校主要领导，亲自去警察局迎回了被捕的老师和同学们，而对于他们究竟是不是共产党，从木只字未问。

对与从木来说，进了学校，那就只有老师和学生，没有什么共产党和国民党，可以讲公理，可以讲道义，但他反对谈论政治，反对把本是学习艺术知识的殿堂变成没有硝烟的战场。

1947年7月4日，蒋介石颁布《戡乱共匪叛乱总动员令》，实行戡乱救国，国民党政府进一步加强了对学生运动的管控。重庆作为国民党统治的后方重镇，对教育界也实行高压管控，中统、军统派出了大批特务人员潜伏到各所学校当中从事情报活动与监管稽查，对中共地下党领导的学生组织造成了严重破坏。一来为保护各校进步师生，二来为保存实力进行长期斗争，川康特委领导的学委决定不再组织大规模学潮，重庆的学生运动自此转入低潮。

数月之后，从木的长子鸿志从华西协和大学毕业后回渝。从木在白玫瑰餐厅订下一桌酒席，除自己一家之外，还邀请了慧瑾、碧城和继珩一道，名曰为鸿志接风洗尘，实则是借此机会挚友亲朋团聚。鸿志与继珩是从小一起长大的，对继珩这个哥哥也非常崇拜，鸿志努力考取成都的学校，也是受到继珩的影响，可这次回来，两兄弟却显得有些生分。

"二爹，鸿志是高才生，有学识有辩才，值党国用人之际，正是他一展才华之时，他学的是社会学，若鸿志有意愿，我可先将他引荐到民政厅或教育厅任职。"

酒过三巡，继珩端起酒杯，对从木说道。

"鸿志性格不如你沉稳，你说他有辩才，我看是诡辩居多，又爱出风头，容易得罪人，不适合政府机关，我想还是先留他在学校里工作，一来我精力不济，琐碎事务他能帮把手，二来也可磨磨他的心性。"

从木微笑着婉拒了继珩的提议。

"既然二爹已有主意，那我就不多言了，学校的确事务繁多，上阵父子兵，学校一定能越办越好。"

继珩与从木碰杯后，将酒一饮而尽。

"鸿志这才刚回来，你就费心为他打算，二爹很感动……"从木扭头对鸿志道，"鸿志，过来和你继珩哥喝一杯。"

鸿志站起身，走到继珩和从木面前说道："父亲，继珩哥可是党国的干部，现在蒋总统倡导'新生活运动'，要大家喝白开水，不要喝酒喝茶喝咖啡，继珩哥要以身作则，你可别为难他。"

"鸿志这张嘴，名不虚传啦。"

继珩尴尬地笑笑。

饭后，继珩约鸿志一起走走，二人沿新华路步行，初春的夜晚透着几分寒气。

"民国三十年，你是不是去了延安？"

鸿志猝不及防的发问令继珩心中一紧，他没有立刻回答，二人向前又走了一会儿，见街口有个卖小面抄手的摊子，继珩转头问鸿志道："晚饭光顾着说话，没吃饱，想吃碗抄手，如何？"

鸿志点点头，二人各点了一碗麻辣抄手，找了空桌子落座。

"我父亲……还好吗？"

继珩犹疑片刻，还是开口问道："鸿志，你离开成都前，可见了我父亲？"

"当然，我在成都时差不多每半个月会去看看三爹，临走时，也有去和他道别。"

鸿志也不去看继珩，瘪着嘴回答。

"我父亲他身体可还好？"

"三爹身体还算康健，哎，可你母亲走后他一直郁郁寡欢，你要是真有这份孝心，就该去成都把他接回来，别让他老无所依才是。"

鸿志是个心里藏不住事的，见继珩这般问，不忿地说道。

"哎，我有发电报也有写信，可都石沉大海，我父亲他不想认我这个儿子了，所以……所以我也只能问问你。"

继珩埋着头，苦笑着言道。

"你问我半天了，现在我倒来问问你，你为啥子要到'妻妾多'手下工作，你又为啥子要加入国民党，现在北方的战事，国民党说是占尽优势、能够剿灭共党，但共产党的报纸又说国民党在节节败退，你哪个看？"

鸿志如连珠炮一般，向继珩扔过去一堆问题。

"你一下问我三个问题，我回答哪个？"

继珩摊手笑道。

"我问了四个问题，第一个问题如果答案是肯定的，后面就无关紧要了，所以你一个都不用回答我，你心里清楚就行，我看着你背影长大，我晓得你的人品，人是会变，但眼睛骗不了人，继珩哥，你眼睛里有光，你有信仰，所以你不需要回答我，你的眼睛已经给了我答案，我在成都读书时，这种眼神，我看到过。"

鸿志的话，让继珩十分震惊。

"这些问题我都不会再问，你今天跟我父亲提让我去啥子民政厅、教育厅，那是你晓得我父亲不会答应，你才故意问的。"

这时，老板把两碗热腾腾的麻辣抄手端了上来，继珩从自己碗里挑了两个给鸿志。

"是你要来吃抄手。"

鸿志对继珩说道。

"老习惯了。"

继珩笑答，鸿志忽然想起小时候，无论是吃什么，继珩都会将他碗里的分一些给自己，万千思绪涌上心头，鸿志不禁红了眼眶，他怕继珩看见，埋头吃起来，二人不再说话。

吃完抄手，继珩结完账，对鸿志说道："这碗抄手，就算大哥给你接风。"

两兄弟相视一笑，刚重逢时的生分已烟消云散。

"继珩哥，父子没得隔夜仇，三爹不是真的责怪你，他是不晓得该啷个面对你。"

临别时，鸿志对继珩说道。

"我晓得，我晓得，你快回去吧。"

继珩拍拍鸿志肩膀。

"那改日，我们约起好好喝一杯。"

鸿志走出几步，转身又向继珩说道。

"新生活运动不让喝酒，我们喝白开水。"

继珩挥挥手，两人在路口分道扬镳。

新学期开学后，鸿志在美专校出任校务秘书，他负责的第一件事情，是学生宿舍的整修和校长宅邸的修建。辉园在大轰炸中破坏严重，整修后虽勉强能住人，但已属危房。美专校的地皮是甘绩镛赠予的私人地皮，可以兴建住宅，此时的美专校在1940年的城市拓路中被新修建的中渝支路一分为二，南侧学生宿舍后正好有一块空地，涟登和学校的几位元老建议从木将辉园出售后，加上校长津贴，在此处修建一座二层洋房作为校长宅邸。

这件事起初遭到了初芸的强烈反对，她认为一来辉园是王家祖产，是父亲留给她的嫁妆，不可随意处置掉，二来在学校方兴未艾之际修建校长宅邸，太过招摇，容易惹来是非。从木起初也犹豫不定，虽也觉得辉园毕竟是危楼，离学校又远，若能在学校里有住宅，不仅办学方便，居住条件也会大大改善，但见初芸如此反对，也就同意从长计议，暂且作罢了。

事情的转机出现在三月末，从木有一日开完会，深夜回家，又遇上阴雨天气、道路湿滑，加之他视力不济，一个不慎踩空了梯坎，从陡峭的步道上摔下，直接摔断了胳膊，这起突发事件，让初芸内心产生了动摇。

反复斟酌后，初芸同意了修建校长宅邸的计划，条件是修建的宅邸满足基本居住需求即可，尽量朴素，不可铺张浪费，其二是费用由校长家自筹，不得使用学校经费或任何名目的津贴。在初芸的亲自主持下，辉园很快被卖掉，用这笔钱加上从木之前攒下的画款，刚刚够修建一座二层小楼。

经费有限，从木将这件事交给了鸿志，让他和后勤科主任臧齐凯一起负责设计和施工，唯一要求就是做到尽量节俭。这是鸿志当校务秘书后接到的第一个重大任务，他也是跃跃欲试，于是联系了华西协和土木工程系的同学，请他们帮忙设计和监工，鸿志也是雷厉风行，从设计到一家人搬入校长宅邸，仅仅用了半年的时间。小洋楼的一楼是客厅、书房、厨房和保姆房，二楼有三间卧室和一个阳台，风格简约而朴实，鸿志还将外墙刷成了白色间浅粉色，非常符合美专校追求自由、浪漫与美的气质。

乔迁当日，从木难掩内心激动，二十余年含辛茹苦的付出，论公，总算不负公庚兄临终所托，将美专校发扬光大，论私，也终于不再让初芸跟着自己风餐露宿、四处漂泊，有了自己的一处惬意住所。

1949年，芳志和芬志从求精商学院毕业，在翁敏人的推荐下，进入中国银行重庆分行工作，而从木也到了"知天命"的年龄，尽量减少社会活动，每日教课作画，倒也清净自在。

某日晚饭后，闲来无事，从木叫初芸陪他到学校的小花园里走走，二人散步来到小花园，走得稍有些累，就在长椅上坐下，远处红霞满天，甚为壮美，清风拂面，让人神清气爽。

"万校长好，师母好。"

时不时有学生三三两两经过，向从木和初芸敬礼，他们也微笑着向学生点头致意，再举头望去，红霞之上，恰有一只白鹭飞过。

"新月已生飞鸟外，落霞更在夕阳西。"

从木兀自沉吟。

"嗯？"

初芸看得出神，没太听清从木低吟的诗句。

"没事。"

从木笑笑，他拍拍初芸的手背，二人不再说话，并肩欣赏着落日美景，享受这片刻安宁。

北宋张耒《和周廉彦》中这句诗无疑是应景的，1949年4月23日，中国人民解放军强渡长江，南京解放，至此国民党这轮残阳是日薄西山、摇摇欲坠，而共产党已如皓月当空，清辉照亮这片满目疮痍的深沉大地。

第四十回 黎明中的告别

1949年11月29日的深夜，小雨淅淅沥沥下了起来，薄雾笼罩的山城透着初冬的凉意。从木正准备睡下，忽然楼下电话响起，响了三声，住在一楼的鸿志接起了电话，从木内心一阵不安，披上外衣，走出卧室。

"是继珩，他过来了。"

鸿志见从木从卧室出来，仰头对他说道，从木点点头，走下楼来坐在沙发上等候。

不多一会儿，继珩出现在家门口，他把雨伞收好，走进屋内，欠身向从木行礼："二爹，芸姨，鸿志，打扰你们休息了。"

"有啥子事打电话就行，雨淅淅的干吗专门跑一趟。"

从木示意继珩坐下，初芸倒了一杯热水，放在继珩面前。

"我是特意来和你们道别的，解放军已攻下南川，胡宗南的部队也已向北撤退，总裁已经决定放弃重庆，最迟明晚就将离开重庆……我刚从大爹那里过来，安排杨市长和一些政府要员的浮财，不出意外，我明天也会随行……"

泛黄的灯光下，继珩一脸倦容，疲惫不堪的样子。

"继珩，新中国已经成立，现在就是重庆街上的叫花子也晓得国民党大势已去，你又何苦跟着杨森这些人一条道走到黑，你还年轻，要多替自己的将来着想，也要替你父亲着想啊。"

从木出言相劝。

"二爹，有很多事情我没办法解释，还望您宽谅……我不能久留，就是专程过来和你们道个别，必须马上赶回林园官邸，只望你们多保重身体……"继珩说着，从怀里掏出一支钢笔，"您和我父亲情同手足，患难与共几十年，您和大爹是除父母之外，与我最亲的人，继珩不孝，不能在身边侍奉，这支钢笔，权当留个纪念……干妈那边，我来不及去给她磕头了，给她留的念想我就请大爹帮我转交了，真希望干妈能和大爹结个伴儿……"

继珩苦笑道。

"继珩，如果你现在不便脱身，后面若有机会还是找个理由走掉的好，兵荒马乱的，那些高官都只管自己逃命，哪里还管得到你……等全国解放之后，事态稳定下来，你把你老爷子接回重庆，我们一大家人团聚过安稳日子，难道不好？"

从木接过钢笔，心如刀割，他不愿看到继珩为国民党殉葬，还想再做最后的努力。

"二爹，你的心意我都明白，国民党守不住重庆，当然也守不住成都，败逃台湾是迟早的事情，请你相信我，我做的事情，没有违背我从小到大的志愿，也对得起你们的谆谆教诲，总有一天，我父亲会理解我的……"继珩说完抬手看看手表，起身说道，"二爹，芸姨，继珩走了，千万珍重。"

继珩向从木和初芸深深鞠了一躬，然后头也不回地转身往屋外走去。

"鸿志，快去送送你哥。"

从木对鸿志说道，鸿志点点头，跟了出去。

"风萧萧兮易水寒，壮士一去兮不复还。"

望着继珩离去的背影，《易水歌》的名句忽然出现在从木的脑海中，久久挥之不去，他冥冥中感觉到，此一别即是永别，不禁悲从中来，暗自落泪。

"继珩哥！"快到校门口时，鸿志忽然叫住继珩，"我可以叫你一声'继珩同志'吗？"

继珩先是一惊，随即眼神中流露出欣慰，他伸出手说道："万鸿志同志，后会有期。"

"黄继珩同志，后会有期。"

鸿志握住继珩的手，再也无法抑制眼眶中的泪水。

11月30日凌晨，蒋介石携国民党军政要员从白市驿机场仓皇飞往成都，同日下午，人民解放军进驻山城，重庆解放。

当晚，鸿志向从木告知了他中共预备党员的身份，并向从木引荐了中共西南军事管理委员会下属文化教育委员会任白戈副主任和二野第三兵团第十二军的政治部主任李开湘，商讨在学校招收文艺兵与学校的接管问题。对于鸿志共产党预备党员的身份，从木心里是有思想准备的，所以当鸿志开口时，他并没有太惊讶，作为父母，担心的永远是儿女的安危，中华人民共和国已经在北京宣告成立，全中国的解放也是指日可待，所以鸿志是共产党，也是意料之外情理之中的事情。

"关于十二军文工团到学校征文艺兵的事情，我全力配合支持，鸿志给了我一个统计的数据，大概已经有八九十名同学报名了，我会联系民生公司的郑副理，请他借学校三辆卡车，把同学们送到十二军的驻地去。"

从木对任白戈和李开湘承诺道。

"首先感谢万校长对革命的支持，重庆刚刚解放，百废待兴，头绪繁多，西南军政委员会已在刘伯承同志、邓小平同志、张际春同志和李达同志的领导下开始筹建，对于西南美专校的安排，上级还没有明确的指示，许多教员学生去当兵了，学校暂时也无法上课，那么之后由西南军政委员会统一接管，是有这个可能性，还望万校长能理解和配合。"

任白戈言辞亲和地对从木说道。

"好，我听任主任的安排。"

从木答道。

"万校长，您太客气了，叫我白戈同志就好。那明天十二军文工团的战士同志就来学校招收文艺兵，同学们的组织工作就交由鸿志同志来负责，将来文管会的工作，还需要万校长的鼎力支持啊。"

"白戈同志言重了。"

与从木沟通完后，任白戈和李开湘离开了学校。二人走后，从木即给碧城打了电话，请他借调三辆卡车到学校，送参军的同学去十二军驻地，通完电话，从木长吁一口气，望着窗外，许久没有说话。

"父亲……"

鸿志倒了一杯热茶，送到从木手边。

"你也要去对吧？"

从木接过杯子，看着鸿志问道。

"李主任找我谈过了，先将我安排到十二军文工团政治部工作，明天我带着参军的同学们就直接去驻地军训了。"

鸿志答道。

"和你母亲，还有妹妹们说了吗？"

"都说了……芬妹儿递交了入党申请书，现在她是青年业务骨干，芳妹儿政治觉悟没有那么高，但工作也很认真，父亲您放心，学校是您一手办起来的，就算军政委员会要接手，校长肯定还是由你来当的。"

"鸿志，你不明白吗，我从来没在乎过'校长'这个头衔，军政委员会接管后，只要学校能办下去，是让我当个教员，还是让我直接退休，我都愿意。"

"父亲……"

"我有些累了，你明天要出远门，快去收拾吧。"

从木叹口气，摆摆手说道。

"那……您早点休息。"

鸿志本想再说些什么，可话到嘴边又难以启齿，转身退出了房间。

翌日，美专校门口锣鼓喧天，三辆车头挂着大红花的卡车已在中渝支路上等候，去参军的同学和前来送行的家长将学校门前堵得水泄不通。鸿志带领着入伍骨干有条不紊地安排同学们上车，芬志和芳志也专门请假来送大哥。

"父亲，母亲，儿子走了，你们多保重身体。"

鸿志将同学们安排妥当，走到从木和初芸身前告别。

"要谨言慎行，莫太逞能。"

从木对鸿志嘱咐几句，鸿志也不像往常一样总爱争辩两句，只默默点头。

"千万注意安全，照顾好自己身体，有啥子难处，给家里来信。"

初芸将连日赶制的一双新鞋和一双手套递到鸿志手中。

时间到了，随着三辆卡车消失在薄雾之中，前来送行的人群也渐渐散去。从木回望空荡荡的校园，惘然若失，此时，涟登和音乐科的主任朱白峰从远处走来，向从木打招呼。

"万校长，参军的师生已经走了？"

朱白峰向从木问道，从木点点头。

"还是按时召开校务会吗？"

涟登问从木道。

"对，有些情况需要和大家商讨一下。"

从木语气沉重，兀自缓步向教学大楼走去，涟登和朱白峰互望一眼，随即跟着走了上去。

校务会上，从木对留校的干部和教员说明了学校目前的情况，一是学校师生积极参军后，留校的学生已不足原有学生的三分之一，二是国民党败逃后，贷款和借款的渠道中断，学校已无经费继续维持，从木提出的解决办法，是由在筹建中的西南军政委员会下属教育文化委员会暂时接管学校，等待接管期间，学校休课，至于师生将来去留，等委员会接管后，自会有下一步安排。

从木前一夜没有睡好，感觉十分疲乏，于是会议结束后就回家休息了。

散会后,涟登、朱白峰,还有跟他们关系密切的音乐科教员顾晓莹和后勤科主任臧齐凯并未离开,四人等大家都走后,关起门开了个秘密会议。

"听万校长的意思,是要把学校交出去,我看这是他儿子在中间牵线搭桥,和共产党做了交易,学校办不办,万校长恐怕早就给自己留下退路,他怕是不会管我们的死活了……"朱白峰叹了口气,将目光投向涟登,"我们几个都是覃涟登副校长招进美专来的,我的意思,推举涟登副校长继任校长一职,学校他万从木不办了,我们继续办下去。"

朱白峰压低声音说完,见涟登摇摇头,另外两位老师面面相觑,半晌也没有说话。

"万校长对我是有知遇之恩的,我想他把学校交出去,也是他的无奈之举,学校的困难我们也都看到,恐怕他也无力回天了。"

涟登叹气说道。

"军政委员会接管学校后啷个安排我们这些人虽然还不得而知,但我们绝不能把宝压在万从木身上,决不能坐以待毙呀……涟登,你可别忘了,他一直惦念他的把兄弟黄伯廉,想他回来把你替掉,如果黄伯廉回来,即使老万退下去了,校长这个位置也轮不到你了哟。"

朱白峰恶狠狠地对涟登说道。

"朱主任说得有道理,从成都到重庆,是你辛辛苦苦跟着他老万过来的,当时你是典卖了家当入的伙,按说学校也有你的股份。老万眼睛瞎了那段时间，你也没有撂挑子，带着我们坚守学校，他现在想一拍屁股不干了，也不明确说把位子给你，那这就是他不仁在先，就怪不得我们多做些打算。"

顾晓莹也附和道。

"万校长是劳苦功高，但没得我们这些人，也不会有美专的今天，他从翁敏人这些达官贵人那里捞了好多好处我们也不晓得，他给他个人盖了一栋小洋楼这是有目共睹，现在他说要把学校交出去，没得恁个撇脱（容易），既然他不想干了，那我们就送他下台，把覃副校长推上去。"

校长宅邸的修建，作为后勤科主任的臧齐凯本来志在必得，想通过这个工程捞些油水，可没想到从木竟然安排鸿志来参与设计和监修，处处掣肘于他，使他无法从中牟利，于是他怀恨在心已久，早就看从木一家不顺眼了。

"既然大家都是这个意见，涟登，为了学校的将来，你也不要妇人之仁，机不可失时不再来。"

朱白峰说完，三人齐刷刷地看向涟登。

"哎，话已至此，那你们说该如何行事？"

涟登觊觎校长的位子也不是一日两日了，看着从木住在校长宅邸里，他也早就愤愤不平，等着有一天黄伯廉来把自己替掉，不如抢班夺权，他心下一横，望向众人。

"办法我已经想好了，就这两个字。"

朱白峰说完，食指在茶杯里蘸了蘸水，在桌上写下两个大字——学运。

数日后的一天上午,刚刚走进书房的从木就听到电话铃声响起,初芸接起电话后,不禁眉头紧锁。

"谁打来的?"

从木心下有种不好的预感,于是开口询问。

"是学校收发室,叫你来接电话,说有急事找你。"

初芸把话筒递给从木,从木走过去接过电话。

"喂,我是万从木。"

"校长,我是收发室的老刘啊,出事了,忽然来了好多学生和学生家长,围住了校门,说你和军政委员会做了交易,要把学校卖掉,他们上不到学了,他们还在墙上贴了许多标语,罗列你的罪状,校长,你赶紧想想办法吧。"

正当从木听得云里雾里的时候,忽然厨房那头传来窗户玻璃被砸碎的声音,吓得初芸大叫一声。

从木听到初芸的叫声,把电话丢在一旁,慌忙过去查看。

"有没有受伤?"

从木焦急地询问,初芸摇摇头。

"学校出啥子事了?"

"说是学生堵了校门在闹事,具体情况我不清楚,你先上二楼卧室去,把门锁好,等我弄清楚情况再和你说……"

从木对初芸说道。

"你眼睛不好,有啥子事情我陪到你,我们啥子大风大浪没见过,没事。"

初芸镇定下来,反而劝慰有些慌了神的从木。

"我……我去学校看看。"

"如果学生针对的是你,你现在去学校那边是不安全的,现在赶紧给涟登打电话,问问他们是否了解情况。"

初芸对从木说完,从木点点头,拿起电话,拨通了学校教师办公室,响了许久,却是无人接听,挂断后再拨,还是接不通,就在这时,门外人声嘈杂。

"坚决反对出卖学校,我们要革命,我们要读书!"

"打倒独裁校长,还我自由民主新课堂!"

"我们要民主,我们要自由,坚决反对万从木搞一言堂独断专行!"

"坚决打倒国民党反动派大特务头子黄继珩的义父万从木!"

从木听到这些口号,气不打一处来。

"哪个要卖学校,啥子独裁校长,啥子反动派大特务……这些学生简直是在胡说八道,不行,把拐棍给我拿来,我必须现在就出去和他们理论清楚。"

从木站起身来,整理长衫,气冲冲就要往外走。

"从木,涟登他们都不在,你出去就是众矢之的,万一他们对你动手啷个办……你现在马上给任白戈主任打电话,让他带人过来。"

初芸急忙上前劝阻。

"个老子的,我的学生,我信他们翻了天,他们肯定是受人蛊惑,我一定要跟他们讲个明白。"

那些口号让从木恼怒不已,为学校含辛茹苦大半辈子,如何受得了此等羞辱。

"你啷个肯定外面是你的学生,或者说全都是你的学生,既然有人煽动,那肯定是居心叵测,你现在出去和学生发生了冲突,那你没得错也变成了有错,你到时候百口莫辩,现在最好的办法就是不要出门,他们应该不敢冲进来,你现在马上给任主任打电话,赶快!"

初芸临危不乱,拦在从木面前分析了当下的情况,从木握着沙发把手、喘着粗气,好一会儿才冷静下来,他觉得初芸说得有道理,如果全是自己的学生,断不会不分青红皂白贸然到自己家门口来叫嚣。于是他拿起电话,拨到了军政委员会临时联络处,与任白戈取得联系后,任白戈让他待在家中,避免与学生发生冲突,他马上带人过来控制事态。

二十分钟后,任白戈带着公安的同志来学校维持秩序,见情势不妙,好几位混在学生队伍里、最为卖力叫嚣的所谓"家长"就趁乱溜走了,任白戈上前安抚同学们情绪,在接收了学生递交的控诉状和请愿书后,承诺政府会给全校师生一个满意答复,随后将学生遣散回家。

待聚集人群离开后,任白戈请来了他的上级、西南局委员、文教委员会的主任张子意同志,以及其他相关人员,就今日事件与学生控诉的情况,向从木做问询调查,当然副校长涟登随后也赶了过来。

"简直是一派胡言……"看完学生的控诉状,从木气得浑身发抖,"你们随便去问一个认识我万从木的人,从

1925 年建校我出任教务主任，到 1927 年公庡先生去世我临危受命接任美专校长，二十多年我东奔西忙为这个学校倾其所有，可以说美专校的一砖一瓦、一草一木，都是我万从木的心血，现在说我出卖学校，还要革我的命？简直荒唐至极！"

"校长，各位军政委员会的领导，我是美专校副校长覃涟登，我刚刚才知道学校发生了这样的事情，马上就赶过来了，我估计是有不怀好意的人，将学校要交予军政委员会托管的消息添油加醋透露给了学生，才会激起学生运动来……学生反映的这些情况，我认为大多是不属实的，我相信万校长的人品，这个学校是他一手创办并延续至今，他是最爱惜这个学校的，对学生也是最亲和的。"

涟登对众人解释道。

"大多不属实，涟登，你倒是跟我讲讲，里面哪句话属实？"

从木怒不可遏地看向涟登。

"校长，你不要发这么大脾气，今天委员会的领导在这里，我们可以把话讲清楚些，想把学校交给军政委员会去管，这是你亲口在教务会上说的，这是事实吧，许多老师对你的说法是很疑惑的，诚如你所言，在万恶的国民党反动派执政时期你都能克服万难把学校办下去，那为啥子现在你却反而要把学校交出去了？"

涟登反问从木道，从木万没想到他会在张主任和任副主任都在的情况下向自己发难，一时间被噎得哑口无言，忽然一种众叛亲离的感觉排山倒海般向从木袭来,他愣在那里,双手紧紧握住文明棍支撑着身体。

"万校长,覃副校长,我相信任副主任并没有明确地承诺说军政委员会要来接管美专校,重庆大大小小这么多学校,不可能都由委员会来接管嘛,这只是一个设想,也是处于和各校的负责人研究讨论的阶段……基于今日之事件与学生反映之情况,委员会会认真调查,在此期间,万从木同志暂停一切工作,就在家休养,学校事务就暂由副校长覃涟登代管,后续我们会派新的同志过来,协助学校人事班子的重新搭建。"

见气氛尴尬,张子意快刀斩乱麻,通报了委员会的决定,美专学运风波也就此告一段落。

所有的人都离开后,从木兀自坐在沙发上,久久不发一语,直到夜幕降临,初芸打开电灯,走到他的身旁,握住从木发凉的手。

"喝点粥吧。"

初芸轻言细语地对从木说道。

"还是喝点酒吧,二十五年,白驹过隙,到了告别的时候了。"

从木转过头,对初芸说道。

"白主任那边,不是还没回话吗?"

"不管军政委员会接不接管学校,美专校都不会有我的一席之地了。"

从木摇摇头,苦笑着拍拍初芸的手背。

"那……那就去北碚，或者回永川万家坝子，我陪你画画，优哉游哉，不安逸？"

初芸微笑着对从木说。

"嗯……我想去学校里走走。"

从木对初芸讲道。

"现在？"

初芸有些诧异，从木点点头，他虽十分疲倦，可目光是笃定的。初芸没再多说什么，她换好衣服，给从木披上袄子，围上围巾，二人依偎着，往校园走去。

来到空旷的操场，雨后的傍晚有些微凉，黑洞洞的教学楼里没有一丝光亮，从木闭上眼，许多回忆涌上心头，耳边有上课的铃声响起，许许多多学生涌入楼道，他们仰面对着从木微笑，"校长好！"路过的学生都在和他打招呼，美术教室里，铅笔在纸上沙沙作响，音乐教室那边，悠扬的钢琴声和悦耳的歌声此起彼伏，排练室中，同学们为即将到来的话剧节排演着新剧目，操场上，几位男同学穿着印有"西南美术专科学校"字样的背心打着篮球……这些声音是那么真切，画面也犹如昨日重现。

可当从木再睁开眼，声音消失了，画面飘走了，只有远处的狗吠和无尽的黑暗，他甚至回想不起他是否认真思酌过会有一天，要与这所他为之奋斗二十五年的学校告别，当这天真的来到，不是如释重负，不是万千不舍，是空洞，是有一只手插入他的胸膛，将他灵魂的一部分抽离出了身体。

"从木,别忍着,想哭就哭一会儿吧。"

初芸挽着从木的胳膊,柔声说道。

"初芸……我对不起你……"

从木望着身边的初芸,不是只有他一个人耗费了二十五年的光阴在这里啊,还有他的妻子,初芸才是那个倾其所有的人啊,从木满心愧疚汹涌而来,悲切难当,终于泪如泉涌。

"万校长,你没有对不起任何人。"

初芸将头靠在从木的肩膀上,默默地陪伴着自己的丈夫向他奉献半生的事业,做最后的告别:"再见了,西南美专……"

第四十一回 风暴袭来

春节前夕,从木接到慧瑾的电话,方才得知碧城被捕的消息。

碧城时任民生公司的代总经理,从木到民生公司询问,方才得知他大哥被捕的原因是涉及为败逃台湾的四川军阀杨森保管二十余箱浮财,公安局认为碧城有通敌之嫌,故而将其拘押。民生公司是解放初期川东乃至西南最为重要也是影响力最大的民办企业，公安的行动被外界揣测是敲山震虎，是要杀鸡儆猴，由于公司的实际掌门人卢作孚先生身在香港，重庆民生总部顿时陷入了群龙无首的境地，一时之间人心惶惶。

"碧城那个倔牛脾气，他在里面不知要吃多少苦头，民生公司的人啷个还不去救他……"

慧瑾赶回城里与从木会合商量对策，她向来独立坚强，从木和初芸还是头一次见她如此方寸大乱，往日里，慧瑾对碧城都是极为冷淡的，如今碧城沦为阶下之囚，她那份真情反而再难以克制。

"表姐，你放心，碧城追随作孚先生几十载，更是民生公司不可或缺之人，作孚先生不会坐视不管的。"

从木宽慰慧瑾道。见慧瑾情绪低落，他们也不敢让她再回北碚，于是从木睡到鸿志的房间，让初芸陪着慧瑾住在家里。

在这件事情上，从木是使不上劲的，他只能期盼作孚先生派民生公司的人去周旋，他几乎每日都跑一趟民生公司或公安局去打探消息。并不出他所料，在香港的卢作孚得知碧城被捕，即刻就电告公司元老童少生、李肇基火速赶回重庆，一方面主持民生公司工作，另一方面积极营救身陷囹圄的碧城。

一直拖到三月份，碧城仍被拘押，可总算是允许探视了，不过公安方面要求家属当中，只能有一人前往，从木本打算去，可慧瑾知道后，就对从木说："有些话，我一定得和碧城当面说。"

慧瑾言辞坚决，从木明白慧瑾的心意，于是也就欣然同意了。

翌日天未亮，慧瑾就早早起床到厨房准备食点，然后又认真洗漱一番，化了淡妆，穿上碧城早些时候送给她的上等杭州丝绸做成的旗袍，外披一件毛呢长风衣，配上一双美国进口的高跟皮鞋，风姿优雅，仪态从容。

李肇基的轿车在八点半准时到达美专校，从木和初芸将慧瑾送到车上，将食盒递到她手中。

"肇基，拜托了。"

从木走到副驾座旁，与肇基握手。

"万校长放心，民生公司当不遗余力，定保郑经理周全。"

车到公安局，办完手续，李肇基和慧瑾被带进一间接见室，等候片刻，房门打开，碧城在两名战士的看护下走了进来，他头发凌乱，满面胡楂，双颊消瘦，佝偻着背，慧瑾见到平日里神采奕奕的郑太岁变成如今这副模样，不由得眼圈顿时红了。

"慧瑾……你……你啷个来了……"

碧城见到慧瑾大感意外，他知道今日李肇基会来探视，可他万万没想到慧瑾会来，他想见到慧瑾，可他不想在此时此地见到慧瑾，他窘迫而沮丧，有些手足无措。

"坐下。"

旁边的战士对碧城命令道，碧城在慧瑾对面坐了下来，中间隔着长木桌，碧城坐下后，慧瑾与李肇基也跟着坐下，碧城有些埋怨地看了李肇基一眼，示意他不该带慧瑾来这里，李肇基有些尴尬，只好顾左右而言其他："碧城，杨森浮财的事情，作孚先生已经和刘主席、邓副主席专门去电做了解释，来龙去脉也讲得清楚明白，你没有太大的责任，很快政府就会将你释放……现在刚刚解放，局势还不稳定，将你暂时拘押，也是对你的一种保护，你要理解刘主席、邓副主席以及刘明辉局长的难处。"

李肇基说完，碧城点点头，也没有回话。

"碧城，你爱吃的粉蒸肉、糯米团包油条还有糍粑块，今天早上才做好的，你趁热吃吧。"

慧瑾将食盒打开，推到碧城面前。

"慧瑾，你不该来这里……"

"我来是有句话想问你。"

慧瑾对碧城义正词严地说。

"你问吧……"

"你说今生非我不娶，这话还算数吗？"

慧瑾此话一出，碧城瞪大了眼睛说不出话来，李肇基也惊讶侧目，连站在碧城身后的战士也忍不住看了一眼慧瑾。

"你……你说……你愿意……"

碧城本没有血色的脸忽然涨得通红，他不敢相信自己的耳朵。

"我只问这一遍。"

慧瑾却是面不改色。

"当然算数,你啥子时候点头,都算数!"

碧城激动不已,半生也未掉过一滴眼泪的他,此时却是热泪盈眶,他饱受着求而不得的折磨,几乎所有不明就里的人都无法理解身居高位、名利双收的他为何会守着一个比他大好几岁的寡妇而终身不娶,外面的流言蜚语无法击溃这个自小以"太岁"为绰号的男人,而慧瑾这只言片语,却轻易击溃他的心防。

"快吃吧,凉了就不好吃了。"

慧瑾说完,碧城开心地用力点头,他拿出食盒里的糯米团包油条大口咬了下去,眼泪也刷刷往下掉,这是他这辈子吃过最好吃的糯米团子,也是他这辈子最幸福的时刻。

一个月后,在多位商会龙头代表、社会贤达与民主人士的担保下,碧城终于获准释放,此时,民生公司以全面启动公私合营改制,碧城已不可能在重庆公司担任职务,作孚先生为了保护他,决定将他送到北京去"学习"。

碧城计划与慧瑾结婚后,带慧瑾一起去北京,可民生公司否定了这个方案,因为重庆作为抗战时期首都,是国民党的后方大本营,解放后留下了大批潜伏特务,碧城晚走一天就多一分危险,而且在这个敏感时期,前民生公司的高层核心人员在大办婚宴,更容易被别有用心的人利用,所以童少生和李肇基纷纷劝说碧城,不要在这个时候横生枝节,婚事将来什么时候都可以办,现今当务之急是赶快只身前往北京,做出应有的姿态,切莫将作孚先生乃至民生公司陷入不利的境地。

"我不会做危害到作孚先生或者民生公司的事情，可是我想晓得，我好久能返回重庆，或者说好久能接慧瑾去北京？"

碧城问童少生和李肇基，二人却是面面相觑。

"碧城，这个我们无法给出确切的时间，只能说我们会做最大的努力尽快将慧瑾安排到北京去与你会合，但她现在不能和你一起去，这会惹来猜疑，为你此次北上制造不必要的麻烦……"

童少生苦口婆心地劝碧城顾全大局。

"好，我明白，我服从公司的安排，不让作孚先生为难。"

碧城一辈子最敬重作孚先生，他不想因自己的任性而连累到作孚先生，只能无奈接受公司派他去北京"学习"的安排。

临行前，慧瑾在碧城白象街的公寓中，亲自下厨做了一大桌酒菜，将从木一家请来，一来庆祝二人喜事，二来也算为碧城饯行。

"大哥，你这可是塞翁失马焉知非福啊。"

从木见到碧城十分开心，于是揶揄一句，近日二人事业都逢变故，这爱情与亲情算是最大的慰藉。

"可不是嘛，要是晓得蹲班房可让你表姐改变心意，十年前我就干点啥子坏事进去算了，哈哈哈。"

碧城得偿夙愿，有些得意忘形，被端着菜从厨房走出来的慧瑾狠狠瞪了一眼。

"哎，可惜这马上又得去北京，这好好的喜酒反倒喝成了送别酒。"

碧城恋恋不舍地望向坐在身边的慧瑾，叹口气，举杯对从木说道。

"大哥，去北京只是权宜之计，等时局稳定了，你再回来补办婚礼也不迟啊……来，我和初芸敬大哥和表姐一杯！"

从木兴高采烈地举起酒杯。

"今天得称姐姐一声'大嫂'才行。"

初芸笑着提醒从木道。

"对对，大哥大嫂，一路走来不易，祝你们携手同心、白头到老。"

四人碰杯，将酒一饮而尽。

"经此一遭，我也想通了，人生几十载，弹指一挥间，何必因为自己的执念而辜负他的一片真心，现在我老来有伴，我想初山在天之灵也能宽怀。"

放下酒杯，慧瑾说道。

"姐，你能这么想就对了，你能和碧城哥走到一起，下半辈子有个依靠，这才是我大哥在天上最想看到的……"初芸忍着泪水，握着慧瑾的手哽咽道，说完又转头对碧城说："碧城哥，你可得快去快回，别让姐姐久等。"

"这是当然，要是公司不允许我回来，我也会拜托作孚先生帮我尽快安排送慧瑾过去，这事我是和少生、肇基都约定好了的。"

碧城信誓旦旦地回答初芸。

酒足饭饱，初芸帮着慧瑾收拾碗筷，从木陪着碧城到阳台上抽烟。

"对了从木，近日可有伯廉的消息，我这一阵都没与他联络，继珩去台湾的事情，不知他是否知道了，我担心他受不住这打击。"

碧城倚靠在栏杆上，眺望远处，问从木道。

"继珩这孩子从小就是懂事的，可自古忠孝难两全，我想他也是有难言的苦衷。"

从木哀叹一声，答道。

"可就不知道这孩子忠的是国民党，还是共产党……"

碧城深吸一口烟，若有所思。

"当年要是继珩离校真去了延安，莫非他是……"

从木向来对政治后知后觉，他不无惊讶地望着碧城。

"我是觉得这个可能性很大，中共能在全国战场势如破竹，奋战在隐蔽战线的地下党人是功不可没，所以才问你伯廉有没有与你联系……"

"继珩走后，就没有联系过，我被学校停办的事情搞得焦头烂额，时局也很不稳定，等过几天，我给他写封信去问问情况。"

"好，估计伯廉那边生意也不好做，他孤零零一个人在成都，长此以往也不是办法，还是让他回重庆吧，等我从北京回来，咱们三兄弟就在山城团聚，上了年龄了，互相也有个照应。"

碧城说完将烟蒂掐灭。

"大哥，你明天一早就要启程，早些休息吧，我在重庆等你回来。"

"是啊，我得和你嫂子好好互诉衷肠，你们赶紧回吧。"

碧城笑答，掐灭烟头，上前在从木的肩膀上捶了一拳。

第二天一大早，众人一齐到码头送碧城，公司安排他先到武汉，然后从武汉北上前往北京。

"现在解放了，共产党倡导婚姻自由，等我回来，咱们把结婚证补了，风风光光地办个婚礼，我们就是新中国的合法夫妻了。"

碧城依依不舍地对慧瑾说道。

"到了北京，第一时间给我来信……"

众人就在身后看着这终成眷属的二人，慧瑾虽是不舍，却又羞涩，此时汽笛声响，催促着碧城上船，碧城不得不提着行李上船了，他几乎三步一回头地张望，直到慧瑾的身影隐没在两江的浓雾中。

世事无常，天不遂人愿，碧城与慧瑾这一别，竟成永别。

1950年10月，在全国基本解放的情况下，中共中央发出《关于纠正镇压反革命活动的右倾偏向的指示》，"镇反运动"开始迅速在各大城市展开。

一个月后，慧瑾工作的保育院副院长被群众揭发是国民党潜伏女特务，慧瑾平日里与这位副院长多有来往，于是也有嫌疑，随后被公安局拘捕。不出两日，在家中画画的从木忽然被两名便衣警察带走,初芸慌忙询问从木犯了什么事,来人说从木是被人举报曾担任"戡乱委员会委员"。"镇反运动"犹如急风骤雨,而新中国成立之初司法审查流程尚未健全,难免出现操之过急、矫枉过正的情形,从木一案未经系统审查,仅凭几份证人证词,就以"曾历任重庆戡乱救国委员会教育界列席委员"的罪名被判处十年有期徒刑。从木当然没有参加过什么戡乱委员会,可他的确与许多国民党要员有来往,就更别说中央银行重庆分行的襄理翁敏人和他有师徒之谊这是山城人尽皆知的事情,从木是百口莫辩,只能锒铛入狱。

从木在重庆是颇有名望的,所以当他被打成"反革命"时,党内党外许多有担当的开明人士都出面为他说情讲理,包括恢复身份的川东地下党成员,也有叫教育界的民主人士。在那十分特殊的阶段,从木虽难逃牢狱之灾,幸得多方关照,十年刑期已算宽大。可在北碚被逮捕的慧瑾就没有从木这般幸运了,那位暴露身份的女特务为了获得立功减刑的机会,居然厚颜无耻地污蔑慧瑾就是她发展的下线,更煞有介事地指出慧瑾不仅仅是旧社会大买办王鼎荣的儿媳妇,当了寡妇后,更与民生公司的重要管理干部郑碧城长期维持不正当关系,以获取民生公司商业情报。警察在北碚走访后,证实十年间慧瑾与郑碧城确有往来,虽没有搜查到那位女特务描述的秘密小型电台和大量金银细软,可在慧瑾家中的确找到了一些民生公司的资料文件,这些资料是碧城在北碚工作时,日积月累留下的,慧瑾想着可能碧城哪日会用到,于是就留在家中没有丢弃,今时今日却成了所谓的物证。

慧瑾一辈子最为看重名节,她无法接受自己蒙受这般不白之冤。判决出来的当晚,慧瑾在看守所内写下一封血书后,与其受辱不如以死明志,竟在狱中撞墙自尽,后因失血过多救治无效身亡。

"情知此后来无计,强说欢期。一别如斯,落尽梨花月又西。"

纳兰性德的词是慧瑾的最爱,这一句留在那封血书上显得格外刺眼,这是慧瑾留给碧城的遗言,在人生的最后时刻,她有遗憾,她遗憾自己没能早些答应嫁给碧城,让他忍受太久求而不得之苦,她有后悔,她后悔答应嫁给他,让他承受得而复失之痛。

慧瑾留下的这封血书,最终并没能交到碧城的手中。

最先得知慧瑾死讯的,既不是已在狱中服刑的从木,也不是在千里之外正接受隔离审查的碧城,而是在家中焦虑不安的初芸。

从木被关进监狱后,初芸便从校长宅邸搬了出去,在枣子岚垭租了一间民房住下。这日,忽然有人敲门到访,初芸开门一看,此人正是当年在学校任教过的陈双玉老师,初芸赶忙将她迎进屋里。

"陈老师,真是好多年没见了。"

初芸倒了一杯白开水,送到陈双玉的手中。

"就是啊,解放后本来就想着来拜访万校长,因为工作异常繁琐，没能抽得出时间，没想到万校长会……"陈双玉欲言又止，叹了口气，"初芸，我称呼您'初芸同志'吧，我也是不久前接到组织通知，可以公开我的真实身份，陈双玉是我的化名，我真名叫陈联诗，是中国共产党党员，也是川东地下党成员，起先领导华蓥山游击队的战斗，后来又负责敌后统战工作，当时到美专校任职，也是为了掩护身份，以待时机前往苏联学习……现在我在妇联工作，任生产部副部长，以后生活上有什么困难，可以来妇联找我。"

"陈部长，我生活上没得啥子困难，你在美专工作这么久，你是晓得万校长的为人的，他对政治不感兴趣，一心只有办学和绘画，哪个会参加啥子戡乱委员会，他保护了多少进步学生，掩护过多少像你一样的地下党人士，你肯定是了解的，你现在是政府的干部，你一定要帮他洗清冤屈啊。"

初芸说着说着，忍不住流下泪来。

"初芸同志，你说的情况我都晓得，重庆的局势十分复杂，不容出一点问题，所以运动十分地激烈，我们在其中的难处不言而喻，这个情况下，哪个人敢在国家稳定的大局上以权谋私呢……这是为国家的稳定大局要做出的必要的牺牲。万校长的人品我们当然清楚，所以军委会才从宽处理，顽固的反动派和特务分子是被直接枪毙的……把万校长、聂校长他们关进去，是要他们学习改造，要让他们站到人民的一边来，是党对他们的挽救，所以，初芸同志，你要以开明的态度理解这个事情，困难是暂时的，前途是光明的。"

陈联诗苦口婆心地劝慰一番，初芸心中也清楚，虽然陈联诗是站在共产党党员的立场上讲话，可也诚如她所言，新中国刚刚建立，要把潜伏在山城的国民党残余势力连根拔出，正是沉疴重疾用猛药之时，时间紧任务重，自然难以强求面面俱到，从木尚能保住性命，就说明他身上的问题并不算太严重，这已是不幸之中的万幸。"初芸同志，还有一件事，我必须告诉你，你要做好心理准备。"

陈联诗忽然语气十分沉重，初芸心中顿时生出不好的预感。

"张慧瑾是你的兄嫂吧？"

"对，她有什么问题吗？"

"张慧瑾因被指控是国民党潜伏特务被捕，于上周，在看守所撞墙自尽了。"

陈联诗话音刚落，初芸只感觉一阵耳鸣，咽喉被人掐住一般无法呼吸，她眼前逐渐模糊，晕了过去。

屋漏偏逢连夜雨，船迟又遭打头风。慧瑾自杀，从木入狱，碧城杳无音讯，受从木影响，在铁山坪解放军炮兵学院任教员的鸿志也被迫离职，而在银行上班的芬志递交的入党申请书也被无限期退回，对于初芸来说，这是她人生中从未遇到过的艰难时刻，以往的苦难岁月有从木并肩前行，而现在只有她孤身一人，她清楚这个时候自己不能再倒下，如果她倒下了，这个家就散了。

第四十二回 老校长的新工作

1952年2月,著名爱国实业家、民生公司创始人卢作孚先生于家中服用大量安眠药后因抢救不及与世长辞。

数月后,还在北京隔离审查中的碧城,从前来探视的民生公司同事口中先后得知了慧瑾与作孚先生二人离世的噩耗,他的情绪彻底崩溃,一度想要咬舌自尽,幸而被看守及时发现救下,才总算得以保住性命,可由于伤及神经,碧城永远无法再开口说话。因他自杀倾向仍十分强烈,收押看守所后,所里专门安排了一位室友对其实行一对一全天候的看顾。

负责看顾碧城的这位室友姓焦,抗战前当过和尚,大家都叫他"焦和尚",还俗后在阎锡山的部队里当过几年兵,解放战争时期当了逃兵流窜到北平,因会些拳脚,谋得一个为房山城郊一户地主护院的差事,勉强糊口,一直混到北平和平解放之后,因盗窃被捕。

焦和尚一生颠沛流离,看透人情冷暖,知道碧城的事情后,敬他是个重情重义的汉子,不忍看碧城萎靡不振,成日就想着怎么赴死,便常常与他讲些佛法为他开解,又教他诵念《心经》《无量寿经》。心灰意冷的碧城在默诵佛经中寻得了些许慰藉与安宁,于是逐渐打消掉自杀的念头,心想有朝一日若能重获自由,便皈依佛门、日日诵经,为心中挂念之人祈福。三年后,碧城获得政府宽大,被释放出狱,他却没有再回重庆,而是经由焦和尚指点,辗转去了山西大同灵丘县的觉山寺削发为僧。

在北京悄然发生的一切,彼时同样身陷囹圄的从木是不得而知的。他含冤入狱后,最忧心的还是学校师生的处境,于是他写信给文教委,请求政府妥善安排留校师生。对于自己的处境,从木既没有怨天尤人也没有放弃希望,一方面他服从管教、积极"改造",争取通过良好表现减刑,早日与家人团聚;另一方面,在说明自己问题时,他也坚持实事求是,对"历任戡乱委员会委员"拒不承认,并详细说明他与国民党党员与有国民党背景人员交往的实际情况,这些情况也得到了相关人员的佐证,可因为此起彼伏的激烈运动,已经定性的案件要翻案的可能性微乎其微。

相处日久,监狱的同志也十分清楚关押在这里的许多像从木一样的所谓"资产阶级反革命",并不是什么罪大恶极、十恶不赦的坏人,无非是缺乏政治觉悟且手无缚鸡之力的知识分子而已,所以,也都在纪律允许的范围内,给予了较大的宽容与力所能及的帮助。除了比较宽松的看管环境,每月可以有两次家属探视,也是对这批犯人特别的照拂。每次初芸来探视从木,从木张口的第一个问题,一定是关于学校师生的近况。

从木被错判入狱后不久,学校与蜀中艺术专科学校合并为重庆艺术专科学校,翌年,重庆艺专全体教职工和三年制学生并入西南师范学院,五年制学生并入成都艺术专科学校美术科,到了1953年,成都艺术专科学校并入校址位于重庆九龙坡黄桷坪的西南人民艺术学院,建立西南美术专科学校,六年后,学校由教育部批准升级为本科院校,更名为"四川美术学院"。

1956年底,从木终于获准提前释放出狱,并被介绍到重庆印刷公司绘画室工作。

当从木走出弹子石监狱的大门时,初芸已经在门口等候许久了,待从木向门岗哨兵行了礼,她迫不及待地挥着手迎了上去,近千个日夜的苦苦等候,二人终于不是隔着铁窗相见。当听到法庭判他十年监禁之时,从木的内心无比绝望,不失去自由,是无法理解自由的珍贵,他望着眼前的初芸,这两年间的每一日他都期盼着这一天能够到来,呼吸到自由的空气,能与日夜挂念的亲人携手并肩,从木不由得喜极而泣。

"好了,好了,回家吧。"

初芸取下从木破旧的眼镜,拿出手帕轻拭他眼角的泪水,温柔地安抚,从木点点头,二人从弹子石码头乘轮渡返回渝中,从木环顾两岸江景,远眺朝天门码头,一时之间,恍若隔世。

临近傍晚,两人终于回到在枣子岚垭租住的家中,房间几乎与从木入狱前没有变化,初芸将屋子收拾得简朴整洁。

"孩子们回来吃饭吗?"

从木转头问初芸。

"他们工作忙得很,这是芬志前两天送过来的盥洗用具，都是全新的，搪瓷盘、毛巾、肥皂、牙膏、牙刷，一应俱全，芳志给你买了你爱吃的陆稿荐的烤麸和狗不理包子，鸿志知道你这副眼镜不合适了，就说出钱给你配一副新的，他现在在机电学校当老师，对了，他还给你拿了瓶酒，但是叫你少喝，喝多了对眼睛不好。"

初芸虽是兴趣盎然地讲，从木的眼中却流露出失望与落寞，他无数次幻想出狱后能一家人围坐在一起，其乐融融地吃一顿团圆饭，可他幻想的场面，今日是无法实现了。

"啷个还不高兴了？"

初芸一眼就看穿了从木的心思，故意问他。

"有啥子好不高兴的，娃儿们工作忙，是好事。"

从木悻悻然答道。

"虽然你被提前释放了，但并没有平反，你这顶'反革命'的帽子没摘，他们还是会受影响，特别是芬志，这孩子要强，工作特别努力，领导也认可，可就是因为"成分"不好，一直没能入党……孩子们不方便来看你，你要理解他们，你在印刷厂好好工作，争取早日把'反革命'的帽子摘掉，你能提前释放，我想只要表现好，摘帽子也是迟早的事情，你说是不是？"

初芸对从木耐心宽慰，从木心中是既无奈又愧疚，他叹口气说道："还是要让孩子们注意身体，特别是芬志，你要提醒她，别太逞强。"

"从木，孩子们心里都想着你的，知道你能出来了，都很高兴，才送这些平时他们自己都舍不得吃、舍不得用的东西过来,孩子们的难处,你当父亲的要理解他们,等你去厂里工作几天,情况稳定了,他们肯定会回来看你的,早见晚见都是见,不急这两天。"

"我晓得,我不是责怪他们,我是觉得不但没在事业上帮衬到孩子,反而因为自己连累他们,心里难受。"

"从木,我还是那句话,你选择走办学这条路,虽然苦,但没得啥子错,无非是人各有命,更不存在连累哪个,不要自怨自艾,把自己的工作做好,把自己的小日子过好,就是对儿女们最大的帮助。"

"你现在讲起道理来,是一套又一套的。"

从木凝望初芸额头的皱纹与头顶多出的白发,嘴上说着玩笑话,心里只觉亏欠初芸太多。

"万校长是嫌我啰嗦?"

初芸笑道。

"哪里还有啥子'万校长',以后我是万同志,你是王干部,家里都听你指挥。"

从木洗漱完后,换上了干净的衬衫,初芸做好晚饭,虽不能说有多丰盛,但都是从木以往爱吃的佐酒菜,初芸也陪着从木喝了两杯白酒,以示庆祝。

"对了,最近有大哥和伯廉的消息吗?"

饭后,从木问初芸,收拾完餐具的初芸无奈地摇摇头。

"慧瑾姐离世后,大哥也没来个消息吗?"

从木又问。

"没有……"初芸取毛巾将手擦干,转身对从木说道,

"作孚先生走后，民生公司的熟人要么被捕，要么就被开除，慢慢就断了联系，后来听人说碧城大哥在北京也被关了起来，有人说他疯了，也有人说他被枪毙了，前段日子买菜的时候碰到碧城以前的一个下属，他说民生公司有消息说，碧城大哥出狱后出家当了和尚，也不知道真假，总之他没与重庆方面任何人再联系过。"

"哎，一时间失去生命中最重要的两个人，所承受之打击非常人能够承受，大哥看破红尘、斩断尘缘，若能免去一些痛苦并安度余生也就好了。"

从木喃喃道。

"伯廉那边，你被带走后，我想他远水救不了近火，反而有可能给他添麻烦，所以就没有去联系，我们换了住址，可能他也联系不到我们了。"

初芸又说道。

"你是对的，只是他兀自一人，我有些担心。"

想到碧城与伯廉如今都孤身一人，兄弟天各一方断了音讯，从木悲从中来，声音也有些哽咽。

"别担心，你也刚刚出来，等你这边情况稳定些再联系伯廉不迟。"

初芸坐到从木身边，握着他的手安慰道。

"初芸，明天我想去给慧瑾表姐祭扫一下。"

从木平复心绪，对慧瑾说道。

"好，我们明早就去，那早些休息吧。"

处理完家事的几天后,从木便到印刷公司报到上班,绘画室是为印刷厂的产品设计和绘制封面的部门,也算对得上从木专业。

所谓人生何处不相逢,正当从木怀着忐忑的心情来到印刷公司,敲开自己的直属上级、绘画室主任办公室的门时,却与他设想的情景大相径庭,上下级的见面成了师生的重逢。

"万校长,您还记得我吗?"

当年轻的绘画室主任握住从木的双手,用热烈期盼的眼神望向他时,从木一时反应不及,竟有些慌张。

"报告领导,我……我刚刚出狱前来报到……还没有见过领导吧?"

"万校长,是我,我是您的学生李秉荃呀,您忘了吗,当时警察到学校抓人,是您掩护我跳窗逃跑,还让师母找人把我送走的呀。"

秉荃激动万分,他是个重情义的人,如今见到恩师,感激之情溢于言表。

"是秉荃,真的是你,我记得,我记得,你安然无恙,实在太好了。"

从木当然记得李秉荃,只是一时没能将当年的热血少年与面前这位年轻干部对上号。秉荃大致跟从木讲了当年被救下后的经历,当年他在民生公司的掩护下去了解放区,参加了解放军,因为学过绘画,被分配到宣传部门工作,后来随十二军解放重庆,文工团到美专校招收文艺兵,就是他提的建议。后来他又随部队被编入义勇军的十二军参加了抗美援朝战争，在绘制宣传壁画时不慎从梯子上跌下摔断了腿，负伤后退伍回到重庆，安排到印刷公司担任绘画室主任。

"校长，前几日我接到通知，简直不敢相信您会来，我听说了您的遭遇，心里也非常难受，安排您到这里工作，实在有些委屈您了。"

"秉荃，你可千万别这么说，政府不仅提前释放了我，还给我安排工作，让我能自食其力、发挥余热，我已心满意足，对了，我还是要称呼你'李主任'，你也千万别再叫我'校长'了，别的同志听到，影响不好。"

从木答道。

"好，工作的时候我称呼您'万同志'，私下还是叫'校长'亲切……"秉荃握着从木的手迟迟不愿放开，"肺腑之言，像您这样的高人我们请都不晓得到哪个地方去请，您能来别提我有多高兴了，咱们的创作水平肯定会提高好几个层次，还希望您不吝赐教，多带带绘画室的后辈们。"

"李主任说这话我真是无地自容了，是我要向同志们学习，工作上还要李主任多指导批评。"

从木与李秉荃寒暄一番，又到人事处办好手续，就算正式参加工作了。

秉荃平日里对从木十分客气与尊重，从木自知自己是被扣了帽子的人，对人谦逊和顺，工作更是兢兢业业，日子过得还算平顺。不久后，从木绘制的一套笔记本图样被刚刚建立不久的重庆博物馆的领导同志看到，向印刷公司询问后，才得知出自从木之手，于是向他约稿创作纪念"三·三一"惨案的大型壁画。作为"三·三一"惨案的亲历者，这段记忆是难以磨灭的，正是在那次惨案中，杨公庹不幸逝世，他才接任美专校校长。所以，他对这幅壁画的创作倾注了大量的感情与心血，加班加点的工作让他的视力下降得更加厉害，这幅作品，也是从木最后一幅大尺幅的画作。

就在从木创作"三·三一"惨案壁画期间的某一日上午，忽然有同事找到从木，告诉他有自称是他弟弟的访客在门卫室等他，从木先是一惊，当他意识到可能是伯廉时，眼中已噙满泪水，他蹒跚起身，三步并作两步奔向门卫室，当他推开门时，一个头发全白的小老头正坐在长椅上，见有人进来，眯缝着眼转头来看。

"伯廉，是伯廉……"

从木话刚出口，在眼眶中打转的泪水顷刻流下。

"二哥，二哥，是我，我是伯廉。"

伯廉从长椅上站起来，也是声泪俱下。

"伯廉，我的好兄弟，我以为再也见不到你了……"

从木上前一把抱住伯廉，分别十三载的二人今日重逢，让从木难以压抑自己的情绪，二人相拥失声痛哭，压抑许久的情绪在这一刻得到释放。

"伯廉，你还没吃饭吧，我带你去食堂吃饭。"

良久，二人情绪逐渐平复，从木擦掉眼泪，对伯廉说道。

"不吃了，我马上就要走了，我就来看看你，知道你过得还好，我就放心了。"

伯廉对从木说道。

"有啥子事情不能吃了饭再去办，我们两兄弟这么多年没见，得好好喝一杯呀。"

从木拉着伯廉的手说。

"来不及了，二哥，我就是来看看你，跟你告个别，对了，有个事情要跟你讲，继珩不是国民党，他是共产党，我要去找他了。"

伯廉兴奋地对从木讲。

"伯廉，这是好事啊，这是大好事，太好了，继珩还好吗，他从台湾回来了？"

从木问道，伯廉却笑着摇摇头。

"二哥，你保重，我走了。"

伯廉说完，就往门外走去。

"伯廉，有啥子事情这么急，吃了饭再走啊。"

从木想去追，印刷公司的大门却忽然关上了，伯廉越走越远，他却如何也推不开那扇门，他突然意识到，这不是现实……

"从木，从木……"

梦中惊坐起，两眼泪蒙眬，被初芸唤醒的从木，发现自己出了一身冷汗，心中更是难以抑制地莫名悲伤。

"伯廉走了，三弟走了……"

从木兀自喃喃自语。

数日后，讣告便从江西景德镇传来，伯廉于一周前病逝了。

从景德镇寄来的书信里也证实了伯廉在梦中对从木说的话，继珩确是共产党，他从成都休学后去了延安，抗大毕业后，通过秘密渠道打入到国民党内部，因为他是四川人，所以被组织安排在军阀杨森身边从事情报工作。解放战争时期，他的主要任务是协助组织统战杨森，策动杨森起义投诚，但因川东地下党暴露等种种原因，策反工作没有成功。1949年底成都解放，杨森随蒋介石败逃台湾，在此之前，判断自己身份没有暴露并仍得到杨森信任的继珩向组织紧急申请随杨森前往台湾潜伏，配合解放军解放台湾的情报工作，可到台湾后不久，继珩就被叛徒出卖，遭保密局逮捕并秘密枪决，壮烈牺牲。

继珩牺牲一年多以后，组织才决定通过成都方面的相关同志将真实情况告知伯廉，但为了保护仍然工作在隐蔽战线的同志们，还不能向社会公开继珩的真实身份，伯廉要继续背负着儿子是"国民党反动派走狗"的骂名在排山倒海的运动中苟且，而丧子之痛更是压垮他的最后一根稻草，伯廉的精神与身体都每况愈下。还算幸运的是，在"三反""五反"运动的尾声，族弟黄伯筠派人到成都找到了伯廉，并将已孑然一身的他接回景德镇老宅居住，在家人的陪伴下平静地度过人生中最后的一个年头之后，伯廉驾鹤西去。

第四十三回 于爆裂处无声

1957年夏,反右派斗争在全国扩大化,重庆印刷公司也按照党委要求,分配到了划定、查处公司内右派分子的指标任务,从木这样还戴着"反革命"帽子的知识分子自然首当其冲成为了严查对象。了解实际情况的李秉荃与其他同事自愿提交书面报告为从木说情,公司党委研究后,给予从木最轻的留用察看处分,在公司大会上做自我批评、自我反省,虽说又被颠来倒去折腾一番,但这点委屈对于经历太多生离死别、悲欢离合的从木来讲已无关痛痒,只要能保住饭碗,不再给儿女添麻烦,他就心满意足。

更艰难的处境是在两年之后,全国范围的自然灾害,三年困难时期就此到来。1960年,从木被下放至印刷三厂车间做插画工作,这个时候重庆城内已出现严重的饥荒,最初工厂食堂还有开水牛皮菜汤加粗面窝头,后来逐渐也到了以观音土混杂野菜草根充饥的状况。

因为芬志和芳志在银行工作,条件算是家里最好的,偶尔还能配发一些粗面与菜叶,从木为了减少对子女前程的影响,几乎断绝了与他们的所有联系,他骗初芸说如果他是独身一人,在工厂就可以跟着大伙吃大锅饭,他让初芸去两个女儿家里居住,这样大家都能活命。初芸虽有怀疑,但家里的确什么吃的都没有了,于是就听从了从木的建议,到女儿家里居住了。不久后,从木被工厂退职,他将此事隐瞒下来，假装还在工厂上班，每天早出晚归，因为吃不饱饭饿得头晕眼花，就随便找个地方坐着休息，饿了就去讨口水喝，因为长期营养不良，他因低血糖在街边晕倒过好几次。

有一天，芬志下班回家，正巧在小什字路口撞见了从木，她见从木没有看到她，于是她便也想装作没有看见，悄悄走开，正要离去时，她瞥见从木慌慌张张地拐进了一条小巷子里。芬志一时好奇，于是尾随上去查看，她走到巷口朝里面张望，一股恶臭迎面袭来，熏得她眼睛发疼，她捂着鼻子定睛一看，眼前的一幕让她大惊失色：这是一条堆满垃圾的死胡同，从木正佝偻着腰在垃圾堆里翻找，不一会儿，从木揪起一只死老鼠，犹豫片刻后，放进了他随身提着的竹筐里……芬志见从木要转身出来，她赶忙闪躲到一旁，泪水止不住地往下落。从木走出巷口，见四下无人，便拄着拐杖，往家的方向走去，芬志就保持一段距离跟着他，边走边抹眼泪。

走了一段路，从木累了，他坐在马路牙子上休息，竹筐放在身边，芬志将银行配给到的两个粗面窝头取出来，这本是她三天的口粮，她悄悄走近从木，将粗面窝头塞到从木手中，从木还未来得及反应，芬志一把夺过装着死老鼠的竹筐就跑开了，她一边跑一边哭，回头发现已跑出好远，她才将那死老鼠扔掉，她心中又是心疼又是愧疚，可她能做的也就只有这样，她不能和父亲说话，她必须与右派反革命分子划清界限，她要进步，她要入党，她拼了命地工作，哪怕累到因肺结核吐血也要坚持下去，只有这样，才能改变"成分不好"的命运，这就是芬志不得不面对的现实。

1966年，"文化大革命"爆发，红卫兵运动排山倒海般袭来。这日，初芸让鸿志、芳志和芬志都回家来开家庭会议。

当三个孩子都回到家中，初芸让鸿志把门窗都关好，然后拖出一个旧衣箱来，她取出钥匙开锁并将箱子打开，满满一箱是从木留存在家的所有作品，包括画作、瓷器、画集、诗集、书信及印章。

"你们父亲前几天就被通知去接受群众批斗了，红卫兵很有可能是要来抄家的，虽然你们都名义上与你们父亲划清了界限，但要是这些东西在家里被抄出来，你们父亲可能被批斗得更狠甚至会危及性命，而你们也要受连累，所以今天想问问你们意见，哪个处理你们父亲这些东西。"

初芸说完，三个孩子都一时低头不言。

"解放前父亲为了办学，很多作品都卖掉了，估计有许多是被运往了对面，我们留下的东西不多，如果把这些仅存的东西都毁掉，那后代一点念想可都没有了。"

也不知过了多久，鸿志打破了沉默。

"大哥，父亲这些作品，几乎全部都会被归类为旧文化、旧风俗，更别提还有国民党反动派重要人物的题字、题跋，这些东西要是被红卫兵抄出来，那我们家可是灭顶之灾。"

芬志翻开一本《从木画集》摊到桌上，扉页就是前国民党主席林森的题字，第一幅作品就是蒋介石的骑马戎装画像。

"我们可以找地方藏起来呀!"

芬志建议道。

"能藏哪里去呢，藏在楼梯间还是门口花坛下面，要是被邻居撞到抓了现行，那就是明知故犯、罪加一等。"

芬志反驳道。

"要不想办法运回永川大安场老家呢?"

鸿志又提议道。

"不行，且不谈现在根本没办法运这么一大箱东西出城，就算是运出去了，被人发现告发啷个办。"

芬志又反驳道。

"这也不行，那也不行，你倒说啷个办?"

鸿志不耐烦了地回怼芬志，芬志看一眼初芸，说道："这样看行不行，我们把敏感的画作题跋抠掉，画册的题字撕掉，然后再藏起来，如何?"

芬志说完，鸿志和芳志都看向母亲，初芸实在也想不出更好的办法，为了孩子们，也只能如此了，她闭上眼点点头，同意了芬志的方案。

当晚，夜深人静，鸿志将印章等物带走，芬志和芳志则在家中处理从画上抠下来的题跋和画册上的题字，诗集则全部撕掉，因为怕用火烧引起怀疑，所以一页页撕得粉碎，母女三人撕着撕着，芬志的眼泪啪嗒啪嗒就往碎纸上掉，看着父亲的心血被自己亲手撕毁，哪个做孩子的不是心如刀绞，芳志也跟着流泪，还得咬着嘴唇不能哭出声音来，三人就一边流泪，一边撕纸，彻夜难眠。

第二天，所有碎纸由芬志和芳志分别带走处理掉，此事让一家人担惊受怕了许久，可讽刺的是，直到"文化大革命"结束，都没有一个红卫兵来过家里。

1970年，"文化大革命"最激烈的阶段已然过去，许许多多的人虽在这场内乱中保住性命，可也在无休无止的斗争中荒废了年华。从木自印刷厂退职后，就再也没有拿起画笔，才华与精力都在自我怀疑与无所事事中消磨殆尽。从木的视力、听力与记忆力都大幅下降，初芸将从木接回家中照顾，在人生的最后这段时光里，从木享受到了久违的家庭温暖。

一个星期五，芬志正上小学的儿子佳贤回家看外公外婆，从木格外开心，感觉这天精神头也不错，就对正准备晚饭的初芸说要带小佳贤到楼下买爆米花，顺便等芬志下班来吃饭，初芸本放心不下，但看外孙和从木都兴致高昂，又想到不多一会儿芬志就会下班回来，所以也就点头同意了。

从木右手牵着小外孙，左手拄着拐杖下了楼，来到街口大黄桷树下卖爆米花的摊贩处，小贩正摇动着炮筒制作爆米花，身边已围了五六个小孩儿，小佳贤拉住从木走到跟前去看，只听得"砰"的一声巨响，从木被震得耳朵嗡嗡作响，一时竟也听不见声音，脑袋昏沉沉的，他低头去看，小孩儿们都围着他拍手笑，那几个小孩儿里，带头笑得最厉害的特别像儿时的大哥碧城，身旁穿背心拿着一根冰棒的又特别像伯廉，恍惚之间，仿佛回到了少年时代，耳边除了蝉鸣，还有上课铃声传来。

"碧城，伯廉……"

从木也不知什么时候松开了小外孙的手，他轻声呼唤，想去拉住那两个小孩儿，那两个小孩儿看见从木过来，害怕地跑开了。从木一时慌了神，他忘记了自己下楼来干什么，也忘记了身边还有自己的外孙，他有些惊慌失措，他努力地想自己要去哪里，要干什么……他忽然想起来了，他要坐船，他要坐船去日本。

"我要坐船，我要去留学……"

他喃喃自语，兀自走开了，他走啊走，不知走了多久，来到了朝天门码头，他望着江上来往的汽船，无数画面纷乱地在脑海中掠过。

"老先生，你这是要到哪里啊，是要坐船吗？"

路过的脚夫好心地上前询问。

"是要坐船，是要坐船。"

从木答道。

"坐船去哪里，买票了吗？"

"我要去哪里……要去东京……我没有票……"

那脚夫听得没头没脑，看从木神情恍惚，猜他是发了癔症，于是假装迎合，将他搀扶到一旁的梯坎上坐下。

"公庹兄，我不负你所托，把学校办起来了。"

从木又将这脚夫认作了杨公庹，拉住脚夫的手对他说道。

"老先生,你家住哪里,我送你回去?"

脚夫又好心问道。

"我住……我住在美专校,我是美专校校长。"

从木想了片刻,一拍脑袋,回答道。

"美专校,哪个美专校?"

脚夫莫名其妙,这时也有他的同伴围了过来。

"美专校,我住在美专校,我是美专校校长……"

从木反反复复念叨着这句话。

"上清寺那里有条美专校街,是不是那个美专校?"

其中一个路人围观了一阵,对脚夫说道。

"那个学校早就没办了的嘛,还是将老先生送到派出所去吧。"

另一个路人插话道,从木听到了"没办了"几个字,忽然心下悲凉,流下泪来。

"学校没办了,实在太艰难咯,公庹兄,你莫怪我……"

从木痛哭起来,就在这时,芬志拨开人群,看到委屈得像个孩子的父亲,心中五味杂陈。

"快起来,我送你回家。"

她将从木从梯坎上扶起来,紧紧握着他的手。

"你是哪个?"

从木有些疑惑和警觉地望向芬志,显然,他已记不起自己有这个女儿了。

"我是你的女儿啊,我是芬志。"

芬志流着眼泪,哽咽着说道。

"芬志，我的女儿，对，我的小女儿，叫万芬志。"

从木破涕为笑，喃喃自语道。

"对，爸，我们回家吧。"

芬志温柔地对从木说道。

"好，回家，我们回家……"

迎着落日余晖，从木一手拄着拐杖，一手牵着芬志，往家的方向走去。

"阿波罗已诞生在西南……"

他的口中哼唱着西南美专校歌。

1971年，万从木于重庆家中病逝，享年72岁。

1984年，重庆市中级人民法院复查判决，万从木"历任戡乱委员会委员"等罪名经查明失实、予以纠正，撤销1951年原有罪判决并宣告无罪，恢复个人名誉。

2004年，万从木入选"百名重庆历史名人"。

后记

致万从木与矢志不渝者

  这部传记小说的创作历时两年，可酝酿的时间，却在我18岁出版处女作《游离态辖区》之后便开始了，33岁完成，比我想象中稍微晚了一些，也许不是突如其来的疫情，我可能还迟迟不得动笔。
  写《从木传》有三个动因，其一，小说的主人公原型，万从木先生是我的曾外祖父，作为他的后人，又恰巧是一名文学创作者，这里有家族传承与记录的必然性。其二，从小耳濡目染从我父亲与奶奶（祖母）那里听了许多关于他的故事，并且我小时候在学田湾的家离上清寺美专校街很近，他颇为传奇的经历给我留下了深刻的印象。随着我的年龄增长，机缘巧合对艺术产生了许多兴趣，也对他及美专校的历史有了一些了解，他不仅是重庆乃至西南美术教育开端的发起者之一，其鲜明的性格魅力与精彩的人生经历更是自辛亥革命以来半个世纪近代史中许多坚持理想的爱国知识分子的缩影，虽然他可能远不及在小说中出现的许多艺术界、教育界历史人物的名气来得响亮，可他也是璀璨群星中闪亮的一颗，他的故事与精神值得被书写。其三，奶奶常说，我在某些方面与我的曾外祖父是十分相似的，其中最重要的，是对自己热爱事业的坚持，虽然我与他素未谋面，可我对他的才华与坚持充满了敬意，也许潜移默化间，我希望成为他那样的人，坚持创作，坚持理想，不为世俗的成功标准所左右。当然我比曾外祖父幸运的是，我生活在一个伟大的时代，我们是在前人树荫下乘凉之人，他们在那般艰难困苦、动荡不安的岁月中去坚持理想、开创局面，试问在物质条件如此优渥的今天，我有什么理由轻易放弃自己的梦想和初衷呢？向矢志不渝者致敬，这就是我创作这部传记小说的第三个动因。

由于历史原因，现存关于万从木与美专校的资料、作品都少之又少，所以在创作上，除了基于非常有限的参考资料，更多来源于我的祖母万芬志女士的口述，在小说中出现的历史人物及发生的事件，我尽量做到尊重历史原貌，并查阅了大量史料以力求真实可靠。但传记小说的本质还是小说，所以也有虚构情节的部分，在这里我对以实名出现的历史人物给予最高的尊重，并请他们的后人对小说创作需要的虚构部分给予理解与宽容。

"浮迹自聚散，壮心谁别离。愿保金石志，勿令有夺移。"

最后，我愿以唐代诗人孟郊的《同年春燕》最后两句，向所有为理想不懈奋斗一生的人们致以敬意，愿你们在天有灵，能看到诸位所付出之所有，皆以硕果满载！也勉励我辈，不可苟且懈怠，江河浩荡，勿夺金石之志！

第一稿于

2021年6月18日　星期五

第二稿于

2021年8月17日　星期二

图书在版编目（ＣＩＰ）数据

从木传 / 刘辰希著 . -- 重庆 : 重庆出版社，2023.3
ISBN 978-7-229-17387-6

Ⅰ . ①从… Ⅱ . ①刘… Ⅲ . ①长篇小说－中国－当代
Ⅳ . ① I247.5

中国版本图书馆 CIP 数据核字 (2022) 第 251746 号

从木传
CONG MU ZHUAN

刘辰希 著

策　　划：郭　宜　杨　帆
责任编辑：杨　帆　吴芝宇
责任校对：杨　婧
装帧设计：胡靳一　赵明旭

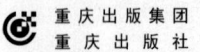

重庆出版集团
重庆出版社　出版

重庆市南岸区南滨路 162 号 1 幢　邮政编码：400061　http://www.cqph.com
重庆新金雅迪艺术印刷有限公司印制
重庆出版集团图书发行有限公司发行
E-MAIL：fxchu@cqph.com　邮购电话：023-61520656
全国新华书店经销

开本：787mm×1092mm　1/32　印张：15.25　字数：290 千
2023 年 3 月第 1 版　2023 年 3 月第 1 次印刷
ISBN 978-7-229-17387-6
定价：69.00 元

如有印装质量问题，请向本集团图书发行有限公司调换：023-61520678

版权所有　侵权必究